월흔

윤슬 장편소설

월흔

윤슬 장편소설

月痕

II

제3장第三章

한여름 밤의 꿈

한여름 밤의 꿈

라 쿤이 자리를 비운 연회는 밤이 깊어 가자 시들해졌다. 저마다 친한 자들과 삼삼오오 모여 신변잡기적 이야기로 넘어가는 걸 확인한 바레인은 조용히 연회장을 빠져나왔다. 이미 잘릴은 눈여겨보던 무희 하나를 데리고 제 방으로 가는 중이었다. 시간도 시간이고 분위기도 분위기인지라 슬금슬금 자리를 빠져나가는 사람들이 많았다. 평소대로라면 조금 더 자리를 지켰겠지만 어째서인지 요근래 기분이 저조했다. 항상 해 오던 공무마저 제대로 손에 잡히지 않을 정도로.

바레인이 제 거처에 도착한 건 새벽녘이 깊어 갈 무렵이었다. 샤르자 대족장의 거처답게 궁정에서 제공해 준 방은 크고 화려했지만 그는 그것들엔 무관심했다.

전야제 이틀째, 일은 이제 시작이었다. 하지만 바레인의 신경은 온통 다른 곳에 쏠려 있었다.

"로그웨."

그림자처럼 숨어 있던 전사 하나가 모습을 드러냈다. 피부가 까맣게 보일 정도로 살이 탄 남자는 궁정의 시종처럼 입고 있었다. 남들에게 들키지 않기 위해 그렇게 입은 듯했다.

"알아낸 건 좀 있나?"

바레인의 질문에 로그웨가 고개를 숙였다.

"은색 머리에 붉은 눈을 가진 여인에 대한 건 찾지 못했습니다."

"그래."

묘하게 떨어지는 대꾸에 로그웨가 고개를 깊이 숙였다. 알아내지 못한 무능함에 스스로 괴로워하는 모습이었다. 바레인은 단번에 해답을 얻을 거라 기대하진 않았지만 역시 건진 게 없다는 점은 조금 허무했다. 저도 모르게 은연중에 조금은 기대를 품었던 모양이었다.

"죄송합니다. 계속 수소문하고 있지만 궁정에서 그런 여인을 보았다는 사람은 없었습니다."

"궁정의 여인이 아니라면?"

궁정에서 보았으나 궁정의 여인이 아닐 수도 있다. 즉흥적으로 튀어나온 질문이었지만 로그웨는 이해할 수 없다는 표정을 지었다. 정확히는 지금 바레인의 상태를 믿을 수 없다는 것에 가까웠지만.

어째서 이렇게 집착하는지는 자신도 몰랐다. 바레인은 쓰게 웃고 고개를 가로저었다.

"내 사소한 의문이었을 뿐이니 상관하지 않아도 좋다."

"수색은 계속할까요?"

"위험하지 않은 선까지만."

굳이 따로 언급하진 않았지만 로그웨는 알아들었다. 바레인은 더 이상 볼일이 없다는 듯 돌아섰다. 하지만 로그웨는 그 자리를 떠나지 않았다.

"바레인 님."

무언가 할 말이 있는 듯한 분위기. 바레인이 고개를 끄덕여 로그웨에게 말할 것을 허락했다.

"오늘 궁정에 들어오면서 알게 된 겁니다."

"뭐지?"

"라 쿤의 전사 중 일부가 궁 밖으로 나갔습니다. 궁정 내에서도 돌아다니고 있는 기색이었습니다."

바레인은 미미하게 인상을 찌푸렸다. 무표정했지만 그건 이해가 되지 않는다는 표정에 가까웠다.

"우리 쪽 움직임이 있었던가?"

"아닙니다."

"그럼 대체 왜 움직인 거지?"

"단언할 수는 없지만 저희와 관련된 건 아닌 듯싶습니다."

신중에 신중을 기해 진행하고 있는 일이 벌써 꼬투리를 잡힌 건 아닐 터였다. 아니, 아닐 거라 확신했다. 하나 아무런 이유 없이 궁정의 전사들이 동원되지는 않는 법. 요사이 그 무엇에도 의욕이 생기지 않던 그였지만 지금은 아니었다. 턱을 쓸던 바레인이 고개를 끄덕였다.

"확실히 알아 오도록."

"명을 받듭니다."

인사를 마친 로그웨가 조용히 어둠 속으로 사라지는 걸 지켜보던 바레인은 문득 창밖으로 시선을 던졌다. 하늘에 뜬 별과 달이 오늘

따라 청명했다. 아직도 꿈을 꾸는 기분이라면 누가 믿어 줄까. 겨우 관심을 돌릴 일이 생겼음에도 바레인은 기뻐하지 못했다. 오히려 찰나의 잔상이 진하게 남아 목을 쥐는 느낌마저 일었다.

"미치겠군."

카림은 밤새 궁정 내를 샅샅이 뒤졌지만 아시나의 흔적을 찾을 수 없었다. 그것은 도시로 나간 전사들 역시 마찬가지였다. 밤이 깊고 해가 떠오를 때까지 찾아볼 수 있는 모든 곳을 찾아봤지만, 증발이라도 한 듯 그녀는 그 어디에도 없었다.

이제 막 해가 떠오르기 시작한 도시는 적막했다. 카림은 목을 늘어뜨린 채 자신의 능력 부족에 대해 아무런 변명도 하지 않았다. 밤새 미동도 없이 자리를 지키고 있던 그의 주군은 카림을 벌하지도 질책하지도 않았다. 그는 깊은 생각에 잠겨 있었다. 카림은 그가 무슨 생각을 하고 있는지 감히 예상하지도 못했다.

"궁정 안의 뒤질 수 있는 곳은 전부 뒤져 보았으나 찾지 못했습니다. 대족장들이 머물고 있는 별궁까지 뒤졌으나 흔적도 없었습니다. 아무래도 궁정 내에는 없는 듯합니다."

그렇게 첩첩이 둘러진 경비를 어떻게 뚫고 나갔는지는 이미 뒷전이었다. 지금 중요한 건 그 문제가 아니었으니까.

"할 수 있는 한 도시 전체를 뒤지고 있으나 전야제로 시끄러운 와중인지라 소란스러워 쉽게 찾진 못하고 있습니다. 그래도 아직 도시 안에 있을 겁니다."

체력이 약한 여자의 몸으로 움직일 수 있는 건 그 정도였다. 보고를 마친 카림이 슬며시 고개를 들었으나 베히다트는 별다른 반응을 보이지 않았다. 오히려 무서울 정도로 침묵하고 있는 것이 마음에 걸렸다. 이렇다 할 말도 행동도 없었지만 이렇게 온몸으로 노기를 내뿜고 있는 모습은 처음 보았다. 숨기고는 있지만 신경이 절로 따끔거릴 정도의 살기. 카림은 불안한 시선으로 자신의 주군을 올려다보았다.

"아니."

한참의 시간이 흐른 뒤에야 카림은 베히다트의 목소리를 들을 수 있었다. 무언가를 억누르는 듯 이를 악문 어조가 시퍼런 칼날 위에서 있는 기분이 들게 했다.

"이 도시 안엔 없다."

"예?"

카림은 이해를 못 한 듯했지만 베히다트는 덧붙여 말하지 않았다. 그는 지금 엄청난 감정의 소용돌이를 억누른 채 그저 이를 악물고 있는 게 한계였으니까.

"내가 너무 방심했군."

비틀린 웃음이 절로 비집고 나왔다. 베히다트는 머리를 쓸어 올리며 머리끝까지 끓어오르는 감정을 애써 짓눌렀다. 예기치 못한 불안, 그 불안이 현실이 되었을 때 느꼈던 서늘함, 그리고 뒤이은 지옥 같은 분노. 그 여자는 처음부터 이럴 작정이었다. 그걸 알아차리지 못한 건 자신이었다. 분노가 제 온몸을 지배하는 와중에도 머릿속만큼은 찬물을 뒤집어쓴 듯 깨끗했다. 우습게도 기분이 나락으로 굴러 떨어질수록 이성만은 냉정하게 지금 상황을 받아들였다. 그래도 그는 설명해 낼 수 없었다. 어째서 이렇게 속이 뒤집힌 것처럼 흔들리고 있는지, 이렇게 기분이 더러운 이유가 무엇인지, 손에 잡히는 전부를 부수고 싶은 파괴적인 욕구가 대체 어디에서 생기는지를.

"무슨 말씀이십니까?"

주저하던 카림이 입을 열었다. 의문 가득한 그 시선을 받고도 베히다트는 굳이 소리 내어 설명해 주지 않았다. 그걸 설명하는 순간 억지로 억누르고 있던 모든 게 터질 테니까.

"나시르를 데려와라."

시동이 고개를 숙인 뒤 뒷걸음질 쳐 그대로 사라졌다. 방 안에 나시르가 들어온 건 시간이 얼마 지나지 않은 후였다. 그는 서기실에서 밤을 샜던 참이었다.

"당신의 종이 인사를 올립니다."

"나시르, 그 여자 짐은 아직도 가지고 있나?"

아직 상황 파악을 못 한 나시르는 베히다트의 질문에 어리둥절한 기색이었다.

"예, 제 서기실에 있습니다."

"가져와라."

무언가를 묻고 싶어 하는 기색이었으나 나시르는 얌전히 서기실에 다녀왔다. 그 잠깐의 시간 동안 가라앉은 침묵에 카림은 목에 칼이 들어온 기분을 맛보아야만 했다.

나시르는 무언가 주저하는 기색으로 아시나가 소중하게 여기던 주머니를 가져왔다. 갈색에 특별할 것 없어 보이는 주머니였지만 천으로 만들어진 주머니의 입구가 절대로 열리지 않는다는 건 지난날 나시르가 밤낮으로 씨름하면서 알아낸 사실이었다. 이는 베히다트도 알고 있었다. 그 이후로는 특별히 열어 보려 시도해 본 적은 없지만.

"열어 보시려고요?"

주머니를 시동에게 건네며 나시르가 물었다. 시동이 건네준 주머니를 붙잡으며 베히다트가 차갑게 대꾸했다.

"열릴 테니까."

예전에 주장하던 그녀의 말은 거짓이 아닌 것인지 주머니를 열고 털어 내자 나온 건 수많은 여자 속옷뿐이었다. 카림이 민망해서 시선을 돌리고 나시르가 조용히 경악하는 와중에 베히다트만이 침묵했다.

"어……. 별거 없네요."

헛기침과 함께 나시르가 입을 열었다. 베히다트는 싸늘하게 웃었다.

"이미 필요한 건 가져갔을 테지."

그것이 무언인지는 몰라도.

주머니를 내려다보는 시선이 어두워졌다. 어디서부터 끓어오르는지 모를 분노가 속을 헤집고 뒤틀었다. 제헤넴 감옥에서도 이런 식으로 도망쳤던 거겠지. 누군가가 도와준 게 아니었다. 아니, 도와줬다고 해도 상관없었다.

처음부터 이곳을 빠져나가는 건 그 여자에게 어렵지 않았다.

낯선 곳에 갇혔음에도 특별한 두려움 없이 제집인 양 굴 수 있었던 건, 원한다면 언제든 이곳을 떠날 수 있기 때문이었다. 제아무리 튼튼한 감옥이라도 문이 열려 있다면 두렵지 않을 터이니. 어째서 눈치채지 못했을까. 그녀가 숨김없이 드러내는 모든 것을 하나도 남김없이 관찰했으면서 정작 중요한 건 눈앞에서 놓치고 말았다. 아니, 아니다. 알고 있으면서도 무시했던 건 이쪽이었다. 이곳만큼은 절대로 도망칠 수 없으리라 자만했던 건 자신이었다. 어느 정도 그 여자에 대해 알아냈다고 생각했는데 오히려 파악을 당한 건 자신이었나? 쓴웃음이 비집고 올라왔다. 그 사실 역시 베히다트의 기분이 한없이 나락으로 굴러 떨어지는 데 동조했다.

"영악하군."

카림이 다시 한 번 고개를 숙였다.

"죄송합니다."

"네가 사죄할 건 없다. 경계를 느슨히 했던 건 네가 아니라 나였으니."

어렴풋이 알고는 있었다. 솔직함 안에 숨어 있는 다른 꿍꿍이를 알면서도 모른 척 덮어 두었던 건 자신의 방만함이었으니. 피가 차가워진다는 기분이 어떤 건지 여실히 느끼며 베히다트는 머리를 쓸어 올렸다. 그렇다고 해도, 정말 이렇게 손에 쥔 모래처럼 한순간에 사라질 수 있으리라고는 예상하지 못했다.

이 도시엔 이미 없었다. 해가 지고 나서 움직였을 테니 그 정도의 시간이면 이미 도시는 벗어났을 터였다. 다른 여자라면 몰라도 아시나는 그 정도는 해낼 여자였다. 그렇다면 어디로 간 걸까. 방 안을 가득 채운 공기가 서늘하게 메말랐다. 소리 없는 고뇌가 그 어딘가를 헤매다 마침내 가득 찬 정적이 찢어졌다. 서늘하고 나지막한 명령이 그 자리를 메웠다.

"아제미를 소집하라."

나시르도 카림도 놀란 얼굴로 예의도 잊고 베히다트를 올려 보았다.

"아제미라면……."

라 쿤의 7대 단위 부대 중에서도 가장 빠르고 날렵한 부대. 하지만 둘이 진짜로 놀랄 것은 따로 있었다.

"내가 직접 잡아 오겠다."

사막에서 보는 일출은 다시 봐도 잊을 수 없는 장면이었다. 멀리 울퉁불퉁한 언덕 너머 지평선을 가르고 작게 떠오르는 태양. 아주 느릿하게 가랑비에 옷이 젖듯 서서히 환해지는 광경을 목전에서 지켜봤더니 아시나는 왜인지 모르게 기운이 빠져서 그 자리에 주저앉고 말았다. 밤새 부지런히 걸었더니 체력이 극심하게 소모되었다. 숲을 걸었으면 이러지 않았을 텐데 사막은 예상보다 힘든 곳이었다. 괜히 험지라며 세상 사람들한테 배척받는 게 아니었다.

"아, 지친다."

잘 수는 없었으나 그게 불편하진 않았다. 졸리진 않으니까. 다만 숨이 차올라서 힘들었다. 낙타를 훔쳐 올 걸 그랬나. 말은 얼마 달리지도 못하고 고꾸라질 게 뻔해서 사지 않았다. 이미 한 번 한 마리를 그렇게 보낸 뒤라 꺼려지는 건 어쩔 수 없었다. 그래도 혼자 충분히 건널 수 있을 줄 알았는데.

"역시 한 시간 걷고 십 분 정도는 쉬어 줘야 하나?"

멍하니 앉아 있으려니 붉은 태양빛이 모래를 곱게 물들였다. 밤새 까맣고 창백했던 모래가 어느새 물들어 화려한 색을 뽐내고 있었다. 모래가 끝도 보이지 않을 만큼 광활하게 펼쳐진 광경을 보고 있노라니 아시나는 절로 감탄하지 않을 수 없었다. 황금빛 모래 바다. 아무리 생각해도 탁월한 표현이었다. 사막은 좋았다. 생각했던 것 이상으로. 눈으로 덮인 새하얀 동토도 아시나를 감동하게 만들었지만 사막 역시 마찬가지였다.

하지만 미미하게 불어오는 모래바람을 맞고 있으면 한시라도 여길 빨리 떠야겠다는 생각밖에 들지 않아 저도 모르게 서두르게 된다. 아시나는 그 이유를 아주 잘 알고 있었다. 한숨을 내쉬다 잠시 뒤를 돌아보았다. 이제는 뒤돌아도 도시는 흔적조차 보이지 않았다. 그래도 꽤 멀리 왔네.

"……."

지금쯤이면 알았을까? 아시나는 살짝 불안한 시선으로 입술을 깨물었다. 아, 내가 원래 이렇게 사고 쳐 놓고 후회하거나 뒤돌아보는 여자가 아닌데. 한 번 떠나면 그걸로 끝. 앞으로 일어날 일에만 집중을 하는 인간인데 큰일이었다. 자꾸 왜 이렇게 두고 온 모든 것이 신경 쓰이지? 아시나는 자꾸 뒤가 신경 쓰여 미칠 것 같았다.

지금쯤이면 알았겠지, 내가 도망쳤다는 걸.

어쩌면 도시에 없다는 걸 알 수도 있었다. 살짝 무서웠으나 아시나는 곧 어깨를 폈다. 그러면 뭐해, 난 이미 이만큼이나 온걸? 설마 날 잡으러 여기까지 오겠어?

"진짜 그러면 조금 무서운데."

순간 등골이 서늘했으나 아시나는 애써 잡념을 떨치려고 고개를 휘휘 가로저었다.

무서운 건 분노가 아니었다. 분노는 당연한 거니까 어떻게든 견딜 수는 있겠는데 자신이 깨 버리고 온 믿음과 신뢰에 대한 원망의 시선이 그녀를 견디지 못할 기분으로 처넣을 것 같았다. 지금도 양심이 살짝 따끔거리는걸. 잠시 입술을 앙다물었다가 무거운 한숨을 내쉬었다.

그러면 뭐해, 어차피 처음부터 거짓으로 점철되어 있었는걸.

속이는 거 하나 없이 진짜 자신으로 사람들을 대했다고 해도 결국 말하지 않았던 게 드러나면 모든 것이 달라졌다. 말하고 싶지 않아서 말하지 않았던 것뿐이었는데, 그 사람들한텐 아닐 테니까. 거기에 나라 간의 관계가 끼어들면 대륙을 넘나드는 사건으로 발전할 게 뻔했다.

누군가의 딸, 누군가의 손녀, 어디의 혈통이 자신을 정의하는 요소 중의 하나라는 건 알고 있었다. 중요성도 인지하고 있고. 그랬기 때문에 여행지에서 자신이 누구인지 절대 밝히지 않고 돌아다녔다. 물론 그런 색안경 없이 오로지 자기 자신을 보여 주고 싶다는 치기 어린 마음도 있었다.

"진짜 첩자라고 의심을 받아도 할 말이 없을 거야, 분명."

빨리 돌아가야지. 북대륙에 가면 아무리 날고 기는 라 쿤이라도 자신을 잡을 수 없다. 아시나는 이름만 생각했는데도 무섭게 느껴지는 양심의 가책 때문에 얼굴을 찡그렸다. 그 얼굴을 다시 마주하면 아무렇지 않게 태연한 표정으로 대할 수 없을 것 같았다. 자신이 내팽개치고 온 게 무엇인지 알기 때문에 더 그랬다.

아니야, 잊어버리자. 이렇게 죄책감을 느낀다고 해도 이미 벌인 일이잖아.

일단 수르트에 갈 생각부터 했다. 그곳에 가기만 하면 그 어떤 상단의 도움이라도 받을 수 있게 해 주는 게 아시나의 주머니 안에 있으니까. 그럼 북으로 건너가서 일단 외할아버지부터 뵐까? 중간에 길을 벗어난 바람에 지금 돌아가면 거의 세 달 만에 집으로 가는 것이다.

엄마가 분명 화낼 텐데. 아무리 아빠가 막아 준다고 해도 엄마의 불호령은 꽤나 무서웠다. 필수적으로 뒤따르는 벌 때문에라도 웬만하면 피하고 싶기도 했고.

윽, 그럼 차라리 친가부터 갈까. 아무리 그래도 엄마가 시댁 식구 앞에서 나한테 신경질 내진 않겠지. 하지만 아시나의 고민은 오래가지 못했다. 왜인지 모르게 마음이 술렁거렸다. 결국 제대로 쉬지도 못하고 일어나 다시 걷기 시작한 아시나는 입술을 깨물었다.

"근데 뭐가 이렇게 자꾸 불안하지?"

아침의 궁정은 평소보다 부산스러웠다. 밤샘 연회로 아침이 되어서야 침소에 든 대족장들과 일부 관료들을 제외하고, 조금 이른 하루를 시작한 사람들은 때아닌 소란을 의아하게 여겼다. 그도 그럴 것이 이곳은 페시안의 성소, 라 쿤의 궁전이었으니까.

밤새 연회에 배석하고도 라 쿤의 궁전을 담당하는 시종장은 끄떡없는 모습으로 돌아다녔다. 아무리 무한한 체력이 시종장의 첫 번째 조건이라지만 다른 사람들에게는 그가 괴물처럼 느껴졌다.

바레인은 평소보다 유난히 바빠 보이는 시종장의 모습에 의문을 표했다. 겉으로 드러내진 않았지만, 시하드의 궁정에 평소와는 다른 분위기가 흐르고 있었다.

"오늘 알현은 안 됩니다."

"무슨 일이 있습니까?"

"시하드께서 자리를 비우셨습니다. 조금 오래 걸리실 겁니다."

시종장은 늘 그렇듯 표정 없는 얼굴로 절도 있게 대답했다. 바레인은 쉽게 납득할 수 없었다. 이 시기에 라 쿤이 자리를 비웠다? 그것도 표면적인 이유조차 밝히지 않고? 시종장은 더 물어볼 것 있냐는 듯 친절하게 서 있었지만 무엇을 묻든 그에게선 모른다는 대답밖에 돌아오지 않을 것이다. 알면서도 묻고 말았지만.

"그럼 언제쯤 돌아오십니까?"

"저도 모릅니다."

시종장은 메마른 미소를 지으며 예의 바르게 고개를 숙였다.

"전 한낱 라 쿤의 시종일 뿐이니까요."

궁전 내의 일에 관해선 대재상보다 권한이 높은 사람이 그런 말을 해 봤자 아무도 믿지 않을 것이다. 어찌 되었든 바레인은 한 걸음 물러나기로 했다. 캐묻는다고 해도 원하는 대답을 들려줄 사람이 아니었으니까.

바레인은 미미하게 비틀린 미소를 지으며 부채를 한 번 꽉 쥐었다가 놓았다. 무언가 이상했다. 정해진 일이 틀어진 느낌.

"그럼 이만 가도 될까요, 대족장이시여."
"귀한 시간을 뺏어서 유감입니다."
"다음에 또 뵙겠습니다."
주인이 자리를 비운 궁정에서 시종장이 바빠지는 건 당연한 이치. 시종장의 움직임에 특별한 점은 없었다. 그래도 바레인은 무언가 얼룩진 기분을 지울 수가 없었다. 자신을 빼놓은 채 일이 이상하게 돌아갔다. 그러나 한 가지 분명한 건 지금 이 상황이 어제 로그웨가 말한 것과 연관이 있다는 것. 하지만 아직 그게 무엇인지 알 수 없었다. 좋지 않았다, 여러모로.
도대체 자신이 놓치고 있는 게 무엇인가 고민하며 바레인은 천천히 발을 뗐다. 정원으로 막 들어섰을 무렵, 바레인을 아는 척하며 다가오는 남자가 있었다. 구트라를 비스듬하게 쓴 잘릴이 바레인을 보며 환하게 웃었다.
"이거, 샤르자 대족장을 이렇게 만나다니 운이 좋은걸?"
밤새 무희 몇 명을 끼고 뒹굴었을 게 분명한 잘릴은 아침부터 활기찬 표정이었다. 피곤함 따위는 전혀 느껴지지 않는 얼굴과 행동에 바레인은 괜히 그를 물끄러미 응시했다.
"어제 그렇게 마시고도 괜찮은 모양이군."
"뭐, 항상 그렇게 마시는걸. 나보다 엘바 그 노친네가 힘들었을걸?"
더 많이 마셨거든. 뒷말을 마치고 잘릴은 낄낄 웃었다. 밤샌 것도 모자라 술이 떡이 되도록 퍼마셔서 아마 오늘 저녁까지 일어나지 못할 거라는 추측을 늘어놓았다. 바레인은 거기에 개의치 않았지만 한 가지는 궁금했다.
"미츠하르는?"

“아, 엘바 아들? 제 아버지 모시고 있는 것 같던데. 호위 중일걸?”

잘릴은 별거 아니라는 듯 어깨를 으쓱였으나 바레인은 찜찜한 표정으로 침묵했다.

“무슨 일 있나?”

“아니.”

“그런데 왜 무슨 일이 생긴 듯한 표정이시지, 우리 대족장께서.”

잘릴이 능글맞게 웃었다. 바레인은 무시했지만 잘릴은 개의치 않았다.

“그런데 여긴 무슨 일이지?”

“무슨 일이겠어? 시하드를 뵈러 왔지.”

‘비무나 청할까 하고.’라고 덧붙인 잘릴은 인상을 찌푸렸다. 그간 세 번의 비무를 했지만 잘릴은 단 한 번도 그를 이겨 본 적이 없었다. 심지어 상대는 전력을 다하지 않았는데도. 바레인은 그의 쓸데없는 오기에 혀를 찼지만 잘릴은 그저 어깨만 으쓱이고 말았다.

“시종장은 어디 있지?”

“오늘 시하드께서는 알현을 받지 않으실 거다.”

“어?”

바레인의 말에 조금 얼빠진 얼굴로 잘릴이 되물었다.

“그걸 네가 어떻게 알아?”

“방금 물어봤거든.”

잘릴이 인상을 쓰니 순식간에 투박한 인상이 험악하게 변했다. 어린아이가 보기만 해도 울음을 터뜨릴 것 같은 표정에 바레인은 짧게 혀를 찼다.

“왜 알현을 받으시지 않는 거지?”

"나야 모르지."

"그래서 아까 인상 쓰고 있었던 거냐?"

바레인은 잠시 대답 없이 웃었다.

"왜? 큰일이야?"

"아니."

짧게 대답한 바레인이 살짝 인상을 찡그렸다. 웬만하면 얼굴에서 미소가 사라지지 않는 바레인이 인상을 쓰고 있는 게 신기한 건지 잘릴이 두 눈을 가늘게 떴다. 생각에 잠긴 바레인이 비뚜름하게 웃었다.

"이제부터 알아봐야지."

해가 뜬 낮의 사막은 밤의 사막과는 전혀 달랐다. 아시나는 목을 죌 듯 높아진 온도에 인상을 찡그리며 자신을 괴롭혔던 것이 무엇이었는지 환기했다.

그래, 이 환장할 더위였어.

사막은 둘째 치고 낮이 되자마자 강하게 부는 모래 폭풍과 함께 미친 더위가 아시나를 죽일 기세로 몰아가고 있었다. 다른 건 다 참겠지만 이놈의 더위는 정말 어떻게 할 수가 없었다. 아시나는 새삼 자신이 추위보다 더위에 약하다는 사실을 깨달았다. 얼어 죽을 걱정은 해 본 적 없었는데 더워서 말라 죽을 걱정을 해야 한다는 사실이 끔찍했다.

더위가 머리로 올라오니 뺨이 저절로 빨개져서 숨을 쉬는 것도 고통스러웠다. 그렇다고 덥다고 입고 있는 걸 다 벗어 버리자니 모래 폭풍이 문제고. 아, 젠장. 더우니까 별게 다 짜증이 나네. 모래를 밟는 발도 뜨겁게 익어 갔다.

"해는 언제 지는 거야……."

앉아서 쉬고 싶지만 그랬다간 다시 움직일 수 없을 것 같아 멍하니 기계적으로 걷고 있었다. 강행군은 익숙했지만 그래도 힘들었다. 사방이 모래, 게다가 뒤에서 불어오는 바람에 모래가 흩날려서 안개 낀 것처럼 시야가 뿌옇다. 방향은 오로지 일직선이었으니 정신만 놓지 않는다면 길을 잃을 걱정은 없지만 그래도 아시나는 미미하게 인상을 썼다. 오아시스가 보이는 신기루가 보이는 것 같기도 하고 아닌 것 같기도 하고.

무엇보다 사방 천지가 모래니까 망망대해에 혼자 떠 있는 돛단배가 된 것 같은 기분을 지울 수가 없었다. 아무리 인생은 혼자라지만 그걸 이렇게 몸으로 체험하는 기회는 흔치 않은데.

"내가 너무 사막을 만만하게 봤나."

그래도 이미 발을 들여 버렸다. 한 번 겪어 봐서 두 번째는 쉬울 줄 알았더니.

투덜거리면서도 체념의 한숨을 내쉬며, 역시 대자연이란 무시무시하다고 생각했다. 수르트에 도착하기 전에 분명 말라 죽어 버릴 거야.

그렇게 생각하며 모래 씹는 기분으로 발을 내디뎠을 때였다.

"……어?"

저 멀리, 무언가가 흐릿하게 시야에 들어왔다. 발걸음도 멈춘 채 아시나는 잠시 멀거니 서서 그게 뭔지 빤히 쳐다보았다. 두 눈을 가늘게 뜨고 저것이 무엇인고 지켜보고 있자니 모래 폭풍으로 흐려진 시야로도 곧 분간되었다.

"사람……?"

내뱉어 놓고 아시나는 잠깐 고민했다. 자기가 생각한 게 맞는 건가? 죽음의 사막이라며? 여길 지나가는 여행자도 있냐며 물었던 인간이 최소 둘 이상이었던지라 아시나는 저도 모르게 인상을 찡그릴 수밖에 없었다. 그러는 가운데에서도 그 인영은 끊임없이 움직이고 있었다.

멈춰선 채 저게 대체 어디로 가는 건가 지켜보았다. 그리고 한참 뒤 그 인영이 점점 자신과 가까워진다는 걸 깨닫고는 두 눈을 동그랗게 떴다.

굳이 부딪히지 않아도 멀리 돌아가면 될 것을 검은 인영은 놀랍게도 아시나 쪽으로 다가오고 있었다. 왜지? 이 접근이 호의적인 건지 적대적인 건지 가늠할 수 없었다. 경계도 잠시, 가까이 오기엔 멀다고 생각했는데 상대는 금세 가까워졌다. 얼마 되지 않은 거리에 들어왔을 때 그녀는 상대가 남자라는 사실을 알 수 있었다.

이로써 사막에서 만난 남자만 둘이 되는 건가. 사막은 의외로 만남의 장소였나.

고민은 잠시 접어 두고 아시나는 일단 웃었다. 그래도 개미 새끼 한 마리 안 보이는 사막에서 사람을 보니 반갑기도 했다. 여기서 내가 사람을 볼 줄이야!

"안녕하세요?"

해맑게 인사한 것도 잠시, 기다렸다는 듯 바로 아시나의 목에 하얀 칼날이 닿았다. 싸한 느낌까지 똑같은 기분에 아시나는 머리를 짚고 싶었다. 어, 이거, 어디서 많이 봤던 광경인데. 명백히 자신의 목을 겨누는 칼날을 내려다보던 그녀는 미묘하게 한숨을 내쉬었다.

뭐냐 이거. 이 빌어먹을 사막 놈들은 하나같이 칼부터 들이밀고 대화를 시작하는구만. 인사가 이거냐?

설마 이런 경우 없는 일이 두 번이나 일어날 줄은 몰랐기에 통탄스러웠다. 아시나가 탄식을 하건 말건 겨눈 칼을 바짝 추켜올리며 남자는 다른 손으로 얼굴을 가린 터번 자락을 끌어 내렸다.

"넌 뭐야?"

아시나는 조금 놀랐다. 첫 번째는 남자의 목소리 때문이었고 두 번째는 남자의 생김새 때문이었다. 고놈 참 잘생겼네. 아니, 이럴 때가 아니지. 분명 페시안인일 거라 믿어 의심치 않았는데. 아시나는 조금 복잡한 표정을 지었다. 모래 폭풍 때문에 터번을 돌돌 말아 쓴 남자는 소년인지 청년인지 단정 지을 수 없었다.

"뭘 봐?"

묘한 시선이 자신의 얼굴에 닿자 남자가 인상을 찌푸렸다. 성격 나쁘네. 그래도 아시나는 남자에게서 시선을 떼지 않았다. 당장 목을 베겠다고 나서지 않는 걸 보아 성격이 나쁘긴 해도 이성이 없거나 미친놈은 아니었다. 고향 사람 만난 기분이라 기분이 묘한데.

잘생긴 건 둘째 치고 남자는 페시안인이라기보다 크롬웰인에 가까웠다. 태양에 탄 피부가 어둡긴 했으나 지금껏 봐 왔던 페시안들보다는 희었다. 이 묘한 느낌이 무엇인고 했더니. 아시나는 고개를 끄덕였다. 이 남잔 혼혈이었다.

"구경은 다 했냐?"

한층 더 인상을 구기며 남자가 물었다. 아시나는 뭐라 대꾸할까 고민하다가 그냥 어깨를 으쓱였다. 단순한 감에 지나지 않았지만 아시나는 알 수 있었다. 이 남자애가 자기 또래라는 걸.

"아니."

"뭔데 반말이야?"

바로 구겨지는 남자애의 얼굴을 차근차근 구경하며 아시나는 태연히 고개를 까딱했다.

"너도 하잖아, 반말."

"하, 죽고 싶냐?"

분명 목에 칼이 들어온 상황이긴 했어도 간을 배 밖에 놓고 다니는 지라 별로 무섭지 않았다. 정확히는 이 남자에게서 살기가 느껴지지 않아서 그랬다. 단순한 위협 정도에 벌벌 떨 이 몸이 아니지! 아시나는 손을 내밀어 간단하게 칼을 밀어냈다. 눈썹을 꺾긴 했지만 상대는 순순히 칼을 거둬들였다. 아무튼 이 살벌한 나라 같으니라고.

"설마, 아직 죽을 때는 안 됐거든."

아직 죽으려면 백 년은 일렀다. 상큼하게 웃는 아시나를 이상한 표정으로 바라보며 남자애는 한 걸음 물러났다. 이방인을 바라보는 시선에는 익숙하지만 이 시선은 조금 달랐다. 아시나는 다시 눈앞의 남자를 쳐다보았다.

아무리 생각해도 얼굴이 아까운걸.

누구를 닮은 건지 모르겠지만 남자는 꽤, 아니, 엄청 잘생겼다. 눈꼬리가 살짝 쳐져서 인상이 순하긴 했지만 말하는 꼬락서니를 보아하니 자상한 놈은 아니었다. 이렇게 예쁘게 생겨 놓고 여자를 보자마자 칼부터 겨누다니. 이건 페시안이 문제인 걸까, 저놈의 인성이 문제인 걸까. 희대의 문제를 두고 고민하던 아시나는 자신을 빤히 쳐다보는 시선을 느꼈다. 관찰을 하는 건 아시나만이 아니었다.

"넌 뭐야?"

"뭐가?"

"뭔데 사막에 있어? 너 여기가 어딘지 몰라?"

모를 리가. 아시나는 그저 어깨만 으쓱이고 말았다. 남자애는 수상한지 인상을 구기면서도 쉽사리 떠나지 못하고 아시나를 쳐다보았다. 노골적인 시선에도 불쾌하지 않았다. 무엇보다 이런 미모를 보고 그냥 지나칠 남자가 이 세상에 어디 있을쏘냐.

"내가 좀 예쁘지?"

"뭐?"

"하긴 네가 어딜 가서 이런 미모를 구경해 보겠니. 좀 더 볼래?"

황홀하게 휘어지는 붉은 눈동자와 시선이 마주치자 남자는 벌레라도 씹은 표정으로 무참히 얼굴을 구겼다. 저렇게까지 격렬하게 반응한다는 건 그만큼 내 미모가 뛰어나다는 거겠지? 아시나는 어깨를 으쓱했다. 솔직하지 못하긴. 어째 크롬웰 남자들보다 페시안 남자들이 더 부끄러움이 많은 듯했다. 카림도 그렇고. 하, 부끄럼쟁이들. 뭐, 그래서 귀여운 거지만.

"……."

바로 탐색이 끝난 아시나와 달리 상대는 아직도 그녀를 탐색하는 중이었다. 후드와 마스크로 가리고 있는 얼굴부터 시작해서 행색까지. 척 보면 답이 나오는 걸 왜 아직도 고민 중인 걸까. 잠깐 의아했지만 그녀는 굳이 물어보지 않았다. 충분히 수상하다고 생각하는데 거기에 기름을 뿌릴 수는 없지.

"여긴 여자 혼자 있을 곳이 아닌데."
"남자 혼자 있을 곳도 아닐 텐데."
애매하게 되받아친 대답에 남자가 인상을 구겼다. 설마 저리 미묘한 떠보기가 통할 거라 생각한 걸까. 사실 평소대로라면 들떠서 새로운 친구가 생길지도 모른다며 온갖 말을 늘어놓고 있겠지만 아시나는 답지 않게 자제하는 중이었다. 이런 일도 있었고 저런 일도 있었으니까. 적어도 남대륙에서만큼은 조심 또 조심을 하는 것이 좋다는 것이 이번 일을 겪고 얻은 교훈이었다. 애초에 어중간한 수상함으로 따지자면 둘 다 막상막하가 아니겠는가.
"길 잃었냐?"
"아니."
아시나가 상큼하게 웃었다. 방금 전까지만 해도 쓰러져 쉬고 싶다고 생각한 주제에 그녀는 순식간에 팔팔해졌다. 몸이 힘들었던 게 아니라 이놈의 입을 봉인하고 있으려니 힘들었던 건지 대화할 상대가 생기자마자 놀랍게도 온몸에 생기가 돌았다. 쓸데없이 고개를 든 호기심도 한몫했다는 건 부정할 수 없으리라.
"넌 뭐야?"
"아시나."
"이름을 물은 게 아니거든?"
남자는 잘생긴 얼굴을 거침없이 구겼다. 아시나는 입술을 삐죽이며 되물었다.
"넌 뭔데?"
"아카."
"나도 이름을 물은 게 아닌데?"

대꾸할 가치도 느껴지지 않는다는 듯 아카는 대답하지 않았다. 아시나는 자신은 누구인지 드러내지 않으려 하면서 상대의 정체가 뭔지 알아내려고 하는 남자의 태도가 언짢았다. 원래 상대가 누구인지 알고 싶으면 자신의 정체부터 먼저 밝히는 게 예의 아닌가?

나시르의 경우로 미루어 보아 페시안인들이 전부 예의가 없는 건 아닐 텐데. 단순히 사막에서 만나는 인간들만 이 꼴인 듯했다.

예의를 밥에다 말아 먹었나.

어쩔 수 없지. 아시나는 한 수 접어주기로 했다. 이런 기싸움은 쓸데없이 서로를 피곤하게만 만들 뿐이었다. 애초에 싸우는 게 싫은 성미도 한몫했다.

"난 여행 중이야."

"여행?"

"이제 집에 돌아가려고."

벌써 마음은 크롬웰이건만 안타깝게도 여긴 아직 페시안이었다. 아시나는 묘한 한숨을 흘렸다. 아카는 인상을 쓴 채 아시나의 눈동자를 바라보았다. 방금 한 말의 진위 여부를 가리려는 듯한 모양새였는데 별로 꿀릴 게 없었으므로 기꺼이 마주 보았다. 결국 아카는 미심쩍어하면서도 어물쩍 넘어갔다. 늘 있었던 일이기에 아시나는 그냥 웃고 말았다.

"여행 중이라면, 페시안을 구경하려고 온 모양이지?"

"아니, 크라차. 정작 가 보지도 못했지만."

"그런데 왜 사막에 있지?"

불어오는 모래바람 때문에 머리에 쓴 후드를 푹 눌러 쓰며 아시나가 가볍게 대꾸했다.

"수르트로 가는 가장 빠른 길이라서?"

"제일 험한 길이기도 하지."

되돌아온 대꾸는 싸늘했다. 아카는 아직도 의심을 거두지 못한 눈초리를 했다. 그 푸른 눈동자를 사심 없이 올려다본 아시나는 납득했다.

"하긴, 나 같은 고상한 레이디에게 어울리지 않는 길이지. 암."

"……."

대꾸 대신 둘 사이를 채우는 침묵을 두고 아시나는 다시 아카를 올려 보았다. 이제 보니 남자도 청년도 아닌 덜 자란 소년 쪽에 가까웠다. 어림잡아 봤자 이제 스무 살 남짓일 것 같았다. 인상을 조금만 덜 쓰면 좋겠는데. 그래도 오랜만에 보는 미소년의 등장에 아시나는 꽤 기분이 좋아졌다. 그러고 보니 페시안에선 아직 남대륙 미소년 화보집에 들어올 만한 미모를 보지 못했다. 기껏해야 카림이랑 자키야가 다인데, 자키야는 심지어 여자였다. 이런, 손해가 막심한데? 맛있는 음식이야 실컷 먹었지만 예쁜 사람을 찾지 못했다는 건 좀 슬펐다. 나름 여행의 쏠쏠한 재미인데. 남대륙 미소년 지도는 만들지도 못하고 도망치게 되어 아쉽지만 그래도 이렇게 하나를 만나게 되었으니 이거야말로 신의 은총이 아닐까? 예쁜 사람을 보는 건 항상 즐거웠다.

"넌 어디 가는 중이야?"

"페시안."

"나라야, 도시야?"

"아마도 후자."

선선히 답해 주는 반응이 놀라웠다. 아까의 건방짐으로 미루어 보아 분명히 네가 알아서 뭐할 거냐는 태도로 나올 줄 알았는데. 아카는 생각한 것보다 나쁜 놈은 아닌 듯했다.

“페시안 사람이야?”

“아니.”

“그럼 어디 사람인데?”

“크라차.”

“어? 진짜?!”

아시나가 두 눈을 동그랗게 떴다. 크라차인이라니. 그렇다면 아카가 혼혈인 것도 납득이 갔다. 크라차는 북대륙인들이 많이 다니기도 하고 그만큼 많이 눌러 살고 있기도 한 곳이었으니까. 하지만 그것보다 더 중요한 게 있었다. 아시나는 바로 손을 들어 외쳤다.

“혹시 대추야자 가지고 계신가요?”

“하나당 백만 크레딧.”

“쳇.”

싸면 사려고 했는데. 아카는 절대 양보할 수 없다는 듯 가지고 싶으면 백만 크레딧을 지불하라는 표정을 지었다. 아시나는 깔끔하게 포기했다. 아무리 그래도 바가지는 싫어.

“근데 넌 어디에서 오는 길이야?”

“수르트.”

“어, 정말?”

수르트에서 알 페시안까지 가는 중이었다면 방향은 다르지만 아시나와 경로는 같았다. 아시나는 안도했다. 역시 잠도 자지 않고 부지런히 걸어온 보람이 있었다. 길이 맞다는 확신은 생각보다 많은 자신감을 주었다.

"나 한 달 정도면 수르트에 도착할 수 있을까?"

"그 발걸음으로 한 달?"

"안 쉬고 갈 거거든."

까마득하게 먼 길이긴 했다. '차라리 도시로 도망갈걸.' 하는 생각이 들기도 했으니까. 그래도 후회하기엔 아직 일렀다. 아시나의 말에 아카는 딱 잘라 대꾸했다.

"가다가 죽을 거다."

"죽진 않을걸?"

"무슨 배짱이지?"

"자신감이지. 여기서 죽을 거였으면 지금까지 살아 있지도 않았어."

한 달이라는 구체적인 시간을 언급하고 나니, 아시나는 새삼 자신이 가려는 길이 얼마나 멀고 긴지 깨달았다. 아득한걸. 생각해보니 이러고 있을 시간도 없다. 사람 만나는 게 즐거워서 시간이 가는 줄도 몰랐다. 조금 서운하긴 하지만 어쩔 수 없지. 아시나는 손을 흔들었다.

"난 이만 가야겠다. 만나서 즐거웠어."

아시나는 즐겁게 발을 떼었다. 아니, 떼려고 했다. 움직이자마자 제 옷을 낚아채는 손 때문에 한 걸음도 떼지 못하고 붙들린 그녀는 두 눈을 동그랗게 떴다.

"왜?"

"정말 여행자인가?"

"그럼 뭐겠어?"

아시나가 되물었지만 아카는 무언가를 생각하는지 말이 없었다. 혼자 심각해진 아카를 보며 아시나는 도대체 애가 왜 이러는 걸까 고민했다.

"아냐, 가라."

선선히 옷자락을 놔주긴 했지만 아시나는 뭔가 찜찜한 기분을 지울 수 없었다. 뭐지, 대체. 일단 걸음을 옮기고 있긴 한데 뒤에서 느껴지는 기색이 범상치 않았다. 아시나는 뒤를 돌아보았다. 아카는 그 자리 그대로 서서 아시나를 쳐다보고 있었다. 착각을 한 건가. 걸음을 조금 빨리 해서 걸어보았다. 그리고 뒤를 돌았을 때 아카는 어느새 아시나의 뒤를 따라오는 중이었다.

"왜 따라와?"

"너 따라가는 거 아니야."

"그럼 지금 이건 뭔데?"

설명해 보라는 아시나의 표정에 대고 아카는 무덤덤하게 대답했다.

"내 갈 길 가는 거니까 신경 꺼."

지금 신경을 끌 수 있을 것 같냐.

해가 뜨자마자 소집된 아제미는 모인 즉시 셋으로 나뉘어 움직였다. 하나는 도시 내부를 샅샅이 수색했고 다른 하나는 알 페시안과 샤르자 지역 쪽을 조사했다. 파시나 크라차로 갔을 경우를 대비해서 수색하는 것이었지만 베히다트는 아시나가 그쪽으로 갔을 거라 생각하지 않았다. 그녀가 공공연히 그곳에 갈 거라 떠들어 댔던 터라 만약을 위해 보내 놓은 것일 뿐.

카림은 납득하지 못한 표정으로 베히다트를 올려다보았다. 그는 지금 수색대에 자신이 포함되지 않은 것이 불만이었다. 물론 궁전을 비울 수는 없었다. 하물며 대족장들이 모인 이 중요한 시기에 더욱이 그럴 수는 없었다. 하지만 의문인 건 왜 남는 것이 베히다트가 아닌 카림 자신이냐는 것이다.

나시르는 라 쿤의 결정에 찬성하진 않았지만 그렇다고 반대 또한 하지 않았다. 카림은 내심 그가 말려 주기를 바랐으나 소용없는 일이었다. 전사는 그저 신의 명령에 따라 싸우기만 하면 되는 존재이나 지금의 상황은 그로서도 납득하기 쉽지 않았다.

"시하드시여, 정말 직접 가실 겁니까? 제가……."

"카림."

고저 없이 내려앉은 저음은 더 이상 반론의 여지를 주지 않았다. 싸늘한 시선에 카림은 얌전히 입을 다물었다. 그 어떤 말을 한다 해도 베히다트의 마음을 돌릴 수는 없었다. 납득은 못 하지만 얌전히 명을 받드는 카림을 보며 그가 입을 열었다.

"우마르가 돌아오면 나시르에게 가라 전해라. 자리가 조금 오래 비워질 수도 있으니 특별히 주의하도록."

"예."

카림은 좋지 않은 표정으로 자신의 주군을 보았다. 살아 있는 신이라 일컬어지는 저 남자가 무슨 생각을 하는지 언제나 짐작조차 할 수 없었으나 지금은 더했다. 모르겠다. 그의 의중이 무엇인지 도무지 알 수 없었다.

베히다트는 항상 먼저 움직이지 않았다. 샤르자에 관한 일도 그랬고 크라차에 관한 일 역시 그랬다. 그는 기다릴 줄 아는 사내였다. 인내하고 기다렸다가 자신에게 가장 유리한 시기에 모든 것을 손에 넣을 줄 아는 그런 교활하고 영리한 남자. 그런데 그런 그가 가장 먼저 나서다니. 이 변화가 무엇을 의미하는 건지 카림은 알 방도가 없었다. 한숨과 함께 그는 아제미들을 훑어보았다. 그들은 다들 자신이 정확히 누구를 찾으러 나서는 건지도 모르는 기색이었다.

"그럼 다녀오겠다."

"어디로 가야 하는지는 아십니까?"

말에 오르는 베히다트를 올려보며 카림이 물었다. 붉은 눈동자가 침묵과 함께 어두워졌다.

"아마도."

깊은 침묵을 찢은 것은 나지막한 한마디.

"호위를 해 봤으니 조금이라도 알겠지. 카림, 너라면 그 여자가 어디로 갔을 거라 생각하나?"

카림은 순간 이 질문이 자신을 시험하려고 하는 것인지 고민했다. 물론 베히다트가 그를 시험할 이유가 없었으므로 그리 오래 고민하진 않았다.

아시나. 카림이 아는 그녀는 뻔뻔하고 재수 없고 조금 엉뚱한 여자였다. 사실 카림은 아직도 아시나가 제힘으로 궁정을 나갔다고 생각하지 않았다. 가녀리기만 한 인상 때문인지 아시나에겐 그럴 힘이 없어 보였다. 이상한 여자이긴 하지만 그래 봤자 연약한 여자가 아니었던가.

하나 정말 스스로 도망친 거라면, 혼자 힘으로 궁정을 나간 거라면 그 평가를 고쳐야만 했다.

"아마도, 자신이 안심하고 갈 수 있는 곳으로 가지 않았을까 합니다. 누구도 쫓아오지 못할 만한 그런 곳……."

"사막."

나지막이 베히다트가 덧붙인 말에 카림이 미간을 찌푸렸다.

"정말 다시 그곳으로 돌아갔을 거라 생각하십니까?"

"모르지."

베히다트는 무심하게 대꾸했다.

"영악하고 영리한 여자다. 거기에 두려움도 없지."

어떤 복잡한 감정을 느낄 만큼 깊은 교류가 있었던 것은 아니었다. 하지만 멋대로 자신을 지배하는 이 감정을 도저히 어찌할 수 없었다. 할 수 있는 건 오로지 단 한 가지. 이런 지옥 같은 기분을 느끼게 만든 당사자를 제 앞으로 잡아 오는 것. 그 결론은 변함이 없었다.

"하지만 죽음의 사막은……."

카림은 주저했다. 하지만 베히다트는 더 이상 대화의 여지를 주지 않았다.

"그럼 나중에 보지."

어떤 접점도 없는 타인과 동행하는 건 생각보다 기묘한 기분이었다. 아시나는 잠시 고개를 돌려 자신을 따라오는 건지 정말 제 갈

길을 가고 있는 건지 모를 청년을 쳐다보았다.

그래, 그것도 미청년. 평소라면 감지덕지하며 행복해했겠지만 지금은 어째 좀 그랬다.

아카는 분명 잘생겼고 어디다 초상화라도 그려서 보관하고 싶을 정도로 그 얼굴이 마음에 들었으나 뭔가 미묘한 기분을 지울 수 없었다. 그리고 청년이긴 하지만 아카는 뭔가 그보다 어린 쪽에 가까웠다. 톡톡 손가락으로 제 뺨을 건드리다 아시나는 다시 앞을 바라보았다. 머릿속이 어지러웠다. 아직도 가야 할 길은 멀고 지루했다.

"아……."

귀환 마법 쓰고 싶다.

아시나는 짧게 탄식했다. 어째서 마법이란 그렇게 어렵고 복잡하고 힘겨운 것일까. 쉬워서 쉽게 쉽게 써먹을 수 있으면 얼마나 좋아? 그럼 인류의 생활이 얼마나 풍족하고 윤택해지고 삶의 질이 올라가고 그러겠어. 안 그래?

한껏 불평을 쏟았지만 재능이 있으면서도 그만뒀던 건 막상 자신인지라 그냥 입맛만 다시고 말았다. 한때는 마법을 배워 보려 했지만 마법사의 길은 상상 이상이었다. 그때 좀 더 참고 뭐라도 배워 놓을 걸 후회했지만 어쩌겠는가. 이미 늦었는데.

"목말라?"

"아니."

넋을 놓고 있으니 아카는 탈수인 줄 안 모양이었다. 그래도 아카는 물을 내밀었다. 탈수 아니라고 설명해 주는 것도 귀찮아서 아시나는 그냥 놔두었다.

"페시안 간다며. 나 따라와도 돼?"

"내 갈 길 가는 거라니까."

"내가 그 말을 믿을 것 같냐."

대놓고 면박을 주자 아카는 인상을 찌푸릴 뿐 별 반박을 하진 않았다. 아카가 내민 물을 마시고 물통을 돌려준 아시나는 가만히 아카를 쳐다보았다.

"뭘 봐?"

"그냥. 나 혼혈은 처음 보거든."

혼혈이라는 단어에 아카가 살짝 움찔했으나 별다른 반응은 없었다. 아시나는 정말 모르는 사람이 봐도 너무하다 싶을 정도로 빤히 아카를 바라보았다. 무례하다는 걸 알고 있지만 자신도 쉽게 시선을 거둘 수가 없었다.

그동안 이종족과의 혼혈은 자주 봤지만 남대륙인과 피가 섞인 혼혈은 처음이었다.

크롬웰에 혼혈 인구는 생각보다 많았다. 하지만 대부분이 숨어 살았다. 눈에 띄게 다른 특징을 가진 혼혈은 항상 혐오나 편견의 대상이 되곤 했다. 아시나는 그냥 같은 사람이 이렇게 다르게 생길 수 있구나 신기할 뿐이지만, 그녀의 아버지 역시 그런 대우를 받아왔고 여전히 받고 있기 때문에 그게 얼마나 좋지 않은 건지는 인지하고 있었다. 거기까지 생각이 미치자 아시나는 양심에 찔려서 쳐다보는 걸 그만두었다.

"혹시 기분 나빴어?"

"아냐."

아카는 떨떠름하게 대답했다. 색안경 없이 곧이곧대로 마주하는 시선은 오랜만인지라 얼떨떨했을 뿐이었다. 아시나는 별말 없이 한 번 생긋 웃고 다시 앞을 보았다. 걷기 시작하는 여자를 거리를 두고 쫓으며 아카는 깊은 생각에 잠겼다.

멀리서 인영만 보았을 땐 여자일 거라 생각하지 못했다. 그냥 선이 가는 남자겠거니 했다. 이런 깊은 사막까지 들어오는 여자라니 누가 상상이나 했겠는가. 가끔 있는 도망친 노예겠거니 싶어 접근했다. 도망치다 갈 곳 없는 노예들은 자주 사막에 제 발로 들어와 굶어 죽기 부지기수였다. 이 땅에서 흘린 피와 죽은 시체들은 모래더미 속에 파묻혀서 드러나진 않지만 모래 못지않았으니까.

"여행자라."

아카가 중얼거린 말을 듣지 못한 듯 아시나는 여전히 넋을 놓고 걷고 있었다. 길을 모르는 건 아니었다. 희한하게도 그녀는 초심자가 잘 찾지 못하는 사막의 길을 벗어나지 않고 잘 걷는 중이었다.

이런 고된 길이 익숙해 보이는 태도로 보건대 여행자란 말은 거짓이 아니었다.

하는 행동이나 몸짓은 길에서 자란 듯싶었으나 생김새만 보면 아니었다. 얼굴을 마스크로 가리고 후드로 머리를 푹 눌러 쓰고 있어도 보이는 고운 아미와 예쁜 눈동자가 보내는 온화한 시선 때문에 도무지 길에서 자란 여자란 생각이 들지 않았다. 그래, 적어도 노예는 아니었다.

발걸음에 묘하게 급한 기색이 있긴 했지만……. 그건 사막에 들어온 사람들은 누구나 그러니까. 거기까지 생각이 정리되었을 때 불쑥 다른 의문이 수면 위로 떠올랐다.

그럼 진짜 여행자란 말인가. 여자가?

"페시안, 멀어지고 있는데."

난데없는 한마디에 아카의 생각이 뚝 끊겼다. 아카는 흠칫 고개를 들어 어느새 자신을 뒤돌아보고 있는 아시나를 응시했다. 아시나는 무슨 생각을 하는지 알 수 없는 표정으로 싱글벙글 웃고 있었다.

"신경 꺼."

"어떻게 신경을 꺼."

"그럼 신경 쓰든가."

"어허, 애 성깔 나쁘네."

그렇게 말하면서도 막상 아시나에게선 불쾌한 기색이 느껴지지 않았다. 아카는 멈추지 않고 무심하게 아시나의 옆을 지나쳤다. 이번엔 아시나가 졸졸 아카의 뒤를 따라갔다.

"크라차 좋아?"

"아니."

"정말? 페시안보다 안 좋아?"

"뭘 기준으로?"

잠시 아카가 멈춰 서자 아시나가 불쑥 옆으로 고개를 내밀며 되물었다.

"기준?"

"좋다는 네 기준을 모르겠는데."

"당연히!"

"당연히?"

아시나가 자신 있게 외쳤다.

"음식과 미모! 당연한 거 아니야?"

이 당연한 걸 모르다니. 믿을 수 없어.

두 눈을 동그랗게 뜬 아시나가 무색하게 아카는 별말 없이 그녀를 무시하고 지나쳤다. 거의 한심하다는 반응에 가까웠다. 아시나의 행선지를 추측해 앞서 걷기 시작한 아카의 뒤를 아시나가 졸졸 따랐다.

"미소년 많아?"

"미녀는 많아."

"엇, 그건 좀 별로인데."

아시나는 진지하게 한숨을 내쉬었다.

"내가 미소녀 초상화는 안 모아서. 그건 딴 놈이 모으고 있는지라."

진심으로 아쉬운 표정을 짓는 아시나를 보며 얘는 대체 뭔가 생각했다. 아시나가 싱긋 웃었다.

"우리 내기했거든. 누가 더 미인을 많이 만나고 오는지. 그래서 걘 미소녀, 난 미소년. 이렇게 지도 만들어서 누가 더 많이 보고 왔는지를 겨루고 있어. 물론 정보 공유도 하고."

난데없는 설명에 아카가 인상을 찌푸렸다.

"그래서 어쩌라고?"

"아쉽다고."

왜인지 모르게 뭔가 말린다는 기분을 지우지 못한 그는 자신을 따라오는 아시나를 돌아보았다.

남자가 여행한다며 돌아다니는 건 많이 보았다. 자고로 여행자라는 것은 말이 여행자지, 다시 말해 떠돌이에 가까운 존재. 어디를 가도 환영받지 못하는 자들이었다. 그런데 남자도 힘든 여행을 여자 혼자서? 그렇다고 흔한 떠돌이처럼 집이 없는 건 아니었다. 집으로 돌아가는 중이라고 했으니. 확실히 눈앞의 여자는 빌어먹고 사는 기색도 없었고 정처 없이 이곳저곳 헤매는 것 같지도 않았다.

그럼 대체 왜 여기에 있는 거지?

이곳이 알 페시안만 되었어도 의심하지 않았다. 죽음의 사막이라 불리는 곳만 아니었으면 이렇게 따라붙지도 않았다. 애초에 이곳은 누군가가 헤매고 있을 이유가 없는 땅이 아니던가. 남대륙인이라면 몰라도 여자는 피부부터 확실한 북대륙인이었다.

팔려 온 건가. 아니라는 건 알지만 자꾸 의심이 들었다. 정말 팔려 억지로 온 것도, 노예라서 도망치는 것도 아니라면 도대체 이곳에 있을 이유는 뭐란 말인가. 빨리 페시안으로 가야 한다는 건 알았지만 아카는 눈앞의 여자를 쉽게 보내 줄 수가 없었다.

이런 여자가 대체 여기엔 왜?

처음부터 들었던 의문은 지워질 생각을 하지 않고 점점 더 미궁으로 떨어졌다.

"페시안 관광은 잘 했나?"

어느새 아카를 앞질러 걸어가던 아시나가 살짝 뒤로 시선을 주었다. 탐색하는 기색이 사라지지 않은 걸 알고 있지만 아시나는 별다른 경계를 하진 않았다. 굳이 경계한다고 해서 달라지는 건 없을 테니까.

"신이 멋있더라."

전혀 생각지도 못한 감상에 아카가 미미하게 미간을 좁혔다.

"라 쿤."

"응."

"직접 봤나?"

"아니, 멀찍이서. 아주 우연히."

그래, 어마어마한 우연이었지.

사실 감옥에서 탈출하고 저잣거리에서 마주쳤던 그날, 뒤돌아보지만 않았어도 이런 일이 아예 없었을 거라는 걸 아시나도 알고 있었다. 후회한들 무엇하리. 이미 다 지나간 일이거늘. 그래도 왜인지 뭔가 시원섭섭한 기분을 감출 수가 없었다. 아시나가 잠깐 딴생각에 빠지자 아카는 그 옆모습을 나름 진지하게 지켜보았다.

"운이 좋은데? 뵙기 힘들다는 그 라 쿤을 봤다니."

"응? 본 적 없어?"

아시나가 두 눈을 동그랗게 떴다. 아키는 대답하려다가 잠시 미간을 좁혔다.

이 여자는 알 페시안에 가면 누구나 라 쿤을 볼 수 있을 거라 생각하는 걸까.

"당연하지. 원래 왕족은 보기 힘든 법이야. 축제가 있다고 해도 보통은 모습을 잘 드러내지 않으니까. 그래도 페시안 역사상 넷밖에 없었던 라의 칭호를 받은 쿤이라니. 나도 한번 보고 싶군."

"그렇구나……."

자신이 얼마나 희귀한 행운을 잡았었는지 전혀 모르는 듯한 표정으로 아시나가 고개를 끄덕였다. 굳이 깊게 상관하고 싶지 않았지만 가만히 지켜보고 있으려니 저도 모르게 답답해서 아카는 이맛살을 구겼다.

"아무튼 멋있었어."

"……."

이 여자가?

아카가 인상을 찌푸렸지만, 아시나는 그렇게 결론을 내리고 아무 일도 없었다는 듯 다시 걸어갔다. 묘하게 그 아무렇지 않은 태도가 마음에 안 들어서 아카는 저도 모르게 대꾸했다.

“그래, 평생 멀리서라도 한 번 뵌 걸 자랑스럽게 떠들고 다녀도 될 행운이라고.”

“어머, 그 정도야?”

뭘 그렇게 호들갑을 떠느냐는 반응에 아카가 발끈했다. 도발하려 한 건 아니었지만 아시나는 살짝 놀랐다. 얘가 왜 이러지?

“페시안의 내전을 모두 정리하고 폐허가 된 나라를 이 정도까지 끌어올린 남자다. 굳이 신이 아니라도 대단하지 않나? 물론 신의 이름이 함께했기 때문에 그럴 수 있었던 거지만.”

“어, 잘 아네?”

“이 정도는 기본이지.”

무언가 익숙한 기분이 든다면 그건 단순히 잠을 못 잔 탓이려나.

그 남자가 대단한 왕이건 뭐건 아시나는 그리 큰 관심이 없었다. 아니, 정확히는 관심을 갖고 싶지 않다는 게 더 정확했다. 어차피 다시 볼 일도 없을 텐데. 마음 한편이 허하게 비워지는 기분이 낯설어서 괜히 인상을 찌푸렸다. 근데 이놈은 왜 물어보지도 않은 말을 해서 사람 속을 심난하게 만들어?

“크라차랑은 원수 아냐?”

나시르에게 들었던 이야기를 꺼내며 아시나는 아카를 돌아보았다.

“남의 나라 왕을 그렇게 칭찬하는 거, 드문데?”

“인정할 건 인정해야지.”

그렇게 말하는 아카는 유감없는 표정을 하고 있었다. 사실 따지고 보면 맞는 말이었지만 아시나는 묘하게 기이한 기분이 들어서 쉽게 수긍하지 못했다.

"아카는 대단하구나?"

그래도 인정하는 건 쉽지 않은 법이었다. 하물며 상대가 적일 경우엔 더더욱. 아시나의 말에 아카가 뭐가 문제냐는 듯 어깨를 으쓱였다.

"그만큼 페시안의 살아 있는 신이 대단한 거겠지."

"그래도 그걸 인정한다는 건 다른 의미로 대단한 거야."

그 다른 의미가 뭐냐고 묻고 싶었지만 묻기도 전에 아카는 자신의 시선을 사로잡은 광경에 먼저 신경을 쏟았다.

"아, 저거."

아카가 가리킨 쪽은 동쪽이었다. 아시나는 아카가 멈춰 서자 의아해하며 같이 동쪽으로 고개를 돌렸다. 아직 멀고 흐릿하긴 했지만 멀리 동쪽에서부터 점점 커지는 게 뭔지 모를 리는 없었다. 짙고 깊은 진흙탕처럼 불어오는 소용돌이. 사막의 모래 폭풍이었다.

"모래 폭풍?"

귀찮게 됐다. 아카는 인상을 찌푸렸다. 아시나는 사막을 떠나기 전에 만난 모래 폭풍이 내심 반가웠다. 나름 동토에서 얼음 폭풍도 만나 봤는데 사막에서 그 유명한 모래 폭풍을 만나지 않았다면 조금 서운할 뻔했다. 물론 여기서 살아남아야지 지껄일 수 있는 소리긴 했지만.

수르트에서 생각보다 모래 폭풍이 위협적이지 않다고 들은 아시나는 별로 겁을 먹지 않았다. 아카도 성가신 것 빼곤 별문제가 없다고 생각했다. 바로 그 순간까지는.

아시나는 갑자기 경계를 곧추세우는 아카의 모습에 고개를 갸웃했다. 어리둥절한 아시나를 돌아보지도 않고 아카는 지평선 너머의 모래 산을 가늘게 뜬 눈으로 노려보았다.

"왜 그래?"

"뭔가를 본 것 같아."

잔뜩 가라앉은 목소리. 아시나는 의아했다.

"응? 뭐가 있는데?"

"……."

아무리 봐도 아시나의 눈엔 아무것도 보이지 않았다. 시력의 문제인 걸까. 아시나가 콧잔등을 찌푸렸을 때였다. 한참 어딘가 허공을 노려보던 아카가 갑자기 아시나를 돌아보았다. 아시나는 그 기세에 깜짝 놀라서 저도 모르게 한 걸음 물러났다.

"왜 날 봐?"

"너."

아카가 아시나의 어깨를 붙잡았다. 어깨가 부서질 듯한 힘. 아카의 낮은 목소리가 사납게 울렸다.

"누구한테 쫓기고 있냐?"

아시나는 저도 모르게 두 눈을 동그랗게 떴다. '이게 대체 무슨 소리지.'라는 생각 다음으로 든 건 '어떻게 알았지?'라는 호기심이었다. 하지만 그걸 물어서는 안 된다는 건 아시나가 잘 알았다. 아카는 험악한 표정으로 그녀를 내려다보았다. 재빨리 표정을 바꿨지만 이미 들킨 뒤였다. 소리 없이 자신을 노려보는 시선에 대고 아시나는 머리를 짚고 싶은 걸 간신히 참아 냈다. 뜬금없이 이게 무슨 질책이란 말인가. 이 상황에서는 어떤 말을 해도 좋지 않았다. 그걸 알기 때문에 그녀는 침묵했다. 물론 침묵 역시 좋지 않은 선택이었다.

"……."

"……."

둘 사이에 흐르는 불편한 침묵. 아카가 왜 이렇게 험악하게 나오는지 의문이었다. 아시나는 자신을 노려보는 시선을 뻔뻔하게 응시하며 맞받아쳤다. 대체 내가 쫓기고 있는 거랑 네가 무슨 상관인데. 아시나의 붉은 눈동자가 무언으로 전하는 뜻을 알아차린 아카가 단박에 이맛살을 찌푸렸다.

"뭐."

무슨 할 말이라도 있어?

아카는 그 시선에 대꾸하지 않았다. 여전히 둘 사이엔 침묵뿐이었다. 아시나는 조금 복잡한 기분이 들었다. 그 남자하고는 단 한 번도 이런 침묵을 두고 벌이는 신경전을 버티지 못했는데 이상하게 아카하고는 가능했다. 기묘한 기분이었다. 대체 아카랑 그 남자랑 차이가 뭐기에?

바람에 후드가 살짝 벗겨졌다. 은색의 머리카락이 살짝 드러났다가 가려졌다. 여전히 아시나의 얼굴에 걸려 있는 마스크 위로 드러난 두 눈동자가 올곧게 아카를 쳐다보았다. 벽처럼 완고한 태도에 아카는 인상을 구겼다. 미묘한 신경전이 어느 정도 끝나 가고 있었다.

"아픈데 어깨 좀 놓지?"

무엇이 그리 불만인지 노려보던 아카가 슬그머니 아시나의 어깨를 놔주었다. 경계 어린 반응을 지우지 않으며.

아무리 어려 보인다 해도 남자는 남자였다. 부서질 듯 쥔 어깨가 찌릿찌릿했다. 아시나는 아카가 잡은 어깨를 다른 쪽 손으로 짚어

보고 낮은 한숨을 내쉬었다. 더럽게 아프네.

"내가 쫓긴다는 건 어떻게 알았어?"

아카는 말이 없었다. 무언가를 깊이 생각하는 듯한 반응에 아시나는 조용히 입을 다물었다.

"남쪽에서 무언가가 오고 있다."

한참 뒤에 그가 말했다. 아시나는 눈을 동그랗게 뜨고 남쪽을 돌아보았다. 아까 아키가 노려본 자리였지만 아시나의 눈엔 여전히 아무것도 보이지 않았다. 그냥 똑같은데? 앞뒤, 양옆 모두 똑같은 풍경이었다. 아, 모래 폭풍이 오고 있는 동쪽은 제외.

해가 이미 지평선 너머로 숨은 뒤라 점점 어둑어둑해지고 있어서 더 분간할 수가 없었다. 단순히 시력의 문제는 아닌 것 같은데.

"어떻게 알았어?"

"모래바람만 봐도 알 수 있어."

고저 없이 말을 내뱉은 아카가 뒤이어 덧붙였다.

"생긴 게 다르거든."

뭐가 어떻게 다르다는 건지 아카는 구체적으로 설명해 주지 않았다. 그래도 아시나는 얼추 그 어조에서 의미를 알아차렸다. 말들이 달려서 만들어 내는 먼지를 말하는 건가. 그렇다면 아귀가 맞았다. 말을 타고 사막까지 와서 쫓는 사람이 있다는 건, 어떤 의미로든 정당하지 못하게 도망치고 있다는 의미밖에 되지 않는 법이니까. 골치 아프네. 아시나는 묘한 표정을 지었다. 인상을 쓰는 건지 마는 건지 애매한 표정을 짓고 있으려니 아카가 먼저 표정을 구겼다.

"누구한테 쫓기는 거지?"

"알고 싶어?"

"아니."

아카는 제가 먼저 물어 놓고 아시나의 물음에 바로 칼같이 거절했다. 딱 봐도 골치 아픈 상황에 잘못 엮였다는 걸 아는 모양이었다. 아시나는 단칼에 멀어지는 아카를 보며 한탄했다. 눈치 한번 빠르네. 적어도 얜 억울한 일은 겪지 않겠다 싶었다.

적어도 하루는 벌 줄 알았는데. 벌써 무언가가 쫓아오고 있다는 소식은 아시나를 침울하게 만들었다.

어떻게 안 거지? 궁만 벗어나면 선택할 수 있는 길은 많았다. 사막은 그중 하나일 뿐인데. 아시나는 이렇게 쉽게 자신이 사막으로 도망쳤다는 걸 들켰다는 사실을 믿을 수가 없었다. 더불어 이해되지 않았다. 이렇게까지 자신을 쫓는 베히다트가.

어째서 이렇게까지?

고민과 걱정과 염려로 얼룩져 아시나는 깊은 생각에 잠겼다. 어차피 아시나 앞에 있는 선택지는 하나뿐이었다.

"짧은 시간이었지만 만나서 반가웠어. 근데 이젠 나랑 떨어지는 게 네 신상에 좋을 것 같다?"

"알고 있거든?"

아시나의 빠른 인사에 아카는 얼굴부터 구겼다. 자신의 상냥한 배려를 아카가 까칠하게 받아치자 아시나는 조금 시무룩했다. 그래도 나름 생각해 준 건데. 아시나가 서운하다는 듯 올려 보자 아카도 찔리긴 한 건지 잠시 이마를 찡그렸다.

"죄라도 지었냐?"

"아니."

아시나는 당당했다. 죄라면 페시안 땅을 밟은 게 죄가 되려나.

애초에 밟으려고 작정해서 밟은 것도 아니라서 마냥 억울했다.

하도 대답이 태연하니 아카는 긴가민가 헷갈리는 기색이었다. 물론 의심하는 기운이 더 강하긴 했다. 하지만 그에게 해 줄 말은 더 이상 없었다. 만난 지 이제 반나절이 넘어가는 남자의 뭘 믿겠는가. 그냥 어깨만 으쓱일 뿐.

"근데 사실 내 존재 자체가 죄가 아닐까? 난 너무 예쁘잖아. 아무튼 미인의 운명이란."

"……."

아시나는 심각한 표정으로 제 머리를 짚었다. 엄마는 대체 어쩌자고 날 이렇게 예쁘게 낳아 놓은 걸까. 정말 피곤해 죽을 것 같네.

"하긴 세상 어느 남자가 날 보고 손아귀에 넣고 싶지 않아 하겠어. 안 그래?"

"다물어라, 좀."

아카가 짜증을 냈다. 도저히 이건 못 들어 주겠다는 기색이 역력한 태도였다. 그러거나 말거나 아시나는 여전히 초연했다. 입을 다물면서도 이게 뭐가 잘못되었냐는 듯 묻는 시선을 고깝게 쳐다보며 아카가 기어코 한마디를 했다.

"무슨 여자애가 부끄러움도 없이……."

"그런 게 왜 필요해? 내가 이렇게 예쁜데!"

담담하게 제 후드를 만지며 대답하는 폼이 얼마나 대단하던지 아카는 순간 하려 했던 타박도 잊어버렸다. 지금까지 제가 봐 왔던 여자들과 너무 달라서 그런가, 아니면 이 여자가 단순히 미친 걸까. 생긴 건 멀쩡한데 하는 짓이랑 하는 말이 너무 상상을 초월하니 아카는 잠시 혼란이 왔다.

"……말을 말자."

거의 포기 선언에 가까운 대꾸에 아시나는 빙그레 웃었다. 눈매가 휘어져서 웃음기를 머금은 것뿐인데도 사람을 묘하게 홀리는 분위기였다. 아카는 시선을 잡아끄는 눈빛 때문에 미미하게 얼굴을 구겼다. 정말 인정하기 싫지만 이렇게 보고 있으니 아시나의 말이 맞는 것 같아 짜증이 치솟았다. 아무튼 이 빌어먹을 여자.

뭔가 개운치 않은 건지 쉽게 떠나지 못하고 멀뚱히 서 있는 아카를 빤히 올려 보던 아시나가 그를 붙잡았다. 아카를 보내기 전에 부탁할 것이 딱 하나 있었다.

"야, 가기 전에 나 이거 하나만 물어보자."

"뭔데."

아카는 의외로 순순히 대꾸했다. 아시나는 아까 아카가 노려보았던 남쪽을 가리켰다.

"네가 생각하기엔 저기 무리가 나한테 오기까지 몇 시간 정도 걸릴 것 같아?"

"길면 여섯 시간."

더 생각해 볼 것도 없다는 듯 튀어나온 대답에 아시나가 눈을 가늘게 떴다.

"짧으면?"

"한 시간."

"……."

도대체 그사이에 어떤 변수가 있어야 그렇게 어마어마한 시간 차이가 나는 것인가. 하지만 아시나는 일단 아무리 길어도 여섯 시간이라는 부분에서 제일 먼저 좌절했다. 궁을 떠날 때, 하루 정도는 벌 거라고 생각했는데 예상이 빗나갔다. 도대체 뭐가 문제지? 내 계획은 완벽했는데.

제가 상대를 과소평가를 한 건지 상대가 자신을 너무 잘 파악을 한 건지 구분할 수 없어 괴로웠다. 목격자가 있었나.

"저기, 아카?"

"왜?"

"너의 가련하고 가여운 친구를 위해 조언 한마디 해 주지 않겠니?"

아카가 휙 가 버릴까 봐 아시나는 일부러 붙잡은 옷자락에 힘을 주었다. 물기 어린 촉촉한 시선은 덤이었고.

아시나 손에서 구겨지는 제 옷자락을 내려다보던 아카는 정말 귀찮고 어이없고 짜증난다는 표정으로 되물었다.

"누가 네 친구야?"

보통 이런 말을 들으면 민망해하며 물러나기 마련이다. 하지만 과연 아시나. 그냥 눈을 두어 번 깜빡이더니 표정 하나 바꾸지 않고 태연하게 말을 이었다.

"옷깃만 스쳐도 인연이라는데 우린 무려 이 넓은 사막에서 이렇게 만나 요렇게 대화까지 하고 있잖아. 당연히 운명이지. 너는 내 운명."

"……."

"그러니까 말해 봐. 뭐가 되었든."

아카는 잠시 생각에 잠겼다. 하는 태도와 생김새가 워낙 딴판이라 정체를 쉽게 가늠하긴 어려웠지만 기본적으로 어디다 던져 놔도 잘 살 여자였다. 그런데 이렇게 뻔뻔한 여자가 피할 정도의 상대는 대체 누구인 걸까. 잡히는 게 문제가 아니라 그 이상의 것을 두려워하는 기색이 은연중에 드러났다.

노골적인 탐색의 시선에도 눈 하나 깜짝 안 하는 여자를 안절부절못하게 만드는 그 무언가가 궁금해졌다. 미미하게 호기심이 피어난다. 하지만 아카는 이 여자에게 관여하는 순간 분명 어떤 일이 생길 것이라는 걸 알고 있었다. 그리고 그 어떤 일이 무척이나 피곤하고 귀찮고 짜증 나는 일이 될 것이라는 것도. 과연 그 귀찮음과 성가심을 감수할 만한 일일 것인가, 이것이. 그는 쉽게 결정할 수 없었다.

"그렇게까지 피하고 싶어?"

"응."

"잡히고 싶지 않은 이유가 뭔데?"

떠보듯 던진 말에 아시나는 가볍게 받아쳤다. 이런 건 익히 겪었다는 듯이.

"원래 쫓아오는 게 있으면 도망가고 싶은 게 인간의 본능 아닐까?"

"……."

딱히 어떤 진지한 답변을 기대했던 건 아니었지만 이런 대답이 돌아올 거라 예상하진 못했다. 뭘 더 원하냐는 표정인 아시나를 지긋이 내려다본 아카는 가볍게 피식 웃었다. 상황만 좋았다면 조사해 봤을 텐데. 깨끗한 붉은 눈동자가 쓸데없는 호기심을 만들고 후드로 가린 머리카락이 순간순간 드러날 때마다 그 호기심을 자극했다. 이렇게 특이한 여자가 세상에 또 있을까? 궁금하지 않은 건 아니었으나 아카는 이만 이 여자한테서 떨어지는 게 좋겠다고 판단했다. 굳이 붙어 있지 않아도 이 호기심은 얼마든지 해결할 수 있으니까.

"모래 폭풍 쪽으로 가."

아시나는 고개를 갸웃했다. 모래 폭풍? 지금 자신이 제대로 들은 게 맞단 말인가. 다시 한 번만 말해 보지 않겠느냐는 시선을 보내니, 그 의심을 상쇄시키기라도 하듯 아카가 덧붙여 말했다.

"폭풍 안에선 먼지 때문에 한 치 앞도 볼 수 없을 테니 쉽게 몸을 숨길 수 있을 거야."

아시나가 표정을 굳혔다. 조언이 참 미덥지 못했다. 하필 모래 폭풍으로 가라니.

"지금 날 지옥으로 보내는 건가, 친구?"

"싫으면 진짜 지옥으로 기어가든가."

"윽."

싫으면 하지 말라는 다소 무책임한 태도 때문에 믿음은 안 가지만 뭐, 진짜 지옥으로 기어 들어가는 것보단 나았다. 한번 시도해 볼 만한 것 같기도 하고. 미친 짓 같다는 생각이 들었지만 어쩌겠는가. 아시나는 원래 미친 짓을 좋아했다. 해 볼 게 생겼는데 망설인다는 것은 말도 안 되는 법. 빠르면 한 시간 안에 잡힐지도 모른다는, 발등에 떨어진 불이 안 그래도 대단한 아시나의 행동력을 자극했다. 아시나는 당장 동쪽으로 방향을 틀었다. 물론 그러기 전에 자기 주머니부터 뒤졌다. 아시나가 꺼낸 건 두 가지였다. 하나는 귀찌 그리고 다른 하나는…….

"이게 뭐야?"

"답례."

아카는 난데없이 자신의 손에 쥐어진 작은 토끼 인형을 보고 다소 황당해했다. 설마 조언을 해 준 그 답례인가 싶어 아카가 주저할 때 아시나가 먼저 인사했다.

“나중에 또 보자. 도와줘서 고마워, 친구.”

손까지 흔들며 싱긋 웃는 그 얼굴로 마주하는 것도 잠시, 아시나는 성큼 가 버렸다. 망설임도 없이 단번에 행동에 옮기는 모습에 아카는 이마에 주름을 잡았다. 길거리에서 만난 지 반나절도 안 된 남자가 한 말을 대체 뭘 믿고 저런단 말인가.

“……뭐 저리 실없는 여자가 다 있어.”

그래도 두어 번 정도는 제정신이냐 물어볼 줄 알았는데. 뭐에 홀린 기분이었다. 아카는 제 손에 남은 토끼 인형을 불만스럽게 쳐다보다 주먹을 꽉 쥐었다.

“도대체 정체가 뭐야?”

노을이 모래알들을 더욱 붉게 비추자 빛이 만들어 낸 음영 때문에 사막은 마치 다른 세상에 들어온 듯한 기분이 들게 했다. 사막에 저주가 있다는 미신에도 떨지 않는 강건한 전사들이었지만 건조한 모래바람과 사정없이 내리쬐는 뙤약볕은 그들에게도 힘들었다.

그러나 베히다트에게 스쳐 지나가는 모래 섞인 굵은 바람은 익숙한 것이었다. 그는 불과 몇 주 전까지만 해도 제가 유랑하던 지르다를 냉정하게 내려다보았다.

끝없이 펼쳐진 모래 바다. 물도 나무도 그 무엇도 없이 오로지 모래와 바위만이 존재하는 곳. 생명이 존재할 수 없다 하여, 죽음만이 남았다 하여 경외하듯 죽음의 사막이라 부르는 장소였다. 이름은 살벌했지만 그는 이곳을 꽤 좋아했다. 모든 방문자가 고독을 배우는 땅. 남대륙에서 가장 외로운 곳이었으니까. 성가신 모든 것에서 해방될 수 있는 곳이기도 했다.

사실 사막에 들어오기 전까지 확신할 수 없었다.

하지만 어째서인지 하얗게 빛나는 모래를 밟으니 그런 기분이 들었다. 이 어딘가에 분명히 그 여자가 있을 거라는 확신 어린 예감. 분명 있었다, 이 어딘가에. 마음 같아서는 사막 전부를 뒤집어 놓고 싶었지만 그런 방식으로는 잡기 힘들 게 뻔했다.

“감히.”

들끓는 감정은 격렬하게 뒤틀렸다. 인간이 이런 기분도 느낄 수 있단 말인가. 이것이 분노인지 증오인지 배신감인지는 이제 중요치 않았다. 대체 이 기분이 어디에서 오는지도 상관없었다. 그저 이 감정을 만들어 낸 상대를 잡아다가 묻고 싶을 뿐. 아니, 묻지 않아도 좋았다. 잡아서 눈앞에 끌어다 놓을 수만 있다면……. 억세게 쥔 손이 저절로 떨려 왔다.

“개미 새끼 한 마리 보이지 않습니다.”

워낙 광활한 지역이다 보니 수색이 쉽지는 않았다. 그렇다고 해도 불가능할 정도로 어려운 것은 아니었다.

“서쪽으로 간 수색대가 신호를 보냈습니다. 별다른 건 없답니다.”

“수르트로 먼저 보낸 수색대는?”

“그쪽도 소득이 없습니다.”

마흔 남짓한 적지 않은 전사들이 대규모로 수색 중이었으나 단서는 쉽게 잡히지 않았다. 전사들은 솔직히 말해 지금 상황이 낯설었다. 대역죄인이 도망친 것도 아닌데 굳이 자신들이 동원된 이유를 알 수 없었다. 그러나 어리둥절한 상태에서도 충실히 명령을 이행하고 있다는 점은 역시 아제미라는 소리가 절로 나오게 했다.

"파시 쪽으로 갔을 경우도 배제할 수 없습니다."

"하지만 도망자가 사막의 길을 제대로 알겠습니까?"

"엉뚱한 방향으로 갔을 가능성도 낮지 않습니다."

"그런데……."

한창 이어지던 대화가 끊기고 한 전사가 시선을 앞으로 돌렸다. 그 시선이 닿은 곳은 맨 앞쪽, 가장 빠른 흑마를 타고 있는 남자였다.

"대체 누굴 찾기에 시하드께서 직접 나선 겁니까?"

한껏 낮춘 음성은 순수한 호기심이라기보다 공포 어린 두려움에 가까웠다. 모두의 숨소리가 잦아들었다. 모든 전사들이 같은 마음을 느끼고 있었으니까. 직접 나선 것 자체도 놀라웠지만 말 한마디 하지 않고도 모두가 느낄 수 있는 살기는 무서울 지경이었다. 맹세코 라 쿤이 저렇게 분노한 모습은 처음이었다. 십여 년 전 페시안을 피로 물들인 내전을 정리할 때도 그는 침착했다. 심지어 자신을 배신하고 다른 왕자를 쿤으로 올리려고 했던 자들을 베면서도 일말의 동요조차 없었다. 사막을 가르는 말발굽 소리만이 규칙적으로 들리는 가운데 아제미를 이끄는 단장이 조용히 입을 열었다.

"우리는 그저 우리 할 일만 하면 된다."

더 이상 누구도 질문을 하지 않았다. 기묘한 침묵이 내려앉았다. 모두가 언제 터질지 모르는 분노에 소리 없이 두려워했다.

"해가 지고 있습니다. 완전히 지고 나면 추적을 하기가 더 까다로워질 겁니다."

뛰어난 추격자들이라고 해도 한계는 있는 법. 열악해도 아제미들은 끊임없이 희미한 흔적들을 찾아내고 있었다. 확실하지 않지만 발자국은 북쪽을 향하고 있었다. 정확히 수르트가 있는 방향이었다. 발자국이 어디로 가고 있는지를 찾아낸 안도도 잠시, 동쪽으로 갔던 수색대가 긴급하게 돌아왔다.

"모래 폭풍이 오고 있습니다!"

그리고 그와 동시에 다른 누군가가 외쳤다.

"북동쪽에서 뭔가를 발견했습니다!"

아시나는 자신이 낼 수 있는 최대한의 속력으로 동쪽을 향하는 중이었다. 길을 잃을지도 모른다는 건 중요하지 않았다. 지금 잡혀서 죽느냐 안 잡히고 사느냐가 달려 있는데 그놈의 길이 문제겠는가. 문득 그녀는 한숨을 내쉬었다.

내가 어쩌다 이런 처지가 되었지?

도망이라면 이골이 날 정도로 쳐 봤고 사기도 그에 못지않게 쳐 봤지만 전혀 이 상황이 반갑거나 익숙하거나 좋지 않았다. 이러려고 온 게 아닌데. 망할. 사막이 아무리 넓다지만 저 멀리 있는 폭풍은 아직도 작게만 보였다. 아니면 다가갈수록 멀어지는 상황이거나. 이 우울한 현재에 그나마 남아 있는 행운이라면 밤이 오고 있다는 것이었다. 밤이라고 안심이 되는 건 아니지만.

"어쩐지 엄청 찝찝하다 했어."

궁을 너무 쉽게 빠져나온 게 문제였나? 뭔가 다른 사건을 벌이고 빠져나왔어야 했나?

예상한 것보다 더 빠른 추격에 아시나는 불만스러운 표정을 지었다. 뭔가 조치를 취할 거라는 건 알고 있었다. 아시나가 아는 라 쿤은 절대 호락호락한 인간이 아니니까. 비록 알고 지낸 지는 얼마 안 되지만 그 정도는 '척하면 척' 아닌가. 그렇다고 이렇게 빨리 뒤쫓아 올 것을 예상했다는 의미는 아니었다. 도대체 뭐가 문제였을까?

"역시 뒤처리가 너무 허술했나?"

후회는 아무리 빨라도 늦는 법. 아시나는 좀 더 신경 쓸걸 하고 후회했다가 그게 그 당시의 최선이었다는 걸 기억해 내고 한숨을 내쉬었다. 집이었다면 완벽하게 탈출할 수 있었는데, 역시 남의 나라는 이런 점에서 마음에 들지 않았다. 제집처럼 헤집어 놓을 수가 없으니까.

아무리 그래도 이건 너무 빠르잖아! 대체 내가 사막으로 도망치는 걸 어떻게 안 거야? 흔적 하나도 안 남겼는데!

"이건 사기야."

사막으로 도망친 건 수르트로 가는 가장 빠른 길이라서 그런 것도 있지만 뭣보다 사막 자체를 꺼리는 페시안인들의 반응 때문이기도 했다. 도대체 내가 사막으로 도망친 걸 어떻게 안 건데! 도망치는 방법은 많잖아! 도시로 가서 숨어 있다가 잠잠해지면 튄다거나, 아니면 도시 외곽 쪽으로 알음알음 도망친다거나! 얼마나 다양한 방법이 있는데 바로 사막으로 뛰어왔냐고!

"망할."

결국 험한 소리가 입에서 튀어나오고 말았다. 아시나는 일단 이 거지 같은 상황에서 벗어나고 싶었다. 사막이면 도망치는 게 쉬울 줄 알았는데.

그나마 조금 다행인 건 누군가가 쫓아온다는 걸 미리 알았다는 사실이었다. 그것만큼은 아카에게 감사했다. 물론 정체를 신용할 만하다고 생각하진 않았지만. 아무튼 걔도 뭔가 찜찜했다.

"도대체 뭐하는 놈이지?"

애써 억누르고 있던 궁금증이 뒤늦게 터졌다. 이미 만난 장소가 사막이라는 점부터 예사롭지 않긴 했다만. 음, 웬만하면 지금 제 앞가림도 힘든 지경이라 오지랖을 떨지 않으려고 신경 끄고 있었는데 이쯤 되니 의아했다. 일단 시력이 좋다는 거랑 칼을 쓸 줄 안다는 건 확실했다. 근데 크라차 사람이 왜 페시안에 가려는 거지? 페시안에 뭐 볼일 있나?

"……캐물어 볼 걸 그랬나."

조금만 캐물어도 뭔가 알 수 있을 것 같긴 한데.

말은 그렇게 했지만 아시나는 지금 눈앞에 아카가 있어도 캐물어 볼 생각이 없었다. 뭔가 숨기고 있는 기색이 폴폴 나기는 했지만, 괜히 가벼운 마음으로 호기심에 파 봤다가는 자신이 손해를 입을 것 같은 느낌이 들었다. 대개 그런 예감이 들면 그러지 않는 게 좋았다. 이건 오랜 시간 엄마 밑에서 굴러먹던 교훈이었다. 아주 뼈아픈!

서쪽에서 그나마 빛나던 해가 완전히 고개를 숙이자 사막이 순식간에 어두워졌다. 아직은 황혼이 남아 있었지만 밤이 오고 있었다. 주제넘은 감상도 잠시, 아시나는 서쪽의 언덕 너머로 희미하게 보이는 인영 때문에 조용히 경악했다.

"미친."

한 시간은 걸린다며!

발걸음이 느려진 것도 잠시 아시나는 기겁해서 뛸 준비를 했다. 아무리 뛰어도 말이 뛰는 것과 같진 않겠지만 어쩌겠는가, 말이 없는데. 이게 뭐야. 아카가 생각보다 무능한 건지 아니면 저 인간들이 생각보다 뛰어난 건지 아시나는 감을 잡을 수 없었다.

서둘러 가고 있지만 속은 이미 한 차례 뒤집혔다.

꺼져 가는 마지막 노을빛의 음영으로 볼 수 있었던 것이기에 아시나는 설마설마하며 마음을 졸였다. 내가 여기 있는 걸 봤나?

시야에 보이지 않을 땐 긴가민가했지만 저 멀리 지평선 너머 모래 언덕에서부터 내려오는 일련의 무리들을 보고 있자니 이젠 제대로 실감이 났다. 정말 쫓기고 있었다. 그게 라 쿤의 무리인지는 모르겠지만 여기까지 저렇게 많은 인간들을 데려올 수 있는 건 그 남자밖에 없을 테니 확실했다. 잡히지 않을 거라는 자신감은 이미 쏙 들어가 버린 지 오래였다. 아시나는 현실을 외면하지 않으려 부단히 노력해야 했다. 난 아직 죽기 싫은데!

절대로 잡히고 싶지 않았다. 다시 잡히면 분명 어, 음, 죽을 거야. 확실해.

"아, 어쩌지?"

일단 가장 큰 모래언덕 밑으로 숨긴 했는데 그게 고작이었다. 아직도 모래 폭풍은 저 멀리에 있었다. 저 안으로 들어가는 건 아무래도 힘들 성싶었다. 저 안에 들어가는 것보다 뒤에서 쫓아오는 인간들한테 잡히는 게 먼저일 듯했다. 아시나는 재빨리 주변을 둘러보았다. 아무리 봐도 숨을 곳이 마땅하지 않았다. 여긴 분명 더럽게 넓고 더럽게 울퉁불퉁했으나 그만큼 시야가 무척이나 탁 트여 있었다. 아시나는 복잡한 마음으로 머리를 쓸어 올렸다. 혹시 몰라 꺼냈던 귀찌를 귀에 다시 꽂으며 그녀는 빌었다. 부디 제발 아무 일이 없기를. 최대한 눈에 띄지 않으려 아시나는 슬금슬금 발걸음을 옮겼다.

분명 열심히 모래 폭풍에게 가고 있는데 어째서 근처에도 못 간 기분이 드는 걸까. 겉으로 보기에 모래 폭풍은 엄청 꾸물꾸물 느릿하게 움직였다. 아시나는 살짝 회의감이 들었다.

"내가 아는 모래 폭풍은 막 칼날같이 와서 모든 걸 집어삼키는 그런 거였는데."

칼날은 개뿔, 오기나 했으면 좋겠다.

그사이에 주변이 어둑해져 시야가 많이 좁아졌다. 아무리 별이 많이 뜨면 뭐한단 말인가. 동쪽에서부터 뜨기 시작한 신월을 올려다보며 아시나는 한숨을 푹푹 내쉬었다. 모래 폭풍과 가까워졌다고 생각했는데 모래 폭풍은 아직도 저 멀리 너머에 있었다. 그리고 분명 멀리서 들리던 말발굽 소리가 어째서인지 아까보다 크고 우렁차게 사방을 울렸다.

가라, 가라. 제발 그냥 가라.

후드를 빈틈없이 쓰며 아시나는 천천히 걸었다. 하지만 얼마 걷지 못하고 그 자리에 멈춰서야 했다. 바로 옆을 스쳐 지나가는 바람 소리가 말발굽 소리보다 더 크게 느껴졌다. 그녀를 앞질러 나간 건 크고 건장한 검은 말이었다. 그대로 그냥 가 버렸으면 좋겠는데 말은 곧 멈춰 선 채 뒤돌았다. 그 위에 타고 있는 건 페시안의 전사였다. 낯익은 터번과 낯선 차림새. 아시나는 꽤나 복잡한 심정이 들었다.

곧이어 인사를 하듯 하나둘씩 아시나 근처로 모여들었다. 마치 포위하듯 그녀가 가야 할 길과 옆을 빈틈없이 막아선 전사들을 보며 아시나는 소리 없는 한숨을 내쉬었다.

난 망했어.

정말 뒤돌아보고 싶지 않았다. 아시나는 입술을 깨물었다. 말들이 '푸르릉' 입김을 내뿜었다. 딱히 말들이 위협하려는 건 아니었겠지만 상황이 상황인지라 위협적으로 느껴졌다. 소리 없는 한숨도 잠시. 등 뒤에서 느껴지는 기운에 아시나는 저도 모르게 몸을 움츠렸다. 이런 게 죽을 맛이라는 거구나. 아시나가 망설이며 주저하는 사이, 낯익은 목소리가 서늘하게 깔렸다.

"어딜 그렇게 급히 가는 거지?"

등골이 서늘하다는 건 이런 걸 말하는 것이었다. 식은땀이 절로 흘러내렸다. 아, 어쩌지. 본능은 뒤를 돌아보면 안 된다고 격렬하게 주장했으나 등 뒤에서 느껴지는 따가운 시선을 더 이상 버틸 수가 없었다. 아시나는 복잡한 표정으로 입술을 깨물었다.

굳이 누구라고 설명해 주지 않아도 알았다. 대체 어떻게 모르겠는가. 이 엄청난 존재감을.

차라리 엄마한테 붙잡힌 거면 웃으면서 애교라도 부려 볼 텐데. 아시나는 속으로 깊은 한숨을 삼켰다. 애초에 이런 상황이 닥칠 거란 건 염두에 두지 않았으므로, 대체 어떻게 대해야 할지 감이 잡히지 않았다. 선뜻 고개를 돌릴 수 없었다.

굵은 바람이 뺨을 긁듯이 지나갔다. 바람에 섞인 모래가 시야를 살짝 흐리게 만들었다. 아시나는 숨을 깊게 들이마셨다. 모래 섞인 공기는 전혀 개운하지 않았지만 그래도 들이마시고 나니 조금은 나아졌다. 요동치는 가슴을 들숨으로 짓누르고 아시나는 마음을 붙잡았다.

어둑어둑했던 하늘은 마침내 완전히 진 태양에 맞춰 칠흑처럼 어두워졌다. 별이 빛나기 시작하는 밤의 첫머리에 내려앉은 정적. 희미하게 남은 빛이 주는 광경은 마치 시간마저 멈춘 듯한 착각을 불러 일으켰다.

"아시나."

정적 위로 깔린 낮은 목소리. 아시나는 괜히 몸이 움찔했다. 낮게 깔린 음성은 다른 때보다 더 깊게 울렸다. 그게 참을 수 없이 자극적이어서 아시나는 입술을 앙다물었다. 순식간에 동요하고 만 자신이 정말 마음에 들지 않았다. 남들이 하루에도 수십 번씩 불러대는 이름이건만, 왜 저 남자가 부르면 이런 기분이 드는 걸까? 단순히 저 남자가 불렀다는 사실 하나로 다른 느낌이 든다는 게 마음에 들지 않았다.

"이리 와."

당연하다는 듯한 한마디. 마치 자신이 제 것이라도 되는 양 구는 그 태도가 정말 마음에 들지 않았지만 아시나는 어쩔 수 없이 고개를 돌렸다. 순순히 그를 돌아보는 자신을 용서할 수 없었다.

할 수만 있다면 끝까지 외면하고 싶었지만 돌아본 곳엔 그 남자가 기억 속 그 모습 그대로 그림처럼 서 있었다. 윤기가 흐르는 흑마 위에서 내려다보고 있는 베히다트는 여전히 위압적이고 위협적이었다.

"……도대체 왜 왔어요?"

긴장해서 깊게 잠긴 목소리가 작게 울렸다. 시끄러운 바람 소리에 섞여 제 목소리인데도 잘 들리지 않는데 베히다트는 용케 알아들었다.

이렇게까지 자신을 쫓을 이유는 없었다.

"그럼 널 이대로 놓아줄 줄 알았나?"

비웃음 섞인 대꾸에 아시나는 저도 모르게 한 걸음 물러났다.

"이리 와. 이대로 얌전히 온다면 봐주도록 하지."

오만한 명령에 아시나는 이게 뭔 헛소리일까 싶어 인상부터 구겼다. 얌전히 돌아갈 거였으면 처음부터 도망치지도 않았겠지! 하지만 왠지 그 말에 혹하는 것도 사실이었다. 정말 봐줄까? 그런 약한 마음이 들었다. 좋지 않은데. 생전 처음 아시나는 자신이 저지른 짓에 대해 책임지는 걸 두려워하고 있었다. 아니, 정확히는 앞으로 벌어질 어떤 일이 매우 무섭고 두려웠다. 그런 자신이 이상할 정도로.

다시 마주치지 않았으면 했다. 영원히 보지 않았으면 하고 도망친 남자를 맨정신으로 다시 마주하고 있는 건 정말 겪어 보지 않으면 모를 심정이었다. 마른침을 삼키며 아시나는 일단 숨을 내쉬었다. 머릿속을 정리하고 싶은데 그럴 틈이 없었다.

베히다트의 시선이 아시나의 위아래를 훑었다. 바로 앞에 갖다 놓으면 화가 더 솟구칠 줄 알았다. 그러나 익숙한 뒷모습이 시야에 잡혔을 때, 저도 모르게 불쑥 든 감정은 안도였다. 놀랍게도 저를 약 올린 여자가 바로 앞에 서 있는데 오히려 자신은 안심하고 있었다. 단순히 눈앞에 있다는 그 자체로 머리끝까지 치솟았던 화가 누그러졌다. 대체 어쩌고 싶은 건지 모를 혼란이 머리와 가슴을 흐트러뜨렸다. 울상인지 뭔지 모를 미묘한 표정을 하고 올려다보는 아시나를 당장 붙잡아 끌고 오고 싶었다.

"시하드시여, 모래 폭풍이 가깝습니다."

모래를 담은 탁한 바람이 거칠게 몰아쳤다. 태풍 자체는 아직 멀리 있었지만 여기까지 불어오는 바람은 예사롭지 않았다. 아시나는 대답이 없었다. 그는 그게 마음에 들지 않아 계속 그녀를 노려보았다.

"네 도망은 이미 끝난 것 같은데?"

최대한 건조한 목소리로 말하고 있었지만 베히다트는 휘몰아치는 감정을 애써 겨우 억누르고 있었다. 지금껏 갈고닦은 인내심이 아니었다면 당장 아시나의 팔목을 붙잡고 한계까지 몰아붙였을지도 모른다. 아시나는 움찔했지만 끝까지 대답하진 않았다. 그녀에게서 대꾸가 나온 것은 베히다트가 거의 포기할 때쯤이었다.

"날 죽일 거예요?"

무엇을 결심한 건지, 올려다보는 갈색 눈동자는 깨끗했다. 시선을 떼지 못하게 했던 그 눈동자. 어째서인지 붉은 기가 더 짙어진 것 같았다. 차라리 이 눈동자에서 두려움이나 공포의 편린을 엿보았다면 나았을까. 분명히 원하는 걸 손에 넣었는데 그의 기분은 기이하게도 점점 바닥을 쳤다.

"그게 궁금한가?"

"그럼 이 상황에서 안 궁금하겠어요?"

아시나는 어깨를 으쓱였다. 베히다트에게서 들려오는 대답은 없었다. 그는 조용히, 그러나 살벌하게 그녀를 주시하는 중이었다. 얼마나 눈빛이 살벌한지 그대로 죽이라고 명령해도 전혀 놀랍지 않을 것 같았다. 아시나는 괜히 도발했나 싶어 침을 삼켰다. 죽는 건 무섭지 않았다. 하지만 이대로 죽는 건 조금 억울했다. 아직 못 해 본 게 너무 많다고.

내가 군사들을 동원해서 잡아야 할 정도로 엄청난 죄인인 줄은 몰랐는데.

흘긋 모래 폭풍이 다가오고 있는 뒤를 훔쳐보다 잠시 시간을 계산했다. 휘몰아치는 바람에 후드에서 빠져나온 머리카락이 흔들렸다. 발에 힘주고 서 있지 않으면 날아갈 것 같은 바람이 불어닥치고 있었다. 단지 폭풍 주변만 해도 이 정도인데 저 폭풍이 여기에 닿는다면 얼마나 어마어마할까.

이 짓까지 하게 될 줄은 몰랐다.

잠시 손을 폈다 쥐며 그녀는 자신이 세운 계획을 실행할 마음의 준비를 했다. 아무리 생각해도 미친 것 같았지만 선택의 여지가 없었다.

"……."

뭔가 좋지 않은 기운을 감지한 건지 베히다트가 눈썹을 꺾었다. 아시나는 빙그레 웃었다. 강풍과 함께 모래가 같이 휘날리자 아카가 말한 대로 시야가 흐려졌다. 한 치 앞도 안 보일 정도는 아니었지만 폭풍 안으로 들어간다면 정말로 그렇게 되리라. 그래, 이거면 됐어.

사실 다급하게 머리를 굴려 떠올린 작전이라 별 기대를 하지 않았다. 다만 어둠이 깔린 밤이라는 점, 전사들은 하나같이 말을 타고 있다는 점, 그리고 이렇게 말 탄 기사들한테 쫓길 때 쓰는 방법이 다행히 자신에게 있다는 점에 한 가닥 희망을 걸었다.

"베히 님, 마지막으로 한마디 해도 될까요?"

마지막이라는 말에 베히다트의 표정이 굳어졌다. 이 여자가 대체 무슨 생각을 하는 거지. 저 머리를 파헤쳐 해부라도 해 보고 싶었다. 저렇게 작은 머리통 안에 대체 뭐가 들어 있단 말인가. 예쁘게 웃는 얼굴로 어떤 앙큼한 계획을 세운 건지!

"뭐지?"

좋지 않은 예감이 문득 그의 뇌리에 스쳤다. 하지만 아시나를 제지해야 한다는 생각이 들기도 전에 그녀가 무언가를 꺼내 들었다. 아시나의 손에 들린 건 대체 어디서 구했는지도 모를 작은 피리였다. 하나 생긴 걸 보기만 해도 그는 알 수 있었다. 그것은 말을 길들일 때 사용하는 조교용 피리였다. 아차 하는 찰나 아시나가 그 피리를 불었다.

삐이-.

끔찍하게 높은 톤의 소리가 울려 퍼졌다. 그와 동시에 현장은 순식간에 난장판으로 변해 버렸다. 말들이 갑자기 발광을 했다. 포위를 하던 말들이 난리를 치자 아시나는 재빠르게 도망쳤다. 시야를 가리는 모래 안개 사이로 아시나가 사라졌다. 그 와중에 말에 탄 전사들은 말에서 떨어지거나, 겨우 안장에 붙어 앉은 채로 발광하는 말을 진정시키려 애썼다.

"아시나!"

베히다트는 타고 있던 말을 진정시키는 대신 말에서 내렸다. 흑마는 고통스러워하며 제자리에서 몸을 뒤틀었다. 아시나가 사라진 방향으로 뛰어가는 베히다트를 보며 전사들이 곳곳에서 소리쳤지만 아무도 그를 말리지는 못했다.

자욱하게 시야를 가리는 모래 때문에 아시나가 도망치는 방향을 제대로 가늠할 수 없었다. 곧 이곳으로 몰아칠 모래 폭풍 탓인지 바람은 더 거세질 뿐 멈출 기미가 없었다.

이 여자가……!

손끝이 차갑게 변했다. 피가 들끓는 분노에 베히다트는 가차 없이 얼굴을 구겼다. 붉은 눈동자가 싸늘하게 변했다. 눈에 아무것도 들어오지 않을 정도로 화가 난다는 말이 무엇인지 오늘 그는 확실하게 배웠다. 살벌하게 변한 붉은 눈동자가 모래바람이 몰아치는 허공을 가만히 응시했다. 마지막 한 가닥 이성이 남아 있긴 했지만 그것도 이미 끊기기 직전이었다.

따뜻한 바람 한 줄기가 허공을 갈랐다. 그와 동시에 대기를 지배하던 기류가 멈췄다. 휘몰아치던 질풍이 사라지자 공중으로 흩뿌려졌던 모래들이 순식간에 갈 곳을 잃고 후드득 떨어졌다. 마치 정리하기라도 하듯 온풍 한 자락이 공기를 훑었다. 깔끔하게 정리된 그의 시야에 깨끗한 초승달이 뜬 모래사막이 들어왔다.

얼마 떨어지지 않은 곳으로 도망친 아시나가 멀거니 멍청한 표정으로 서 있었다.

"이, 이게……."

아시나는 입이 딱 벌어졌다. 지금 무슨 일이 일어난 거지? 곧 맞이하려 했던 모래 폭풍은 엄청난 기세를 내뿜던 것과 달리 바람 앞의 촛불처럼 한순간에 사그라졌다. 허공을 가득 메웠던 모래들도 누가 부르기라도 한 듯 순식간에 바닥으로 떨어져 흙탕물처럼 더러웠던 시야가 순식간에 깨끗해졌다.

도대체 모래 폭풍은 어디로 갔단 말인가. 대기를 뒤흔들던 돌풍이 아예 흔적조차 없이 사라졌다. 바로 눈앞에서 지켜봤음에도 믿을 수 없었다. 방금 겪었는데도!

이게 가능한가? 어떻게? 거센 바람을 직접 뚫으며 도망가던 중이었던지라 아시나는 더 어안이 벙벙했다. 설마 서서 꿈을 꾸고 있는 건가? 크롬웰에 있는 마법사조차 이런 마법은 쓸 수 없었다. 아시나의 스승 역시 이런 마법은 쓸 수 없을 터였다. 그럼 대체 누가? 도망가야 된다는 생각도 잊고 자리에 멍청히 섰다. 시야를 가리는 황사가 없어서 멀지 않은 곳에 서 있는 한 남자가 너무나도 잘 보였다.

"지, 지금 뭐한 거예요……?"

설마 하는 심정으로 물었으나 솔직히 '아니겠지'라는 마음이 컸다.

설마, 에이, 진짜 설마…….

하지만 그 일말의 희망을 자근자근 밟아 버리기라도 하듯 베히다트는 선연히 웃으며 냉정하게 대꾸했다. 살벌하게 노려보는 시선은 당장 붙잡아 끌고 갈 기세였는데 정작 베히다트는 감질난다고 느낄 정도로 느릿하게 다가왔다.

"듣지 않았나?"

분명히 웃고 있는데 어째서 무서운 걸까.

흡사 저승사자가 걸어오는 것 같았다. 아시나는 조용히 숨죽여 몸을 떨었다. 머리끝까지 화가 난 엄마한테 잡혀갈 때보다 지금 이 순간이 더 무서웠다. 그 순간 씹어 뱉듯 차갑게 그가 뇌까렸다.

"살아 있는 신이라고."

아시나의 눈동자가 혼란으로 물들었다. 베히다트는 그 이상의 말은 하지 않았다. 하지만 그것만으로 충분했다. 아시나는 복잡한 표정으로 입을 벌렸다가 다시 다물었다.

그냥 관용적인 표현인 줄 알았는데!

아시나는 황망했다. 어느 왕국에서든 흔히 왕을 신의 대리인이라, 신이 친히 권력을 준 존재라 표현하는 것처럼 그런 비유적이고 은유적인 수식어라 생각했다. 심지어 크롬웰의 황제 역시 신이 정해 준 황제가 아니던가.

정말로 신이라 불릴 만한 어떤 힘이 있을 거라고는 상상조차 해보지 못했기에 충격은 더 컸다. 아시나는 말도 제대로 나오지 않아서 무어라 따질 수도 없었다. 이 믿기지 않는 현실을 채 받아들이지도 못했는데 어느새 다가온 베히다트가 아시나 앞에 섰다. 그는 재빨리 아시나의 팔을 낚아채고 사나운 시선으로 그녀의 눈동자를 날카롭게 직시했다.

"이제 발악은 다 했나?"

붉은 눈동자가 이렇게 무서웠었나. 아시나는 시선을 뺏긴 채 숨을 죽였다. 사고를 치고 엄마 얼굴 보는 게 꺼려진 적은 있었지만 이렇게까지 무서운 건 처음이었다. 뭐가 이렇게 두려운 걸까. 하도 막살아서 제 자신에게 겁이 없는 줄 알았는데 아닌 모양이었다. 가늘게 떨고 있는 아시나의 팔을 붙잡은 베히다트도 그녀가 떨고 있다는 걸 알고 있었다. 그 어떤 말도 없이 둘은 그렇게 한참이나 서로를 응시했다.

계속 그렇게, 시간마저 끝나지 않을 것처럼 올려다보던 아시나가 정신을 차린 건 다른 이유 때문이었다. 갑자기 귀에서 느껴지는 작은 진동에 아시나는 흠칫 놀랐다. 잠시 잊고 있었지만 제정신이 들었다. 자신이 도망칠 수밖에 없는 이유와 함께.

이 진동은…….

어차피 도망치는 건 글러 먹은 것 같지만 그래도 쉽게 굴복할 수는 없지 않은가. 새삼 위기감이 들었다. 믿기지 않는 현실보다 아시나는 지금 다른 것이 더 중요했다.

"더 이상 가까이 오지 말아요!"

팔을 쳐 내고 도망치려는 아시나의 노력은 남자의 완력에 물거품이 되었다. 아무리 흔들어도 꼼짝도 하지 않는 손에 잡힌 채 한 발자국도 움직일 수 없었다. 이렇게 힘에 밀려 자기가 연약한 여자라는 걸 억지로 자각하는 건 무척이나 더러운 기분이었다. 그러거나 말거나 파고드는 힘은 뿌리칠 수도 없이 강렬했다.

"내게서 도망칠 수 있을 줄 알았나?"

평소보다 더 낮게 깔리는 목소리가 위협적일 정도로 싸늘했다. 등골이 오싹해졌으나 아시나는 떨지 않으려 했다.

"도대체 왜 쫓아온 거예요?"

"왜 도망친 거지?"

"도망치는 데 이유가 있어요?"

"당연히."

"대답해야 해요?"

"그 대답 여하에 따라 내 결정이 바뀔 테니까."

"말해 봤자 이해해 주지도 않을 거면서!"

시선이 더 깊고 어둡게 가라앉는다. 아시나는 도대체 그가 내릴 결정이 무엇인지 궁금했으나 한편으로는 알고 싶지 않았다. 가까이서 마주한 붉은 눈동자가 다른 때보다 더 시선을 옭아맸다. 온몸이 묶인 것 같은 착각마저 들 정도로 강렬한 시선. 귀에서 느껴지는 진동만 아니었다면 마음을 여유롭게 먹을 수 있었을 텐데. 아시나는 이마를 찌푸렸다.

"이거 놓고 말해요!"

팔을 세게 흔들어 봤으나 틀어쥔 손은 약간의 미동도 없었다. 마음은 다급해져 가는데 바로 앞을 가로막고 있는 남자는 태연했다.

"그럼 도망칠 거잖아."

그건 그렇지만!

아시나는 무어라 말을 하려다 몸을 흠칫 떨었다. 귀에서 느껴지는 진동의 간격이 점점 좁아지고 있었다. 이러다 마법이 풀려 버릴지도 몰라. 다른 일은 몰라도 그것만큼은 어떻게든 막고 싶었다.

"놔줘요. 나 돌아가야 해요!"

"어딜?"

아시나는 태연히 답을 알면서도 물어보는 베히다트가 마음에 들지 않았다.

"어디겠어요! 당연히 집이지!"

"집도 있는 생물이었던가."

대놓고 비웃는 대꾸에 아시나는 입술을 깨물었다. 그럼 집 없는 생물도 있던가. 아시나는 왜 이렇게 그가 삐뚤어진 대답을 하는 건지 이해할 수 없었다.

"당연히……!"

"잊어."

무어라 따지려 들려고 한 것도 잠시, 냉엄하게 끊는 목소리에 아시나는 입을 다물었다.

"지금부터 네가 집으로 돌아갈 일은 없을 테니까."

차갑게 선언하는 음성에 장난기는 없었다. 마주하는 눈동자에서도 역시. 아시나는 도대체 지금 그 말이 어떤 의미인지 해석할 수 없어서 아무 말도 하지 못했다. 입을 벌린 채 말을 잃은 아시나를 주시하며 베히다트가 그녀를 잡아끌었다.

"그게…… 대체 무슨 의미에요?"

"말 그대로."

이 남자, 미쳤어.

미치지 않고서 이런 말을 할 리가 없다.

항상 여유 넘치고 나른하던 그 남자가 눈앞의 남자와 동일 인물인지도 이제는 헷갈렸다. 왜 이러는 거지? 이렇게까지 할 이유가 있었던가. 아시나는 자신에게 향하는 그의 분노가 이해되지 않았다. 물론 어느 정도 배신감을 느낄 거라고는 생각했지만……. 왜 이렇게까지?

의문도 잠시, 아시나는 귀찌가 주는 신호 때문에 제대로 고민할 시간도 갖지 못했다. 답답했다. 이러고 있을 시간이 없는데.

"제발 부탁이에요, 베히 님. 그냥 날 못 본 척 넘어가 주면 안 돼요? 네?"

"도대체 뭘 숨기고 있는 거지."

급박한 아시나와 대조적으로 베히다트는 유유했다.

"숨기고 있는 거 없어요!"

"숨기지 않았다면 도망은 왜 친 거지?"

"그럼 내가 평생 거기 있을 줄 알았어요?!"

아시나의 목소리가 신경질적으로 올라갔다. 그에 반해 그는 전혀 동요하지 않고 잠잠하게 그녀를 상대했다.

"놔줄 생각하지 않았잖아요!"

"그렇다고 도망친 게 용서될 수 있을 것 같나."

귀찌의 진동 간격이 점점 줄어들고 있다. 경각심이 든 아시나는 입술을 깨물었다. 베히다트는 왜 그녀가 이렇게 초조하게 구는지 영문도 모른 채 그저 지켜보았다.

안 돼. 여기 있다간 진짜, 정말로.

"……미안해요."

아시나는 이제 울 듯한 표정으로 애원했다.

"그런데 진짜 한 번만 봐주면 안 될까요?"

안 돼, 다 틀렸어.

때마침 귀에서 느껴지는 진동이 사라졌다. 아시나는 촉박하게 소리쳤다.

"눈 감아요!"

"뭐?"

"눈 뜨지 말아요, 절대!"

붙잡히지 않은 손으로 억지로 베히다트의 눈을 가리며 아시나는 울상을 지었다. 건들면 곧 울기라도 할 것 같은 표정으로 겨우 그의 눈을 가렸다.

"보지 마요. 보면 안 돼요."

아시나는 눈을 질끈 감았다. 눈 색이 변했는지 알 수 없었지만 이 순간만큼은 누구도 보고 싶지 않았다. 정말 이것만큼은 들키고 싶지 않았는데.

처음엔 단순히 본모습을 들키면 제 정체가 탄로 날 수 있기 때문에 숨겼다. 하지만 지금은 그것 말고도 다른 이유가 생겼다. 몰랐는데 생긴 모양이었다. 이렇게 끔찍한 기분이 드는 걸 보니. 영원히 진짜 자신을 몰랐으면 했다. 이 남자한테만큼은 어째서인지 집도 절도 없는 여행자로 기억되고 싶었다. 아시나는 순간 제 마음을 깨닫고도 어찌할 길이 없어 고개를 떨구었다. 분명 이건 배신감으로 끝나지 않을 텐데. 목구멍에서 나오지 않는 걱정이 그대로 가라앉아 응어리진다. 울고 싶은 기분마저 들었다.

어떡해. 도대체 어떡해야 되지?

"제발."

누구에게 애원하는지 모를 목소리가 정처 없이 울려 퍼졌다. 울먹이는 목소리와 서늘하게 스치는 바람. 그 가운데 서서 아시나는 아랫입술을 깨물었다. 어디로 헤매는지 모를 마음이 그녀의 머릿속을 더 복잡하게 만들었다.

소리 없이 아시나의 작은 손을 잡은 큰 손이 천천히 내려갔다. 아시나는 차마 시선을 마주칠 수 없어 시선을 내렸다.

마법은 풀렸다.

신월이 내뿜는 창백한 빛을 받은 머리카락이 찬란하게 빛을 발했다. 황홀한 은빛 머리카락이 어깨와 가슴을 지나 허리까지 흘러내렸다. 고개를 숙이니 더 잘 보였다. 초승달이 뜬 하늘 아래에서, 모든 것이 너무나 또렷하고 확실하게 드러났다. 차라리 낮이었으면 싶을 정도로 화려하게, 이 어둠과는 어울리지 않는 빛으로.

"……너."

꽉 잡고 있던 그의 손에서 힘이 빠졌다. 덕분에 손이 자유로워졌지만 도망칠 생각은 들지 않았다. 시선을 들자 붉게 물든 눈동자가 드러났다. 베히다트의 표정이 변했다. 그의 눈동자가 혼란을 담고 아시나를 위아래로 훑어보았다.

"누구지?"

낮게 가라앉은 시선, 의문 가득한 음성.

오지 않았으면 하는 순간이 아시나의 바로 앞에 있었다. 도망치고 싶다. 하지만 아시나의 발은 꼼짝없이 바닥에 붙어 뒷걸음질조차 칠 수 없었다.

상황은 순식간에 정리되었다. 아시나는 아무 말도 하지 않았다. 그 어떤 말을 해도 먹히지 않을 테니 차라리 입을 다물어 버린 것이지만 베히다트는 그 침묵을 다르게 받아들였다.

꺼지지 않는 분노의 시선을 받아 내며 붙잡혀 가는 것 역시 처음 겪는 일이었다. 아시나는 이렇게 처음 겪는 일들이 신나지 않는 것도 처음이라고 생각했다. 꼬일 때로 꼬여 버린 이 상황을 어떻게 풀어야 할까.

"시하드시여!"

모래 폭풍이 사라지자 전사들이 두 사람을 찾아내는 건 순식간이었다.

주군에 대한 걱정으로 달려온 전사들은 이내 베히다트의 손에 잡힌 아시나를 보고 숨죽였다. 아시나는 자신에게 향하는 시선에는 익숙했지만 어째서인지 화를 내며 다시 후드를 쓰게 만든 베히다트를 이해할 수 없었다.

이미 들켰는데 왜 다시 숨기는 걸까. 설마 내 미모가 마음에 안 드는 건가, 이 망할 인간.

"돌아가지."

도망칠 땐 그렇게 오래 걸리던 길이 되돌아가려니 순식간이었다. 다시 시야에 들어오는 페시안과 그 안의 궁전을 멀찍이서 지켜보며 아시나는 신음을 삼켰다. 도망친 지 하루도 지나지 않아 붙잡혀 돌아오는 건 생각보다 부끄러웠다. 그게 집이 아니라 다른 곳이어서 더 그러했다.

아시나를 끌고 가면서 그는 한마디도 하지 않았다. 그 미묘한 침묵과 정적이 아시나를 불편하게 만들었다. 그렇다고 이전처럼 먼저 입을 열어 정적을 내쫓는 짓은 하지 않았다. 그럴 기운도 없었으니까. 온 힘을 다해 도망쳤는데 그게 무산되니 생각보다 타격이 컸다. 게다가 들키고 싶지 않은 사실을 들켰다는 것도 기운을 빠지게 만들었다.

새벽녘의 끝자락에 도착했건만 도시의 거리에는 축제의 여운을 즐기는 사람들이 아직도 많았다. 아시나는 전사 무리를 동경과 두려움이 섞인 시선으로 바라보는 사람들을 쳐다보다가 괜히 기분이 이상해졌다. 그러고 보니 처음 이 궁정에 들어오게 된 것도 이것과 비슷한 꼴이긴 했다. 부끄러운걸. 그래도 남자 품에 안긴 채 오는 게 짐짝처럼 끌려오는 것보단 낫다고 아시나는 스스로를 위로했다.

그나저나, 대체 앞으로 어찌해야 한단 말인가.

처음 도주에 실패하면 두 번째부터는 외부의 도움 없이는 혼자 도망가기 힘들었다. 처음보다 몇 배나 강화된 감시를 받게 될 테니. 이제 어쩌지?

"어, 어?"

몰래 체른한테 도와 달라고 서신이라도 써야 하나 골똘히 고뇌하고 있을 때였다. 당연히 하렘으로 끌려갈 것이라 생각했는데 지금 끌고 가는 곳은 전혀 다른 곳이었다. 아시나는 깜짝 놀라 베히다트를 돌아보았다. 그는 어떤 생각을 하는지 알 수 없는 표정으로 먼저 말에서 내렸다. 하렘이 아니었다. 이곳은 시하드 궁이었다.

하렘이 아니라 왜 이곳으로 온 건지 영문을 알 수 없었다. 하지만 물어볼 기회도 가지지 못한 채 그대로 붙잡혀서 끌려가야만 했다. 시하드의 궁. 익숙한 알현실 쪽 건물이 아니라 더 안쪽에 있는 장소. 굳이 설명해 주지 않아도 알았다.

"여긴……."

시하드의 침소. 금장으로 뒤덮인 넓은 창문으로 환하게 들어오는 신월의 빛이 아시나의 뺨을 창백하게 비추었다.

얼떨떨했던 것도 잠시, 문이 닫히는 소리를 듣자마자 아시나는 긴장했다. 허리를 꼿꼿하게 세우는 이 빠듯한 감각이 왜인지 모르게 낯설었다. 어째서인지 아시나는 자신에게 향하는 다른 이들의 수많은 시선보다 눈앞의 남자 하나가 보내는 시선에 더 긴장했다.

달빛이 닿지 않아 음영이 진 그늘 아래서 베히다트는 고요히 아시나를 응시했다. 더 이상 말이 달리는 소리도, 바람이 스치는 소리도, 멀리서 들리는 사람들의 소리도 들리지 않았다. 둘뿐인 방안. 제 숨소리가 세상의 전부인 양 들려왔다. 방 안이 너무나 고요해 마치 완전히 세상과 단절된 듯한 착각마저 들었다.

어쩌지.

아시나는 시선을 내리깔았다. 소리 없이 지켜보는 시선이 거북했다. 이 이상 마주하고 있으면 잡혀서 갈가리 찢길 것 같은 착각마저 들었다.

이 침묵은 어째서 이리도 무거운 걸까. 내리꽂히는 수많은 말보다 무서웠다.

도저히 뭘 어째야 할지 알 수 없을 때 그가 성큼 다가왔다. 바로 코앞에 선 남자를 반사적으로 올려다보며 아시나는 뒤로 물러서려 했다. 붙잡히지만 않았다면.

반동으로 후드가 벗겨지고 머리카락이 다시 드러났다. 긴 머리카락이 신월에 비쳐 눈부시게 반짝였다. 그게 얼마나 보는 사람을 황홀하게 만드는지 정작 본인은 모르리라.

"설명해."

그 어떤 비난보다 흔들림 없이 응시하는 시선 하나가 더 많은 말을 하고 있었다. 아시나는 겨우 마른침을 삼켰다. 가느다란 목소리가 고요하게 고백했다.

"이게, 내 진짜 모습이에요."

잠깐의 공백이 간극을 채웠다.

"……진짜 모습?"

그는 지금 자신이 들은 게 맞는 건지 되묻고 싶었다. 아니, 그보다 눈앞에 있는 여자의 멱살을 쥐고 흔들고 싶었다. 지금 제정신이냐고, 제정신으로 내뱉는 말이냐고 몰아붙이고 싶은 심정이었다. 하지만 머리가 뜨거울 정도로 분노가 올라오니 오히려 정신은 더 맑아졌다. 베히다트는 가만히, 그리고 조용히 아시나를 내려다보았다.

창으로 들어오는 신월의 빛을 홀로 받고 서 있는 아시나는 부서질 듯 가늘었다. 손에 조금이라도 힘을 준다면 그대로 바스라질 것 같이 여린 몸은 자신의 분노를 온전히 감당할 수 없을 듯했다. 이 여자가 이렇게 가냘펐던가.

별빛이 부서져 내린 듯한 머리카락이 절로 시선을 끌어당겼다. 한 번도 여자의 미모에 이끌린 적 없었는데 분노로 이성이 날아가서 아무래도 자신이 미친 모양이었다. 이전의 아시나와 크게 달라진 것은 없는데 마치 묵은 허물을 벗은 것처럼 많은 것이 뒤바뀌었다. 다듬어진 원석처럼 빛난다고 느끼는 게 착각은 아니리라. 창백한 빰이 은색의 머리카락과 비교되어 바로 눈앞에 있는데도 너무나 멀리 있는 존재처럼 느끼게 만들었다. 붙잡으면 신기루처럼 흔적도 없이 사라질 듯했다.

그래, 흡사 요정 같은…….

요정이라. 어울리지 않는 단어에 그나마 제정신이 돌아왔다. 미쳤군.

"진짜 모습이라."

비웃음과 함께 그의 입술이 비틀어졌다. 아시나는 그저 입을 꾹 다물었다.

그녀는 떨고 있었다. 딱히 무언가를 하지 않았는데 몸이 저절로 떨렸다. 자신을 가려 주는 가면도 보호막도 모조리 깨지고 오로지 홀로 남은 기분이었다. 끝까지 숨기고 싶었던 걸 최악의 상황에서 밝히는 건 끔찍한 일이었다. 점점 더 분노를 담아 진해지는 붉은 눈동자가 감당할 수 없을 정도로 대하기 힘들었다.

아시나는 그런 자신을 납득할 수 없었다. 어디에, 누구 앞에 던져 놔도 태연히 제 일을 할 거라는 소리를 어렸을 때부터 들어온 인간인데!

처음부터 그랬다. 이 남자하고만 대화하면 자기도 모르게 평소와는 다른 반응이 튀어나왔다. 이 인간이 무슨 수작이라도 부린 걸까?

헛생각을 하다 그녀는 짧게 한숨을 내쉬었다.

상대가 무슨 생각을 하는지 읽을 수가 없었다. 머릿속이 순식간에 복잡해졌다가 한순간에 하얗게 비워졌다. 어떤 말을 꺼내 봤자 변명으로밖에 보이지 않겠지. 해 봤자 입만 아플 게 뻔했다.

술렁이는 마음을 잡으려고 애를 쓰긴 하는데 몸이 떨리는 것처럼 걷잡을 수 없이 흔들렸다.

"그걸 지금 나보고 믿으라는 건가?"

"믿지 않아도 상관없어요."

"뭐?"

"내가 말한 게 사실이니까."

그 이상의 부연 설명은 오히려 사족이었다. 아시나는 딱 잘라 대꾸했지만 속으로는 심장이 터지는 줄 알았다. 자기가 어떻게 입을 놀리고 있는지도 모를 정도로 정신이 없었다. 어차피 말발로 이길 수 없는 상대라면 굳이 입 아프게 떠들고 싶지 않았다. 말이 통해야 말을 하는 거지. 어설프게 굴었다간 오히려 자기가 누구인지만 드러내게 될 것 같았다. 그건 정말 끔찍할 정도로 싫었다.

"귀에 걸고 있던 게 모습을 바꿔 주는 거였던가? 알 만하군."

"……."

역시 눈치채고 있었나. 입을 꾹 다문 아시나를 지켜보는 베히다트의 표정이 서서히 굳어졌다.

아시나는 애꿎은 입술만 깨물었다. 점점 피부에 닿아 오는 분노는 커지기만 하는데 이 분노를 어찌 잠재워야 할지 알 수 없었다.

이제 어떤 말을 해도 믿어 주지 않겠구나. 본능적으로 직감했다. 화가 머리끝까지 난 사람한테 사실 이래서 숨겼다라고 설명해 봤자 씨알도 먹히지 않겠지. 시도해 보려고 하지 않은 건 아니었다. 하지만 노려보는 시선이 저절로 그녀의 입을 다물게 만들었다. 아무리 신경이 두꺼워도 이 상황에서까진 아니었다.

"이젠 변명도 하지 않겠다는 건가."

딱히 신뢰를 받고 싶었던 건 아니지만 그렇다고 이렇게 불신을 얻고 싶은 것도 아니었다. 애당초 아시나는 베히다트라는 인간을 어찌 다뤄야 할지 파악하지 못했다. 하물며 누구한테 물어볼 수도 없었다. 이렇게 어려운 남자는 이전에도 없었고 아마 이후에도 없을 테니까.

어떡하지. 살다 살다 사람 때문에 고민이라는 그녀의 말을 들으면 아는 사람들이 웃으면서 농담이냐고 하거나 정색하며 미쳤냐고 물을 테지만 안타깝게도 여기에서 그녀의 하소연을 들어줄 사람은 아무도 없었다.

"하."

기가 차서 말이 나오지 않는다는 듯 베히다트가 물러났다. 머리를 짚는 그를 보며 아시나는 저도 모르게 손으로 입을 가렸다. 일단 물러나긴 했지만 여전히 둘 사이의 골은 깊었다. 아시나는 자신이 그 골을 더 깊게 파고 있다는 것을 알고 있었다.

"처음엔 여행자라 속이더니 이젠 외모마저 거짓이라?"

의도한 건 아니었다. 아시나는 그 점은 분명하게 말해 주고 싶었다. 하지만 분노를 넘어서 증오로 가득한 시선 앞에 서니 입을 여는 것조차 피곤해졌다. 그냥 빨리 이 순간이 지나갔으면. 이런 감정 소모는 백 일간의 강행군보다 고되게 느껴졌다.

뭔가 대화가 될 여지가 있어 보이면 시도라도 해 보겠는데 상대에게서 느껴지는 벽이 너무나 견고하고 아득해서 어찌해야 할지 알 수 없었다. 조금 가슴이 아팠다.

그래도 전엔 이 정도는 아니었는데.

비록 내 탓은 아니지만 상황이 난감하게 돌아가서 도망이 답이었는데. 두 사람은 첫 단추부터 꼬인 관계였다.

"변명이라도 하지 그래?"

"여행자는 맞아요."

"그래서?"

"외모는 이게 내 본모습이지만 내가 여행을 다니는 건 진실이에요."

아시나는 차분하게 말을 이었다. 베히다트는 수긍도 부정도 하지 않았다. 그 담담한 시선이 오히려 목을 조른다. 상대가 조금이라도 만만했다면 가서 머리나 식히고 오라고 했을 텐데.

"이 모습으로 여행을 다니면 너무 눈에 띄어서 바꾸고 다니는 것뿐이고, 그밖에 별다른 이유는 없어요."

"그래서 내게 거짓을 말한 건가?"

얼굴에서 핏기가 싹 가셨다. 뭐라 말해야 할지 모르겠다. 아시나는 다시 입을 다물었다. 여기가 적진만 아니었어도 미친 척 몰아붙여 봤을 텐데.

답답했다. 그냥 내가 이래서 이랬다고 속을 꺼내서 보여 주고 싶은 심정마저 들었다. 내가 처음부터 속이려고 한 것도 아니고 또 나쁜 목적으로 속인 것도 아닌데 도대체 왜 이러는지 억울했다. 먼저 날 가둬 놓고 죄인 취급한 건 그쪽이었으면서! 소리라도 치고 싶은 심정이었으나 먼저 이성을 잃을 순 없었다. 답답했지만 침착하게 대응해야 했다.

"곧이곧대로 진실만을 말할 정도로 우리가 가까운 사이는 아니잖아요?"

"말하지 못할 정도로 떳떳하지 못한 게 아니라?"

"여행에 방해가 될 정도로 눈에 띄는 머리카락이랑 눈 색을 바꾼 것 정도가 떳떳하지 못할 건 뭐예요? 그건 당신이 상관할 일이 아니잖아요! 애초에 내 말은 믿어 주지도 않고 죄인 취급한 건 당신이었어요. 난 나름대로 나 자신을 보호한 거예요."

"그 결과가 이건가?"

그는 언성을 높이지도 대놓고 화를 내지도 않았다. 터질 듯 터지지 않는 조용한 분노가 아시나를 더 두렵게 만들었다. 차라리 소리 지르고 난리라도 피웠으면 한결 나았을 텐데. 둘 사이의 거리는 이제 손에 잡힐 듯 가까웠다. 이렇게 가까운데 막상 달빛의 역광 탓에 그의 표정이 잘 보이지 않았다. 그런 상황에서도 그녀는 자신의 숨소리가 너무 커서 상대방에게 다 들리지 않을까 걱정스러웠다. 호흡이 가빠졌다.

입을 다문 아시나를 지켜보던 베히다트가 입술을 비틀어 웃었다. 할 수만 있다면 저 작은 머리로 대체 무슨 생각을 하고 있는 건지 알아보고 싶었다. 언제 터질지 모르는 분노가 차갑게 뒤틀렸다. 당장이라도 드러내고 싶었지만 한 가닥 남은 이성과 자존심이 그것을 허용하지 않았다. 아시나는 더 이상 시선을 마주치지 못하고 고개를 숙였다. 한 손에 들어올 듯한 목을 그대로 졸라 버리고 싶은 충동과 떨고 있는 어깨를 감싸 주고 싶은 욕망이 교차했다. 이렇게 동시에 여러 감정이 들게 만드는 존재는 지금까지 없었다. 이게 좋은 건지 나쁜 건지 알 수 없어 베히다트는 그저 조용히 이를 악물었다.

"그래서."

그가 물었다.

"넌 대체 뭐지?"

지금까지와는 전혀 다른 무게가 실려 있는 질문. 아시나는 버릇처럼 여행자라고 대답하려다가 입술을 깨물었다.

끝나지 않는 진실 게임을 하자는 건 아니겠지. 상대의 의도는 알아차렸으나 응수할 수단이 없었다.

그렇다고 진실을 밝힐 수도 없다. 이것만큼은 정말 양보할 수 없었다. 밝혀도 아무런 타격이 없다면 얼마든지 밝혔을 텐데. 그러나 자신의 정체가 밝혀지면 자동적으로 피해를 입게 될 가문과 부모님이 마음에 걸렸다. 아무리 내놓은 자식이고, 가문에 별 애착도 없다지만 그래도 최소한 욕은 먹이지 않겠다고 맹세하지 않았던가.

"묵비권을 행사하는 건가?"

고집스럽게 입을 다문 아시나가 고개를 들었다.

"더 이상 순간을 모면하려고 거짓을 말하고 싶지 않아요."

애초에 사람을 떠보려고 했던 건 저쪽이 아니었던가. 거기에 맞게 대응한 것뿐인데 졸지에 이쪽만 죄인이 되어 있었다. 아, 빌어먹을. 이래서 도망치려던 건데.

"그럼 네가 그동안 거짓을 말했다는 건 인정하는 건가?"

"그런 말이 아니잖아요?"

전부 다 거짓은 아니었다.

"어쩔 수 없이 말하지 않은 건 있었어요."

"말하지 않은 게 아니라 속인 거겠지."

"난 나름 솔직했어요!"

이쯤 되니 슬슬 억울했다. 아시나는 울상을 지었다.

"내가 진실되지 못하게 한 건 당신이잖아요."

"그렇다고 거짓을 말한 게 잘했다는 건가?"

"자꾸 말 돌릴래요? 그 말을 하는 게 아니잖아요!"

자기도 모르게 언성이 높아졌다. 저 인간이 진짜.

잘잘못을 따지자는 게 아니었다. 단지 아시나는 자기가 그렇게까지 거짓말을 하게 된 상황만 좀 알아줬으면 했다. 아니, 알아주지 않아도 돼. 그냥 기억만 하고 있으라고. 물론 씨알도 먹히지 않았지만. 이렇게 소용없을 거라는 걸 알았는데도 자신도 모르게 발끈해서 소리친 것이 민망했다. 아시나는 입술을 삐죽였다.

썩을, 한마디도 안 지지.

그건 자신 역시 마찬가지였지만 아시나는 그 점은 사뿐히 건너뛰었다. 다행히 이 이상 쓸데없는 말다툼을 하고 싶지 않았던 건지 그에게서 들려오는 대꾸는 없었다. 아시나는 잠시 불편한 표정으로 베히다트를 올려 보았다. 불편한 마음이 그녀를 괴롭혔지만 사실대로 말할 수는 없었다. 절대로.

"아무튼 절대로 말 못 해요. 내가 죽는 한이 있어도!"

단호한 선언에 베히다트가 눈썹을 꺾었다.

"죽는 한?"

기세가 어찌나 흉흉하던지 아시나는 절로 몸을 움츠렸다가 다시 슬그머니 어깨를 폈다. 도망치고 싶다는 이 마음이 아직도 든다는 게 용했다. 물론 이 궁전에서 도망치는 건 이미 포기했으나 이 남자 앞에선 어떻게든 도망치고 싶었다. 차라리 숨어 버릴까. 궁전 안에 사람 하나 숨을 곳이 없겠어? 위험부담이 크지만 그래도 가능성은 있어 보이는데…….

딴생각을 하는 아시나의 시선이 제 어깨를 잡은 손아귀 때문에 다시 베히다트에게로 돌아왔다. 그 와중에도 남자의 미모에 홀리는 자신을 욕하며 아시나는 입술을 깨물었다. 진짜 얼굴 하나는 완벽했다.

"아직 제정신이 덜 든 것 같군. 자기가 어떤 처지에 처한 건지 이해를 못 하는 것 같은데……."

서늘하고 날카로운 선언이 내리 꽂혔다.

"너한테 자유라는 건 없어."

아시나는 순간 숨을 멈췄다. 거의 안기듯 가까이 끌려간 아시나의 귓가에 나지막한 목소리가 차갑게 경고했다.

"여기 갇혀 지내면서 어떻게 하는 게 좋은가 잘 생각해 보도록."

"무슨……."

그러나 말조차 끝맺지 못하고 아시나는 입을 다물어야 했다.

"그동안 얼마나 편안했는지 깨닫게 해 주지."

하렘과 라 쿤의 침소는 전혀 다른 장소였다. 더 넓고 더 화려하고 더 온기가 없었다. 아시나는 그곳에서 혼자 뜬 눈으로 아침을 맞이했다. 도망친 지 거의 이틀 정도 만에 다시 돌아온 궁이었다.

밤을 샌 건 아마 그도 마찬가지이리라.

못된 인간. 도대체 어쩌자는 거야? 앞으로 대체 어쩔 건지 답답한 마음과 복잡한 마음이 동시에 들었지만 아시나는 머리를 비우기로 했다.

뭘 걱정하든 어차피 일어날 일은 일어날 테니 그냥 마음을 비우고 머리를 비우는 게 제일 좋은 방법이었다. 괜히 미리부터 고민한다고 해결될 일도 아니고, 그냥 물이 흘러가는 대로 놔두면 되는 거겠지.

"진짜 구해 달라고 체른에게 서신이라도 보내야 하나."

하지만 어떻게든 혼자 힘으로 이 상황을 해결하고 싶었다. 더군다나 감시의 시선을 피해 서신을 보내는 것도 문제였고, 구하러 온다고 해도 그냥 구해 주려고 하지 않을 텐데. 나중에 대신 죽어 달라고 요구할 수도 있었다. 와, 그딴 놈한테 도움 절대 안 받아.

"그나저나 이렇게 좋은 침소를 두고 맨날 하렘으로 와서 날 괴롭혔단 말이야?"

방을 둘러본 아시나는 한숨을 내쉬었다. 정말 이해를 할 수 없는 대목이었다. 이 침대는 장식용이란 말인가. 하긴 하렘에 있는 수많은 방과 침대가 다 장식용처럼 보이긴 했다. 사람이 없는데 대체 그것들은 왜 존재한단 말인가. 그렇다고 앞으로 하렘에 여자가 들어올 것 같진 않았다. 예상과 다르게 들어온다고 해도…….

"어?"

아시나는 순간 거기까지 생각하고 인상을 찌푸렸다. 뭔가 상상하면 안 될 것을 상상한 기분이 들었다.

"……왜 갑자기 기분이 나쁘지?"

베히다트가 결혼을 하든 첩을 두든 정부를 두든 애인을 두든 자신과는 하등 상관이 없는 일이었다. 게다가 그는 살아 있는 신이 아니던가. 그냥 왕도 엄청나게 처첩을 누리고 사는 게 당연한 상황에서 오히려 지금까지 혼자인 게 이상했다. 라 쿤에게 이상한 소문이 없는 게 이상할 정도. 게다가 정식으로 라 쿤의 여자라고 알려진 것이 지금까지 아시나밖에 없다는 점이 제일 의외였다. 그럴 리가 없을 텐데. 아시나는 고민했다. 뭐가 진실이지, 분명 수많은 여자랑 놀아 본 솜씨였는데.

"뭐지……."

근데 왜 또 기분이 나빠지는 거지. 단순히 갇혀 있어서 그런 것인가. 아시나는 이마를 찡그렸다.

확실히 어딘가에 갇혀 있는 건 정말 좋지 않았다. 성격 탓도 있지만, 지금은 그 이유만은 아닌 듯했다. 밤을 샜는데도 잠이 오지 않았다. 아시나는 깊은 한숨을 내쉬었다.

"잠도 안 오네."

의미 없는 한탄을 하고 있을 때였다. 갑자기 문에서 손기척이 들렸다. 아시나는 고개를 들었다.

나시르는 잠시 고민에 잠겼다. 분명 출정한 지 이틀도 되지 않아 라 쿤께서 돌아오신 것은 희소식이었으나 어째서인지 눈앞에 펼쳐진 광경은 전혀 희소식처럼 느껴지지 않았다. 나시르는 진지하게 의문을 표했다. 설마 놓치셨나? 하지만 말도 안 되는 가정이었다. 놓칠 리가 없기도 하지만 설령 놓쳤다고 해도 이렇게 돌아올 분이 아니었다. 나시르가 느낀 기세대로라면 북대륙이라도 쳐들어가서 잡아올 기세였다. 게다가 이미 새벽에 의문의 여인 하나가 시하드 침소로 잡혀 들어갔다는 소식을 전해 들은지라 나시르는 아시나가 다시 잡혀 왔다는 사실에 한 치의 의심도 품지 않았다. 찬찬히 모든 가정을 늘어놓고 하나씩 지워 가다 보니 점점 더 이해가 가지 않았다. 나시르는 시선을 들었다. 옥좌에 앉아 있는 베히다트에게서 엄청난 기운이 슬금슬금 뿜어져 나오고 있었다.

잘못 온 것인가.

들어오기 전에 오늘 알현은 되도록이면 피하는 것이 좋을 것이라는 시종장의 친절한 배려를 받아들였어야 했다. 나시르는 격렬하게 후회했다. 다른 인사들의 알현 일정이 없어 방해받지 않고 베히다트와 이야기를 나눌 수 있을 것이라는 건 착각에 불과했다. 나시르는 지금 자신이 라 쿤의 직속 서기관이라는 사실이 매우 슬펐다.

"흠."

분위기를 환기시켜 보려 헛기침을 시도했지만 헛수고에 불과했다. 어째서지. 도대체가 잡으러 간 인간을 잡아 왔으면 최소한 기분이 나아져야 하는 것이 아니던가. 나시르가 보기에 오히려 베히다트의 기분은 바닥으로 치달은 것처럼 보였다. 그것도 아주 안 좋게.

도대체 무슨 일이 있으셨던 거지?

쉽사리 말도 걸 수 없는 분위기에 나시르는 잠깐 갈등했다. 무어라 입을 열고 싶은데 대체 무슨 말을 꺼내야 할지 감이 잡히지 않았다. 이럴 때 우마르라도 같이 있었다면 참 좋을 텐데. 그가 소리 없는 한숨을 내쉬고 있을 때였다. 묵직한 음성이 알현실 안에 울렸다.

"나시르."

저를 부르는 낮은 음성에 나시르는 순간 깜짝 놀라 몸을 흠칫 떨었다. 딱히 그 이후로 별다른 말이 이어지지 않았으나 나시르는 지레 겁을 먹었다.

"도, 돌아갈까요?"

"아니."

어디 먼 허공을 응시하던 베히다트가 나시르에게로 시선을 돌렸다. 마침내 마주한 주군 앞에서 나시르는 오랜만에 긴장으로 허리를 꼿꼿이 세웠다. 그나마 자세가 흐트러지지 않아서 다행이었다. 그렇게 마주했음에도 베히다트는 여전히 어려운 남자였다. 딱히 그가 자신의 주군이고 이 나라의 군주이자 신으로 추앙받는 존재라 그런 것만은 아니었다.

"오늘은 영 기분이 좋지 않아 보이십니다."

"좋지 않아."

의외로 대답은 칼같이 들려왔다. 입을 쉬이 열지 않을 것이라는 예상을 했던지라 나시르는 조금 얼떨떨했다. 머리를 쓸어 올리며 베히다트는 복잡한 표정을 지었다.

"누구라도 거슬리면 없던 죄라도 뒤집어씌워 처형이라도 하고 싶은 기분이다."

"……."

진정 눈앞에 있는 남자가 자신이 알던 그 사내가 맞는가. 나시르는 한번 물어보고 싶었다. 정말 내가 아는 그 군주가 맞느냐고, 아마 조금만 더 간이 컸다면 행동으로 옮겼을지도 몰랐다. 하지만 아직 나시르는 살고 싶었고 그의 이성은 건재했다.

"이왕이면 그걸 바레인으로 해 주십시오."

"그러면 전국적으로 분란이 일어나겠지."

농이 통한 모양인지 베히다트가 옅게 입꼬리를 비틀어 웃었다. 실소에 가까운 미소였으나 나시르는 일단 분위기가 조금 부드러워진 것에 만족했다.

"쓸데없이 일이 커지는 건 내가 원하지 않는다."

"소신의 의견으로는 지금도 충분히 일이 커졌다고 생각합니다만…… 시하드께서 그리 말씀하시니 그런 것이겠지요."

부드럽게 말했으나 들려와야 할 반박은 없었다. 길게 농을 할 기분은 아닌지 베히다트는 어느새 말없이 앉아 있었다. 무언가에 정신이 팔린 듯한 반응에 나시르는 조용히 침묵 속에서 생각을 골랐다.

솔직한 감상을 말하자면 지금 베히다트는 무언가에 홀린 것 같았다. 그 무언가가 무엇인지는 명확히 언급하지 않아도 측근이라면 충분히 짐작할 수 있었다. 뭐, 정확히는 무언가에 홀린 게 아니라 누군가에게 홀린 것이겠지만.

문득 한숨을 내쉬고 싶은 기분이 들었다. 저러시는 분이 아닌데. 여자에 빠진 주군이라. 나시르가 초반에 느꼈던 흥미는 이미 흔적도 없이 사그라진 지 오래였다. 이런 변화가 긍정적이라는 생각이 들기도 하지만 한편으로는 불안했다. 입으로 소리 내어 말할 수는 없었지만 나시르는 지금도 충분히 위기라고 생각했다. 이런 위기가 생길 줄은 예상치 못했다. 생각지도 못한 상황을 마주하고 있자니 그냥 이 상황 자체를 믿을 수 없었다. 내가 지금 서서 꿈이라도 꾸고 있는 것인가.

"왜 그러시는지 여쭈어도 되겠습니까?"

참다못해 말문을 여니 고뇌하는 시선이 나시르를 똑바로 마주 보았다.

그도 지금 자기 자신이 이상하다는 것쯤은 알고 있었다. 여느 때라면 신경을 거스르는 여자 따위 진작 다른 이에게 넘겨 버리고 눈앞에 당도한 문제부터 고민하는 게 당연한 순서였다. 문제의 경중이 다르지 않은가. 쿤의 이름을 이은 순간부터 준비해 온 문제를 놔두고 다른 것에 정신이 팔리다니. 있을 수 없는 일이었다. 알고 있다. 문제는 그렇게 쉬이 넘길 수 없는 자기 자신에게 있었다.

분명 분노를 일으킨 주범을 잡아 왔는데 화가 풀리지 않았다. 오히려 기름이라도 끼얹은 듯 더 활활 타오르기만 했다. 냉정하게 생각해 보면 이해를 못 할 바도 아니었다. 정말 그녀가 죄가 없는 일반인이라면, 지금 상황이 억울할 법도 했다. 영문도 모르고 끌려왔고 조사를 당해야 했고 여차하면 죽을 수도 있었다. 하지만 그렇다고 도망이 납득 가는 건 아니었다.

아니, 애초에 이 상황을 타계할 방법이 도망밖에 없다고 말하는 그 입을 틀어막고 싶었다. 도대체 뭐가 그리 비밀이 많은 거지?!

스스로가 놀랄 만큼 격렬한 반응, 격한 감정. 낯설었다. 애써 숨을 고르고 흥분을 가라앉히며 그가 입을 열었다.

"내가 실수했나?"

"전혀요."

"그런데 어째서 이런 기분이 드는 거지?"

그리 말하며 베히다트는 웃었으나 나시르는 놀랐다. 초조해하는 모습. 지금 자신이 보고 있는 게 정녕 진짜란 말인가. 이 자리에 카림이 없다는 것이 안타까웠다. 누구에게 말해도 믿어 주지 않겠지. 하지만 그것보다 나시르에게 더 큰 충격을 안겨 준 건 베히다트가 감정을 추스르지 못하고 흐트러졌다는 사실이었다. 감정적으로 흐트러진 주군의 모습에 그는 어떤 기분을 느껴야 하는지 알지 못했다. 완벽한 신에게서 인간의 모습을 발견한다는 건 그리 유쾌한 기분은 아니었다.

말려야 하는 것인가? 하나 말린다고 그것이 효용이 있을 것인가. 머릿속이 순식간에 복잡해져서 이 생각 저 생각이 뒤엉켰는데 막상 나시르의 입에서 나온 말은 다른 것이었다.

"수상한 곳을 돌아다니는 수상한 자를 잡아 와 감시를 한 것뿐이었고 감시하던 도중에 도망친 자를 다시 잡아 오는 것을 실수라고 볼 수 없지 않겠습니까?"

"수상한 자라……."

수상하다는 말로 그 모든 것이 표현될 수 있는지는 의문이었으나 어찌 되었건 그는 납득한 모양이었다.

"수상하지."

나시르는 제가 어떻게 서 있는지도 신기했다. 머릿속이 복잡한 것과 별개로 너무 충격을 받아서 몸에 힘이 쭉 빠졌다.

인간이었구나. 인간인 건 알고 있었지만 그래도 인간이 아니라 생각했다. 지나칠 정도로 완벽한 것 외에 모든 것에 초연한 태도가 은연중에 그런 이상을 만들었던 모양이었다. 그럼에도 입은 제멋대로 잘 움직이고 있었다.

"크라차의 첩자일 수도 있고 북대륙의 첩자일 수도 있습니다. 아직 확실히 정체가 무엇이라고 말할 수 없는 자입니다. 당연히 저희 입장에선 경계하고 감시해야 할 이유가 충분하죠."

"그 여자가 진짜 첩자일 것 같나?"

질문에서 느껴지는 주저함을 모를 리 없었으나 나시르는 단칼에 잘라 말했다.

"허술한 태도가 실은 빼어난 연기라면, 가능할 것 같지 않습니까?"

물론 연기일 거라 생각하지 않았다. 그녀는 충분히 충동적이고 인내심 없는 인간이었으니까. 그러나 어째서인지 그런 식으로 말해 보고 싶었다. 나시르는 지금 제가 하는 행동의 의도가 잘못되었다는 걸 알았지만 그래도 어떻게 해서든 늦추고 싶었다.

"전 솔직히 불안합니다. 아시나 양이 어떤 신분이었고 어떤 목적을 가지고 이곳에 방문한 것이든요."

"어째서지?"

……그건 시하드께서 그렇게 흔들리고 계시기 때문입니다.

베히다트가 의문을 표했다. 하지만 나시르는 곧이곧대로 대답할 수 없었다.

"그냥, 제 쓸데없는 감상일 뿐입니다."

평소와 다른 반응이라고 생각은 했지만 설마 그녀에게 빠졌다고 생각하진 않았다. 이렇게 명확히 드러나는 감정을 아직 본인은 깨닫지 못한 듯 보이지만 알게 된다면 분명 걷잡을 수 없으리라. 나시르는 불안했다. 이걸 어쩌지. 평범한 상대라면 두 팔 벌려 환영이겠지만, 그 여자는 분명 보통 신분의 여자는 아니었다. 그게 최악이든 최고이든 어느 쪽으로도 좋을 건 없었다. 한곳에 머무르지 못하는 바람 같은 여자를 어찌 잡아 놓을 수 있단 말인가. 벌써 이 상황의 결말이 보이는 듯해 나시르의 이마는 깊은 시름으로 좁혀졌다. 막상 논의하러 온 바레인과 샤르자에 대한 이야기는 한 마디도 하지 않았지만 나시르는 개의치 않았다. 그것보다 더 급한 일이 생긴 듯했으니까.

"앞으로 어찌하실 작정이십니까?"

"밝혀내야지."

약간의 시간이 지난 후 되돌아온 대답. 베히다트는 한숨과도 같이 말을 마쳤다.

"그게 무엇이든."

아시나는 썩은 표정으로 가만히 앉아 있었다. 오늘은 시작부터 일진이 사납다 했더니, 문이 열리고 들어온 건 시하드를 모시는 시녀들이었다. 아시나가 처음 이곳에 왔을 때 그녀를 억지로 씻기고 다른 옷을 입혀 라 쿤 앞에 데리고 간 그 시녀들!

아니나 다를까 다짜고짜 방 안으로 들이닥친 시녀들은 아시나의 차림새부터 다시 싹 다 바꿔 놓았다. 그나마 요행인 소식이라면 주머니는 뺏기지 않았다는 것이다. 어찌 되었든 이번에도 배가 드러나는 옷을 입은 아시나는 도대체 자기가 왜 이런 옷을 입어야 하는지 의문이었다. 애초에 페시안인도 아닌데 왜 자꾸 이런 옷으로 갈아입히는 걸까?

또 다른 무언가를 할지 몰라 잔뜩 긴장한 아시나를 두고 시녀들이 다음에 한 것은 바로 음식을 내오는 것이었다. 독을 탔나 경계하다가 하나씩 조금씩 집어 먹던 것이 어느새 빈 그릇만 남기게 되었다. 다 먹은 아시나가 멀뚱히 앉아 있자 시녀 하나가 그 접시들을 가지고 나갔다. 그제야 아시나는 이 미묘한 기분의 정체를 파악할 수 있었다.

"진짜 감시당하고 있구나."

누르는 정말 배려였던 모양이었다. 그게 어떤 식의 배려인지는 설명하기 어렵지만 적어도 말도 표정도 없이 서 있는 다섯 명의 시녀들에 비하면 감지덕지였다.

감정이 존재하는 건지도 모를 메마른 표정에, 얼굴은 베일로 가리고 그림처럼 꼼짝도 않고 정해진 자리에 서 있는 모습은 흡사 카림을 연상케 만들었다. 다만 카림과 다른 점이 있다면 무슨 말을 해도 대꾸를 해 주지 않는다는 점이랄까?

"저기요, 언니들?"

"……."

"이봐요, 저기. 거기 계신 숙녀분들?"

"……."

"노란 옷 입고 서 있는 레이디들?"

감시가 붙은 것도 견디기 힘든데 상대가 하필이면 제일 힘든 부류였다. 말없고 인내심 많은, 자신보다 나이 많은 여자. 머리가 하얘진 아시나는 도대체 이 여자들을 어떻게 처리해야 할지 몰라 발만 동동 굴렀다.

저렇게 서 있으면 다리가 아프지도 않은가. 아시나는 보고 있는 제 자신이 답답해서 미칠 것 같았다. 말할 줄 아는 인형들이랑 같은 공간에 있는 기분이야!

"그 인간, 아주 작정을 했구나."

파악당했다는 게 저주처럼 느껴졌다. 아시나는 울고 싶은 기분을 겨우 삼키며 머리를 짚었다.

"분명히 말라 죽을 거야. 확실해."

도대체 어쩔 속셈인지 지켜보려 했는데 벌써부터 인내심이 한계에 부딪혔다. 아시나는 솔직히 말해서 앞으로 벌어질 일을 감당할 자신이 없었다.

등이 따뜻하고 배가 부르면 나태해지는 게 인간이라 했던가.

불과 몇 시간 전만 해도 머리를 쥐어뜯으며 이제 어쩌지 고민하며 온갖 자책을 다 하고 있었건만 지금 아시나는 남의 침대에 널브러져 멍하니 천장만 뚫어져라 쳐다보고 있는 중이었다.

뭐, 발 동동 구르면서 불안해한다고 딱히 변할 게 있는 것도 아니고. 역시 포기하면 편해.

새삼 이런 상황에서 이렇게 느긋해도 되나 싶을 정도로 마음을 편하게 먹고 있는 자신이 놀라웠다. 앞으로 어찌 될지에 대한 불안이 없는 건 아니지만, 혼자 속 들끓이다 체념하고 아예 마음을 비우고 나니 모든 게 편해졌다. 시녀들은 여전히 말도 안 하고 자기들이 해야 할 일만 하는 것으로 아시나를 괴롭혔지만 그냥 인간이 아니라고 생각하니 괜찮았다. 지금은 그림처럼 자리를 지키고 있는 시녀들을 장식품 취급하는 중이었다.

"급할수록 돌아가라는 옛말도 있잖아?"

그래, 모든 일은 다 자기 마음먹기에 달려 있다고 했어.

시녀들은 아시나가 엉뚱한 일을 저지르지는 않는지 감시하는 간수와 같았다. 때 되면 밥 주고 시간 되면 씻게 해 주고. 그게 그녀들이 하는 일의 전부였다. 별다른 추궁이나 벌이 없어서 처음엔 도대체 어떤 걸 시키려나 두려움에 떨었는데 이젠 그냥 아무 생각도 없었다. 다만 왜 자신이 갇힌 곳이 시하드의 침소인지, 그 이유를 이해하지 못했을 뿐.

하렘에 가뒀던 것과 같은 이치인가. 그래도 여긴 너무 크고 화려한데. 이런 최상급 감옥에 갇혀 있으려니 황송해서 몸 둘 바를 모르겠다. 최소 지하 감옥이나 탑 꼭대기에 갇힐 줄 알았는데 그에 비하면 여긴 천국에 가까운 감방이었다.

"뭐, 그래도 갇혀 있는 건 똑같지만. 어휴……."

문득 집에 갇혀 있을 때의 기분이 들었다. 여긴 남의 집이라는 차이가 있지만 기분으로 따지자면 집에 있을 때보단 그나마 나았다. 가기 싫은 파티는 안 가도 되니까. 그만큼 심심함에 몸부림쳐야 한다는 게 큰일이었으나 아시나는 그 정도는 인간적으로 감수해 주기로 했다. 다만 그녀를 제일 속상하고 좌절하게 만든 건 '이곳은 어떻게 벗어나야 하는가.'라는 지극히 현실적인 문제였다. 또 도망을 칠 수 있을까? 남의 도움 없이는 영 힘들어 보이는데.

도와줄 수 있는 사람이라고는 체른밖에 생각나는 사람이 없었다. 대가 없이 구해 주지 않을 게 뻔하지만 그렇다고 다른 사람한테 도움을 청하자니 다들 여기까지 와 줄 것 같지 않았다. 오다가 길 잃어버려서 헤맬 확률이 높단 말이지. 부모님이나 스승님 쪽은 오히려 이 상황을 악화시킬 게 분명했다. 그냥 얌전히 헤프닝 정도로만 이 사건을 끝내고 싶은데…….

"그냥 확 다 말해 버려?"

너무 답답하니 그런 마음까지 들었다. 하지만 아시나는 곧 그 충동을 곱게 접었다. 필연적으로 '그런 가문의 여식'이 여기까지는 왜 왔냐는 질문이 따라붙을 테고 '원래 그렇게 생겨 먹었다, 지금까지 그렇게 살아왔다.'라고 대답을 해도 그걸 또 증명해야 되는 복잡한 절차가 존재했다. 그렇게까지 하지 않으면 믿어 주지 않을 거잖아아! 지금까지의 경험으로 보아 설령 자신을 다 드러낸다고 해도 믿어 주지 않을 가능성도 컸다. 그러는 동안 오도 가도 못 하는 내 자유는! 또 부모님까지 자연스레 소환될 텐데 그럼 그것이 약점이 되어 가문과 조국에 누가 될 것이 뻔했다. 아무리 좋게 끝나도 백만금 정도는 뜯기지 않을까?

무엇보다 모든 일의 전제 조건인 자신이 누구인지를 밝힌다는 것 자체를 용납할 수 없었다. 이런 지경이 되었다고 마음이 바뀔 리가 있나.

어째서 신분을 밝혀야 무죄가 입증되는 건지 납득할 수가 없었다. 얼마나 신뢰가 없는 사회에 살면 이렇게 명백하게 무죄인 자신을 구속하겠는가.

이런 저런 생각을 하던 중 아시나는 갑자기 누르에게 생각이 미쳤다. 누르는 어떻게 되었지? 설마 자기가 도망친 것 때문에 문책을 받았으면 어쩌지?

"뭐 하나만 물어봐도 돼요?"

상체를 일으킨 아시나는 바로 시녀를 쳐다보았다. 여전히 그녀들은 장식처럼 서서 어떤 말도 하지 않았으나 아시나는 상관하지 않았다.

"누르 알아요? 누르가 어떻게 된 건지 물어봐도 될까요?"

여전히 대답은 없었다. 하지만 시녀들끼리 서로 돌아보는 모습을 지켜보고 있으려니 아시나는 조금만 잘 꼬시면 대답을 들을 수 있을 것 같았다. 동요하는 시녀들 앞으로 다가간 아시나는 짐짓 울상을 지었다. 아무리 여자라고 해도 미녀의 눈물 공격은 엄청난 것이었다.

"내가 하렘에 있을 때 누르가 정말 잘해 줬거든요. 누르가 걱정이 되어서 그래요. 누르가 어떻게 된 건지만 살짝 알려 주면 안 될까요? 네?"

주저하는 기색이 느껴진다. 아시나는 부러 더 슬프게 쳐다보았다. 남자라면 이미 넘어왔을 테고 시간은 좀 걸려도 여자 역시 예외는 아니었다. 결국 시녀 하나가 우물쭈물하더니 한숨과 함께 대답했다.

"누르는 지금 감옥에 있습니다."

"네?"

감옥? 왜 감옥에?

깜짝 놀란 아시나가 인상을 찌푸렸다. 갑자기 뜬금없이 감옥이라니. 물론 자신도 감옥 생활과 다를 바 없는 처지였지만 누르가 감옥에 있다는 건 다른 일보다 더 크게 느껴졌다.

"감옥이라니 그게 무슨 소리예요? 누르가 무슨 죄를 지었다고?"

어이없어 다그쳤지만 붙잡고 물어봤자 시녀는 그 이상의 대답은 하지 않겠다는 듯 입을 굳게 다물고 있었다. 안 되겠다. 아시나는 웬만하면 그게 무엇이 되었든 참고 가만히 있으려고 했는데 그것만큼은 가만있을 수 없었다. 누르가 감옥이라니, 제정신인가?

분명 자신이 탈출한 것에 대한 책임을 물은 거겠지. 아시나는 입술을 앙다물었다. 그 남자, 그런 인간으로는 안 봤는데!

"베히 님을 뵈어야겠어요. 데려다줘요."

"안 됩니다."

"안 되지 않을 걸요?"

아시나는 자신만만하게 자기가 먹다 남긴 빵 조각이 남아 있는 그릇 앞으로 다가갔다. 빵을 옆에다 치워 놓고 아시나는 잠깐 짧은 묵념의 시간을 가졌다. 그리고 망설임 없이 그릇을 벽에다 던져 깨뜨렸다. 날카로운 소리와 함께 사방으로 파편이 흩어졌다. 시녀들은 저게 무슨 짓인가 하고 쳐다보았으나 아시나는 망설임 없이 떨어진 그릇 조각을 손에 쥐었다.

"베히 님을 뵈어야겠어요."

"지금 뭐하시는……."

"내가 여기서 자살 소동이라도 일으키면 감시하던 입장에서는 아주 큰일이겠죠?"

물론 죽을 생각은 없었지만 그 생각을 알 리가 없는 시녀들 입장에선 큰일이었다. 큰소리가 나서인지 시녀들이 등지고 서 있던 문이 벌컥 열렸다. 문 앞을 지키던 전사들이 들이닥치더니 아시나를 보고 깜짝 놀랐다.

"이게 무슨……."

"대체 뭐하시는……."

잘하면 미친년 취급받을 수도 있겠다 생각하며 아시나는 빙그레 웃었다. 그리고 제 손에 쥐어진 접시 조각을 들어 보였다. 바닥에는 깨진 파편이 어지러이 널브러져 있었다.

"베히 님을 불러 주세요. 그러면 얌전히 이 짓거리를 그만두죠."

제4장第四章

달빛이 비치는 밤

달빛이 비치는 밤

협박의 효과는 엄청났다. 아시나는 제가 저질러 놓고도 이 정도까지 효과가 있을 거라고는 생각지 못했다. 일단 아시나의 손에서 깨진 조각을 빼는 데 성공한 전사들이 안도의 한숨을 내쉬는 걸 보며 아시나는 어깨를 으쓱였다. 이건 처음 한 번만 효과가 있지 다음부턴 점점 위력이 미미해지는 방법이었다. 그래도 이번에 통했다는 게 어디냐.

소리 없는 한숨을 내쉰 아시나는 제가 들어갈 방 입구를 노려보았다. 어차피 같은 시하드 궁인지라 베히다트를 만나러 가는 길 자체는 짧았다. 문이 열리고 안으로 들어가자마자 아시나는 베히다트를 찾았다.

널찍한 집무실 가장 안쪽.

아시나를 침실에 처박아 놓고 계속 여기 있었던 건지 베히다트는 마지막으로 봤던 모습 그대로였다. 그 얼굴이 반가운 것도 잠시,

아시나는 인상을 찌푸렸다. 반갑긴 뭐가 반가워.

둘 사이를 무섭게 짓누르는 침묵이 숨을 턱턱 막히게 했다. 그렇다고 해서 여기까지 와서 그냥 물러설 아시나가 아니었다.

"왜 누르가 감옥에 있는 거죠?"

아시나의 갑작스러운 추궁에도 베히다트는 태연했다.

"그녀가 맡은 바 임무를 다하지 못했다는 건 네가 더 잘 알 텐데?"

"난 다시 여기 있잖아요. 풀어 줘요."

그가 비웃었다.

"네 발로 돌아온 건 아니잖아?"

제 발로 돌아올 생각은 없었다. 그래도 아시나는 누르가 감옥까지 갈 거라고는 미처 생각하지 못했다. 알았다면 다른 방법을 찾았겠지, 실종이나 뭐 그런 걸로. 납득을 하지 못한 아시나가 노려보자 그는 가볍게 입술을 비틀었다.

"주인의 벌을 노예가 대신 받는 데 이의가 있는 건가?"

"내 잘못이에요. 벌을 받아도 내가 받아요."

"그래?"

그럴 줄은 몰랐다는 듯 그가 웃었다.

"그런데 어쩌지?"

"뭐가요?"

"여긴 안 그래."

풀어 줄 마음도 여지도 없는 대답에 아시나는 분개했다. 이 부당한 상황에 분노해서 눈앞의 남자와 대화하는 게 아무렇지 않다는 건 좋았지만 다른 짜증이 생겼다. 이 인간이 원래 이랬던가. 내 기억엔 아니었는데. 아시나가 아는 베히다트는 위압적이고 권위적이긴 했지만 앞뒤 꽉 막힌 인간은 아니었다. 거기다가 잘생기고 섹시하고……. 미친, 왜 생각이 삼천포로 빠지지?

어쨌든 이 상황이 납득이 가지 않는다. 이건 마치 화풀이라도 하는 것 같지 않은가! 아시나는 자신이 선정한 단어에 정신이 번쩍 들었다.

화풀이? 이 인간이? 대체 뭐에 대한?

자신이 생각해 낸 결론을 부정하며 아시나는 팔짱을 끼었다.

“이렇게 말이 안 통하는 분이었나요?”

“언제는 말이 통했던가?”

“통하는지 아닌지는 몰라도 이런 처사를 하는 분은 아니라고 생각했어요!”

“그건 네 생각이겠지.”

매몰차게 몰아내는 대답이었다. 아시나는 속으로 이를 갈았다. 사막에서 감정을 드러내며 차갑게 화를 내던 그 인간과 눈앞의 인간이 같은 인간이란 말인가? 전혀 다른 인간으로 느껴졌다.

잠시 입을 다물고 베히다트를 노려보던 아시나가 한참 후에 입을 열었다.

“내가 뭐 잘못했어요?”

뭘 생각하는지 모를 시선이 아시나에게 닿았다. 그가 비웃었다.

“모른다는 건가?”

“도망친 거 말고요. 그거 말고 내가 뭐 지은 죄 있어요? 기물 파손?”

나름 진중하게 물었으나 베히다트는 단번에 그녀를 무시했다.

“자각은 하고 있는 줄 알았는데 그 정도도 몰랐다니 놀랍군.”

지은 죄가 없으니까 하는 말이지, 이 인간아!

아시나가 이를 꽉 물었다.

"알려 줘야 알죠! 내가 뭐 당신처럼 대단한 신인 줄 알아요?"

언성이 높아지고 있었다. 반면 그는 무슨 일이 있냐는 듯 더없이 태연하고 냉정했다. 오히려 느긋해 보이기까지 했다.

"네가 저지른 일인데 모른다는 말인가?"

"도대체 내가 뭘 잘못했는데요! 속 시원히 말 좀 해 달라고요! 자꾸 그렇게 대답 회피하는 거, 할 말 없어서 말 돌리는 거라는 거 내가 모를 줄 알아요?!"

아무리 그 나라에 가면 그 나라 법을 따르라고 하지만 이건 진짜 너무하잖아. 멀쩡히 길 가던 사람을 설명도 없이 다짜고짜 감옥에 가두는 것부터 알아봤지만 죄인 아닌 죄인이 탈출했다고 감시하던 시녀를 감옥에 가둬? 감옥도 가 본 사람이나 '여긴 이렇구나' 생각할 수 있지, 한 번도 가 본 적 없는 사람이 가면 그만큼 우울하고 무섭고 두려운 곳도 없다. 누르를 생각하니 가슴에 무거운 뭔가가 내려앉았다.

지금까지 단 한 번도 숨을 흐트러뜨리지 않고 태연하게 상대하던 베히다트가 처음으로 움직였다. 아시나는 팔이 붙잡힌 순간 숨을 멈췄다.

"그럼 말해."

눈빛이 돌변했다. 강렬한 감정을 품은 붉은 눈동자를 마주하자 그대로 시선이 얽매였다.

"네가 숨기고 있는 것 전부."

언제나 마주하는 시선인데 왜 마주할 때마다 이리도 떨리는 건지. 애써 감추려고 해 봤자 늘 허사였다. 도대체 이 남자는 왜 이렇게까지 내 비밀에 집착을 하는 걸까? 아시나는 이해할 수 없었다. 내가 숨긴 비밀을 다 알아서 대체 뭐하게? 묘하게 일그러지는 아시나의 얼굴을 보며 그가 웃었다.

"그러면 풀어 주지."

이 와중에도 이 남자한테 홀리고 있는 자신이 이젠 미울 지경이었다. 아시나는 이를 갈았다.

"베히 님 진짜 치사한 거 알아요?"

그가 웃었다.

"말할 건가?"

"진짜 치사해!"

팔을 내치자 전과 달리 베히다트는 얌전히 물러나 주었다. 아시나는 자국이 남은 손목을 감싸 쥐며 물러났다. 도대체 얼마나 무식한 힘으로 잡아챈 거야.

"도대체 뭐가 불만이에요?"

짜증 섞인 질문에 그가 평온하게 대꾸했다.

"내가 묻고 싶은 걸 대신 묻는군."

"난 불만 없어요."

"없어?"

"아."

미묘한 비웃음에 아시나가 잠시 생각하다 얼빠진 표정을 지었다.

"날 풀어 줬으면 좋겠어요."

'그럼 그렇지'라는 표정으로 그가 내려다봤다. 아시나는 억울했다.

"그거 빼곤 없는데. 정말로."

더 이상 무슨 말을 해도 통하지 않을 듯했다. 그래, 내가 상대를 잘못 골랐지. 열심히 노려보다 돌아서는 아시나의 뒷모습을 지켜보며 베히다트는 속모를 표정을 지었다. 그때였다, 문 앞까지 걸어간 아시나가 다시 뒤를 돌아본 것은. 그녀는 갑자기 뒤돌아서더니 이해하지 못할 묘한 표정으로 베히다트를 응시했다.

"베히 님."

나지막한 부름. 그가 뭐냐는 듯 쳐다본 순간 아시나가 물었다.

"솔직히 말해 봐요. 나한테 뭐 삐졌죠?"

"뭐?"

아시나는 당당했다. 그렇지 않으면 이런 식으로 나올 리가 없었다. 베히다트에게서 느껴지는 싸한 반응이 느껴지지 않는 건지 그녀는 꿋꿋했다. 팔짱까지 낀 채 잔뜩 불만스러운 시선으로 그를 바라보며 아시나는 잠깐 생각에 잠겼다.

대체 뭐가 불만인 거지, 이 남자는.

"제가 고민해 봤는데 아무래도 베히 님이 지금 이러는 거, 베히 님답지 않거든요. 그리고 좀 이상해요. 아니, 많이 이상해요."

그래, 이상했다. 항상 여유 넘치고 나른하던 남자가 순식간에 바뀌어 잔뜩 날이 선 채 으르렁거리고 있었다. 게다가 이 치졸한 보복은 뭐냐고! 처음엔 단순히 도망친 것에 대한 분노인 줄 알았다. 하지만 지금 보니 그것만도 아닌 모양이었다. 분명 도망과도 관련이 있긴 하겠지만 지금 이 반응은 뭔가 달랐다.

자꾸 마주치니 이젠 알겠다. 이건 다른 것에 대한 분노였다. 물론 그 다른 것이 무엇인지는 아직 모르겠지만.

"이상하다?"

심드렁하게 들려오는 대답은 이전과 다를 바 없게 느껴졌다. 하지만 아시나는 그 와중에도 미묘하게 날이 선 느낌을 지울 수 없었다. 화가 났다기보단 뭔가 툴툴거리는 느낌에 가까운 그런 반응. 이 남자가 툴툴거린다고? 스스로 생각해 놓고도 전혀 어울리지 않는 표현에 아시나는 입술을 깨물었다.

"솔직히 말해 봐요, 베히 님. 나한테 뭐 서운한 거 있죠? 그래서 나한테 삐진 거죠, 그죠?"

이게 그렇게 간단히 요약될 문제는 아니라고 생각하지만 아시나는 일단 그렇게 밀고 나가기로 했다. 그녀의 말에 베히다트는 황당해했다.

"그러니까 지금 내가 화가 나서 일부러 그대를 골리려고 이런다는 말인가?"

"네."

아시나는 천진하게 두 눈을 깜빡였다. 그의 말을 좀 정정하고 싶었다. 화가 난 게 아니라 삐진 것 같은데. 지적을 하고 싶었지만 지적하면 안 그래도 뿔이 난 베히다트를 더 긁는 꼴이 될 것 같아 아시나는 얌전히 입을 다물었다.

"미친 건가?"

"아직 거기까진 아니에요."

차라리 미친 거였으면 좋겠다. 아시나는 한숨을 내쉬었다. 그녀는 그저 이 의미 없이 되풀이되는 대화를 그만하고 싶었다. 그래, 일단 숙이고 들어가자. 아시나는 크게 숨을 들이마셨다.

"베히 님, 뭔진 모르겠지만 내가 잘못한 거 있으면 미안해요. 그러니까 우리 감정적으로 굴지 말고 이성적으로 대화를 해 보는 게 어떨까요?"

"이성적?"

"그러니까……."

이딴 대화 집어 치우자고요, 빌어먹을 신님아.

격해지려는 감정을 억누르며 아시나는 두 눈을 굴렸다. 거친 단어들만이 머릿속을 채우고 있어서 순하고 사교적인 언어들이 도통 머리에 떠오르지 않았다. 이젠 자기가 왜 이러고 있어야 하는지도 의문이었다.

어쩌다 내가 이런 처지에 놓이게 된 거지?

아무리 여기가 남의 나라고 여기서 자신은 상대적 약자 처지라고 하지만 그래도 너무했다.

"충분히 이성적으로 대하고 있는데?"

"내 눈엔 전혀 안 그래 보이거든요?"

여기서 더 어째야 한단 말인가. 아시나는 고민하다가 고민조차 그만두었다. 아, 모르겠다. 너무 지쳐서 더 따지고 싶은 마음도 들지 않았다. 진짜 너무하네. 대체 뭘 잘못한 건지도 가르쳐 주지 않고, 심지어 뭐에 삐지고 화가 났는지도 가르쳐 주지 않았다. 말을 안 하면 내가 어떻게 아냐고! 애초에 내가 왜 잡혀 있어야 하는 건지 아직도 모르겠는데!

"대체 나한테 왜 이래요?"

제정신이었다면 안 그랬겠지만 그동안 알게 모르게 쌓였던 마음고생이 봇물 터지듯 터져 나왔다. 죄 없는 누르가 감옥에 갇혔다는 게 억누르고 있었던 감정의 고삐를 풀어 버렸다.

"내가 베히 님한테 뭐 크게 잘못한 거라도 있어요?"

갑자기 울컥 눈물이 쏟아졌다. 참아 보려고 했는데 감정이 격해지니 눈가에 눈물이 고이는 걸 막을 수가 없었다.

"대체 왜 내가 이런 대우를 받아야 하는 거냐고요. 내가 뭘 잘못했는데! 적어도 제대로 된 설명은 해 줘야 할 거 아니에요!"

남한테 우는 거 보여 주고 싶지 않은데. 그렇다고 시선을 돌리기도 싫었다. 눈물이 나오는 걸 어떡해. 오죽 답답하면 눈물까지 다 나겠는가. 어느새 고인 눈물이 툭툭 떨어졌다. 아시나는 잠깐 눈을 감았다. 굵은 눈물이 뚝뚝 떨어졌다. 아, 왜 이럴 때 눈물이 나오는 거야. 그래도 자존심은 있어서 필사적으로 이를 악물었다. 눈물 나는 것도 서러운데 소리까지 내서 울고 싶지 않았으니까. 그 순간 아시나를 지켜보던 베히다트의 표정이 미묘하게 구겨졌다.

잔잔한 충격이 그를 덮쳤다. 그는 있는 대로 몰아붙이면서도 아시나가 울 거란 생각 자체를 해 보지 않았다. 아니, 할 수 없었다. 어째서냐 묻는다면 글쎄. 그냥 아시나라는 여자와 눈물은 어울리지 않았다. 그러나 막상 다홍빛 눈동자가 눈물을 머금고 흔들리자 놀랐다. 그 놀라움이 그를 당황시켰다.

"지금 우는 건가?"

"보면 몰라요?!"

그걸 물어봐야 아냐고!

뒤늦게 몰려오는 부끄러움 탓에 고개를 돌리니 일어난 베히다트가 아시나의 팔을 잡았다. 아까와는 달리 부드러운 손길이었지만 아시나는 단칼에 뿌리치며 물러났다.

"놔둬요. 동정해 달라고 우는 거 아니니까."

울먹이는 목소리는 스스로가 들어도 처량했다. 그래도 아시나는 씩씩했다.

"그리고 동정할 거면 날 풀어 주기나 해요."

살짝 짜증 섞인 대꾸였으나 베히다트는 반응하지 않았다. 둘 사이에 짧은 침묵이 가라앉았다. 그는 소리 없이 울고 있는 아시나를 응시했다. 지금 자신이 마주하고 있는 여자가 그동안 수차례 부딪혔던 그 여자가 맞는 건지 확신할 수 없었다. 고요히 숨죽여 울고 있는 여자는 완전히 처음 보는 여자였다.

단순히 생김새가 조금 달라졌다고 이럴 수 있는 건가. 납득할 수 없었다. 그것도 머리카락 색과 눈동자 색만 바뀌었을 뿐이었다. 짙은 갈색 머리에 갈색 눈을 가진 아시나도 지금 못지않게 예뻤다. 그러나 지금 그녀는 완전히 다른 여자가 눈앞에 서 있는 것 같은 기분이 들게 했다.

달빛에 비쳐 겨우 보았던 은색 머리카락은 햇살 아래에서도 여전히 영롱했다. 낮에도 저리 빛날 수 있는 건가 싶을 정도로 화려했지만 그게 아시나의 미모를 죽이는 일은 없었다. 붉은 눈동자 역시 물기를 머금고 반짝였다. 저 색이 원래 눈동자 색이라는 것은 그녀가 말해 주지 않아도 알 수 있었다. 더할 나위 없이 완벽하고 아름다웠다.

어째서 숨기고 싶어 했는지 납득할 정도로.

심장이 저릿했다. 그 눈동자가 젖어 있다는 것 하나만으로 기분이 침울해졌다.

"……왜 우는 거지?"

"그걸 몰라요?"

다른 사람처럼 보이는데 말을 걸면 같은 반응이 돌아왔다. 그런 것에 묘하게 안심을 하는 제 자신을 이상하게 생각하면서도 베히다트는 깊이 생각하지 않았다. 눈앞에서 울고 있는 아시나에게 온 정신이 뺏겨 쉽사리 다른 생각을 할 수 없었다.

우는 여자는 어떻게 달래더라?

달래 본 기억이 없으니 방법을 몰랐다. 무언가 달래야 할 것 같긴 한데 손길조차 내치는 터라 어떻게 해도 좋아할 것 같지 않았다. 고뇌에 빠진 그를 두고 아시나는 슬슬 눈물이 말라 가는 걸 느꼈다.

"기다려 봐요. 어차피 곧 멈출 거예요."

눈 부으면 이상한데. 너무 울어서 눈이 따가웠다. 눈을 비비면서도 그 와중에 자기가 예뻐 보였으면 좋겠다고 생각했다. 그리고 스스로 혀를 찼다.

못났다, 정말.

울 땐 몰랐는데 다 울고 나니까 제 자신이 한심했다. 아시나는 운 게 부끄러워서 눈물을 닦으려고 든 손을 쉽게 내릴 수가 없었다. 아, 대체 어떤 얼굴로 봐야 하지.

"아무튼…… 누르는 좀 봐줬으면 좋겠어요. 어찌 되었든 누르는 잘못한 게 없으니까."

눈을 마주칠 용기가 나지 않아 고개를 숙인 채 말했다. 아시나는 크게 숨을 들이마셨다. 그 찰나 베히다트가 손수건을 건넸다. 아시나는 눈앞에 드리워진 손수건에 시선을 뺏겼다가 곧 정신을 차렸다.

"닦아."

"됐어요. 돌아갈게요."

울어서인지 답답하게 꽉 들어찼던 속은 시원해졌지만 대신 기운이 없었다. 기운 없이 돌아서는 아시나의 작은 어깨를 보며 베히다트는 미간을 찌푸렸다. 이런 걸 원한 게 아니었는데. 그러나 뇌리에 남은 건 소리 죽여 울고 있는 아시나의 모습뿐이었다.

……울리려고 했던 건 아니었는데.

"대체 거기서 왜 울었지?"

이런 거 보면 진짜 주책이 따로 없었다. 아시나는 뒤늦은 후회를 하며 연거푸 한숨을 내쉬었다. 그래도 울고 나니 뭔가 개운했다. 답답한 것도 어느 정도 가셔서 더 전심전력으로 아무 생각도 없이 있을 수 있었다. 좋은 건지 나쁜 건지는 모르겠다만.

집무실을 나오자마자 시녀들은 바로 칼같이 아시나를 끌고 침소로 향했다. 그 어떤 자유도 주지 않겠다는 명확한 의지에 아시나는 슬금슬금 포기했다. 평생 이러고 살아야 할지도 모른다는 생각이 잠깐 스쳤을 때는 몸을 부르르 떨었지만 그것도 잠깐이었다. 가벼운 우울이 그녀를 지배했다. 갇혀 사는 인생이라니, 최악 중에서도 최악이잖아?

"응?"

아무 생각 없이 걷던 아시나는 멈춰서는 하녀들 때문에 같이 멈췄다. 그리고 곧 왜 시녀들이 멈췄는지 납득했다. 집무실로 향하는 남자와 마주친 것이었다. 그리고 불행히도 그건 아는 사람이었다. 아니, 이건 불행이 아닌가. 그런데 어째서인지 나시르는 아시나를 보자마자 굳어 버렸다. 아시나는 의아했다. 저 인간이 왜 저러지?

처음엔 없어야 할 사람이 있어서 놀란 건가 싶었는데, 아무리 그래도 도망친 여자가 잡혀 와서 아직도 궁을 활보하고 있는 중인 걸 목격해서 굳은 건 아닌 듯했다. 그럼 대체 왜 이러는 거람.

"나시르?"

"……."

"나시르, 왜 그래요?"

아시나가 소리 내어 묻자 나시르가 흠칫하며 물러났다. 마치 괴물이라도 보는 듯한 시선에 아시나가 의문을 표했다. 그러자 나시르가 진지하게 물었다.

"누구시죠?"

뭐래, 이 남자가.

"뭐예요? 나 처음 보는 것도 아니면서."

아시나의 한숨 섞인 대꾸를 들으면서도 나시르는 자기가 뭘 보고 있는 건지 이해할 수 없었다. 눈앞의 미녀는 대체 누구지? 그전의 아시나가 못생겼다는 건 절대로 아니었다. 하지만…….

대체 사막에서 무슨 일이 있었던 건지 못 본 새에 아시나는 전혀 다른 사람이 되어 있었다. 은발이라니. 이런 머리가 진짜로 존재하는 것이었단 말인가. 다홍색의 눈동자가 자신을 쳐다보고 있는데 전혀 사람 같아 보이지 않았다.

아시나 양이 이런 미모를 가진 여자였단 말인가. 눈으로 보고 있음에도 믿기지 않았다. 그전에도 예쁘다는 건 인정했지만 뭐랄까 이건 상상 이상의 그런 미모였다. 단순히 머리 색이랑 눈 색이 바뀐 것뿐인데! 그는 경악했다. 여자를 보고 홀린다는 말을 믿지 않았는데 지금 나시르는 그 말을 믿을 수밖에 없는 상황에 처해 있었다.

"눈동자 색이랑 머리…… 대체 어떻게 된 겁니까?"

홀린 듯 쳐다보는 나시르가 보이지도 않는지 아시나는 별거 아니라는 듯 대수롭지 않게 대꾸했다.

"저주를 받아서 그래요."

"네?"

"미인이 되는 저주죠. 다른 사람들은 축복이라 그러지만."

"……."

정말인가. 혹한 나시르를 보며 아시나는 깔깔대며 웃었다. 아시나의 반응에 나시르는 일순 정말로 저주를 받은 건가 고려했던 자신을 반성했다. 그는 나지막이 한숨을 내쉬며 절레절레 고개를 저었다. 아시나는 이 의외의 반응에 살짝 당황했다.

"에이, 농담인데 왜 그리 심각해요?"

너무 심각하게 말했나. 아시나가 고민하는 사이 나시르가 한심하다는 듯 입을 열었다.

"이 상황에서 농담이 나오십니까?"

"헤헷."

아시나는 빙그레 웃었다.

"이렇게 생겨 먹은 걸요."

"좋은 건지, 나쁜 건지……."

그러게 말입니다. 아까만 해도 울고 있었던 주제에. 불시에 떠오른 부끄러운 기억에 아시나는 잠시 몸을 흠칫 떨었다. 으으, 이제 그 인간 얼굴을 어떻게 보지? 다행히 놀려 먹을 생각은 안 한 것 같지만 역시 제정신으로는 견딜 수 없을 정도로 부끄러웠다. 외간 남자 앞에서 울다니. 하, 아시나 많이 죽었구나.

"진짜 어떻게 된 겁니까?"

낯설어하는 나시르에게 눈길을 주며 아시나는 그냥 어깨를 한번 으쓱일 뿐이었다.

"이게 원래 내 모습이에요."

"원래 모습이요?"

나시르는 의아해했지만 그 외의 특별한 다른 반응은 없었다. 그냥 얼떨떨해하는 정도? 아시나는 그걸 보며 뭔가 깨달음을 얻었다.

그래, 이거야! 원래 이게 정상적인 반응이 아니었던가. 그동안 자신의 본모습을 봐 온 다른 사람들의 반응도 거의 다 이랬다. 조금 당황해하는 정도에서 끝나기 마련인데 도대체 베히다트는 왜 그리 죽일 듯이 반응한 걸까. 도통 알 수가 없다고 생각하며 아시나는 자신을 훑어보는 나시르를 쳐다보았다. 나시르는 바뀐 모습 때문인지 아직도 아시나를 낯설어했다.

"그럼 그동안은 다른……."

"여행을 다니려면 어쩔 수 없었어요. 이 모습은 너무 사람들 눈에 띄는지라."

"확실히……."

말끝을 흐리긴 했지만 나시르는 아시나의 말에 수긍했다. 그 말대로 지금 모습은 너무 눈에 띄었다. 이전의 모습이 눈에 띄지 않았다는 건 아니지만 밝고 희귀한 색의 머리카락은 아주 멀리서도 그녀를 다른 이와 구분 짓게 만드는 마력이 존재했다. 머리카락 색마저 이리 튀는데 눈동자 색 역시 그에 못지않게 튀니 얼마나 골치가 아팠겠는가. 한 번 보면 절대로 잊을 수 없는 색이었다. 물론 외모 자체도 어디에 묻힌다는 건 불가능했다.

아시나는 머리카락을 쓸어 넘겼다. 단순히 그것뿐인데도 사람의 시선을 홀렸다. 나시르는 저도 모르게 아시나에게서 시선을 떼질 못하며 인상을 찌푸렸다.

"예쁘신 줄은 알았지만 이건……."

이 정도의 미모였던가.

나시르는 잠시 고민했다. 이전에도 예쁘다는 생각은 했었다. 흔하지 않은 미모라고 생각했기에 아시나가 제 스스로 예쁘다고 칭할 때 굳이 따지지 않고 넘어갔던 것. 한데 이렇게까지 시선을 떼지 못할 정도였던가? 그 정도는 아니었다고 생각했는데. 아니었던가? 혼란에 빠진 나시르를 지켜보며 아시나가 진지하게 운을 뗐다.

"눈을 뗄 수 없고 지금 이 순간이 현실이 아닌 것 같고 이게 꿈인가 생시인가 헷갈리면서 살아 있기를 잘했다고 느끼죠?"

"그 정도까지는 아닙니다."

"칫."

그녀의 말을 단칼에 잘라 낸 나시르는 어깨를 으쓱였다. 아시나는 그냥 입맛만 다셨을 뿐 특별한 반응은 없었다. 계속 쳐다보니 어느 정도 적응은 되었다만 그래도 여전히 아시나의 미모가 낯설었다. 완전히 적응하려면 예상보다 더 오랜 시간이 걸릴지도 몰랐다.

"그런데 어째서 집무실에서 나오시는 겁니까?"

"베히 님께 볼일이 있었어요."

별거 아니라는 듯 가벼운 대꾸가 들려왔지만 그것만으로도 나시르는 충분히 전후 사정을 짐작할 수 있었다.

"……용케 뵈었군요."

역시 눈치가 빠르다니까.

"조금 난리를 피웠거든요."

아시나는 대수롭지 않다는 듯 어깨를 으쓱였지만, 그녀를 감시하던 시녀와 전사들이 듣는다면 그게 조금이냐며 분개할 내용이었다. 하지만 아쉽게도 지금 그들은 따질 권리를 가지지 못했다. 그래도 아시나는 나름 양심이 있는지라 자기를 끌고 가려는 시녀들을 흘긋 쳐다보았다. 시녀들이 딱히 별다른 반응이 없는 게 더 무서웠다.

"그래서 뭔가 얻으신 건 있습니까?"

"……."

한숨을 내쉬고 싶다. 급격히 어두워지는 아시나의 표정을 보며 나시르는 대충 무슨 일이 있었는지 알아차렸다. 빙그레 웃는 그를 보며 아시나는 왜인지 나시르를 한 대 치고 싶다고 생각했다. 얄미워. 제발 알면 묻질 말았으면 좋겠다.

"나시르는 알아요?"

"뭘 말입니까?"

"베히 님이 나한테 삐지게 된 이유를요."

"……뭘, 해요?"

나시르가 당황해서 말꼬리를 흐리는데 아시나는 이에 전혀 상관하지 않고 제 말을 이어 갔다. 아까 쌓였던 답답한 마음과 온갖 불만이 하소연할 상대를 만나자 마치 기다렸다는 듯 쏟아져 나왔다.

"도대체 내가 뭘 잘못한 거예요? 내가 여기 갇히게 된 이유가 수상해서라는 건 알고 있지만 이렇게까지 억류되어 있어야 할 이유가 뭔지는 모르겠어요. 아니, 그냥 사막을 돌아다녔다는 게 그렇게까지 수상할 정도예요? 몰래 감옥에서 나온 건 미안해요. 근데 난 감옥이라면 지긋지긋한 사람이고, 날 가둘 명분도 사실 없잖아요? 아, 그래. 여기서 도망친 것도 미안해요. 하지만 풀어 주지 않을 거였잖아! 그래서 도망친 건데 굳이 다시 잡아 온 이유는 뭐냐고요. 내가 무슨 대역죄인이라도 돼요?"

속사포처럼 이어진 하소연에 나시르가 어색하게 웃었다.

"대역죄인은 아니죠."

"그쵸?!"

나시르는 그 부분은 확실하다는 듯 고개까지 끄덕여 맞장구를 쳐 주었다. 아시나는 그 반응이 아주 만족스러웠다. 흡족한 미소를 짓다 불현듯 또 인상을 찌푸렸지만. 아니, 그 인간은 세상에 불만이 있는 게 틀림없어. 뭐가 그렇게 꼬여 있어, 진짜?

"그런데 전사들까지 동원해서 사막으로 날 잡으러 오질 않나. 아, 근데 도대체 내가 사막 쪽으로 도망친 건 어떻게 알았어요? 날 감시하기라도 했나요? 감시는 모두 따돌렸는데. 그럼 따로 목격자가 있었나?"

고민을 시작한 아시나를 지켜보던 나시르가 무심하게 대꾸했다. 전후 사정을 모두 알고 있는 남자의 여유라는 건 생각보다 대단한 것이었다.

"그냥 시하드께서 그쪽으로 갔을 거라며 가셨습니다."

"……."

"그냥 운이에요."

"……."

나시르는 운이라 치부했지만 그게 과연 운으로 해결될 일이던가. 결국 베히다트의 판단력이 뛰어났던 것이었지만 둘은 그걸 인정하고 싶지 않았다. 치졸한 반응이었지만 어쩔 수 없었다.

아시나는 억울했다. 고작 운이 없어 다시 잡혀 들어오다니. 복도 지지리도 없는 인생. 그래, 원래 운 좋은 사람한테는 이길 수 없는 게 인생이라고 했다. 그래서 내가 이렇게 막살아도 문제가 없었던 건데! 문제는 운 좋은 사람은 자신보다 더 운이 좋은 사람한테 항상 밀리기 마련이라는 것이다. 이제 신마저 날 버리시는 건가. 아시나는 진심으로 슬퍼했다.

아까 조금 울어서 그런지 눈가는 금세 촉촉하게 변했다. 아시나는 살짝 붉어진 눈가를 손끝으로 닦으며 울먹였다.

"내가 진짜 뭘 그렇게 잘못했어요? 나시르는 알아요?"

"……별다른 잘못은 크게 없으셨습니다. 그냥 모든 게 수상한 것뿐이시죠."

"그런데 날 왜 이렇게까지 잡아 놓는 거예요?"

"첩자로 의심하는 중이거든요. 그것도 아주 중요한."

첩자? 그럴 수 있을 거라 생각은 해 봤다만 정말로 첩자로 의심할 줄이야. 아시나는 속으로 짧게 한탄했다.

"나시르는 내가 첩자로 보여요?"

"아니라고 단언할 수는 없습니다."

"하, 참. 어이없어서……."

"그러게 남의 나라를 그렇게 막 돌아다니면 안 되죠."

그렇게 말하며 웃는 나시르는 정말로 한 대 치고 싶을 정도로 얄미웠다. 여기가 크롬웰이었다면 나시르의 발이라도 몰래 밟았을 테지만 안타깝게도 페시안이었다. 망할 페시안. 내가 여길 떠나면 다시 오나 봐라. 이까지 갈며 다짐했지만 아시나는 막상 그 다짐을 실행에 옮길 수 있을지는 확신하지 못했다.

하지만 첩자로 의심되어서 다시 잡혀 왔다기에는 뭔가가 약간 부족했다. 그래, 막상 다시 붙잡혀 왔을 땐 내가 죄인이라서 잡혀 온 기분이 들지 않았단 말이야! 아시나는 적어도 그 점만은 확실히 해 두고 싶었다.

"정말 단순히 그것뿐이에요?"

"그건 무슨 의미십니까?"

"그냥 그것뿐만이 아닌 것 같아서요."

아시나는 여전히 베히다트가 자신에게 하는 행동을 납득할 수 없었다. 대체 어느 나라 왕이 첩자를 이렇게 대하는가?

"첩자로 의심받는 상황의 여자가 도망을 쳤는데 지금 베히 님이 나한테 하는 건 바람피우고 도망간 마누라 잡는 남편 같거든요."

"바람피우고 도망간 마누라라……."

아시나의 말을 듣던 나시르가 끅끅 웃었다. 아시나는 갑자기 웃음이 터진 나시르를 꽤나 황당하게 쳐다보았다.

"어울리네요."

"그 말 들으려고 한 말 아니거든요."

지금 상황이 답답한 건 베히다트, 그 남자 역시 마찬가지겠지. 아시나는 작은 한숨을 남몰래 내쉬었다. 고집을 접고 정체를 밝히고만 싶었다. 자신의 정체를 밝혀도 파문이 없다면 그냥 순순히 밝히겠는데……. 자신들의 사정만으로도 복잡한 지금 페시안에서 정체를 밝혔다고 해서 첩자의 누명을 벗을 수 있을 것 같지 않았다. 아시나는 우울하게 시선을 돌렸다. 우울해하는 모습조차도 다른 이에겐 더없이 아름답게 느껴졌다. 나시르는 침울하게 고개를 숙이는 아시나를 지켜보다 의미 모를 한숨을 내쉬었다.

"다시 잡혀 올 줄은 몰랐습니다."

"나도요."

궁을 나서고 사막에 들어설 때만 해도 완전히 탈출에 성공한 줄 알았다. 이렇게 쉽게 뒷덜미가 잡힐 줄 누가 상상했겠는가. 어디 하나 흠잡을 데 없는 완벽한 계획에 완벽한 실행이었는데 대체 뭐가 문제였던 걸까. 아시나는 고민에 빠졌다. 그 순간 나시르가 꽤나 심각하게 아시나를 불렀다.

"아시나 양."

"네?"

나시르가 사뭇 진지하게 그녀를 바라보았다.

"전 아시나 양이 잘 도망치시길 빌었습니다. 비록 결과는 이렇게 되었지만 말입니다."

아시나는 혼란스러웠다. 그런데, 그래서 뭐?

"……무슨 의도로 하는 말이에요?"

경계하는 아시나를 보며 나시르는 빙그레 웃었다.

"조심하시라 말씀 드리는 겁니다."

"뭘요?"

"제 주군은 쉬운 남자가 아니거든요."

"……네?"

지체 없이 돌아온 대답에 아시나는 머릿속이 복잡해졌다. 이 인간이 지금 무슨 말을 하고 있는 거지? 이제 가려는 모양인지 한 걸음 물러난 나시르가 짐짓 심각한 표정을 지었다. 그건 웃음기 하나 없는 순도 백 퍼센트의 진심이었다.

"고생하실 겁니다. 전 벌써부터 무섭거든요."

뜻을 알아듣지 못해 혼란에 빠진 아시나를 두고 나시르는 가볍게 고개를 숙였다.

"그럼 전 이만."

대체 저 인간이 무슨 말을 하는 거야?

라 쿤이 돌아왔다는 소식을 제일 먼저 알게 된 것은 시종장 이만이었다. 라 쿤이 비운 궁정을 별 탈 없이 유지하는 것이 그의 임무인 만큼, 시종장은 궁정에서 가장 중요하고 바쁜 사람이었다. 물론 이 궁정에서 일하는 관료치고 중요하지 않은 자가 어디 있겠냐만은 그래도 시종장의 존재는 특히 컸다. 베히다트 역시 돌아오자마자 이만을 찾았다. 새벽에 불같은 호출이었지만 이만은 별다른 불만 없이 자리를 지켰다.

"내가 돌아왔다는 걸 몇이나 알지?"

"글쎄요. 저나 서기관장을 포함해서 대여섯 명은 알지 않을까 합니다. 일단 궁정의 시녀들은 다 알고 있겠지요."

떠들썩한 귀환치고는 생각보다 아는 사람이 적었다. 이것 역시 시종장의 역량이라 생각하며 베히다트는 턱을 쓸었다. 여자 하나 때문에 너무 많은 계획에 차질이 있었다. 여자 하나라……. 베히다트는 쓴웃음을 지었다. 과연 여자 하나라고 치부할 수 있을 정도의 일이던가. 아마 이와 똑같은 일이 또 발생한다면 그는 분명 어떻게든 다시 잡아 오려 할 거라는 걸 은연중에 알고 있었다. 의미 모를 한숨이 맴돌았다.

지난 이틀 동안 집무실에서 잡무를 포함한 여타 중요한 일들을 검토하며 자신이 자리를 비운 새 별다른 움직임이 없었나 확인을 했다. 자신이 자리를 비운 틈을 노릴 거라 예상했는데 놀랍게도 아무런 움직임이 없었다. 다행인지 불행인지.

"제 예상보다 훨씬 일찍 돌아오셨습니다."

"그래서 불만인가."

"설마요."

이만이 빙그레 사람 좋은 미소를 지었다.

"다들 시하드께서 무슨 일로 자리를 비우신 건지 궁금해하십니다."

가볍게 운을 뗀 시종장이 웃었다. 그의 말이 무엇을 의미하는지 모르지 않는 바. 베히다트는 들고 있던 서신을 내려놓았다.

"뭐라 둘러대는 게 가장 좋을까?"

의견을 구하는 주군 앞에서 시종장은 진심으로 고민했다. 어차피 답이 정해진 질문을 받은 것과 마찬가지였지만.

"역시 진실을 말하는 게 가장 좋지 않겠습니까, 시하드시여."

웃음기 어린 대꾸에 베히다트가 눈을 가늘게 떴다.

"감히 농을 하는 건가?"

"물론 아닙니다."

이만은 사람 좋은 미소를 지었다.

"하지만 여색에 빠졌다는 변명이야말로 가장 이상적이지 않겠습니까?"

"여색?"

"원래 사랑에 빠진 남녀에게 다른 건 보이지 않는 법이죠. 게다가 시하드께서 사랑에 빠지셨다니, 다들 믿진 않겠지만 혹시나 하지 않겠습니까? 안 그래도 아이라를 들이신 지 얼마 되지 않으셨으니까요."

물론 현실은 그렇게 낭만적이지만은 않았지만.

이만은 본인이 내놓은 대답에 스스로도 납득이 가는지 고개를 두어 번 더 끄덕였다.

"하물며 대족장들을 납득시키려면 그 정도의 충격은 있어야 하지 않겠습니까?"

베히다트는 별로 달갑지 않은 표정을 지었지만 이만의 입장에선 더할 나위 없이 만족스러운 핑계였다. 천하의 라 쿤께서 사랑에 빠지셨다는데 어떤 대족장이 거기에 토를 달겠는가. 무엇보다 그 이유야말로 여러모로 완벽했다. 라 쿤이 사랑에 빠졌다는 소식을 접한 대족장들의 반응이 벌써부터 기대가 될 지경이었다.

"지금 상황이 제일 재미있는 건 그대 같군."

"부정하진 않겠습니다."

하지만 이만은 어느 정도 그 변명이 진실이라고 생각했다. 이렇게 여인에게 목매는 주군의 모습은 처음이거니와 아마 이전에도 없었던 것처럼 이후에도 없을 것이기에. 정작 주군은 모르고 있는 듯했지만. 묘한 미소를 짓는 이만이 마음에 들지 않는지 베히다트는 괜히 그를 노려보았다.

"무슨 꿍꿍이를 꾸미는 거지?"

"어허, 제가 감히 어찌 시하드께 해가 되는 일을 하겠습니까?"

이만이 재빨리 발뺌을 했으나 그렇다고 의심의 시선을 피해 가진 못했다. 이만은 그동안 지은 죄가 너무 많은 인간이었으니까.

"우마르에게 자리를 이어 받은 뒤로 네가 한시도 가만있지 않았다는 건 내가 제일 잘 안다."

"하하."

유능한 것과 대조적으로 이만은 잠시도 가만있지 못하는 성미를 가진 사내였다. 대신 그는 궁정을 관리하거나 베히다트를 대신하여 관리들을 상대하는 능력만큼은 타의 추종을 불허했기에 그가 아직도 라 쿤의 시종장으로 남아 있는 것이었다. 이만은 빙그레 웃었다. 제 나름대로 지어 보일 수 있는 최선의 선의를 담은 미소였지만 베히다트의 눈엔 전혀 아니었다.

"그밖에 별다른 건 없는가."

"네, 대족장들의 연이은 알현 요청이 있을…… 예정이지만 전부 받지 않으실 것 아니십니까? 그럴 기분이 영 아니시니까요. 제 선에서 알아서 미리 거절해 놓겠습니다."

"무슨 핑계를 대고?"

짐짓 불안한 예감이 든 베히다트가 미간을 찌푸렸다. 아니나 다를까 이만은 조용히 음흉한 미소를 지으며 말했다.

"시하드께서 침소에서 나오시지 않는다고요."

"……."

아마도 대족장들 앞에서 보일 예정인 심각한 표정을 지으며 이만이 고개를 절레절레 흔들었다. 더 이상 가망이 없다는 표정이었는데, 그가 지금 이 상황을 얼마나 즐기고 있는지 단적으로 보여 주는 것 같아 베히다트는 할 말을 잃어버렸다. 주군의 싸늘한 반응에 이만이 서글픈지 애써 변명을 시작했다.

"하지만 저도 놀고만 있는 건 아니라는 점을 알아주시기 바랍니다. 시하드께서 자리를 비우실 때마다 제가 얼마나 바빠지는지, 제가 아무리 시하드를 받드는 종이라지만 제 노동량은 다른 이가 소화할 수 있는 양이 아니거든요."

"그래서 대족장을 놀리는 재미를 봐 달라?"

"권력자들을 갖고 노는 게 얼마나 재미있는지 시하드께선 아십니까?"

"너 역시 권력자다, 이만."

시종장이라는 지위가 궁내에선 대재상과 맞먹는다는 걸 제일 잘 알고 있을 이만이 자신은 아무것도 모른다는 양 빙그레 웃었다. 장난기가 심한 것을 제외하면 이만은 그래도 꽤 괜찮은 시종장이었다. 어차피 말린다고 말려질 녀석도 아닐 터, 베히다트는 더 이상 추궁하는 것을 그만두었다.

"침소 쪽에 경비나 더 붙여."

이만이 의아한 표정을 지었다. 지난 이틀간 베히다트가 침소 근처도 가지 않았다는 건 시종장인 그가 제일 잘 알고 있다. 혹시 잘못 들은 것인가 이만이 되물었다.

"침소 쪽이요?"

"그래."

"그럼, 아이라께 말입니까?"

생각한 것이 맞는 건가 확인을 하려 했으나 돌아오는 대답은 없었다. 그것은 곧 긍정. 이만은 얼떨떨한 표정으로 말을 이었다.

"이미 충분한 경비가 붙어 있습니다만……. 알겠습니다."

이만은 솔직히 말하자면 명령을 이해할 수 없었다. 하나 항시 궁정의 관리와 라 쿤의 모든 일정을 동시에 책임지는 시종장으로서 일단 내려진 명령에 군말 없이 따르는 것이 도리였다. 그렇게 감시를 늘린다고 이 상황이 해결될 것 같지는 않은데. 이만은 지금 상황이 조금 안타까웠다.

"시하드시여."

"말하라."

"당신의 종이 주제넘은 말 한마디만 해도 되겠습니까?"

말없이 베히다트가 이만을 응시했다. 마치 말해 보라는 듯, 무언의 허락에 이만은 조금 착잡한 표정으로 입을 열었다.

"여인의 마음은 가둔다고 가질 수 있는 게 아닙니다."

베히다트의 표정이 일그러졌다.

"대체 무슨 의미지?"

"글쎄요."

지금 이런 말을 하는 이유를 설명해 봤자 통하지 않을 거라는 걸 이만은 잘 알고 있었다. 빙그레 웃으며 그는 굳은 표정의 군주에게 고개를 숙였다.

"그럼 전 이만 물러나겠습니다."

궁정 안은 연이은 연회로 무척이나 시끄럽고 떠들썩했다. 마치 그동안 참고 억눌렀던 것들을 다 풀어내기라도 하려는 모양인지 수도의 관료들이 앞다투어 이 연회를 가장 신나게 즐기기 바빴다. 오랜만에 모인 대족장들이 오히려 정숙해 보일 정도로.

그럼에도 궁전에 머무는 오만 명에 가까운 사람들 중 대부분은 축제와는 상관없다는 듯 평소와 다름없는 생활을 하고 있었다. 특히 제2중정부터가 더욱 그러했다. 뷔요세브 궁전은 한 나라의 궁전이자 동시에 페시안의 신을 모시는 신전. 바레인은 항상 고요한 궁정의 풍경을 좋아했다. 그래서 더 정을 붙이지 못하겠지만. 뭐, 어찌 되었든 상관없지.

"그래서, 확실히 시하드께서 궁으로 돌아오셨다는 건가?"

바레인의 목소리는 침착하고 동시에 차분했다. 갑작스러운 빈자리도 의아했지만 사나흘도 지나지 않아 다시 돌아왔다는 소식 자체가 이 상황을 더 의뭉스럽게 만들었다. 아직 시하드가 자리를 비우게 된 이유조차 알지 못하는 것이 현 상황이기 때문에 바레인은 뭐 하나 만족스럽지 못했다.

"언제 돌아오신 것인지 확실하지 않습니다."

"그래서 지금은 궁에 계시다는 건가?"

"예, 시하드 궁에 머물러 계신다고 합니다."

하지만 오전에 잠깐 마주쳤던 시종장은 아직도 공석이라 알현을 할 수 없다고 대답했다. 그것이 시종장인 이만의 독단인지 아니면 미리 명령이 되어 있는 것인지를 구분할 수 없어 바레인은 혼란스러웠다. 이런 시기에 자리를 비운다는 게 어떤 의미인지 자신보다 더 잘 알고 있을 라 쿤이 아니던가. 이 움직임을 어떻게 해석하고 어떻게 받아들여야 옳은 건지 바레인은 확신할 수 없었다.

"상당수의 아제미 전사들과 같이 돌아오셨습니다. 방향을 추적해 보니 사막에서 돌아오신 듯합니다."

"이 시기에 사막에 다시 볼일이라도 있었다는 건가? 아슈마에는 이미 다녀오셨을 터. 그것도 전사들을 이끌고라……."

심지어 일부 아제미들은 알 페시안의 서쪽 경계로 보내졌다. 눈가리기용일 것이 뻔한 치안을 핑계로 도시를 휘젓던 아제미들 역시 같은 이유였으리라. 바레인은 그들의 심중을 짐작할 수 없다는 것이 가장 마음에 걸렸다. 정확한 이유는 물론이고 윤곽조차 잡히지 않았다. 그렇다고 이 자리에서 고민한다고 알아낼 수 있는 문제도 아닌 터. 결국 알 수 없는 것은 넘겨 두고 바레인은 다른 것부터 집중했다.

“아제미들을 소집한 이유를 추적할 수 있나?”

“해 보겠습니다.”

“라 쿤께서 정확히 어딜 다녀오셨는지도 알아보라.”

“노력해 보겠습니다.”

고개 숙인 전사를 두고 바레인은 잠시 생각을 정리했다. 갑자기 견제하고 있던 상대가 예상치 못한 일을 벌인 것에 놀라긴 했으나 모든 일이 척척 잘 진행되고 있었다. 아귀가 제대로 들어맞는 일들에 일순 불안한 마음이 들 정도로.

무엇을 알고 무엇을 모르는 것인지 탐색해 봐야 할 상대가 정작 다른 것에 정신이 팔려 있다는 건 영 좋지 못한 소식이었다. 정신이 팔려 있다는 것 자체는 좋았지만 다른 일에 몰두하느라 틈을 보여 주지 않으니, 어찌 돌아가는 영문인지 알아낼 수 없어 답답했다. 바레인은 나지막이 한숨을 내쉬었다.

“무스카트의 상황은 어떻지?”

“다우드가 힘을 쓰고 있으나 빠른 시일 내에 분란을 조정하기엔 무리가 있을 듯합니다. 무엇보다 신부를 뺏긴 측이 전쟁을 그만둘 용의가 없습니다.”

"그렇겠지. 운명의 상대라니까."

입술을 비틀어 메마른 웃음을 지은 바레인이 고개를 끄덕였다.

"비가와 이즈미르는 어디쯤 오고 있나?"

"마안의 대족장 이즈미르는 이번 주 내로 도착할 겁니다. 근처에서 여독을 풀고 있는 중이니까요. 소하르 대족장 비가는 다음 주 정도는 되어야 도착할 겁니다."

"이즈미르를 덮친 도적 떼들은?"

"거의 다 소탕되었다고 합니다."

아예 씨를 말려 놓았겠지. 이즈미르의 성미라면 도적 떼들이 어떤 상황을 맞이했을지 말하지 않아도 알 수 있었다. 이즈미르의 발을 묶어 놓은 건 좋았는데 문제는 비가였다. 소하르 지역을 다스리고 있는 시난 일족은 대대로 대재상을 배출할 정도로 영향력 있는 가문이었다. 무엇보다 비가는 일선에서 물러난 지금까지도 뛰어난 지혜로 많은 이들의 존경을 받고 있는 바, 쉽게 건드릴 수 없었다. 그렇다고 놔둘 수도 없었지만. 그가 알고 있는 것이 베히다트에게 전해지면 곤란했다. 결국 알 페시안에 도착하는 건 막을 수 없겠지만 최대한 그 시기를 늦추고 싶었다.

"비가에게도 도적 떼를 보낼까요?"

"아니다. 혹시 몰라 비가가 죽게 되면 우리가 볼 손해가 너무 커."

이미 충분히 유리한데 욕심을 부렸다간 어디에서 일이 틀어질지 모른다. 바레인은 신중하게 결정했다.

"그저 멀리서 이동 경로를 계속 감시하도록."

"예."

어차피 저들이 알 수 있는 건 많지 않았다. 바레인은 여유롭게 웃으며 다 읽은 보고서를 위태롭게 타고 있는 촛불 위로 가져갔다. 불이 붙은 종이는 금세 타들어 갔다. 까만 재만 남고 사라진 종이를 확인한 바레인은 낮에 읽던 책에 다시 손을 가져갔다.

"아, 그리고……."

바레인이 잠시 말을 끊었다. 잠깐의 공백에 알 수 없는 망설임이 있다는 걸 알았지만 충실한 신하이자 부하인 로그웨는 그가 무슨 말을 하려는 건지 바로 알아차렸다.

"아직 은발과 적안을 가진 여인에 대한 것은 찾지 못했습니다."

"그렇군."

짧은 대꾸에 많은 감정이 오갔다. 로그웨는 어떤 말을 하는 대신 침묵을 선택했다. 복잡한 표정이 얼굴에까지 떠올랐다가 사라졌다. 그 순간 방 밖에서 '똑똑' 손기척이 들려왔다. 바레인은 이만 가도 좋다는 손짓을 했다. 그 손짓을 보고 짧게 목례를 한 로그웨가 황급히 몸을 숨겼다.

"무슨 일이지?"

방문은 조금 뒤에 살짝 열렸다. 문 안으로 들어온 것은 궁정에서 바레인에게 붙여 준 시동이었다.

"대족장님께 손님이 왔습니다."

"손님?"

태연하게 대꾸했지만 올 손님이 없었다. 살짝 인상을 찌푸린 바레인은 알겠다는 듯 고개를 끄덕여 수긍했다. 시동은 바로 물러나지 않았다. 다가온 시동의 작은 손에 들린 편지에 바레인은 의문을 표했다.

"이게 뭐지?"

"사헴가家에서 바레인 님께 특급으로 보낸 편지입니다. 전령사가 급한 용무라 전하라고 했습니다."

"가문에서?"

의아한 기색으로 편지를 살펴보는 바레인의 시선은 싸늘했다. 본가에서 그에게 보낼 용무는 많지 않았으니까. 대체 누가 보낸 건지 의아했지만 바레인은 그 편지를 서랍에 넣어 두었다.

"손님은 어디 있지?"

"제4중정에 있는 응접실에 있습니다. 안내해 드릴까요?"

"그래, 지금 바로 가도록 하지."

바레인이 머무는 건물에서 제4중정까지 거리상으로는 그리 멀지 않았다. 다만 제3중정부터는 까다로운 자격 심사를 거쳐야 했으므로 많은 경비병들이 지키고 있었다. 바레인은 문득 이렇게 삼엄한 궁정에서 어떻게 그만큼 눈에 띄는 여자를 숨길 수 있는 걸까 의아했다. 정말 실존하는 여자가 아닌가? 이렇게까지 찾고 있는데 어떻게 머리카락 한 올조차 찾을 수 없는 건지.

아직도 그날의 기억은 생생했다. 생생한 만큼 확신할 수 없었다. 그것이 꿈이었는지 현실이었는지. 이젠 너무나 현실 같지 않아 서서 꿈이라도 꾼 것인가 의심이 갈 지경이었다. 생각에 빠져 걷기를 잠시, 정신을 차리고 보니 바레인은 어느새 응접실 앞에 도착해 있었다. 관료들끼리 모여 이야기를 나눌 때 사용되는 공간이자 관료들이 업무를 볼 때 찾아온 손님들을 접대하는 장소. 시동이 여는 문을 지나 들어가자 바레인은 왜 제게 손님이 있는지 이해할 수 있었다.

머리를 둘러싼 터번을 끌어내리며 소년으로 보이는 청년이 손을 흔들었다. 바레인은 그 천진한 모습을 꽤나 심각하게 바라보았다. 청년이 싱긋 웃었다.

"왜 이렇게 늦게 온 거지, 아카?"

"중간에 일이 좀 있었어."

별거 아니라는 듯 어깨를 으쓱인 뒤 아카가 다시 한 번 손을 흔들었다.

"오랜만이야, 대족장."

바레인은 자리에 앉으며 조용히 아카의 위아래를 훑어보았다. 나름대로 대족장의 손님으로 궁전에 들어오느라 차려입은 티가 나긴 했으나 아무렇게나 앉은 자세로 미루어 보아 아카는 전혀 예의를 따질 생각이 없는 것처럼 보였다. 하지만 바레인은 전혀 불쾌하지 않았다. 애초에 예의를 따지는 관계는 아니었거니와 무엇보다 바레인은 이 녀석과 그런 이야기로 시간 낭비하고 싶지 않았다.

"일이 좀 있었다라?"

노골적으로 노기를 드러내는 한 마디에 아카는 어깨를 으쓱였다. 그것 이외의 변명은 없었다. 어쩔 거냐는 태도가 너무 당당해 도리어 바레인은 힘이 빠졌다.

"고작 그 정도의 변명으로는 이렇게 늦은 이유가 설명되지 않을 텐데."

"나한테 지금 협박하는 거야?"

아카가 놀랍다는 듯 웃었다.

"그게 통할 거라 생각해?"

천진한 눈빛과 달리 입가에 걸린 미소는 비웃음이 가득했다. 바레인은 소리 없이 아카를 응시했다. 짧지만 긴 실랑이가 끝나고 결국 먼저 꼬리를 내린 건 아카였다. 시선을 돌리는 아카의 옆모습을 응시하며 바레인이 침착하게 물었다.

"그래서, 무슨 일이었지?"

"아, 오는 도중에 재미있는 걸 봤어."

"재미?"

아카는 다시 생각해도 재미있는지 꽤 음흉한 표정으로 웃었다.

"웬 이상한 여자 하나를 만났거든."

그 말을 꺼내기 전까지 바레인 역시 흥미가 돋는 표정이었으나 여자라는 단어 하나에 순식간에 흥미가 식어 버렸다. 고작 여자 이야기인가. 미미하게 찌푸리는 바레인이 보이지도 않는지 아카는 짐짓 심각하게 생각에 잠겼다.

"정체가 뭔지 모르겠다니까. 아무튼 흥미진진해."

"네가 흥미롭다니 놀랍긴 하군."

"나중에 조사 부탁해도 돼?"

"네가 할 일을 잘한다면 도와주지."

"좋아."

아카가 빙그레 웃으며 두 손을 마주 잡았다. 깍지를 낀 채 느긋하게 뒷머리를 받치는 폼이 너무 자연스러워 바레인은 여기가 아카의 안방이라도 되는 듯한 기분마저 들었다. 잡담은 여기까지. 바레인은 본론으로 들어갔다.

"가져온 건 어떻게 되었지?"

순식간에 가라앉는 공기에 아카가 가볍게 어깨를 으쓱였다.

"잘 보관해 놨어. 크라차로 가져갈 건가?"

"아니, 일단 네가 보관하고 있어."

단칼에 돌아오는 대꾸에 아카가 조금 의아한지 고개를 갸웃했다. 급한 것 아니었나. 자신이 도착하자마자 빼앗듯이 가져갈 줄 알고 좀 더 애를 태우다 넘길 예정이었는데 예상외로 담백한 반응이었다. 마음에 들지 않아 눈을 깜박이던 그는 마치 떠보듯 바레인을 바라보았다.

"그래도 돼? 급한 거 아니었어?"

"급한 건 아니야."

바레인의 입가에 떠오른 미미한 미소에 아카의 표정이 거침없이 구겨졌다. 마치 똥이라도 씹은 듯한 표정에 바레인의 눈빛에 이채가 떠오른 것도 모를 정도로 아카는 기분이 상한 듯했다. 그러거나 말거나 바레인은 차분했다.

"그쪽에선 뭐라고 하지?"

"그냥 대족장 하고 싶은 대로 하라던데? 전혀 관심 없는 말투였어. 관심은 엄청 많은 주제에."

볼멘소리를 했으나 아카는 무언가를 알고 있는 듯 웃었다. 어차피 캐물어도 대답해 주지 않을 게 뻔한 비밀. 바레인은 그냥 캐묻는 걸 포기했다. 그건 들이는 시간에 비해 효과가 없는 짓이었다.

"그건 내가 뭘 어떻게 할지 이미 다 안다는 말인가?"

"뭐, 비슷하지."

침착한 바레인이 마음에 들지 않는지 아카는 이맛살을 찌푸렸다. 인상을 쓸수록 소년처럼 보인다는 건 본인도 모르는 듯했다. 바레인은 이 제멋대로인 인사의 무례한 언동을 그러려니 하며 신경 끈 지 이미 오래였다.

"네가 저지를 일이 뭐든 결과는 비슷할 거란 말만 하더라. 아무튼 재수 없어.”

누구를 일컬어 재수 없다고 평하는 건지 바레인은 대충 짐작만 했다. 한 번도 얼굴을 마주한 적이 없는 동업자였으니, 별다른 감정도 없는 것이 사실. 잠깐 어찌할까 말이 없어진 바레인의 눈치를 살피며 아카가 어울리지 않게 심각한 목소리로 물었다. 그건 호기심에 가까운 질문이었다.

“그런데 정말로 라 쿤이 네가 원하는 대로 움직일 거라 생각해?”

바레인은 바로 대답하지 않았다. 그의 시선에 아카가 턱을 쓸며 덧붙였다.

“너무 자만하는 거 아니야, 대족장?”

자만이라. 그리 말할 수도 있었다. 상대는 언제든지 이 판세를 뒤집을 수 있으니까. 순간 바레인의 입가에 걸린 미소가 진해졌다.

“움직일 거야, 내가 원하는 대로.”

그러지 않고는 얻을 수 없으니까.

“우리 신께서는 내게 원하는 게 있거든.”

그것이 무엇인지는 모르겠지만 아카는 순간 오한이 들었다. 멋대로 개기는 중이긴 하지만 역시 눈앞의 남자는 쉽사리 건드릴 인물이 아니었다. 말이 없어진 아카에게 바레인은 가볍게 웃으며 항상 제가 들고 다니는 부채를 까딱였다.

“아참, 전해 줄 말이 있어.”

“전할 말?”

“북에서 사신이 올 거야.”

그건 이미 아는 사실이었다. 관료들이 알게 모르게 떠들고 다니는 말들이 얼마나 많던가. 하지만 굳이 아카가 언급을 한 이유는 다른 곳에 있는 모양이었다.

"그 사람하고 엮이지 않도록 해."

"경고인가?"

"그렇다고 볼 수 있지."

하지만 이건 경고보다 당부에 가까운 말이었다.

"그 사람하고 엮이면 네가 불리해질 거거든, 바레인."

그렇게 말하며 웃는 아카를 보며 바레인은 미미하게 인상을 찌푸렸다.

"음."

나시르는 가만히 팔짱을 끼고 고민에 잠겼다. 궁에서 새로 벌어지는 일은 별개로 쳐도, 뭔가 아귀가 맞지 않는다는 기분이 그를 지배하고 있었다.

도대체 뭘까, 그 어긋난 게.

잠시 서기실에 들린 카림은 평소와 달리 오래 고민하는 나시르를 보며 대번에 의문을 표했다.

"왜 그래?"

"뭔가 이상해서."

분명 일은 잘되어 가고 있었다. 이쪽의 패, 저쪽의 패 번갈아 가며 착착 잘 맞아떨어지며 진행되어 가는 중이었다. 하지만 나시르는 뭔가 심심한 기분을 도저히 지울 수 없었다. 진짜 뭔가 빠진 것 같은데.

"뭐가?"

"너무 잠잠해."

나시르의 한마디에 카림이 영문을 모르겠다는 표정을 지었다. 나시르는 그냥 찝찝한 표정으로 인상을 썼다.

"이쪽에서 예상치 못한 행동을 했는데 그에 대한 반응이 없어. 너무 잠잠해. 마치 이럴 줄 알았다는 듯이 말이야."

"로그웨는 움직이고 있던데."

"그것과는 별개야."

뭘까, 이 빠진 조각이. 뺨을 톡톡 치며 도대체 어디를 놓치고 있는 걸까 고민에 잠겨 있는데 그 순간 열린 서기실의 문 사이로 낯익은 남자가 모습을 비추었다.

"나와 같은 생각이구나."

"우마르."

웬만하면 궁에 오래 머물지 않는 우마르가 나시르의 서기실까지 올 일은 드물었다. 놀라워하는 두 사람과 달리 우마르는 태연히 나시르의 고민을 받아쳤다.

"아무리 완벽한 조직이라도 제 뜻대로 되지 않는 것이 이치이거늘, 상대는 놀라울 정도로 잠잠하구나. 누구 하나 호기심과 치기에 움직일 수도 있었을 텐데."

"음, 이미 움직였는데 우리 쪽에서 발견하지 못한 걸 수도 있고요."

"그런 건 아니었으면 좋겠다만 그럴 수도 있겠구나."

"아무튼 필요 이상으로 잠잠하단 말이지."

군이 도발하려고 한 건 아니었지만 이런 미묘한 시기에 군사가 동원되고 잠시지만 라 쿤이 자리를 비운 일은 충분히 상대를 동요하게 만들 일이었다. 한데 상대는 기이할 정도로 잠잠했다. 어떤 식으로 움직이든 곤란한 건 사실이었지만 이렇게 아무런 반응이 없으니 이건 또 이것 나름대로 곤혹스러웠다.

"그런데 어인 일로 시하드께 가지 않고 여길 먼저 오셨어요?"

나시르는 잠깐 해결되지 않을 문제는 놔두고 우마르를 바라보았다. 우마르는 사람 좋은 미소를 지으며 턱을 쓸었다.

"시하드의 심기가 좋지 않은 듯하여 피난 왔단다."

"피난이요?"

농 섞인 말이었는데 나시르는 어째 그 표현이 농으로 들리지 않았다.

"그 정도십니까?"

심각한 나시르를 보며 우마르가 너털웃음을 지었다.

"이만에게 듣자 하니 밤에 침소에도 드시지 않고 격무를 소화 중이시라고 하더군. 급히 처리해야 할 사안이 없으신데도 저러시니 사정을 모르는 이들은 무서울 수밖에. 뭐, 짐작이 가지 않는 바도 아니지만 말이야."

"……저는 그 사정을 조금 알 것 같기도 합니다만."

"좋을 때시지."

우마르가 허허 웃었다. 두 사람 다 정확하게 언급은 하고 있지 않지만 시하드가 왜 그러는지 대략적인 이유는 알고 있었다. 의미심장한 눈빛을 교환하고 있는데 옆에서 동떨어져 있던 카림이 무척이나 진지하고 심각한 태도로 불쑥 끼어들었다.

"시하드께 무슨 일이 있으신 겁니까? 그렇다면 우리가 나서야 하지 않겠습니까?"

설마 모르고 있는 건가. 둘은 카림이 농을 하는 건가 살펴보았으나 그에게 그런 기색은 없었다. 고개를 끄덕이며 우마르와 나시르는 둘만 알 수 있는 시선을 교환했다.

"아마 없을 거야."

"그렇지, 없겠지."

"당사자가 해결하지 않으면 어쩔 수 없는 문제니까."

둘이 알 만하다는 듯 고개를 끄덕였다. 자세한 상황을 모르는 카림은 심각하게 입을 다물었다. 그는 그래도 어떻게 하면 도울 수 있지 않을까 생각하는 중인 듯했지만 나시르는 굳이 그를 말리지 않았다. 그 순간 우마르가 웃으며 화제를 돌렸다.

"뭐 별다른 건 없나?"

"아……."

안 그래도 따로 보고해야 할 것이 있긴 했다. 나시르가 살짝 미간에 주름을 잡았다.

"크롬웰에서 보낸 사신이 곧 수르트에 도착한다고 합니다. 일단 안내인을 보내 마중하도록 하긴 했는데……."

"했는데?"

나시르가 앓는 표정으로 대답했다.

"그 사신이 크롬웰의 실세라고 하더군요."

"오호."

사실상 이것이 나시르가 직면한 가장 큰 고민거리였다.

라 쿤의 돌발 행동에 많은 것들이 묻혔지만 이 문제만큼은 존재감 때문에 묻히지 않았다. 아, 물론 제대로 라 쿤에게 보고를 못 했다는 점은 여전히 절망스러웠지만. 저번에 갔을 때 말을 했어야 했는데 다른 일에 신경 쓰느라 미처 보고를 하지 못했다. 제 실수에 입술을 깨문 나시르는 가볍게 한숨을 내쉬었다. 자책한다고 해서 사라질 실수가 아니니까.

"거물이 온 것인가."

"예, 게다가 아스타테아라는 공작가의 가주라고 하더군요."

"들어 본 적은 있어. 대단한 가문인가?"

"지금 수르트에 있는 상단 전부가 결국 그 가문 것이라고 말하면 실감이 나시겠지요?"

"대단하군."

우마르가 감탄했다.

"내가 알기로 그 가문의 가주가 상당히 젊다고 하던데."

"아직 마흔도 넘지 않았다고 합니다. 게다가 잘생겼다더군요. 그것도 매우."

카림은 전혀 관심이 없는 듯했지만 우마르는 달랐다. 그는 호기심 어린 시선을 숨기지 않았다.

"알 페시안의 여자들이 한바탕 들썩이겠군."

"에이. 그 정도일까요, 설마."

"이건 아직 말씀 드리지 못한 건가?"

"예, 어쩌다 보니 아직."

우마르는 이제 슬슬 자리에서 일어날 참인 모양이었다.

"그럼 이따 내가 알현하며 말씀 드리도록 하지."

"그래 주신다면 감사합니다, 우마르."

딱히 나중에 보고해도 크게 문제될 건 없었지만 대신 보고해 준다는 건 두 손 들고 환영할 소식이긴 했다. 나시르의 표정이 한결 편해지는 걸 지켜보며 우마르는 잠시 두 눈을 반짝였다.

"그런데 그 처자가 정말 예쁘던가?"

누굴 말하는 것인지는 뻔했다. 아시나, 그녀 이야기인 거겠지. 나시르는 조금 의아했다.

"우마르께서도 한 번 보시지 않으셨습니까?"

우마르가 턱을 쓸며 고개를 끄덕였다.

"글쎄, 나는 한 번도 자세히 본 적은 없네만."

"예쁩니다. 칭찬하고 싶진 않지만 확실히 그 여자를 보고 설레지 않을 남자는 없을 겁니다."

"오오."

만약 이 소리를 아시나가 들었다면 대체 어떤 표정으로 거드름을 피울지 알 수 없었지만 나시르는 이 자리에 그녀가 없으니까 괜찮다며 스스로를 위안했다.

다 괜찮은데…….

"꽤 괜찮긴 합니다. 똑똑하기도 하고. 다만 정체를 확신할 수 없다는 점이……."

"여자는 원래 신비로워야 매력적인 걸세."

"너무 신비로워서 말이지요."

우마르가 껄껄 웃었다.

"이만이 하도 예쁘다고 칭찬을 해 대서 말이지. 조금 궁금하더군. 눈이 멀 것 같다고, 그런 미인은 처음이라며 그 녀석이 엄청 흥분을 해서 떠들더라고."

"아, 시종장께서 말씀하신 거로군요."

잠자코 있던 카림이 입을 열었다. 그는 지금 이 대화가 마음에 들지 않는 눈치였다.

"누굴 말하는 겁니까, 지금?"

나시르는 숨길 것도 없이 대꾸했다.

"아시나 양."

"……."

알면서 왜 묻느냐는 듯 나시르가 쳐다보니 카림이 대놓고 얼굴을 찌푸렸다.

"대체 그 여자의 어디가……."

언짢은 반응에 우마르가 호기심을 드러냈다.

"그럼 카림이 보기엔 별로던가?"

"……."

우마르가 카림에게 물었으나, 카림은 말이 없었다. 표정에서 다 드러나는 감정에 우마르가 껄껄 웃었다. 나시르는 알 만하다는 표정으로 한숨을 내쉬었고 카림은 생각도 하기 싫다는 듯 인상을 찡그렸다.

"북쪽 여자는 다 그 여자 같을까요, 우마르?"

"그건 아닐 걸세."

"그래, 크라차에 사는 북인들을 보면 알 수 있잖아."

나시르까지 거들었으나 카림은 오히려 이해할 수 없다는 표정을 지었다.

"그런데 왜 그 여자는 그 모양이죠?"

"그건 나도 모르지."

아마 그걸 아는 사람은 북에도 없을 거라고 확신하며 나시르는 고개를 끄덕였다.

아시나는 낯선 침대 위에서 골몰히 생각에 잠겨 있었다. 불도 켜지 않아 어두컴컴한 방 안에서 은은하게 빛나는 건 창문 사이로 고개를 내민 달빛뿐이었다. 열린 창문에서 불어온 한 줄기 바람이 가느다란 머리카락을 스쳤다.

창백하게 빛나는 은색의 머리카락과 하얗게 비치는 뺨, 가녀린 실루엣이 마치 꿈처럼 비쳐졌지만 아시나는 그러거나 말거나 계속 무언가를 생각 중이었다. 그건 협박으로 베히다트를 만나고 온 뒤로 쭉 계속되고 있었다.

"미치겠네."

장소가 나쁜 건 아니었다. 밥이 맛이 없는 것도 아니었다. 감시인은 싫었지만 큰일은 아니었다. 등 따시고 배부르면 만사가 편하다는데 다른 것이 아시나를 곤혹스럽게 했다.

뭐, 갇혀 지내는 건 할 만했다. 아니, 아시나는 할 만하다고 생각하려 노력했다. 하지만 한마디도 하지 않는 사람들과 아무것도 하지 않은 채로 같은 공간에 있는 건 정말 죽을 맛이었다. 죽을 맛이긴 했지만 죽을 정도는 아니었으니까. 그래, 실제로 죽은 것도 아니지 않은가. 다만 할 것이 아무것도 없다는 건 정말 끔찍했다.

숨 쉬고 밥 먹고 잠만 자는 무미건조한 생활은 시간이 갈수록 아시나의 신경을 긁었다.

하루가 지나고 이틀이 지나도 같은 곳에서 눈을 뜨고 아무것도 하지 않고 밥 먹고 졸리면 자고. 돌덩이 같은 시녀들에게 말을 시켜 봤는데 돌아오는 대답도 없어 그냥 멍청하게 있는 게 전부였다. 책이라도 있으면 좋겠는데, 하다못해 대화 상대라도 있으면 이 상황이 견딜 만했을 것이다. 그런데 마치 이 완벽하게 짜여진 듯한 감옥은 무엇이란 말인가. 아시나는 신경질적으로 머리를 쓸어 올렸다.

"취조당하는 게 더 낫겠다."

두 번의 실랑이 이후 그녀를 찾는 사람은 없었다. 나시르라도 올 줄 알았는데 그녀가 만날 수 있는 사람이라고는 말 한마디도 하지 않는 시녀들이 전부였다. 제기랄.

"설마 일부러 이러는 건가?"

만약 그런 거라면 정말 최상의 선택이라고 아낌없이 칭찬을 해주고 싶었다. 정말 끔찍했으니까!

하렘에 갇혀 있을 때가 천국이었다. 환경이야 별로 변한 것이 없다고 해도 아시나는 충분히 끔찍했다. 차라리 밥을 굶기거나 고문을 하는 편이 낫겠다는 생각마저 들 정도였다. 그쪽도 나름 이골이 났다면 이골이 났는데 말이지. 그 어떤 육체적인 압박보다 이런 정신적인 압박이 그녀를 더 괴롭게 만들었다. 안 그래도 인내심이라고는 눈곱만큼도 없는데 말이다.

"……썩을."

여러 생각들이 얽히고설키고 결국 도돌이표를 찍는 상황만 반복되는 와중에 아시나는 마침내 결론을 내렸다.

"혼자 힘으로는 불가능해."

나갈 수 있는 방법이 떠오르지 않았다. 첫 번째 탈출은 순전히 모두가 방심해 준 덕에 나갈 수 있었다. 아시나가 혼자 힘으로 탈출할 수 있을 거라 아무도 생각하지 않았기에 가능했다. 하지만 지금은 너무 빡빡한 감시 때문에 혼자 무언가를 도모한다는 것 자체가 힘들었다. 시선을 돌리려면 잠자는 시간밖에 없는데 그 시간마저도 시녀 하나는 꼭 옆에서 아시나를 지키고 있었다. 마치 작정이라도 한 듯한 대응에 아시나는 좌절했다. 단 하나의 빈틈도 허용하지 않는 빡빡한 감시가 정말 일품이었다.

"아, 진짜 미치겠다."

이대로라면 정체가 까발려지는 것도 시간문제였다. 얼마나 정보가 빠르냐 느리냐로 결정되는 것일 뿐, 신분이 들킨다는 건 이미 각오해야 할 미래가 되었다. 그렇다고 제 입으로 먼저 밝혀 버릴 수도 없는 게, 말 그대로 진퇴양난이었다.

내 계획에 이런 상황은 없었다고!

"……부족한 건 없었는데."

다시 생각해 봐도 계획은 완벽했다, 계획은. 무사히 사막으로 간 것도 좋았다. 아, 사막이 너무 뻔한 루트였던 걸까? 하지만 자신이 사막으로 도망쳤다는 증거는 어디에도 없었다. 모르겠다며 미뤄 놓은 걱정이 꾸역꾸역 밀려오더니 결국엔 머리가 복잡해져서 잠도 못 이룰 정도로 생각이 시끄러웠다. 이번에도 '모르겠다, 될 대로 되라지.' 하며 외면하고 싶지만 아시나는 알고 있었다. 지금 또 그러면 정말 영영 이 문제를 해결할 수 없다는 걸.

"내가 이 나라에 피해를 입힌 건 분명 없는데."

첩자라고 오인받을 정도로 수상했다는 건 스스로도 인정한다. 그리고 그 정도의 수상함도 엄밀히 조사해 봐야 할 정도로 이 나라가 복잡한 건 알겠다. 하지만 어떤 구체적인 지식이 없으니 도대체 어떤 부분에서 어떻게 오해를 받고 있는 건지를 몰라 답이 나오지 않았다. 남의 나라 일이라고 신경 끄고 있었는데 이 이상 가만히 있으면 정말 억울한 죄라도 뒤집어쓰고 저세상행일 듯했다.

"일단 조사해 봐야겠다."

그리고 결백을 입증하고 당당하게 놔 달라고 요구하자. 어찌 되었든 정체를 밝히지 않아도 첩자가 아니라는 것만 입증하면 되는 것이 아니던가? 어째서 피해자가 스스로의 결백을 증명해야 하는 건지 모르겠지만 아시나는 그러기로 마음먹었다. 한편으로는 도대체 이 나라의 개떡 같은 상황이 뭔지도 궁금했다. 그리고 라 쿤에 대해서도.

"음, 사실 그쪽이 제일 문제지."

그건 인간이 할 수 있는 게 아니었다.

신이라는 이름이 괜히 붙은 건 아닐 테지만 실제로 신이라 불릴 무언가를 할 수 있을지에 대해서는 회의적이었다. 하지만 눈앞에서 모래 폭풍이 그대로 사라진 걸 목격한 이상 생각이 바뀔 수밖에 없었다. 도대체 뭔 짓을 한 건진 모르겠지만 아시나는 그게 마법은 아니라고 생각했다. 마법이라 하기엔 너무 순간적이었고 또 어떠한 마력도 느껴지지 않았다. 그래, 스승님이 마법을 쓸 때랑 전혀 달랐어. 도대체 한 인간을 신으로 보이게 만드는 능력이 대체 뭔지 궁금했지만 어쩐지 그 부분을 잘못 건드렸다간 첩자 이상의 의심을 살 듯해서 꾹 억눌렀다. 이건 은밀하게 알아봐야 하는 것이었다.

그럼 일단 그건 놔두고. 더 해야 되는 게 뭐지?

이 빌어먹을 감금이 끝나기 전에 혼자서 해결해야 하는 것이 무엇인지 막 고민해 보려던 참이었다. 그 순간 서늘하고 나지막한 목소리가 아시나의 바로 뒤에서 들려왔다.

"이 시간까지 안 자고 뭘 하고 있는 거지?"

"으악!"

저도 모르게 움츠러든 아시나가 침대에서 일어났다. 침대 기둥을 붙잡고 숨어드는 그녀를 한시라도 놓치지 않겠다는 듯 시선이 따라붙었다. 아시나는 복잡한 표정으로 인상을 찡그렸다.

"……깜짝 놀랐잖아요."

"그건 보면 알아."

성큼 한 걸음 걸어 나온 남자는 벽처럼 거대했다. 아니, 실제로 그런 건 아니었지만 아시나는 항상 그런 느낌을 받았다.

또 속이 술렁거렸다. 도무지 이 남자 앞에선 느긋할 수가 없었다. 대체 왜? 아시나는 피가 날 정도로 입술을 세게 깨물었다.

"일부러 기척까지 냈는데 알아차리지 못할 정도로 생각에 잠겨 있더군."

"그랬어요?"

낯선 긴장. 아니, 이젠 익숙한 긴장감이 그녀의 허리를 꼿꼿하게 만들었다.

"무슨 꿍꿍이라도 생긴 건가?"

"아니거든요."

다소 불퉁한 대답이 갔으나 그는 별다른 반응이 없었다. 그 이상 다가오지도 않았다. 멀찌감치 서서 벽에 기댄 채 그저 아시나를 바라보고 있을 뿐이었다. 하렘에선 언제나 오자마자 그녀를 제 품 안으로 끌어당기는 게 먼저였던 남자가 마치 처음 보는 사람을 대하기라도 하듯 조심스러웠다. 아니, 그냥 단순히 생각이 없는 걸지도. 아시나는 그 생각을 하자마자 살짝 기분이 상했다.

잡아먹을 듯 윽박지르던 게 언제고, 한 대 치고 싶을 정도로 얄밉게 비꼬며 속을 뒤집던 때가 언제였는데 오늘의 베히다트는 또 달랐다. 그녀를 답답하게 만들고 짜증나게 굴던 그 남자가 맞는지 의심스러울 정도로 그 어떤 기색도 없이 그저 가만히, 묵묵히 응시했다. 그 시선조차 피하고 싶은 기분은 대체 뭘까. 아시나는 자신의 상태가 이상하다고 생각했다.

아니, 이상한 정도가 아니야. 어디 아프기라도 한가?

창백한 달빛이 지나간 어둠에 그가 서 있었다. 제 것보다 더 붉은 눈동자는 그 속에서도 본래의 색을 잃지 않았지만 깊게 가라앉은 시선은 무거웠다.

어째서 이곳에 온 것인가.

베히다트는 스스로 낸 질문에 답하지 못했다. 물론 답은 알고 있다. 다만 그 답을 확신할 수 없을 뿐. 침대 기둥을 붙잡은 채 서 있는 여자는 그래, 아름다웠다. 진짜 실존하는지조차 의심스러울 정도로.

지난 며칠 동안 제 자신을 돌아 버리게끔 만들었던 격렬한 감정도 이젠 어느 정도 가라앉은 지 오래였다. 며칠을 잠들지 못했지만 상관없었다. 문제는 눈앞의 여자를 붙잡아 왔음에도 계속되는 처참한 기분이었다.

어째서, 아직도 내 기분은 지옥 속에 있는 거지?

세상만사가 제 뜻대로 되지 않는다는 사실을 모르는 것도, 경험해 보지 않은 것도 아닌데 단순히 눈앞의 여자가 뜻대로 되지 않는다는 사실만으로 열이 받았다. 그런 분노는 경험해 본 적이 없었다. 여자를 제 앞에 다시 데려다 놓기만 하면 해결될 줄 알았는데…….

미쳤군. 아무래도 미쳐 버린 듯했다.

왜지? 잠을 자지 못해서?

"뭐, 할 말 있어서 온 거예요?"

오래 지속되는 침묵에 버티지 못한 건 이번에도 그녀였다. 아시나는 잔뜩 긴장한 채 애써 태연한 척하며 물었다.

"아니, 없어."

"없는데 대체 왜 온 거예요?"

"내가 내 침소에 오는 데 이유가 필요한가?"

그건 아니죠. 아시나가 입술을 깨물며 속으로 대꾸했다. 아직 생각이 다 정리되지 않은 참이라 그녀는 베히다트를 마주하는 게 힘들었다. 마음의 준비도 못 했는데.

멍청하게 서서 무슨 일이 일어날지만 경계하고 있는 아시나를 지켜보며 그는 여전히 가만히 있었다. 이해할 수 없다는 듯한 시선과 어찌해야 할지 모르겠다는 고뇌가 동시에 공존했다. 그는 소리 없는 한숨을 내쉬었다. 대체 여긴 왜 온 거지? 자신도 모른다. 정신을 차려 보니 이미 와 있었을 뿐. 아무래도 너무 오랫동안 잠들지 못해 머리가 어떻게 된 듯했다.

"뭐 하나 물어봐도 돼요?"

"안 돼."

"이전까지는 너그러웠잖아요. 그런데 갑자기 왜 그렇게 쪼잔하게 구는 거예요?"

"쪼잔?"

"그럼 이게 쪼잔한 게 아니면 뭐예요, 대체?"

심상치 않은 기색에도 아시나는 물러섬이 없었다. 당당한 모습을 보고 있으려니 그는 괜히 헛웃음이 흘러나왔다. 그녀는 언제나 어디로 튈지 모르는 인간이었다.

"불만이 있으면 말을 하라고요."

"네게 머리가 있다면 생각이라는 걸 해서 알 거라고 생각했지. 모른다니 놀라운걸."

"그냥 시비 걸고 싶은 거죠?"

아시나의 물음에 베히는 뭐라 말을 해야 할지 알 수 없었다. 시비 거는 거라니, 그럴 수도 있었다. 저도 모르는 마음을 남에게 어찌 설명할 수 있을까. 그렇다고 솔직해지고 싶지도 않았다.

"감히 페시안의 왕을 상대로 쪼잔 따위의 천박한 단어를 쓰다니 간이 부었군."

"쪼잔이 뭐가 천박해요? 베히 님이 쪼잔하니까 쪼잔하다고 한 건데!"

"처음 들어 보는 말인걸."

베히다트가 두 눈을 가늘게 떴다. 괜한 말싸움을 하다 아시나는 곰곰이 생각했다. 지금 이 인간, 나 놀리는 거지? 애초에 진지하게 상대할 생각이 없는 대화였다. 그러고 보니 계속 이런 식이었다. 아시나는 슬슬 열이 받았다.

"당신이 왜 나한테 화풀이를 하는지 모르겠어요!"

"화풀이는 아니야."

"그럼 뭐예요, 이게?"

"짜증."

"……."

아시나는 허리에 손을 올렸다.

"대체 뭐가 다른 거죠?"

"단어가 다르지."

"지금 나 가지고 노는 거죠?"

"이제 알았나?"

이 인간이 진짜!

그녀가 막 화를 내려는 때였다. 갑자기 그가 움직였다. 창에서부터 내리비친 하얀 달빛 안으로 그가 들어오자 아시나는 저도 모르게 움츠러들었다. 한 걸음 한 걸음 지나칠 정도로 느릿하게 다가오는데 어째서인지 정신을 차려 보니 그는 그녀 앞으로 성큼 다가와 있었다. 어디로 피할 수도 없는 상황. 마른침을 삼키며 다시 입술을 짓이기고 있을 때 그가 손을 들었다. 아시나는 제 뺨에 닿는 차가운 감촉에 저도 모르게 표정을 풀었다.

"너를 울리려고 한 건 아니었다."

왜 이런 말을 하는 걸까. 아시나의 시선이 순간 흔들렸다.

"알아요."

차분한 대꾸와 함께 그녀는 시선을 내렸다. 더 이상 눈앞의 남자를 바라볼 수가 없었다. 느닷없는 한마디가 당연하다는 듯 마음을 풀어 버렸다. 그동안의 짜증과 답답함이 눈이 녹듯 한순간에 녹아 버렸다. 단지 한마디 사과의 말로. 내가 이렇게 너그러운 인간이었던가.

"그냥 눈물이 나온 것뿐이에요. 당신 감성에 호소할 생각은 없었어요."

"그런가?"

"네."

그는 한 치의 망설임도 없이 단칼에 잘라 말하는 아시나를 보며 빙그레 웃었다. 단순히 입가에 미소가 걸린 것뿐인데 아시나는 괜스레 설레는 자신을 욕했다. 저거 나 꼬시려고 웃는 거 아니라고.

"좋아."

그가 손을 거뒀다. 뺨에서 사라진 온기에 괜스레 아쉬운 마음이 들었다. 자신의 이런 상태를 들키지 않으려고 이마를 찡그렸으나 별 효과는 없는 듯했다. 그 순간 그가 웃었다. 한 번도 본 적 없는 모습으로.

"그래야 내 고양이지."

이 남자가 이렇게 웃을 수도 있었나?

놀랐다. 항상 입가에 걸린 비웃음 비슷한 것만 봤던 것 같은데, 지금 웃음은 무언가 달랐다. 진심으로 웃는 것 같았다. 무엇인가 기뻐서…….

기뻐? 도대체 뭐가? 아시나는 제가 읽은 표정이 맞나 싶어 다시 인상을 찌푸렸다. 그리고 잠시 미소에 넋이 나가 간과했지만 그냥 넘어갈 수 없는 한 단어도 다시 짚었다.

"내가 언제부터 당신 고양이가 된 거죠?"

"지금부터."

나지막이 대꾸하는 목소리는 진심이었다. 아시나는 항의의 표시로 험악하게 인상을 썼으나 그게 통할 리 만무했다. 베히다트는 손을 뻗어 허공에서 흔들리는 머리카락을 붙잡았다. 하얀 뺨을 둥그렇게 감싸며 흘러내린 머리카락은 정말 머리카락이 맞는지 의아할 정도로 신비롭게 빛나고 있었다. 이렇게 달빛에 비치는 그녀가 과연 실존하는지 가장 의심스럽게 만드는 붉은 눈동자 역시, 이전에는 느낄 수 없던 제 안의 무언가를 자꾸만 건드렸다.

이 모습으로 바뀐 그녀를 용서할 수 없었던 건, 아마도 자신이 모르는 무언가가 있었다는 것에 대한 분노. 머리로는 이해를 하지만 그래도 용납할 수 없었다. 생각이라는 걸 하기도 전에 머리끝까지 화가 치솟았으니까. 어째서 화가 나는지는 알 수 없다. 아니, 알지만 인정하고 싶지 않았다.

"이게 훨씬 낫군."

제 허리를 감싸고 당연하다는 듯 품에 안는 남자의 몸을 의식하며 아시나는 살짝 입술을 깨물었다. 낯선 동시에 익숙한 긴장이 온몸을 휘감았다.

단순히 여기가 침실이고 그의 방이라 그런 것 같지는 않았다. 제 것보다 더 붉은 눈동자가 그녀를 주시했다. 깊게 가라앉은 시선이 아시나의 눈동자를 사로잡았다.

왜 이런 시선으로 보는 걸까.

"이상해요."

"뭐가?"

"뭔진 모르겠지만 이상해요."

같지만 달랐다. 이전과 같은 몸짓에 같은 행동인데 무언가 느껴지는 것이 달랐다. 자신이 느끼고 있는 것이 맞는 건가 아시나는 혼란스러웠다. 내가 잘못 느끼고 있는 거면 어쩌지?

마치 제 것이라고 주장이라도 하는 듯한, 이건 어디에도 내보내지 않겠다는 결의가 느껴지는 행동이었다.

에이, 설마. 착각이겠지.

"좋아요."

아시나는 크게 숨을 들이마셨다. 베히다트의 시선이 이채를 띠고 그녀를 내려다보았다.

"뭘 하려는 거지?"

"우리 정리해요."

"정리?"

"대화를 진지하게 해 보자고요."

이대로는 안 된다. 아시나는 되도록이면 이 남자를 적으로 만들고 싶지 않았다. 물론 그가 이 나라의 지배자라서 그런 것도 있고 한 개인으로서의 능력만 봐도 만만하지 않기 때문인 것도 있었다. 그 무엇보다, 솔직한 마음으로는 그보다 그냥 베히다트라는 사람을 적으로 두고 싶지 않았다. 누군가에게 미움받고 싶지 않은 마음이 이렇게까지 큰 건 정말 오랜만이었다.

"그걸 왜 해야 하는데?"

심드렁한 반응에도 아시나는 상처받지 않았다.

"입장 차이가 있으니까, 서로 이해하고 의견을 좁혀 보려는 노력의 과정 중 하나니까요!"

"그건 알아. 그래서 왜 해야 하지?"

"서로 이해해 보자고요. 계속 같은 대화만 반복되고 전혀 진전이 되지 않잖아요."

그는 반복되는 대화가 지겹거나 지루하거나 싫다거나 하지 않은 듯 보였지만 아시나는 달랐다. 지겹고 지긋지긋하고 답답하고 짜증났다. 안 그래도 같은 말 두세 번 하기 싫어하는 성격인데, 마치 벽이라도 보고 대화를 하는 것 같아서 돌아 버릴 지경이었다. 아마 그녀가 조금이라도 더 폭력적인 성격이었다면 이 방 안에 남아나는 물건이 없었으리라.

"그건 네가 말을 하지 않으니까 그렇지."

베히다트가 당연하다는 듯 입매를 비틀어 웃었다.

"네가 말하지 않으면 계속 이런 식으로 굴 생각이거든."

이 인간이 진짜.

너무하다는 생각이 머릿속에 가득했지만 아시나는 인상 쓴 채 입술만 꾹 다물 뿐 말로 내뱉진 않았다. 너무하다는 말은 너무 약했다. 이 짜증나는 기분을 표현하려면 다른 표현이 필요했다.

"갑자기 왜 꼰대가 됐어요? 베히 님 원래 이런 남자였어요? 이렇게 앞뒤 꽉 막힌 남자였나요? 아니었던 것 같은데."

"꼰대?"

"그래요, 꼰대!"

"재미있는 표현이군."

이 자식, 재밌긴 뭐가 재미있어! 아무래도 이 대화가 짜증나는 건 아시나뿐인 듯했다.

"삐진 데다 쪼잔하고 거기에 꼰대라. 도대체 다음엔 어떤 표현이 나올지 궁금하기까지 한데."

상대를 열 받게 하려고 일부러 골라 쓴 표현들이었는데 어쩐지 전혀 통하지 않은 듯했다. 아시나는 바짝 약이 올랐다.

"그래요! 왜 이렇게 안달 난 어린애처럼 굴어요? 도대체 뭐가 불만인데요? 계속 묻잖아요! 불만이 있으면 그냥 말로 하면 안 돼요?"

"네가 마음에 안 들어."

심장이 쿵 하고 떨어졌다. 한 치의 틈도 없이 떨어진 그 말이 농이 아니라는 걸 대변하듯 베히다트의 얼굴엔 표정이 없었다. 불만을 듣길 원한 건 그녀였지만 막상 이런 대답이 나오니 당황할 수밖에 없었다. 아시나는 애써 침착하려 노력했다.

"내, 내가 왜요?"

목소리가 떨리는 건 착각이 아니리라. 하나 상대는 그래도 상관없다는 듯 아시나를 끌어당겼다. 무심하고 싸늘하기까지 했던 시선이 순식간에 변했다. 아시나는 그 깊은 시선에 담긴 어떤 감정까지는 읽어 내지 못했다.

"왜 그렇게 숨기는 게 많지?"

아시나를 한층 더 가까이 끌어당긴 그가 다른 손을 들었다. 아시나는 자신의 귀에 닿는 손길을 느끼고 마른침을 삼켰다. 그곳은 정확히 귀찌가 있었던 자리였다.

"장막 하나만 걷어 내면 될 줄 알았는데 그 장막마저 거짓이었잖아."

아릿하게 비춰진 감정의 조각은 분명 배신감이었다. 왜 이 남자가 상처받은 표정을 짓는 걸까? 아시나의 시선이 흔들렸다. 도무지 아무것도 이해되지 않았다. 하나도 이해할 수 있는 게 없었다.

"난 왜 베히 님이 나한테 이렇게까지 배신감을 느끼는지 이해가 안 돼요. 우리가 그런 관계였나요?"

"아니."

대꾸엔 망설임이 없었다. 지체 없이 그가 말을 덧붙였다.

"그런데도 열 받아."

그 말은 스스로도 자신이 왜 이러는지 모른다는 말인가. 도대체 뭐가 뭔지 알 수가 없었다. 아시나는 언짢은 표정을 지었다. 그러거나 말거나 그는 아시나의 머리카락을 노려보았다. 바뀐 머리카락이 아직도 그는 마음에 들지 않았다.

“그냥 말하면 되지 않나? 그렇게 쉬운 걸 왜 이렇게 어렵게 돌아가려 하지?”

“내가 말하면 오로지 내 말만 순순히 믿어 줄 거예요?”

쉬운 길이라. 아시나는 가볍게 한숨을 내쉬었다. 그리고 자신의 머리카락을 노려보고 있는 남자를 똑바로 응시했다.

“날 믿고 내 무죄를 믿고 순순히 날 놔줄 수 있어요?”

한 번쯤은 묻고 싶었다. 이 대답에 망설임 없이 그가 그렇다고 대답했으면 아시나는 아마 제 정체를 말해 볼까 고민했을지도 몰랐다. 하지만 들려오는 대답은 없었다.

“확신할 수 없죠? 그래서예요.”

알고 있었는데. 이미 아는 부분이었는데 어째서 슬퍼지는 걸까. 아시나는 저도 모르게 시선을 내렸다. 자신의 기분을 들키고 싶지 않았다.

“이게 우리 둘의 신뢰라고요.”

“그 신뢰를 먼저 깬 건 네 쪽이야.”

기다렸다는 듯 그가 대꾸했다. 아시나는 슬슬 열이 받았다.

“애초에 신뢰 운운할 게 없는 관계였다니까요! 이건 처음부터 일방적이었어요! 기억 안 나요? 머리가 어떻게 되었어요?”

“아니, 정상이야.”

잔뜩 독이 오른 아시나와 달리 그는 차분했다. 시종일관 가라앉은 모래처럼 건조하고 서늘했다. 그가 냉정하게 덧붙였다.

"내 말은 적어도 난 네가 하는 말을 어느 정도 신뢰하고 있었다는 거지."

무엇에 대한 신뢰인지는 모르겠지만 아시나가 어느 정도 그의 말을 이해한 순간 그가 차갑게 잘라 말했다.

"지금은 아니고."

아시나는 저도 모르게 손을 꽉 쥐었다. 그녀를 뜯어먹기라도 할 것 같이 집요하게 따라붙은 눈동자가 서늘하게 빛났다.

"네가 지금부터 지껄일 그 어떤 말도 믿지 않기로 결정했거든."

숨이 막힌다는 게 이런 기분이었다. 그전과는 다른 의미로 앞뒤 양옆이 꽉 막혀서 어디로도 오도 가도 못 하는 그런 기분. 아시나는 입술만 달싹일 뿐 어떤 말도 하지 않았다. 아니, 하지 못했다는 표현이 더 정확했다. 어찌 해야 될지 갈피를 잡지 못하고 헤매고 있는데, 그의 손이 아시나의 눈으로 향했다.

"눈이 부었군."

잠을 자지 못해 뒤척이던 결과물이었다.

"잠을 개떡같이 자서 그래요."

"개떡?"

"누구누구 때문에 잠을 제대로 잘 수 있어야 말이죠."

그가 낮게 웃었다. 남의 웃는 모습을 이렇게 바라보고 있어도 되는 것인가. 아시나는 이 남자가 웃는 걸 계속 보고 싶다고 생각하다 화들짝 놀랐다. 미쳤구나.

"그 말은 날 기다리기라도 했단 말인가?"

"미쳤어요? 아니거든요."

조금만 고개를 숙이면 바로 이마가 닿는 가까운 거리가 부담스러워서 몸을 떨어뜨리려고 움직이는데 목적을 달성하기도 전에 손이 붙잡혔다. 그는 아시나가 뭘 하려는지보다 눈에 띈 것에 정신이 팔려 있었다. 붉은 흔적이 남은 손바닥을 보더니 베히다트가 험악하게 미간을 찌푸렸다.

"손에 이게 뭐지?"

저도 모르게 신경이 곤두설 정도로 살벌한 기운이 맴돌았다. 그녀는 애써 태연한 척 그에게 잡힌 손을 뺐다.

"못 들었어요? 당신 만나려고 시녀들 협박 좀 했어요."

"누가 이런 상처를 낸 거지?"

"내가 냈어요."

전혀 못 들은 모양이었다. 아는 줄 알았는데. 아시나는 괜히 멋쩍어졌다.

"괜찮아요. 하나도 안 아팠어요."

거짓말 조금 보태서 안 아프다고 했지만 사실은 엄청 아팠다. 홧김에 저지른 짓이라지만 나중에 맨정신이 들고 나서는 왜 그랬지 후회할 만큼. 유리 가루가 상처에 들어가지 않아 다행이었지만 지금도 건드리면 따끔했다. 하지만 지금은 그것보다 굳은 표정의 그가 더 문제였다. 견딜 수 없을 만큼 신경 쓰였다. 이런 표정, 이런 시선이 낯설어서 아시나는 자신이 어찌 반응해야 하는지 쉽게 답을 내릴 수가 없었다. 어쩌지.

"시녀 하나가 그리도 중요한 건가."

어째서인지 몰라도 그는 기분이 저조한 듯했다. 가라앉은 음성과 음울한 시선이 그것을 대변했다.

"중요하다기보다 난 남한테 피해 주는 게 싫어서 그런 거예요. 물론 누르는 좋아하지만."

좋아하지만 그뿐만은 아니었다. 아시나는 왜 자신이 변명을 하는지 알 수 없었지만 필사적으로 설명했다. 어쩐지 이러면 그의 기분이 나아질 것 같았기 때문이다.

"난 내가 한 행동 때문에 누가 피해를 보는 거 싫어해요. 누군가를 상처 입히면서까지 나 혼자 즐겁고 싶진 않다고요."

"알아."

나지막한 긍정에 아시나는 괜히 설레는 자신이 싫었다. 그래서 괜스레 인상을 썼다.

"지금부터 내가 하는 말 안 믿는다면서요?"

"믿는 것과는 다르지."

둘의 시선이 허공에서 마주쳤다.

"이건 내가 겪은 너니까."

"……."

크고 굵은 손가락이 다시 한 번 아시나의 손을 붙잡았다. 마치 상처가 얼마나 깊고 아팠는지를 살펴보기라도 하듯 손가락 끝으로 상흔을 간질이던 그가 손바닥에 입술을 가져다 댔다. 그 한순간조차 아시나의 눈동자에서 시선을 떼지 않은 채로.

아시나는 제 손바닥에 닿은 입술이 너무 뜨거워서 바로 빼 버리고 싶었지만 붙잡은 손은 단호했다. 대체 이런 사소한 거에 어째서 동요하는 거지.

"미치겠어. 너만 보면 화가 나."

지나칠 정도로 낮은 목소리가 속삭였다.

"내가 도망쳐서요?"

"아니."

자신의 잠긴 목소리에 아시나는 온 신경이 쏠렸다. 괜히 사소한 것에 예민해지는 스스로가 낯설고 이상했다. 눈앞의 남자에게 제 심장 소리까지 다 들릴 것 같아 불안했다. 긴장하고 있는 걸 들키고 싶지 않은데 한시도 떨어지지 않는 시선 탓에 눈을 돌리는 것조차 힘들었다.

"물론 그것도 있지만 그 이유만은 아니야."

붉은 눈동자가 대놓고 제 탐욕을 드러냈다. 삼킬 듯 일렁이는 그 시선을 온전히 마주하며 아시나는 입술을 깨물었다. 그 눈동자가 대체 뭘 원하는 건지 알고 싶었으나 동시에 알고 싶지 않았다. 이런 모순된 감정은 처음이었다.

"그럼 뭔데요?"

"그 이유를 모르겠어."

깊게 가라앉은 목소리는 우울했다. 혼란이 담긴 시선 역시.

"왜 이렇게 화가 날까?"

그렇게 묻는다 한들 아시나가 알 리는 없었다. 그럼에도 고정된 시선은 여전히 집요했고 무엇을 찾아내려 하는 건지 모를 정도로 따가웠다. 도대체 뭘 원하는 걸까. 견디는 건 힘들었지만 아시나는 고개를 돌리고 싶지 않았다. 어째서인지는 모르겠지만 이 눈동자가 대체 뭘 원하는지 알아내면 이 상황에서 벗어날 수 있을 것만 같았다.

"어……. 저도 모르겠거든요?"

입술이 바짝 말랐다. 목이 타는 기분이었는데 이상하게도 물이 생각나진 않았다. 그는 말을 하지 않았다. 다만 눈빛이 바뀌었다. 좀 더 부드럽게 변한 시선에 아시나는 저도 모르게 안도의 한숨을 내쉬었다. 무엇에 대한 안도인지는 모르겠지만 숨쉬기가 한결 편해졌다는 건 반길 만했다.

수백 마디의 말보다 더 많은 감정들이 침묵 속에서 오고 갔다. 그 속에서 아시나는 기쁜 건지 슬픈 건지 모를 모호한 감정을 느껴야 했다. 잡힌 건 슬프지만 헤어지면서 다시 볼 일 없을 것 같았던 남자를 다시 마주한다는 건 생각보다……. 그래, 생각보다 좋았다. 다른 건 몰라도 조금 더 이 남자를 볼 수 있다는 사실이 나쁘지만은 않게 느껴졌다.

그래, 조금은 괜찮겠지. 아주 조금은.

"여기에 갇혀 있는 기분은 어땠지?"

"아주 끔찍했어요."

농담이라도 하듯 그가 물었다. 묘하게 다정한 질문이 마치 하렘에 있었을 때 같았다. 착각이겠지만. 아시나는 흔들리는 기분을 다잡았다.

"그거 참 좋은 소식이군."

"마음에 들어요?"

"조금."

남이 끔찍하다는데 좋아하는 이 인간을 대체 어쩌면 좋을까. 아시나가 고민에 잠긴 틈을 타 그가 자연스럽게 아시나를 당겨 안았다. 분명 불편한 게 당연한 일인데 그 일련의 과정이 너무 자연스러워서 뭐라 거절할 틈도 갖지 못했다. 괜히 뺨이 달아올랐다. 두근거리는데 이 두근거림을 무어라 표현해야 할지 모르겠다. 설렌다는 느낌이 이런 걸까. 자신의 상태가 낯설어서 아시나는 부러 더 불평했다. 물론 조금 말랑말랑해진 이 분위기가 싫지 않은 것도 있었다.

"저 시녀들이 얼마나 돌 같은지 알아요? 내 말에 한마디도 대꾸를 안 해 준다고요."

"시종장이 교육을 잘 시켰군."

"지금 거기서 감탄이 나와요?"

아시나가 베히다트를 흘겨보자 그가 웃었다. 대놓고 짜증을 내는데도 그는 별 상관없다는 태도였다.

"여기가 얼마나 끔찍한지 말해도 돼요?"

"말해. 네가 불평할수록 나는 좋거든."

아시나는 어이없어서 물었다.

"내가 답답해서 미쳐 가는 게 좋아요?"

"그런다면 헛생각은 안 할 테니까."

"헛생각?"

그게 뭐냐는 듯 인상을 찌푸리는 아시나를 지켜보며 그가 지체 없이 대꾸했다.

"내 손아귀에서 도망치겠다는, 그런 생각."

순간이지만 숨이 멎었다. 아직 구체적인 계획을 세운 건 아니었지만 제 속을 파헤쳐 보기라도 한 듯한 예리한 시선에 압도당했다. 그래도, 그래도 여길 떠날 거지만.

아시나는 약간의 진심을 담아 그를 올려다보았다.

"……내가 언제까지 여기에 갇혀 있으리라 생각하는 거예요?"

"이 이상으로 무언가가 더 있는 건가?"

"없어요."

아시나가 시선을 내리며 덧붙였다.

"아직은."

무언가 불안한 기분이 드는 건 단순히 여기가 적국이라 그런 것인가. 아시나는 확신할 수 없는 제 마음이 낯설었다. 언제 어느 때나 스스로가 불안한 적은 단 한 번도 없었는데. 그 와중에 자신을 빤히 쳐다보는 시선이 신경 쓰여서 아시나는 작게 한숨을 내쉬었다. 시선이 어디에 닿는지 너무 따가워서 일일이 다 알 수 있을 것 같았다. 결국 아시나는 다시 시선을 들었다.

"왜 그렇게 봐요?"

"모르는 사람 같아서."

그는 마치 완전히 딴 존재라도 되는 것처럼 아시나를 주시했다. 분명 머리는 눈앞의 여자가 그렇게 찾던, 잡아 와 눈앞에 두고 싶어 미치게 만들던 그 여자라고 말하고 있는데 막상 인정하기엔 지금 앞에 있는 여자는 완전히 달랐다. 숨 막히도록 아름다운 걸 부정하진 않는다. 다만 그게 너무 비현실적이어서 도리어 인간같이 느껴지지 않았다.

"아시나."

"네."

"아시나."

"네……?"

왜 이러는 걸까. 아시나가 의문을 표했다.

"아시나."

"……."

대꾸하지 않는 대신 아시나는 미친놈 보듯 그를 보았다. 품에서 벗어나려는 아시나를 다시 끌어당기며 베히다트는 그녀의 어깨에 얼굴을 기댔다. 전혀 다른 사람처럼 보인다 해도 품 안에서 전해지는 온기만은 똑같았다.

"이상하지. 내가 아는 너는 완전히 지워진 것처럼 다른 사람으로 보이는데 이렇게 안고 있으면 완전히 똑같은 사람처럼 느껴진다는 게."

지난 며칠간 잠들지 못할 정도로 미치게 만들던 여러 가지 감정들이 품 안의 온기에 녹아 마치 존재하지 않았던 것처럼 흔적도 없이 사라져 버렸다. 머리끝까지 곤두섰던 신경들이 아득한 감각에 그대로 잠겨 들었다. 더 이상 아무 생각도 들지 않았다. 동시에 어떤 생각도 하고 싶지 않았다. 이 여자의 정체가 무엇인지는 더 이상 중요한 게 아니었다. 이제 알았다. 아니, 이제 깨달았다. 인정하고 싶지도 깨닫고 싶지도 않았지만 그렇게 발버둥 친다고 해서 해결될 문제가 아니었다.

그래, 이 여자가 누구인지는 더 이상 중요한 게 아니었다. 이 여자가 도망친 것 역시 중요하지 않았다. 이유 따위 어찌 되었든 알 바 아니었다. 중요한 건 이 여자가 자신을 떠나려 했다는 그 자체. 그 이상으로 중요한 건 아무것도 없었다.

"그래서 이상해요?"

품 안에서 아시나가 작게 웅얼거렸다. 그는 대답 대신 그녀를 끌어안은 채 침대로 향했다. 며칠 동안 잠들지 못했던 후폭풍이 이제야 몰아치는지 노곤해진 신경 사이로 감당할 수 없는 졸음이 쏟아졌다.

"지금 뭐하는 거예요?"

"보면 알잖아."

졸음에 잠긴 목소리가 지나칠 정도로 섹시했다. 아시나는 당황해서 발버둥 쳤다.

"잠을 왜 여기서 자요?!"

"여긴 내 침소니까."

"그럼 혼자 잘 것이지 난 왜 끌어안아요?"

울 것 같은 표정으로 물었지만 돌아오는 건 핀잔뿐이었다.

"조용히."

거의 잠긴 목소리로 그가 아시나를 달랬다. 그리고 그녀가 벗어날 수 없게 단단히 끌어안는 걸로 대답을 대신했다. 한두 번 겪는 일은 아니었지만 그래도 아시나는 당혹스러웠다. 이건 좀 아닌 것 같은데. 아무리 생각해도 이 상황은 곤란했다. 어찌할 바를 모르고 눈알만 굴리다 아시나가 겨우 용기 내서 입을 열었다.

"저기요."

"쉿."

다음 말을 제지하는 목소리는 단호했다. 졸린 와중에도 잠시 살짝 뜬 눈동자가 내보인 경고에 아시나는 저도 모르게 입을 다물었다. 머리는 따지라고 소리치고 있었지만 본능은 이상하게도 이 남자를 더 이상 자극하면 안 된다고 그녀를 말려 대고 있었다. 그녀가 주춤하는 사이, 그는 쉽게 잠들었다. 놀라울 정도로. 이렇게 쉽게 잘 자는 남자였던가. 순식간에 여러 가지 감상이 올라왔다. 아시나는 뒤척이다 종국에는 그것마저 포기하고 베히다트의 품 안에서 제일 편한 자세로 누웠다.

서 있을 때도 가까이에서 마주한 얼굴이었지만 누우니 그 얼굴이 더 가까워졌다. 눈을 감은 채 잠든 얼굴은 무방비했다. 그래서 둘 사이에 무의식적으로 세워진 어떤 거리나 벽이 사라진 것 같은 착각마저 일었다. 정말 얼굴 하나는 인정해야 했다. 아니, 목소리도.

세상 어딜 가도 이 남자를 뛰어넘는 남자를 찾지 못할 것 같다. 그런 생각을 하다 아시나는 문득 무서워졌다. '정말로 못 찾으면 어쩌지.' 하는 두려움이 일었다. 못 찾으면 못 찾는 거긴 한데……. 그게 왜 이렇게 무서울까? 자신의 상태가 이상했다. 조금, 아니, 사실은 많이.

미치겠다. 미칠 것 같은 건 상대뿐만이 아니었다. 아시나 역시 자신이 미쳐 가는 것 같았다. 이 남자랑 있으면 안 되겠어. 그럼에도 쉽사리 물러나지도 못한다. 굳이 상대가 자신을 붙잡아서 놔주지 않는 것 때문만은 아니었다. 근데 정말 잘생겼다. 무심코 감탄하다가 아시나는 눈을 감은 남자의 뺨에 손을 올려 보았다.

조금은 파악한 것 같은데 여전히 무슨 생각으로 움직이는 건지 알 수가 없었다. 대체 나한테 왜 이러는 걸까. 이젠 자신을 묶어 놓는 이유가 단순히 수상해서가 아니라는 것쯤은 알았다. 하지만 그 집착이 대체 어디서 기인하는 건지 아시나는 그 원인을 찾을 수 없었다.

이 남자, 이해를 못 하겠어.

그러면서도 어느새 이 품이 익숙해졌다는 건 스스로도 인정해야 했다. 제기랄.

잠들지 못하던 밤들은 그렇게 길었는데, 잠이 든 밤은 불만족스러울 정도로 짧았다. 태양이 뜨기도 전에 집무실로 돌아온 그의 몸은 아직도 부족한 휴식 탓에 무겁기만 했다. 그래도 정신만은 멀쩡했다. 더 이상 졸리지도 않았다.

분명 짧은 잠이었는데 무척이나 깊이 잠들었다. 마음이 살짝 풀어진 정도로 그렇게 깊게 잠들 수 있을 줄이야. 마음이 풀렸다는 것도 놀라운 사실이었지만 그보다 놀라운 건 눈을 떴을 때 품에서 곤히 잠들어 있는 아시나를 보자 일어난 감정 변화였다.

아직도 혼란 그 자체에 가까운 제 상태를 곱씹고 있을 때였다. 늘 그렇듯 이만이 집무실로 들어왔다. 짧은 목례로 인사를 마친 그는 모든 걸 알고 있다는 듯 흐뭇한 표정과 의기양양한 태도로 그의 주인을 바라보았다. 베히다트는 그 시선이 매우 심기 불편했으나 굳이 걸고넘어지진 않았다.

"다른 건 없나?"

"없습니다."

시종장으로서 보고할 내용은 한 장의 보고서로 끝났다.

"오늘도 알현은 받지 않으실 겁니까?"

"당분간은."

"으흠."

이만의 녹색 눈동자에 이채가 어렸다. 다른 때라면 그냥 물러나겠지만 오늘만큼은 그러고 싶지 않았다. 장난기 가득한 시선이 베히다트를 향했다.

"저는 요새 제가 시종장이 되길 아주 잘했다고 생각하는 중입니다. 정말 뿌듯해요."

베히다트가 입매를 비틀어 웃었다.

"그거 참 좋은 소식이군. 그럼 일을 더 늘려도 되는 건가?"

"어, 그건 아닌 것 같습니다."

괜히 놀려 봤다가 본전도 못 찾은 이만이 우는 척을 했다.

"전 이미 지금 하는 일로도 벅찰 정도거든요. 저를 이리 부려 먹으시고 어찌 더 괴롭히시려고……."

시종장의 우는 소리는 가볍게 무시하고 베히다트는 다른 화제로 넘어갔다.

"나시르는?"

"서기관은 서기실에 있습니다. 곧 올 겁니다."

베히다트는 대꾸하지 않았다. 잠잠해진 주군을 보며 이만은 어쩐지 그가 망설이는 기색을 느꼈다. 깊은 생각에 잠겨 말이 없는 주군 옆을 지키던 이만은 빙그레 웃었다. 아까 한 말처럼 그는 요즘처럼 이 시종장 일이 즐거운 적이 없었다. 천하의 라 쿤이 인간처럼 보이다니.

"시녀는?"

수많은 망설임과 고민이 담긴 한 마디였다. 이만은 짐짓 심각한 표정을 지었다.

"복귀시킬까요?"

"……."

많은 주저가 느껴지는 침묵이었다. 왜 그가 침묵할 수밖에 없는지 그 이유를 구구절절 잘 알고 있는 이만은 잠깐 갈등했다. 이 기세로 더 놀려 먹을까 아니면 이 불쌍한 처지에 놓인 주군을 도와줄까? 물론 결과는 이미 정해진 것이었다. 그는 현명한 시종장이었다.

"누르는 유능한 시녀입니다. 제 좁은 소견으로는 아이라께서 궁을 나갈 수 있던 것이 비단 누르의 과실만은 아닐 거라 생각합니다."

"풀어 줘라."

명령하면서도 인상을 굳히는 라 쿤을 살피며 이만은 기분 좋은 미소로 고개를 숙였다.
"그러도록 하겠습니다, 나의 신이시여."

집무실로 들어선 나시르는 뭔가 평소와는 다른 공기를 느꼈다. 인사를 마치고 잠시 멈춰 서 있던 나시르는 금세 무엇이 달라진 건지 알아차렸다.
"주무셨습니까?"
지난 며칠간 잠들지 못해 한껏 신경이 예민하던 베히다트가 아니었다. 평소보다 날카로웠던 분위기가 가라앉아 있었다.
"그래."
"……."
나시르의 표정이 어두워졌다. 어쩐지 아침부터 시종장이 유난히 즐거워 보였다. 잠깐 서기관에 들른 이만이 의미심장한 미소를 지을 때부터 알아봤어야 했다. 그는 저도 모르게 앓는 소리를 냈다.
나시르가 우려하는 바가 무엇인지 모를 리가 없는 베히다트가 보던 서류를 내려놓았다.
"걱정 마라. 네가 걱정하는 그런 일은 일어나지 않을 테니."
냉정한 말이었지만 나시르는 그 정도로는 확신할 수 없었다. 아니, 솔직히 말해 너무 불안했다.
"이미 일어난 것 같습니다만."
"그 정도는 아니야."
딱 잘라 말하는 어조는 냉정했으나, 나시르는 그것이 자신이 아닌 그 스스로에게 하는 말처럼 느껴졌다. 어찌 되었든 좋은 징조는 아니었다. 계속 우려하는 나시르는 놔두고 베히다트는 다른 화제로 이야기를 돌렸다.

"바레인은 어떻지?"

"그대롭니다."

정말이냐는 시선에 나시르가 한숨을 내쉬며 고개를 끄덕였다. 지난 며칠 동안 바레인이 한 거라곤 차 마시고 산책하고 책 읽고 잠자는 게 전부였다. 다라의 대족장 잘릴과 가끔 만나는 장면이 목격되었지만 잘릴이 워낙 여자랑 노느라 바쁜지라 그냥 안부만 묻고 헤어지는 정도였다. 잘릴 역시 알 페시안의 모든 무희는 전부 정복하고 가겠다라는 심산인지 여자들과 노는 데에 빠져 다른 대족장들과 교류도 잘 하지 않았다.

"그런데 샤르자에 있는 사헴가의 원로들이 움직이기 시작했습니다. 엊그제 바레인에게 왔다간 손님이 사헴가의 사람 같더군요. 제 판단엔 바레인의 지시 같진 않습니다. 독단적으로 원로들이 무슨 일을 꾸미는 것 같습니다."

"그런가?"

"우마르께서 보내신 자료입니다. 보시면 아시겠지만 다들 움직이는 의도가 뻔히 보입니다. 오히려 그동안 잘 참고 있던 게 의아할 정도였죠."

"재미있군."

결국 참지 못하고 사헴 측에서 먼저 움직이는 모양이었다. 그래, 이 정도면 많이 참고 있었다. 바레인이 이상할 정도로 오래 잠잠한 것이었지, 이들이 인내심이 없는 게 아니었다. 게디크나 나머지가 더 이상 참지 못하고 들썩이는 것도 다 그럴 만했다. 무엇보다 이런 중요한 시기에 라 쿤이 절묘하게 자리를 비우다 못해 여자에게 빠졌다는 소문까지 돌고 있는 게 현 실정이 아니던가. 바레인은 믿지 않는 눈치였지만 바레인을 제외한 나머지는 모두가 그 소문을 믿고 있었다. 의도한 건 아니었지만 베히다트의 이번 잠적 역시 그 모든 소문에 힘을 실어 주고 있었다.

"그들이 움직이는 건 기다리고 있던 바인지라 괜찮은데 하필 북에서 오는 사신과 일정이 맞물려서 걱정 중입니다. 혹시 그것과 관련해서 일을 꾸미는 게 아닐까 하는……."

"사신 행렬이 샤르자를 통해서 오나?"

"사막을 피해서 알 페시안까지 오는 최단 경로가 그렇긴 합니다. 설마 멍청하게 크롬웰의 사신을 노리는 짓을 하진 않겠죠? 아무리 어리석다 해도."

"또 모르지."

무심하게 대꾸한 베히다트가 결론을 내렸다.

"지금 벌어지는 일이 진실로 원로들의 독단적인 행동이라면 바레인이 어떻게 나오는지가 가장 중요하다."

"더 주의해서 살펴보겠습니다."

결론까지 지었건만 나시르는 아직도 걱정스러웠다. 그가 걱정하는 것은 사혬가가 저지를 어떤 일이 아니었다. 수르트에서부터 오고 있는 사신에 관한 우려였다. 북에 대한 정보가 제한적인 만큼 사혬가의 원로들이 크롬웰의 사신이 어떤 인물인지 알고 있을 확률은 지극히 적었다. 거기까진 상관없었지만 문제는 다음이었다.

"만약 사신에게 무슨 일이 생기기라도 하면…… 전쟁 정도로는 끝나지 않을 겁니다."

아마 전쟁도 보통 전쟁이 아닐 수도 있었다. 나시르의 말에 베히다트가 흥미를 보였다.

"사신이 아스타테아 가주라고 했나."

"크롬웰 내에서도 실세라고 불리는 인물입니다."

"그 정도의 인물이 이런 일에 쉽게 당할까?"

"또 모르죠."

어디까지나 '만약'에 해당하는 일이었으니 나시르도 그 점은 확신할 수 없었다. 풍문과 실제는 어느 정도 차이가 있기 마련이었으니까. 그럼에도 어떤 소문에서도 아스타테아에 관한 것은 항상 대단했다. 나시르는 그 점을 높게 사고 있었다. 아무리 소문이라도 일관적으로 그렇게 어마어마하단 건 실제로도 그럴 확률이 높다는 것이니까. 혹시나 사신에게 무슨 일이 생기지 않을까 걱정인 나시르와 달리 베히다트는 무척이나 흥미진진했다.

"내 판단엔 사헴 원로들이 스스로 무덤을 파서 들어가는 것 같은데."

아직 그들이 꾸미는 무엇인가가 사신과 연관되어 있다고 말할 순 없지만, 그게 무엇이든 바레인과 연관되어 있지 않는 한 스스로 무덤을 파고 있는 꼴에 가까웠다. 나시르도 그 점은 부정하지 않았다. 다만 국내의 일이 대륙 문제로까지 커질까 그게 골치 아팠을 뿐이었다.

"어느 정도지?"

"확실치 않습니다만 굳이 우리와 비교해 본다면 북의 샤르자 정도라고 생각합니다."

"대단하군."

나시르와 달리 베히다트는 정말 크롬웰의 실세라 불릴 만큼 대단한 자가 오고 있는지 간접적으로 확인해 볼 수 있는 기회라고 생각했다.

잠깐 공백이 찾아왔다. 베히다트는 그 공백 속에서 떠오르는 한 여인의 잔상에 무심코 헛숨을 들이켰다. 이미 본인도 알고 있었다. 자신답지 않다는 것. 하지만 자신다운 처리를 하려 해도, 자신이 이전에 어떠했는지조차 잊어버렸다.

"은색 머리에 대해 뭔가 알아낸 게 있나?"

나시르는 기다렸다는 듯 대꾸했다.

"북에서도 은발은 희귀한 머리색이라 하더군요. 아예 없는 건 아니지만 은발로 유명한 사람이 있다고 북인들이 알려 주긴 했습니다. 자세한 건 북으로 건너가 조사하는 것이 더 정확하지만 지금까지 나온 정보들이 진실이라면 보통 신분은 아닐 겁니다."

"왜 그렇게 생각하지?"

"은발로 가장 유명한 미녀 둘이 하필 전부 어떤 위험한 가문 사람이었거든요."

"위험한 가문?"

붉은 눈동자가 순간 어둡게 빛났다.

"확실하진 않습니다. 하지만 그 가문과 연관되어 있을 확률이 가장 큽니다."

둘 다 그 위험한 가문이 정확히 어디인지는 말하지 않아도 알아들었다.

"그럼 그 사신이 오면 정확히 알 수 있겠군."

"아무래도 그렇겠죠."

덤덤한 표정으로 입을 다물던 나시르가 고개를 들었다.

"어쩌실 겁니까?"

이건 질문이 아니었다. 베히다트도 그걸 알고 있었다. 복잡한 심정과 아직 답을 내리지 못한 마음이 뒤얽혔다.

"그때 가서 생각해 봐야지."

나시르의 표정이 어두워졌다.

"저는……."

숱한 망설임 끝에 그가 말을 이었다.

"시하드께서 더 이상 아시나 양과 연관되지 않으셨으면 합니다."

처음엔 흥미로웠다. 나시르는 인정했다. 처음 시하드의 변화를 보고 재미있어 했다는 것을. 하지만 지금은 달랐다. 무언가 알 수 없는 불안감이 잔뜩 들었다. 그리고 앞뒤 재지 않고 여자 하나 찾으러 나서는 자신의 주군을 본 순간 그 불안은 현실로 찾아왔다.

우마르는 괜찮다 그랬지만 사람이라는 것은 쉽게 변하지 않는다. 하지만 변한다면 분명 그만큼의 이유를 동반하기 마련이었다. 그동안 그의 신이 얼마나 완벽했는지 알고 있기에, 존경하기에 지금의 이 흔들림을 용서할 수 없었다. 그것도 하필 이런 시기에…….

"……."

"……."

마치 죽음이 찾아온 것 같은 정적이 둘 사이에 가라앉았다. 베히다트는 그 어떤 말도 하지 않고 나시르를 내려다보았다. 시선을 피한 신하는 죄인처럼 고개를 숙이고 있었지만 그 모습에 분노를 느낀 것은 아니었다.

"내가 네게 그리 못 미더운 군주였던가."

"아니요."

황급히 대꾸한 나시르가 고개를 들었다.

"그저 미천한 소신의 조바심일 뿐입니다."

"그럼 접어."
싸늘한 한마디가 얼음처럼 내려앉았다.
"네가 걱정할 일은 없을 테니."
그것은 약조와 다름없는 한마디였다. 하나 그렇다고 과연 이 걱정을 접을 수 있을까. 나시르는 여전히 근심스러웠지만 더 이상 말을 늘어놓지는 않았다. 그냥 믿기로 했다. 그의 주군은 한 번도 자신의 믿음을 저버리지 않았으니까.
설령 저버린다 해도 어쩔 수 없다고 생각했다. 이 이상 그 어떤 말을 한다 해도 의미 없었다.
"수르트에서 오는 사신이 도착하려면 어느 정도 걸리지?"
"규모나 거리를 따져 보면 아무리 일러도 2, 3주 정도 뒤에 도착할 겁니다."
물론 샤르자에서 무슨 일이 벌어진다면 그 이상도 걸릴 게 뻔했다. 하지만 그건 굳이 말하지 않아도 아는 일. 나시르는 그보다 다른 이야기를 꺼냈다.
"어제 새벽 이즈미르 님께서 궁에 도착하셨습니다. 지금 거처에서 여독을 풀고 주무시고 계십니다. 전사들과 대족장 전부 힘든 일정이었던 모양입니다."
"이즈미르가?"
"예, 때문에 오늘 저녁 연회엔 불참하겠다고 미리 시종장께 알렸다고 하더군요."
"……특이하군."
이즈미르는 언제나 오자마자 술부터 찾는 엄청난 술고래였다. 그런 술고래가 이번에는 오자마자 거처에 처박혀 있다니 이상함을 넘어서 수상했다. 이 소식은 원래 이만이 먼저 보고했어야 할 내용이었지만 나시르가 대신 가져왔다. 이즈미르가 도착했다는 건 반길 만했지만 그의 태도가 평소답지 않은 것이 마음에 걸렸다.

"일단 조사를 할까요?"

"알아봐. 이상하긴 하군."

"알겠습니다."

이제 슬슬 제 할 일을 하러 가 봐야 할 시기였다. 나시르는 인사를 하기 전에 잠시 갈등했다. 갈등의 시간은 짧지 않았다.

"혹 시하드께서 괜찮으시다면 제가 아시나 양을 직접 조사해도 되겠습니까?"

아시나라는 이름이 나오자마자 베히다트의 표정이 변했다. 물론 다시 아무렇지 않은 표정으로 돌아왔지만 잠깐의 표정 변화를 나시르가 못 알아챌 리 없었다. 대체 무슨 의도인지 파악하려는 예리한 시선이 나시르를 훑었다. 나시르는 청렴결백한 미소로 그 시선을 견뎌 내었다. 소리 없는 탐색이 오고 가는 가운데 결국 별다른 핑계를 찾지 못한 베히다트가 고개를 끄덕였다.

"허가한다."

여전히 불만족스러운 주군의 표정을 살피며 나시르는 속으로 웃었다.

이분도 페시안 남자가 맞군.

잠에서 깨어난 아시나는 한동안 멍하니 침대 위에 앉아 있었다. 억지로 일어난 것도 아니었는데 이상하게 쉬이 정신을 차릴 수가 없었다. 아니, 이게 꿈인지 현실인지 구별할 수 없어서 그런 것 같기도 했다. 머리를 흔들어 봤지만 그 기이한 감각은 여전했다.

어제 내가 꿈을 꿨던가. 일어나자마자 쳐다본 옆자리에는 분명 누군가가 있었던 흔적이 남았다. 맨날 혼자 자고 혼자 일어나는 게 당연한 일상이었는데 왜 새삼 혼자라는 사실이 이렇게 허전한 걸까. 처음 겪은 감상은 생각보다 아릿했다.

"이것을."

헛된 생각들로 머리가 복잡해져서 어느새 눈앞에 온 시녀들도 눈치채지 못했다. 멍청하긴. 스스로를 욕해 봐도 기분은 나아지지 않았다. 찝찝한 기분 한가득인 채로 아시나는 시녀들이 시키는 대로 밥을 먹고 세수하고 목욕까지 마쳤다. 어디 나갈 수 없다는 점만 제외하면 정말 호화로운 생활이었다.

물론 집에 있었다면 더 호화롭게 지냈겠지만.

지금만큼 집이 그리운 적이 없었다. 몸은 하나도 힘들지 않은데 심적으로 고통스러웠다. 무엇보다 더 이상 베히다트라는 남자와 엮이고 싶지 않았다.

"……내가 더 미치겠다, 정말."

불시에 찾아온 손님은 몇 분째 말없이 서 있었다.

아시나는 태평하게 앉아 과일을 까먹으며 시간까지 재는 중이었다. 그런 노골적인 태도에도 한 마디 말도 없이 서 있는 상대가 놀랍기도 하고 정말 징하다고 생각했지만 아시나는 반쯤 포기한 심정이었다. 그가 왜 그러는지 대충 이유를 짐작하고 있었기에 별다른 말을 하진 않았다. 다만 이게 과연 이 정도까지 침묵할 일인지는 의문이었다. 결국 거의 30분 정도가 지났을 무렵이었다. 더 이상 기다리지 못하고 아시나가 먼저 입을 열었다.

"카림, 왜 그래요?"

가느다란 목소리가 울리자마자 카림이 기겁을 하고 물러났다. 칼 같은 반응에 아시나가 더 놀랐다.

"뭐예요?"

카림은 제 앞에 서 있는 여자를 다시 위아래로 훑어보았다. 노골적인 시선에 기분 나쁠 법도 하건만 아시나는 어깨만 으쓱이고 말았다. 오히려 무슨 험한 일을 당한 사람인 양 더 기겁하며 물러난 건 카림이었다. 카림은 여전히 눈앞의 여자가 아시나라는 사실을 믿을 수 없었다. 아시나가 눈썹을 치켜뜨며 물었다.

"모습이 조금 바뀌었다고 못 알아보는 건 아니죠, 설마?"

물론 그건 아니었다. 하지만 카림은 묻지 않을 수가 없었다.

"……누구십니까?"

"당신의 여신."

"……."

안 그래도 말없이 30분가량을 서 있기만 한 남자한테 왜 그랬을까. 아시나는 이 기회를 틈타 농담이라는 걸 던진 제 자신의 목을 조르고 싶었다. 계속되는 침묵은 정말 견디기가 힘들었다. 무엇보다 지루하다고.

"……."

"……."

결국 이번에도 아시나가 먼저 손을 들었다.

"화내지 마요, 제가 잘못했어요."

항복의 말에도 카림은 꼼짝도 하지 않고 아시나의 머리와 눈동자만 쳐다보았다. 아무리 봐도 은색 머리에 붉은 눈동자까지 한 여자가 아시나라고 생각하지 않는 기색이었다.

왜 못 알아보는 거지, 생긴 건 똑같은데. 물론 숨넘어가게 미소녀라는 점도 똑같았다. 뭔가 여기서 더 농담을 하고 싶은데…….

그녀는 일단 참았다. 또 한마디 했다간 이 전사님이 농담을 진실로 알아듣고 제 목숨을 위협할 것 같았다. 아니, 분명히 그렇겠지. 결국 아시나는 입을 놀리고 싶은 마음을 무릅쓰고 제대로 대답했다.

"아시나예요. 정말 예쁘고 눈부셔서 제대로 볼 수 없을 정도죠? 다 알아요."

고개까지 끄덕이며 아시나가 빙그레 웃자 카림의 표정이 저절로 찌푸려졌다. 카림은 망설임 따윈 없는 태도로 바로 맞받아쳤다.

"그런데 성격은 왜 그 모양입니까?"

"일종의 균형을 위해 그런 게 아닐까요?"

아시나는 짐짓 심각하게 대꾸했다. 자신도 자기 성격이 어떻다 정도는 알고 있었으니까. 이렇게까지 설명했는데 카림은 아직도 눈앞의 여자가 아시나라는 걸 믿을 수 없는 눈치였다. 어느 정도 납득은 했지만 수긍하긴 망설여지는 상태라고 해야 할까.

"정말 동일 인물이 맞습니까?"

"네."

그렇게 확인에 확인을 거듭하는데도 못 믿는 걸 보면 이건 병이 틀림없었다. 아시나는 자리에서 일어나 일부러 카림에게 가까이 다가갔다.

"너무 눈부셔서 그동안 했던 짓들이 다 잊히고 그래요? 새삼 반할 것 같죠?"

당연히 당황해서 물러날 거라 생각했는데 그새 이 치근덕거림에 적응을 한 건지 카림이 무척이나 단호하게 말했다.

"입만 다물어 주셨으면 참 좋겠습니다."

"이게 내 매력 포인트인데!"

아시나는 크게 웃으며 물러났다. 낭랑한 웃음소리에 카림의 경직된 표정도 어느 정도 풀리고 눈에 띄게 안심하는 기색이었다. 저렇게까지 안도하면 다시 놀리고 싶어지는데. 다시 놀릴까 말까 아시나가 짧게 갈등하고 있을 때 카림이 물었다.

"어쩌다 그렇게 됐습니까?"

카림의 질문은 진심이었다. 태도에서부터 느껴지는 진심 어린 우려에 아시나는 잠깐 묘한 느낌을 받았다. 이건 무슨 험한 저주라도 받은 사람을 대하는 듯한 태도가 아닌가. 어쩌다 이렇게 되었냐니, 시간이 다 되어서 마법의 효험이 다해 자연스레 본모습으로 돌아온 것뿐이었다. 하지만 이대로 말했다간 이해를 못 하겠지. 비유와 상징도 먹힐 만한 사람한테 쓰는 거였다.

"이게 원래 내 모습이에요."

"그렇군요."

카림은 더 이상 의문을 표하지도 않았다. 납득한 건가? 아리송해진 것은 아시나였다. 카림은 이제 그 문제에 대해선 의문이 풀린 건지 더 이상 묻지도 않았다. 그게 조금 신기했다. 이렇게 금방 관심이 꺼질 수도 있는 건가.

"갇힌 사람치곤 팔팔하군요."

"감옥에 있을 때도 팔팔한걸요. 어디에 있던 나는 이래요. 왜요? 좀 실망했어요?"

"그건 아니지만……."

카림이 말을 흐리며 아시나의 눈동자를 조용히 응시했다. 깊고 고요한 시선은 강인했으나 부담스럽지 않았다. 아시나는 짐짓 장난스럽게 웃었다.

"진짜 반했어요? 계속 쳐다보기는."

"정말 아시나 양이 맞습니까?"

"맞다니까요. 봐요. 눈, 코, 입, 귀, 턱 다 똑같거든요? 자, 봐요. 팔이랑 다리 선이며 이 완벽한 몸매까지. 내가 아니면 이런 축복받은 미모와 몸매는 누가 가지고 있죠?"

자부심 넘치는 대사에 카림이 주저 없이 중얼거렸다.

"……하는 말을 봐선 아시나 양이 확실한데."

그래도 여전히 눈에 들어오는 여자는 아시나로 보이지 않는 모양이었다. 아시나는 이제 신기할 지경이었다. 보통 아시나의 본모습이 가져오는 시각적 충격에 모든 정신을 빼앗겨서 이렇게 바뀌었다는 것 자체에 엄청난 반응을 보이는 사람은 없었다.

"그렇게 달라 보여요?"

"그동안 왜 그 꼬라지로 다니신 겁니까?"

아시나가 눈썹을 치켜떴다.

"꼬라지라니, 난 그 모습조차 예쁘고 눈부시고 아름답고 화려했거든요!"

"……."

"뭐예요, 그 불신의 눈초리는."

"그렇다고 치죠."

마지못해 카림이 고개를 끄덕였다. 아시나는 인정할 수 없었다.

"그렇다고 치는 게 아니라 그런 거예요! 어허, 우리 카림이 사람 볼 줄을 모르네."

카림이 막 인상을 찌푸릴 때였다. 다음으로 어떤 말이 돌아올까 잔뜩 기대하고 있는데 갑자기 문이 열렸다. 벌컥 열린 문을 보자마자 그 기대가 산산이 조각나 버렸다. 문을 열고 들어온 사람은 아시나가 아는 사람이었다. 아니, 사실 왜 안 오나 싶었던 사람이었다. 나시르는 낯선 시하드의 침소를 잠시 둘러보다 그 안에서 그나마 익숙한 여인에게 시선을 고정시켰다. 아시나는 그 시선을 받자 별로 달갑지 않았다. 아, 좋다 말았네. 안 그래도 왜 카림 혼자 여기 왔나 생각하고 있던 참이었다.

"지내실 만하십니까?"

흥겨웠던 기분도 잠시 아시나는 바닥으로 떨어지는 모래알의 심정이 되어 입맛을 다셨다. 그녀의 눅눅한 반응에 나시르가 의문을 표했다.

"왜 그렇게 보십니까?"

"아니요, 그냥."

머리싸움 해야 하는 상대가 오니 달갑지 않은 것뿐이었다. 가벼운 한숨과 함께 아시나가 선선히 대답했다.

"단단히 날 감시하기로 작정했구나 싶어서요."

입가에 걸린 미소가 결코 호의적이지만은 않아 보였다. 사람 좋아 보이는 미소가 이렇게까지 다르게 느껴질 수 있다는 것도 놀라웠지만 무엇보다 그를 정말 놀라게 한 것은 아시나의 태도였다. 지금까지 보여 줬던 어떤 반응보다 날이 서 있었다. 마치 이 순간을 벼르기라도 한 듯이. 환하게 웃고 있는데 풍기는 분위기는 겨울바람보다 차가웠다.

"그래도 좋아요. 저 벽돌 같은 시녀들에 비한다면 말이죠. 지옥의 사자가 와도 기쁠 거예요."

"그거 참 다행이군요."

대체 무엇을 결심했기에 이런 반응을 보이는 건지. 하나 그보다 더, 나시르는 아시나라는 사람 자체가 흥미로웠다. 아무것도 모르는 여행자처럼 굴 땐 언제고 지금은 유리한 싸움을 먼저 선점해야 하는 협상가처럼 굴기 시작했다. 간혹 내뱉는 말들로 인해 여간 똑똑한 게 아니라고 생각하긴 했지만 막상 상대가 본격적으로 나오니 느낌이 달랐다. 공기부터 해연히 변했다.

"침소에서 나가지 못하시는 점 양해 부탁드립니다."

"뭐, 지은 죄가 많다면서요. 도망치다 잡히기도 했고. 첩자 취급받고 있는데 이 정도면 황송하죠."

"화가 많이 나셨군요."

"아닌데."

햇살보다 환한 미소가 이렇게 무서울 수 있나 싶은 나시르와 달리 아시나는 정말 아무 생각도 없었다. 화가 났다기보단 이 꼬인 상황에 불만이 많다는 표현이 더 옳았다. 물론 그녀는 굳이 거기까지 설명해 줄 필요는 느끼지 못했다. 그래, 이 땅에 발을 내디딘 내 스스로를 원망하지 누굴 원망하겠나. 이 땅은 원래 이렇게 생겨 먹었을 텐데 내가 잘못 와서 잘못 엮인 게 문제겠지. 망할.

그렇다 하여도 흘러가는 상황에 말려 호락호락하게 이용당하고 싶지는 않았다. 사람이 좋은 거랑 이건 다른 문제니까. 아마 페시안에 자신이 어떤 해가 된다고 판단된다면, 아무리 사람 좋은 눈앞의 둘이라도 아시나를 가만두지 않을 게 뻔했다. 이걸 한두 번 겪어 봤어야지.

"전과 마찬가지로 카림이 아시나 양을 호위하게 될 겁니다."

"밖에 있는 전사들은 그냥 장식이에요?"

"아무래도 믿을 수 있는 건 카림뿐이니까요."

그런 말을 당당하게 해도 되는 건가 싶어 아시나는 눈살을 찌푸렸다. 그럼 나시르는 왜 온 거지? 굳이 그가 '앞으로 카림이 널 감시할 거다.'라고 알리러 올 필요는 없었다. 아시나는 나시르가 왜 이곳에 온 건지 깨달았다. 상대가 원하는 게 있다는 건 아직 아시나가 유리한 고지에 있다는 걸 말한다.

"뭘 알고 싶어서 왔어요?"

역시나. 나시르가 웃었다. 똑똑한 건 둘째 치고 몇 마디 말로도 말귀를 알아듣는다는 점에서 아시나는 까다롭지만 동시에 상대할 만한 인간이었다. 나시르는 굳이 돌려 말하지 않았다.

"북대륙의 정세가 궁금합니다."

아시나가 애매하게 웃었다.

"모른다고 해도 안 믿을 거죠?"

"예."

표정 없이 그녀가 물러났다.

"진짜 몰라요."

대답은 거짓 없이 천진했으나 나시르는 그 말을 믿지 않았다. 잠깐의 시간을 두고 아시나가 안타깝다는 듯 혀를 찼다.

"알려 주고 싶은데 이걸 어쩌죠, 모르니까 말을 할 수가 없네."

"대신 저도 원하시는 정보를 알려드리겠습니다."

"나시르!"

놀란 카림이 소리쳤다. 아시나도 놀랐다. 저 남자가 지금 자기가 무슨 말을 하는지 알고 있는 건가. 첩자로 의심 중이라고 당당하게 말했으면서 첩자일지도 모르는 여자한테 원하는 정보를 제공하겠다라니. 물론 어느 정도 걸러서 말하겠지만 그래도 단서는 제공하겠다는 저의가 궁금했다. 아시나는 잠시 갈등했다. 저 인간이 머리가 똑똑한 건지, 아니면 멍청한 건지 사실 좀 헷갈렸다.

그녀가 망설인다는 걸 나시르가 모를 리 없다. 그는 짐짓 매력적인 미소까지 지은 채로 아시나를 빤히 응시했다.

"어때요, 꽤 괜찮은 거래 아닙니까?"

구미가 당기기는 했다. 그래, 구미가 당기는 정도가 아니라 절실했다. 갇혀서 밖에 대한 어떤 정보도 가지지 못하는 현재 가장 필요한 것이 아니었던가. 바로 눈앞에 덫이 놓인 달콤한 미끼가 보였다. 이런 상황에서 문제는 상대가 믿을 만한가, 얼마만큼 자신의 핵심 정보는 숨기면서 상대에게선 정보를 잘 빼낼 수 있느냐, 즉 줄다리기를 얼마나 잘 하느냐였는데 첫 번째는 괜찮았다. 아시나는 적어도 나시르를 믿을 수 있다고 생각했다. 문제는 두 번째.

"……."

"……."

머리 한쪽에서 경고를 했다. 이건 기회가 아니라 함정이 될 수도 있다. 그런 속삭임이 들려왔다. 이 상황을 타계할 수 있는 기회냐, 아니면 오히려 제 자신을 좀먹일 수 있는 덫이냐. 충분히 주저할 만한 선택이었다. 시하드의 침소라는 이곳까지 찾아올 수 있는 걸 보니 분명 그 남자의 허락은 받은 거겠지. 그 남자…….

아시나가 입술을 깨물었다. 중요한 순간에 생각이 흐트러졌다. 물론 베히다트야말로 이 상황에 가장 직접적인 영향력을 끼치는 사람이지만 이런 순간까지 영향을 받고 싶진 않았다.

망할, 왜 불쑥 생각나고 난리야.

어찌 되었든 이미 답이 난 갈등이었다. 아시나는 차분하게 나시르와 눈을 마주쳤다.

"좋아요."

나시르가 원하는 정보는 간단한 것이었다. 크롬웰 귀족들은 대체 어떤 서열을 이루고 있는가.

내부의 사람들에겐 그게 왜 궁금한지 이해가 되지 않을 정도로 익숙한 정보겠지만 외부인인 나시르에겐 그들의 서열과 체계에 대한 정보가 턱없이 부족했다.

아시나는 어느 정도가 적정할까 고민한 끝에 간단하게 황제 밑으로 어떤 작위가 있는지 정도만 알려 주었다. 물론 그 정도만 알아도 크롬웰의 귀족 세계를 알아보는 데 엄청난 도움이 되겠지만 지금의 크롬웰 귀족 계보를 만들어 온 핵심은 귀족들 간의 드러나지 않는 미묘한 알력이었다. 그녀는 그 부분만큼은 절대로 알려 줄 생각이 없었다.

"그럼 이제 제 차례인가요."

"예, 뭐가 궁금하십니까?"

카림이 불안한 시선으로 두 사람을 번갈아 보았다. 정작 두 사람은 자신들이 교환하는 정보에 집중하느라 그 외에 것엔 일체 관심도 두지 않았다. 아시나는 지금 이 순간 가장 필요한 정보가 남대륙 정세에 관련된 것이라는 걸 알고 있으면서도 갈등했다. 그걸 파악해야 길이 보였다. 하지만 자꾸 다른 게 마음에 걸렸다. 어쩌지. 짧은 침묵이 지난 후 아시나가 입술을 깨물었다.

"라 쿤에 대해 알려 주세요."

당연히 남대륙의 정세에 대해 물어올 줄 알았던지라 나시르의 표정이 조금 변했다. 대답 대신 그가 날카롭게 지적했다.

"지금 라 쿤이신 베히다트 님을 말씀하시는 겁니까?"

"아니요, 라 쿤이라는 자체요. 아, 말을 잘못했군요. 쿤이라 불리는 페시안의 생신生神에 대해 알고 싶어요."

그전에도 궁금했지만 사막에서 있었던 지난 일이 기폭제가 되었다는 건 부정할 수 없으리라. 크롬웰에 있는 수천만 권의 장서도 그녀에게 답을 주지 못했다. 아시나가 대도서관에서 얻을 수 있는 정보는 고작 몇 가지뿐이었다.

첫째, 페시안의 지배자인 쿤은 즉위할 때 각각 다른 의미의 칭호가 붙고 그건 즉위식에서의 어떤 의식으로 정해진다는 것. 둘째, 그 칭호는 세 가지고 각각 '사, 하, 라'라는 것. 셋째, 쿤은 모든 대족장들의 존경과 충성을 받으며 살아 있는 신으로서 페시안에 군림하는 왕이라는 것. 그래서 페시안에서 쿤이 가지는 의미는 크롬웰의 황제가 가지는 의미와는 완전히 다르다는 것이었다. 궁금했다. 구체적으로 무엇이 다른 것인지.

이것이 단순히 다른 문화에 대한 호기심인지 아니면 다른 감정이 얽힌 건지 자신조차 확신할 수 없었지만 그녀는 어찌 되었든 괜찮다고 다독였다. 생각에 잠긴 듯 말이 없던 나시르가 나직하지만 묵직하게 운을 뗐다.

"페시안에서 부르는 왕의 칭호인 쿤과 신의 이름인 시하드 모두 최초의 신이자 페시안을 이룩하신 시하드 쿤에게서 따온 것입니다. 어찌 보면 쿤이라는 왕가의 성을 왕이라는 의미로 쓰고 있는 거겠지요."

"쿤 앞에 붙는 칭호는 뭐예요?"

"각각 왕의 그릇이나 자질을 나타내는 용도입니다. 태조, 시하드 쿤에게는 세 아들이 있었습니다. 시하드 쿤께서 아슈마에로 떠나신 뒤에 잠깐 페시안이 세 나라로 나뉘었죠. 그때 사 쿤은 문예가 뛰어나셨고 하 쿤은 무예가 뛰어나셨습니다. 하지만 결국 세 나라를 통일하신 건 라 쿤이셨죠. 지금 페시안은 그 세 쿤의 유지를 모두 잇고 있습니다. 다만 라 쿤이라는 칭호만큼은 위대한 자질을 가진 분들에게만 부여됩니다. 지금 라 쿤께선 역대 86명의 쿤들을 통틀어 다섯 번째로 라의 이름을 이으신 분입니다."

몇 천 년이나 전에 있었던, 흡사 신화 같은 옛 역사를 알아야 이해할 수 있는 부분이었다. 크롬웰에선 주기별로 칭호를 다는 것뿐이라는 추측이 정설로 받아들여지고 있는데 실상은 전혀 달랐다. 아시나는 알 듯 말 듯 미묘한 이 나라가 대충 어떻게 돌아가는 건지 알 것도 같았다.

"그리고 쿤께서 신이라 불리는 이유는 오로지 한 가지입니다."

"그게 뭐죠?"

"이 나라를 지탱하는 근간이기 때문이죠."

정말로 애매모호한 대답이었다. 아시나는 주저하지 않고 얼굴을 찌푸렸다. 카림은 그 표현이 맞다고 옆에서 고개를 주억거리고 있었지만 그녀에게는 만족스러운 대답이 아니었다. 결국 이 이야기까지 꺼내야 하는 건가.

"사막에서 잡혀 올 때의 일이었어요."

두 남자의 시선이 바로 아시나를 향했다. 자신에게 올곧게 고정된 두 쌍의 시선을 감내하며 그녀는 조그마하게 입을 벌렸다.

"사막을 뒤덮던 모래 폭풍이 베히 님이 무언가를 하자마자 흔적도 없이 사라졌어요. 그게 가능한 일인가요?"

아시나의 상식으로는 도무지 납득할 수 없는 현상이었다. 범위도 그렇고 그건 크롬웰을 포함한 북대륙의 어느 마법사도 흉내 낼 수 없는 마법이었다. 물론 스승님은 할 수 있겠지만 거긴 예외니까 논외로 치고. 어떤 마법으로 그런 현상을 일으킬 수 있는 건지 사실감도 잡히지 않았다. 아시나가 꺼낸 말에 두 사람 다 각각 다른 충격을 받았다. 나시르는 재빨리 자신의 동요를 감추었지만 그래도 창백해진 얼굴은 숨길 수 없었다.

"권능을…… 쓰셨단 말입니까?"

"권능?"

"그 정도이셨단 말인가."

초조한 나시르의 혼잣말을 아시나는 알아들을 수 없었다. 미처 그것에 대해 생각하기도 전에 나시르가 똑바로 아시나를 쳐다보았다. 그 시선은 아까와는 전혀 다른 시선이었다. 약간 적대적이기까지 한 시선에 그녀는 순간 놀라 긴장했다.

"태조께서 신이라 불리시게 된 건 여러 이유가 있지만 가장 중요한 사실은 황무지였던 이 땅을 풍요롭게 만드셨다는 것입니다. 그것은 저희가 축복이라 부르는 것으로 현재 시하드에게도 그 힘은 여전히 전해지고 있습니다."

"그래서……."

"사실 시하드께서 어느 정도의 이능異能을 가지신 건지는 저희도 모릅니다."

그것은 대대로 왕가의 비밀. 왕자조차 알지 못하는 비밀이었다. 오로지 시하드와 쿤의 이름을 동시에 계승한 자만이 알 수 있는 진실. 그래도 그들이 오랜 세월 이 땅을 통치하며 겉으로 드러낸 것들로 미루어 보아 그 힘이 대략적으로 어떤 것이라는 결론은 내려져 있었다. 단지 확신할 수 없을 뿐. 나시르는 자못 심각하게 한숨을 내쉬었다.

"다만 한 가지 확실히 말할 수 있는 건 페시안이 있기 때문에 시하드가 계시는 것이 아니라 시하드께서 계시기 때문에 페시안이 있는 거란 사실입니다. 시하드께서 원하시면 언제든지 이 나라뿐만 아니라 남대륙에 있는 모든 나라가 멸망할 겁니다."

나시르의 표정은 단호했다. 아시나는 오히려 진실을 알고 나자 더 혼란스러워졌다. 무엇보다 그 힘이 어쩐지 익숙하게 느껴진다는 점이 가장 혼란스러웠다. 마치 여신의 축복 같지 않은가. 혼란을 해소하기 위해 물어봤는데 오히려 혼란만 가중되니 머리는 이미 과부하였다.

복잡한 표정으로 아무 말도 하지 않는 아시나를 조용히 지켜보다 나시르가 느닷없이 그녀의 팔목을 붙잡았다. 아시나의 눈동자가 나시르에게 향했다.

"진심이 아니라면 흔들지 마십시오."

무엇을 흔드냐는 말은 하지 않았다. 아시나는 눈짓만으로도 알아들었다. 조용히 숨이 멈췄다.

"그분이 흔들리면 이 나라가 흔들립니다."

이것을 위해 사실을 알려 준 것이던가. 아시나는 짐짓 모르는 척 시선을 내리깔았다.

"……무슨 뜻이에요?"

"아시잖아요?"

"……."

나시르는 나지막하지만 단호했다. 아시나는 아무 말 없이 시선만 돌렸고 그 사이에 낀 카림은 둘이 어떤 대화를 하는 건지 감을 잡지 못한 표정으로 서 있었다. 아시나는 나시르가 원하는 걸 알면서도 그가 원하는 대답을 쉬이 줄 수 없었다. 망설임을 느낀 걸까, 나시르가 한숨과 함께 표정을 풀었다.

"당신은 매력적인 사람입니다. 여자로서도. 그래서 불안합니다, 진심으로."

"그럴 일은 없을 거예요."

이래서 떠나려고 했는데.

다시 잡혀 오지만 않았다면 어떻게든 좋게 끝났을 텐데. 흔들리는 불빛처럼 불안한 마음을 애써 감추며 아시나는 시선을 내리 깔았다.

"난 이 나라 사람도 아닌걸요."

그녀가 내보이는 공백이 어떤 의미인지 알아차리지 못할 나시르가 아니었다. 그는 잠시 아시나를 응시하다가 이내 고개를 끄덕였다.

"그 말씀을 믿겠습니다."

깊은 밤 초승달의 창백한 빛이 창을 넘어 침대까지 고요히 내려앉았다. 밤이 오기도 전에 아시나는 먼저 잠들었다. 곤히 잠든 아시나의 얼굴에 창백한 신월이 어렴풋이 비쳤다. 그 옆으로 길게 그림자가 드리웠다. 소리 없이 방 안으로 들어와 창가에 선 남자의 인영이 잠든 아시나의 옆모습을 지켜보았다. 도대체 어떤 생각으로 바라보고 있는지는 알 수 없으나 눈빛만큼은 깊고 어두웠다. 한참을 그렇게 망부석처럼 지켜보고 있을 때였다. 달이 조금 기울어 창으로 들이치는 달빛이 더 많아졌을 때 그가 움직였다. 침대 옆에 앉은 그는 잠든 아시나의 얼굴에 손을 뻗었다.

달빛을 받아 더 하얀 뺨에 닿는 손이 유난히 어두웠다. 손에 닿는 감촉이 생생했다. 정말로 실존하는 사람이라는 걸 인지시켜 주는 감각에 베히다트는 묘한 안도를 느꼈다.

아직 제 손에 있다는, 놓치지 않았다는 자그마한 안도.

제 자신을 휩쓸고 있는 이 소용돌이의 정체를 아직도 완전히 알지는 못했다. 알아내고 싶다가도 알고 싶지 않은 마음이 겹치기도 도 했다. 한편으로는 그게 무엇일까 두려운 마음이 일었다.

두려움이라.

낯선 이름이었다. 신의 이름으로 살아오며 단 한 번도 겪어 본 적 없는 감정. 저절로 쓴웃음이 걸렸다. 제 자신의 어리석음이 입맛을 쓰게 만들었다. 그 역시 그리 오랜 삶을 살아온 것은 아니기에 이런 혼란이 잠깐 스치는 바람 같을 거라 생각했다. 아니, 그럴 거라 잠시 착각했다.

그것은 오히려 시간을 두고 가다듬을수록 명백하게 드러나고 있었다. 이렇게 격렬하게 끓어 오르는 감정도, 자신조차 이해되지 않는 반응도 전부 처음이다. 너무 오랫동안 그 누구와도 감정적으로 엮이지 않았다. 그저 모든 것이 단조롭고 무료할 뿐이었다.

이 여자가 나타나기 전까진.

무방비하게 잠든 얼굴이 제게 보여 주는 얼굴과 다를 바 없었다. 그럼에도 알고 싶다고 생각했다. 이 순진한 얼굴로 숨기고 있는 모든 걸. 그냥 이 여자의 전부를 알고 싶었다.

가진 건 비밀밖에 없는 이 여자가 도대체 자신에게 내놓을 진실과 해답이 무엇일지 한편으로는 기대되기도 했다.

“일어났으면 말 좀 하지.”

규칙적이던 숨소리가 어느 순간부터 변했다는 건 알고 있었다. 깬 순간부터 어찌할까 망설이는 것이 느껴졌으나 부러 모르는 척하고 있었다. 어떻게 나올지 궁금해서 지켜본 것뿐인데 점점 이쪽이 한계에 다다르는 기분이었다.

마침내 결정을 한 것인지 아시나가 슬그머니 눈을 떴다. 아직도 거둬지지 않은 손이 그녀의 얼굴을 쓰다듬고 있었다.

"왔어요?"

"……그래."

짧은 망설임. 다시 이곳으로 발걸음하며 느꼈던 번잡한 고뇌들이 다시금 수면 위로 떠올랐다가 사라졌다. 예민했던 신경들이 오로지 이 여자가 옆에 있다는 사실 하나만으로 무뎌졌다.

"안 올 줄 알았는데."

투정 같은 한마디. 아시나는 숨김없이 자신의 감정을 드러냈다. 눈동자에서 보이는 그 감정이 얼마나 복잡하고 다양한지 베히다트는 그게 어떤 감정이라고 정의 내릴 수 없었다. 그저 자신을 보며 짓는 이 표정을, 이 혼란스러운 감정을 그대로 고스란히 받아 두었다.

"자는 척만큼은 소질이 없군."

단정 짓는 듯한 말에 순간 울컥했다. 그녀는 당장 자리에서 일어나 앉았다. 약간 억울한 기분마저 들었다.

"인간적으로 그렇게 문질러 대는데 잠이 안 깨면 그게 사람이에요?"

"이렇게 예민한지는 몰랐는데."

얄미울 정도로 느긋한 대꾸에 속에서 열불이 뻗쳤다. 아시나는 당연히 자신이 둔할 거라는 그 단정적인 태도가 싫었다.

"산에서 산짐승들과 씨름하며 자다 보면 저절로 예민해져요."

"산이라."

붉은 눈동자에 이채가 어렸다. 흥미로운 것을 들었다는 반응에 아시나는 살짝 몸을 움츠렸다. 이불을 가슴께까지 뒤집어쓰고 바로 코앞에 앉아 있는 남자를 올려다보았다. 어쩌다 이런 사이가 된 건지 정말 이해가 안 갔다.

"노숙도 해 본 건가?"

노숙을 하는 것이 그리 신기한 일이었던가.

"자주 해요."

아시나는 쉴 곳이 있으면 상태에 상관없이 될 수 있으면 그곳에 묵는 편이었다. 문제는 그녀가 숲으로 들어가거나 산으로 들어갔을 때였다. 우연히 나무꾼의 집에 신세 지는 경우만 아니라면 거의 무조건 노숙이었다. 길거리에서 노숙을 하는 것 이상으로 숲과 산은 무시무시한 곳이었다.

물론 노숙이 싫기는 하지만 그건 집을 내버려 두고 밖으로 나도는 자들의 숙명 비슷한 거라 아시나는 이제 거의 체념했다.

"신기한가요?"

옅게 남은 잠기운이 완전히 깼다. 아시나는 새삼 불이 꺼진 방 안이 신경 쓰였다. 역광 때문에 상대의 표정을 읽을 수 없다는 점도. 상대하는 사람의 표정을 읽을 수 없는 것과 반대로 자신의 표정이 드러난다는 점이 불편했다.

"글쎄, 잠자리만큼은 까다로울 거라 생각했거든."

"까다로워요."

지체 없이 아시나가 말했다.

"여행하면서 많이 유해진 거예요."

곱게 태어나서 그런지 여행 자체는 즐거웠지만 그것과 별개로 많은 문제가 아시나를 괴롭게 만들었다. 먹는 것, 자는 것, 입는 것, 하다못해 돈 문제까지. 오랜 여행으로 거의 모든 문제는 해결을 봤지만 그래도 여전히 몇몇 문제는 잔재하고 있었다. 물론 그렇다고 여행을 그만두고 싶은 생각은 절대로 없었다.

“음식도 많이 가렸는데 지금은 아무거나 다 잘 먹어요. 음식은 생긴 게 어떻든 일단 먹어는 보는 게 습관이 될 정도죠.”

“많이 먹는군.”

“아니거든요!”

먹는 거 본 적도 없으면서!

“여행이 그렇게 즐거운가?”

그녀는 잠시 베히다트를 바라보았다. 뭐라 쏘아붙이려 했는데 어느새 그럴 기분이 사그라졌다. 그의 질문에 특별한 의미가 있는 건 아니었다. 하지만 그 안에 담긴 무언가가 아시나를 살짝 멈칫하게 만들었다.

“그게 정말 궁금한가 봐요, 베히 님은.”

전에도 물었었다. 아시나는 약간 웃음기 어린 목소리로 찡그렸다.

“맨날 물어보잖아요.”

“신기해서.”

동요 없이 그가 대답했다. 살짝 몸을 트는 바람에 검게 진 인영을 지나쳐 자신에게 쏟아지는 달빛이 너무 새하얬다. 뺨 옆으로 차가운 게 닿았다.

“알고 싶거든.”

짧고 강한 한마디. 순간 드러난 격렬한 감정의 조각에 압도당했다. 이대로 모든 걸 빼앗길 수도 있을 거란 생각마저 들 정도였다. 나도 알고 싶어. 이 남자에 대해 하나도 남김없이 알고 싶었다. 찰나 드러난 감정이 너무 격렬해져서 순간이었지만 제 자신조차 놀라웠다. 자신 안에 이런 감정이 숨어 있었던 건가. 미미하게 잔류하는 감정이 아릿했다.

아시나는 참았던 숨을 내쉬었다. 너무 큰 소리를 낸 건 아닐까 생각했지만 뭐든 잊고 싶었다. 덮어 버린다고 사라지는 마음은 아니었지만 그래도.

“이제 나에 대한 화는 좀 풀렸어요?”

“조금.”

“정말요?”

“아니.”

가라앉은 공기가 더 이상 어색하지 않았다. 그건 정말 이상했다. 어떻게 해서든 침묵을 없애고자 노력했던 게 엊그제 일 같은데 이젠 이 침묵이 견딜 만했다. 그가 내뿜는 기세에 익숙해진 것인지 아니면 다른 이유 때문인지 이유를 정확히 꼽을 수 없었지만 아시나는 나쁘지 않다고 생각했다.

이 거리만 아니라면.

“……지금 나 놀리는 거죠?”

“잘 아는군.”

웃은 건가. 희미한 웃음기를 본 것도 같은데 확신할 수는 없다. 그래도 뺨을 쓸어 보는 손길만은 부드러웠다. 낯선 손길에 움찔하는 건 어쩔 수 없었지만 되도록이면 아무렇지 않으려 했다. 그런 기색을 느낀 건지 뺨을 쓰다듬던 손이 잠시 멈췄다.

“무서운가?”

“그렇지 않아요.”

“그런데 얼굴은 왜 무섭다는 표정이지?”

그런 표정을 짓고 있었던가.

제 자신조차 확신할 수 없었다. 하지만 정말로 무섭지는 않았다.

그냥 적응되지 않았을 뿐. 이건 아마 영원히 적응할 수 없을 거라 그녀는 저 홀로 생각했다.

"내가 지금 무서워하는 표정 짓고 있어요?"

"내 눈엔."

그런가, 모르겠는데. 무섭지는 않았다. 다만, 다만…….

남자의 큰 손이 참을 수 없이 신경 쓰였다. 이렇게 신경 쓰일 수 있는 건가. 거북한 건 아니었는데 뭔가 다른 감정이 치솟았다. 그게 뭔지 정체를 알 수 없었다. 그걸 생각하기도 전에 점점 호흡이 가팔라졌다. 다른 것에 집중할 수 없게 만드는 이 남자의 존재감에 울고 싶은 기분마저 들었다.

"당신이 나한테 뭘 원하는지 모르겠어요."

"나도."

하얀 달빛에 붉은 눈동자가 희미하게 보였다.

"같은 걸 모르는군."

"좋은 건가요?"

"글쎄."

나쁜 걸 수도 있고. 씁쓸하게 들린 말에 아시나는 가만히 있었다. 낮에 받은 나시르의 경고가 단단한 족쇄처럼 저를 움켜잡고 있는데 하루도 지나지 않아 흔들리는 스스로가 한심했다. 흔들지 말라니, 도리어 내가 흔들리고 있는데 이럴 땐 어찌해야 하는지.

솔직히 자신이 없었다. 이 남자를 상대하는 게. 카림은 괜찮았다. 나시르만 해도 상관없었다. 하지만 베히다트만은…… 이 남자만큼은…….

차라리 감옥에 갇히는 게 여기보다 나을 것 같아.

"좋아하던 남자가 있었나?"

아시나는 순간 두 눈을 깜빡였다. 내가 지금 뭘 들은 거지? 너무 뜬금없는 질문이라 자기가 맞게 들은 건지도 의심스러웠다.

"좋아하던…… 남자요?"

왜 갑자기 여기서 내가 좋아하는 남자 이야기가 튀어나오는 거지. 의아해하는 것도 잠시, 무슨 의도인지 알 수가 없었다. 이 남자 대체 무슨 생각인 거지?

"갑자기 그 얘기가 왜 나와요?"

"궁금해서."

궁금한 것이 당연하다는 듯 태연한 대꾸를 보고 있으려니 아시나는 속에서 열불이 난다는 게 어떤 기분인지 실감했다. 그래서 지금 내가 이 이상한 질문에 대답을 해야 하는 건가.

"좋아하던 남자 있었죠. 이 미모에 그런 남자 하나 없었을까 봐."

"이 미모?"

분명 웃음기 어린 대답인데 어째서 한기가 드는 걸까. 아시나는 문득 차가워진 듯한 기운에 살짝 몸을 떨었다.

"그럼 많이 있었단 말인가?"

"왜 말이 그렇게 흘러가는 거죠?"

없진 않았다. 물론 심각하게 좋아한 사람은 단 한 명도 없었지만 왜인지 그 부분만큼은 쉽게 밝히고 싶지 않았다. 뭔가 지는 느낌이기도 하고. 아니, 애초에 내가 이런 이야기를 왜 이 남자랑 하고 있는 거냐고!

"그래서."

어쩐지 묘하게 차가운 기운이 뚝뚝 떨어졌다.

"얼마나 있었지?"

분명 표정은 웃는 것 같은데.

느껴지는 한기가 장난이 아니었다. 꼭 대답해야만 하는 것인가. 말하고 싶지 않은데 어마어마한 압력 때문에 입을 다물고 있을 수가 없었다.

가만 보자, 좋아하던 남자라.

"한…… 넷?"

손에 꼽히는 사람이 그 정도라고 생각했는데 그냥 남자인 좋아하는 사람을 꼽으려 하니 순식간에 숫자가 불어났다.

"아니다. 스물? 아닌데…… 한 마흔 넘어가는 것 같아요. 어머."

아시나가 순간 소리 나게 두 손을 잡았다.

"설마 제가 태어나서 지금까지를 통틀어 세어 봐야 하는 건가요?"

그럼 정말 많은데.

괜히 특기가 여행이요, 취미가 남의 약점 찾기, 미소년 찾기, 특산물 찾기인 게 아니었다. 단순히 좋아하는 남자라고 치면 아마 여행지에서 만난 수많은 미소년이 전부 들어가야 할 터인데 이걸 어찌해야 한단 말인가? 아시나는 심각하게 고민했다. 당연히 자신의 미소년 초상화 모음집에 들어가 있는 미소년을 빼놓고 좋아하는 남자를 논할 수는 없었다. 절대로!

"……그 정도로 많은 건가?"

황당한 기색이 전해져 오는 데도 아시나는 망설임 없이 고개를 끄덕였다.

"당연하죠. 날 좋아하는 남자 못지않게 내가 좋아하는 남자도 많은 걸요."

아시나는 당당하게 말할 수 있었다. 온 세상의 미소년은 다 좋아한다고. 물론 미청년도 미중년도 좋긴 하지만 그래도 역시 미소년이 제일…….

아시나는 새삼 모아 둔 초상화들을 펼쳐 보고 싶었다. 사람이 그립거나 가끔씩 돌아다니는 게 너무 힘들어서 지칠 때면 꺼내 들곤 했었는데 지금은 그럴 수가 없었다. 하루 종일 감시를 당하고 있는 처지이니……. 게다가 지금은 베히다트까지 있으니.

여행을 끝내고 웰즈로 돌아가 다음 여행을 위해 준비하는 동안 만나는 모든 사람에게 원한다면 여행 이야기를 해 주는데 그중 친구 라네지는 아시나의 이야기를 들으면서 언제나 초상화를 그려 주었다. 그 초상화를 보고 있노라면 여행을 할 때의 추억과 라네지에게 이야기해 주던 기억이 함께 떠올라서 늘 좋은 기운이 차올랐다.

"음……. 적어도 백 단위는 넘는 것 같아요."

물론 날 좋아하는 남자는 천 단위가 넘어가겠지만. 심각한 아시나와 달리 베히다트는 황당해했다. 허황된 이야기를 들어 주다 그가 심각하게 말했다.

"어째 아예 없었다는 말처럼 들리는데."

"아니거든요!"

물론 진지하고 심각하게 좋아하던 남자를 대라면 저 말이 맞을 수 있겠지만 굳이 그걸 스스로 시인할 이유는 없었다. 아시나는 부러 심각하게 엄포를 놓았다.

"이래 봬도 세상에서 가장 잘생긴 남자랑 살고 있다고요!"

찰나 베히다트의 시선이 순식간에 매서워졌다.

"남자?"

"네, 남자!"

당당하게 대꾸했으나 아시나는 살짝 기세가 수그러든 상태였다. 이 어마어마한 기세는 무엇이란 말인가. 베히다트가 무섭게 입을 다물었다. 먼저 말해 보라고 한 주제에 이 반응은 반칙 아니야?! 하지만 무섭다고 이미 내뱉은 말을 철회하긴 싫었다. 이 상황도 싫고.

"저기요."

그래도 무섭긴 했다.

"저기요?"

왜 대답을 안 하는 걸까.

"베히 님?"

이제 아시나는 거의 울먹이는 수준이었다. 도대체 뭐라 불러야 이 남자가 대답을 할 것인가.

"저, 라 쿤이시여?"

"내가 너의 왕은 아니지."

무심결에 닿아 오는 손이 제법 많이 따뜻해졌다. 아깐 차가웠는데. 온기라고 부를 수 있을 만한 것에 저절로 몸이 움츠러들었다. 코앞까지 다가온 얼굴에 고개를 돌릴 수 없다. 이젠 달빛에 비춰 표정이 드러나지만 아시나는 여전히 그가 무슨 생각을 하는지 읽을 수 없었다.

이전에는 아무렇지 않아 했으면서 왜 지금은 이렇게 고뇌하는 걸까. 자신을 놓으려 하지 않는 것도, 그렇다고 쉽게 손대지 않는 것도 모를 리 없었다. 보지 않으면 괜찮을 거라 생각했던 감정들은 오로지 지금 이 순간을 위해 그동안 마음 어딘가에 꾹꾹 눌린 채 참아 온 것 같았다.

"키, 키스할 거예요?"

"생각 중이야."

"그걸 왜 생각해요?"

"해 주길 원하나?"

"아니거든요."

어떤 것에 휘둘릴 만한 나이는 지났다고 생각했는데. 이젠 모르겠다. 쉽사리 확신할 수 없었다. 이 남자가 왜 이러는지, 나는 또 왜 이러는지도. 생각은 계속하고 있는데 답을 찾을 수는 없었다.

도망으로 끝났으면 깔끔했을 텐데 그렇게 되지 않아 질퍽해진 감정이 괴로웠다. 깔끔하게 남겨 두려고 했는데 이젠 그럴 수 없었다.

"낮에 나시르가 왔다 갔었나?"

"알고 있었어요?"

베히다트의 눈이 가늘어졌다.

"뭘 물어봤지?"

"이것저것."

자세히 밝히고 싶지 않아 빙 둘러 말했지만 어찌 되었든 그도 알게 될 정보들이었다.

낮의 이야기가 나오니 다시 기분이 복잡해졌다. 흔들지 말라던 말과 함께 이 남자가 가진 어떤 능력도 함께.

이 남자가 있기에 이 나라가 있다.

라 쿤이 가지는 절대적인 권력이 거기에서부터 나오는 것이겠지. 그러니까 이 남자가 이 꼴이어도 이 나라가 제대로 굴러가는 건가? 이렇게 왕이 제멋대로인데 잘 굴러가는 나라라니. 그것도 이상한데.

"무슨 생각을 하는 거지?"

"당신에 대해 들은 이야기요."

"나에 대해 들은 이야기?"

대답 대신 아시나는 고개를 끄덕이는 걸로 긍정했다.

"뭘 들었지?"

아시나를 담은 붉은 눈동자가 선명했다. 선명하고 깨끗한 붉은 빛. 자신에 대해 뭐라 지껄이든 전혀 상관하지 않을 것 같은 사람이 그리 물으니 조금 기분이 묘했다.

"당신이…… 왜 신이라 불리는지를 들었어요."

크롬웰에서 신이라는 건 단지 상징일 뿐이라 라 쿤의 절대 권력 또한 알 페시안에 집결되어 있는 무력에서 온다고 생각했다. 그 생각이 틀린 건 아니었다. 라 쿤의 7대 단위 부대는 직간접적으로 대족장들이 라 쿤에게 쉽게 대항할 수 없는 쐐기 노릇을 하고 있으니까. 다만 더 직접적이고 실질적인 힘이 있을 줄 몰라 놀랐을 뿐. 그냥 놀라기만 했다면 좋을 텐데. 늦은 후회가 의미 없이 몰려왔다.

"그래서 들었나?"

"네……."

어째서 죄를 지은 기분이 드는 걸까. 아시나는 시선을 내렸다. 다른 곳을 쳐다보고 있어서 베히다트가 어떤 표정을 짓고 있는지 알 수가 없었다. 분명한 건 화를 낼 줄 알았는데 의외로 잠잠하다는 것이었다.

"어떤 소리를 들었는지 듣고 싶은데."

이렇게 상냥하게 나오면 완전히 휘말려 버리는데.

어느새 다가온 손이 아시나의 머리카락을 매만졌다. 남자의 손에 들린 머리카락은 생각보다 복잡한 기분을 안겨 주었다. 이게 이렇게 친밀하고 묘한 기분이 드는 행위였던가.

"그냥…… 베히 님이 어떤 대단한 능력이 있어서, 그 능력으로 이 페시안의 모든 사람이 남녀노소 가릴 것 없이 잘 먹고 잘 살 수 있게 되었다고…… 들었는데 아니에요?"

조심스레 아시나가 고개를 들었다. 마주친 시선은 뜻을 알 수 없었지만 아시나는 적어도 그게 나쁜 의미는 아니라고 생각했다.

"구체적으로 듣진 못했군."

"물어보면 말해 줄 거예요?"

아시나가 조심스레 물었다. 베히다트가 시선을 가늘게 떴다.

"왜 안 해 줄 거라 생각하지?"

"가업 비밀이라던데."

"그렇게 대단한 비밀은 아니야."

정말 대수롭지 않다는 듯 말을 하니 궁금증이 더 증폭된다. 아시나는 냉큼 말했다.

"그럼 알려 주세요."

그가 나른하게 웃었다.

"맨입으로 말인가?"

"……."

도대체 뭘 원하는 거지. 그것보다 이 상황이 뭔가 낯익었다. 아시나는 매서운 눈초리로 베히다트를 노려보았다.

"그거 나 따라 하는 거죠?"

"세상에 공짜는 없는 법이지."

맞는 말인데! 분명 맞는 말인데 왜 이리 분한 것인가. 선선히 말해 줄 것처럼 굴다가 이렇게 뒤통수라니. 정말 너무했다. 물론 현명한 처세술이라고 생각하긴 하지만…….

"뭘 원해요?"

"알고 있을 텐데?"

정체는 절대 목에 칼이 들어와도 말하지 않을 거라는 걸 그새 까먹은 모양이었다. 아시나가 인상을 찡그리자 그가 피식 웃었다. 마치 이렇게 나올 줄 알았다는 표정이어서 뭔가 더 분했다. 저 인간 손아귀에서 놀아나는 꼴이라 기분 나쁘다고!

"너에 대해 이야기해 봐. 어린 시절이라든가, 여행 다닌 거."

턱을 괴며 베히다트가 웃었다. 괜스레 풀어지는 분위기에 아시나는 자신의 경계심도 풀리는 걸 느끼며 괜히 투덜거렸다.

"그런 게 듣고 싶어요?"

"그래."

그가 낮게 말했다.

"네 목소리가 듣고 싶어."

그 나지막한 목소리가 얼마나 그윽하고 달콤하게 들리는지 이 남자는 알고 있는 것인가. 아시나는 마른침을 삼켰다. 이건 정말 반칙이잖아! 소리 내어 항의하고 싶은데 자신에게 꽂히는 시선에 괜히 부끄러워져서 그냥 입술만 깨물었다. 아, 진짜.

"얼마나 듣고 싶은데요?"

"내가 됐다고 할 때까지."

아시나는 황당했다. 상도덕이라는 게 있지, 이 인간이 지금 이거

하나로 양심 없이 다 빼내 가려 하는 것인가.

"그건 너무 치사하잖아요!"

"그럼 말하지 않을 텐가?"

"……아니요."

역시 약자는 살기 힘든 세상이었다. 아시나는 잠시 한숨을 쉬었다. 베히다트는 그 모습이 뭐가 웃긴지 여전히 웃음을 지은 채 아시나를 지켜보는 중이었다. 그의 시선에 익숙해졌다고 생각했는데 여전히 부담스러웠다. 아시나는 괜히 눈을 깜빡였다.

"어, 어디서부터 시작해요?"

"좋을 대로."

그렇게 말해도 어디서부터 말해야 할지 모르겠는데. 애초에 뭘 말해야 할지 감도 잡히지 않았다. 계속 침묵하자 그가 아시나의 손을 잡아당겼다.

"어렸을 땐 어떤 아이였지?"

"당연히 똑똑하고 귀엽고 사랑스럽고 예쁘고 착하고 깜찍하기 그지없는 아이였죠. 이 미모를 봐요. 어렸을 때도 장난 아니었다니까요?"

여지없이 의심의 시선이 꽂혔지만 아시나는 상관하지 않았다. 난 지금도 예쁘고 착하고 깜찍하기 그지없는걸!

"어머니 쪽을 닮은 건가?"

"아니요, 생긴 건 아빠 닮았어요."

아시나가 고개를 가로저으며 골똘히 생각에 잠겼다.

"생긴 것뿐만 아니라 많은 쪽이 아빠를 닮았어요. 성격이라든지 좋아하는 거라든지. 근데 이상하게 모르는 사람들은 엄마 판박이라고 하더라고요."

어조에서 느껴지는 일말의 불만에 베히다트가 물었다.

"아버지를 더 좋아하는 건가?"

"둘 다 사랑해요."

그에 관해선 조금의 망설임도 없었다.

"다만 엄마랑은 약간의 문제가 있을 뿐이죠."

약간의 문제로 끝나면 좋으련만. 거의 포기하고 있지만 그래도 이 이야기가 나오면 입맛이 씁쓸해지는 건 어쩔 수 없었다.

"우리 집 여왕님은 내가 언제까지나 4살짜리 어린아이로 있어 주길 바라거든요. 난 이미 이렇게 컸는데."

자신의 손이 닿지 않는 곳에 아시나가 있는 것을 엄마는 항상 탐탁지 않아 했다. 사실 심할 정도로 집에 안 들어가는 것도 엄마 때문에 한 번 들어가면 언제 나갈 수 있을지 알 수 없어서라는 이유가 제일 컸다. 그래도 어쩌겠는가. 자신의 엄마인걸.

"뭐, 엄마랑은 이런 저런 문제가 너무 많아서 사실 거의 포기하고 있어요. 내가 해 줄 수 없는 부분은 어쩔 수 없죠. 비록 엄마한테 효도하는 자랑스러운 딸은 못 되겠지만 최소한 제 도리는 하려고 해요. 엄마를 사랑하니까."

날 사랑하는 건 엄마도 마찬가지니까.

집착도 독선도 이해할 수 없을 정도의 소유욕도 전부 사랑하니까 나오는 것이 아니겠는가. 아시나는 괜히 자기를 빤히 바라보고 있는 베히다트를 보았다. 갑자기 어떤 의문이 들었다. '이 남자를 낳은 어머니는 어떤 사람이었을까.' 하는.

"베히 님 어머니는 어떤 분이셨어요?"

“한 번도 본 적이 없어서 모르겠군.”

엇. 소리도 내지 못하고 아시나가 입술을 깨물었다.

“미안해요.”

빠른 사과에 베히다트가 작게 웃었다.

“그대가 미안할 일은 아니지.”

맞는 말이긴 한데 그래도 왜인지 모르게 미안했다. 보통 상처가 될 만한 이야기가 아니던가. 그가 보이는 태도가 너무 담담하고 잔잔해서 아시나는 조심스레 다시 물었다.

“돌아가신 거예요?”

“태어나고 얼마 안 되어서.”

이미 익숙한 듯 그가 말했지만 아시나는 괜히 서글펐다.

“그럼 어머니 품에 안겨 본 기억이 없겠군요.”

동정, 아니, 연민. 무어라 말해야 좋을지 모를 기분이 들었다. 아시나는 최대한 기분 나쁘지 않을 만한 말을 생각해 내고 싶었는데 능력의 한계였다. 한숨과 함께 아시나가 어깨를 늘어뜨렸다.

“미안해요. 뭐라 위로해야 할지 모르겠어요. 내가 뭐라 말해야 베히 님이 상처를 받지 않을 수 있을까요?”

사뭇 진지한 질문에 베히다트가 웃었다. 그는 지금 생각보다 유쾌한 상태였다.

물론 어머니에 대한 이야기가 유쾌한 건 아니었다. 예민한 이야기도 아니지만. 살아 계셨더라도 그 손에서 자랄 일은 없었을 테니 어머니에 대한 기억이 없다고 해도 슬프거나 안타깝진 않았다. 하지만 조심스레 걱정하는 아시나는 더 보고 싶었다. 다른 자가 이랬다면 쓸데없는 연민이라 하겠지만 어째서인지 그녀만큼은 괜찮았다.

"그냥 웃어. 그러면 돼."

짤막한 대꾸에 아시나가 진지하게 눈살을 찡그렸다.

"그건 너무 바보 같잖아요."

"이미 바보 아니던가?"

"망할……."

버릇대로 험한 말을 입에 담다가 잽싸게 입을 다물었다. 하지만 실수라는 걸 깨닫는 순간 이미 베히다트는 듣고 말았다. 그가 눈을 가늘게 떴다.

"망할? 그런 말은 대체 어디서 배운 거지?"

귀한 집 아가씨가 할 말은 아니었지만 아시나는 전혀 찔리지 않았다. 이 남자는 내가 누구인지도 모르는걸! 뭐, 어때!

"길 가다가 듣고 보고 놀다 보면 배우는 거죠."

발뺌하듯 말해 놓고도 슬쩍 시선을 피했다. 그 모습을 꽤나 유심히 지켜보던 베히다트가 결론을 지었다.

"여행 따위를 시키면 안 되겠군."

"모든 여행이 나쁜 건 아니거든요?"

발끈한 아시나가 외쳤다.

"모르는 길에서 모르는 사람한테 인생을 배우는 게 여행이라고요. 얼마나 유익한데!"

인정하지 않으면 얼마나 유익한지 지금부터 그 이유를 늘어놓겠다는 의지가 듬뿍 담긴 눈빛에 베히다트가 웃음을 터뜨렸다. 둘 사이에 깔린 미묘한 관계도 현실도 지금 이 순간만큼은 지워졌다. 오로지 두 사람뿐인 것 같은 순간. 착각이겠지만 그런 기분이 들었다.

계속 지금 같았으면 좋겠다고 아시나가 생각한 순간이었다. 베히다트가 웃음기 어린 목소리로 물었다.

"그래서 많이 배운 건가?"

"아직요."

아시나가 고개를 가로저었다.

"더 배워야 할 게 많이 남아 있죠. 심지어 당신한테도 배우는 중인걸요."

흥미롭다는 듯 그가 고개를 끄덕였다.

"뭘 배우고 있지?"

"앞으로 북대륙에서 남인을 보면 잘 대해 줘야겠다. 뭐 그런 거?"

그래, 다짜고짜 감옥에다 처넣지 말고 수상하다고 끌고 와서 감금도 하지 말고!

"사람 말을 잘 믿어 주고 처음부터 의심하지 말자. 뭐 이런 거?"

"아직 고생을 덜 해 봤군."

그가 진지하게 말했다. 역시 그 말에 담긴 의미가 무엇인지 모를 남자가 아니었다. 그래도 농담을 진담으로 받아들이는 살벌한 기세는 아니라 아시나는 마음 놓고 까불었다.

"마음고생은 평생 할 거 지금 다 하고 있거든요."

"정말 한마디도 안 지는군."

"그게 제 매력인걸요?"

아시나가 예쁘게 웃었다. 베히다트는 자신이 어떻게 보이고 어떻게 받아들여지는지까지 다 아는 그녀의 영악한 몸짓에 짐짓 노려봤으나 그걸로 끝이었다. 정적이 쏟아졌다.

아시나는 일순 자신을 지배하는 묘한 기분에 소리 없이 신음했다. 이렇게 크고, 이렇게 대단하고, 이렇게 매력적인데 나는 왜 이 남자가 안쓰러운 걸까. 제 자신조차 이해할 수 없는 감정이었다. 오지랖이라 해야 하나. 전혀 하나도 불쌍할 게 없는 남자인데 이상하게 애잔했다.

형제조차 믿을 수 없는 환경에서 어머니도 없이 자랐다니. 그건 대체 어떤 기분일까. 나라면 이렇게 아무렇지 않게 클 수 있었을까. 쓸모없는 생각들이 머릿속에 둥둥 떠다니는데 하나도 지울 수가 없었다. 아시나는 조금 망설이다 이불을 말아 쥐었다. 아무래도 용기가 필요했다.

“아버지는 어떤 분이셨어요?”

하얗게 묻는 시선에 사심이 없다는 걸 알아서일까, 그는 생각보다 담담하게 맞받아쳤다.

“사 쿤에 대해 들어 본 적이 없나?”

“페시안 역사는 잘 몰라서요. 북에 얼마나 자료가 없는 줄 알아요?”

뾰로통한 대꾸를 들으며 베히다트는 생각에 잠겼다. 하지만 대답은 의외로 빨리 나왔다.

“좋은 신도 나쁜 신도 아니었지만 확실히 좋은 아버지는 더욱 아니었지.”

그렇게 말하는 목소리엔 어떤 감정도 묻어나지 않았다. 무슨 생각을 한 것일까. 아시나는 저도 모르게 그의 손을 붙잡았다. 두 손으로 한 손을 꼭 잡고 있으려니 자신의 두 손이 작아 보였지만 상관없었다.

이 남자, 외로움 속에서 자랐구나.

몰랐으면 좋았을 텐데, 괜히 쓸데없이 부린 호기심이 상처를 준 것 같아 미안한 마음도 있었다.

"뭘 하는 거지?"

"그냥 이러고 싶어서요."

아시나는 솔직하게 말했다. 이러고 있고 싶었다. 그는 이해할 수 없다는 표정이었지만 상관없었다. 문득 아이세스가 떠올랐다. 내 예쁜 사촌. 그 아이도 엄마에게 안겨 본 기억조차 나지 않을 어린 나이에 어머니를 잃었다. 큰아빠는 좋은 사람이지만 솔직히 좋은 아버지는 아니었고 그 빈자리를 항상 우리 가족이 채워 주려 애썼지만 채울 수 없는 공허함은 어쩔 수 없이 아이세스에게 남아 있었다. 그것과 완전히 같진 않겠지만 비슷한 게 이 남자에게도 있는 것인가.

"원래 내 사촌인 아이한테만 해 주는 거예요. 우리 아이세스가 밤에 엄마가 보고 싶다고 울 때마다 이렇게 해 줬거든요. 그러면 아이가 이러고 있다가 잠들었어요."

두 손을 꼭 쥐고 있으면 아이세스는 그 온기에 기대어 잠에 들었다.

"엄마가 되어 줄 수는 없지만 엄마 대신 같이 있을 수는 있으니까."

완전하진 못하겠지만 그래도.

"오늘만 빌려 줄게요."

선심 쓰듯 그녀가 한 말에 베히다트가 웃었다. 자신의 손을 붙잡은 작고 하얀 손을 내려다보며 그가 무슨 생각을 하는지 아시나는 알 수 없었다. 다만 무척이나 망설인다는 것은 알 수 있었다. 뭘 망설이고 있는 것인가 파악해 보려고 한 순간 그가 움직였다. 아시나가 정신을 차렸을 때 그녀는 이미 베히다트의 품에 안긴 뒤였다.

"나한텐 이 편이 더 좋은 듯싶은데."

순식간에 달아오른 얼굴을 숨기지도 못하고 아시나가 입술을 앙

다물었다.

"……꼭 누굴 안아야 잠이 와요?"

"아니."

"그런데 왜……."

따지듯 내뱉은 말이 끝나기도 전에 깊고 조용한 시선이 아시나를 붙잡았다. 그와 동시에 지나칠 정도로 낮은 목소리가 조용히 뇌까렸다.

"아직 널 가질 수 없으니까."

아시나가 입을 다물었다. 그 입술에 베히다트의 시선이 내려앉았다.

"그 대신이라고 생각해."

제5장第五章

그대는 독한 와인처럼

그대는 독한 와인처럼

눈을 뜨자마자 보이는 낯선 천장에 아시나는 무심코 한숨을 흘렸다. 아니, 이젠 조금 익숙해진 풍경인 것 같기도 하고. 순식간에 올라오는 꼬인 기분에 잠시 팔을 올렸다. 누운 채로 눈을 감았다가 벌떡 일어났는데 여전히 기분은 처참했다. 깊은 한숨을 내쉬고 머리를 헝클어 봤지만 달라질 건 없었다.

미친 건가, 나는.

"……진짜 한심하다."

아무리 분위기에 말려도 그렇지 낯선 남자랑 또 잠을 자고 말았다. 물론 아무 일도 없었지만……. 아니, 이게 중요한 게 아니지. 진짜 나는 미친 건가.

"엄마가 알면 분명 난리가 날 거야. 아빠도 울겠지. 우리 딸이 집을 나가더니 남자랑 함부로 잔다고 분명 울 거야. 외할아버지도 울 거야. 분명해."

나도 울고 싶다.

아시나는 잠시 두 손으로 얼굴을 가린 채 말도 잇지 못했다. 그 와중에 이제 잠도 잘 잔다는 사실이 너무 절망적이었다. 아니야, 어쩌면 우는 걸로 안 끝날지도 몰라.

아, 망할. 이젠 나도 모르겠다. 이건 어쩌다 한 번이라는 말로 방어가 되지 않는 상황까지 와 버렸다. 나중에 시집가면 남편한테 양심 고백이라도 해야 되는 게 아닐까? 아직 존재하지도 않는 미래의 남편에게 속으로 사과하며 아시나는 얼굴을 가리던 손을 내렸다. 아니다. 괜히 말했다가 쓸데없는 분란을 만드는 게 아닐까? 잠깐, 근데 애초에 날 사랑한다면 그 정도는 이해해 줄 수 있는 거 아니야? 이 미모를 좋아하는 남자가 얼마나 많을지 저도 눈과 귀가 있는 인간이라면 알겠지.

아니, 이 이야기를 할 때가 아닌데.

"이젠 생각마저도 삼천포로 빠지네. 와."

이게 다 그 남자 때문이야.

아시나는 뾰로통한 표정을 지었다. 이상하게 베히다트 그 남자랑 있으면 묘하게 말려 버려 평상심을 유지할 수가 없었다. 정말 이상하지. 나시르랑 카림한테는 물론이고 심지어 우리 엄마 앞에서도 흔들리지 않는데. 사실 누구 앞에서도 말린 적 없었다. 지금까지는. 그런데 어째서 베히다트 그 남자 앞에만 가면 말리고 마는 걸까. 대체 뭐가 문제일까.

"뭐가 문제긴 뭐가 문제야! 당연히 그 남자가 문제지! 하나부터 열까지 문제가 아닌 데가 없어!"

물론 그보다 큰 문제는 자신도 정상은 아니라는 거였다.

그렇게 풀어져서 휘둘리기나 하고. 한심해 죽을 것 같았다. 분명 여기 잡혀 오기 전까진 이렇게까지 한심하지 않았던 것 같은데. 아무리 분위기에 말려도 그렇지…….

평생 엮일 일도 없는 사람과 아주 우연히 나쁘게 엮인 것뿐인데 잠깐이라고 생각했던 우연이 예상보다 길어지고 있었다. 거기에 끊어 낼 마음이 없어 보이는 자기 자신의 태도까지. 총체적 난국에 가까웠다. 그렇다고 꼬셔서 제 맘대로 굴리는 건 꿈에 가까운 상황이고.

"……그래도."

그렇게 강렬하게 이끌리는 느낌은 아무리 몇 번을 마주쳐도 적응되지 않았다. 사소한 몸짓에 목이 마르고 어쩌다 마주친 눈에 숨이 멈춘다. 긴장을 하지 않으려고 해도 저절로 긴장이 되고 그냥 눈이 마주친 것뿐인데 진짜로 잡아먹힐 것 같았다. 굳이 그런 게 아니라고 해도 조금씩 알게 되는 이면에 호기심이 생기고 마음이 가는 걸 막을 수 없다.

"모르겠다."

그나저나 우리 아이는 잘 지낼까. 뜬금없지만 아이세스가 떠오르니 자연스레 걱정부터 들었다. 어련히 알아서 잘 지내고 있을 거라는 게 결론이었지만. 괜히 입맛이 써서 콧잔등을 찡그렸다.

이제 일어나야지. 머리를 틀어 올리며 침대에서 내려가려 했을 때였다. 어느새 시녀들이 급하게 움직이고 있었다. 다소 평소와 다른 부산스러운 움직임에 아시나가 의문을 표할 때쯤 언제 들어온 건지 멀찌감치 선 한 남자가 활짝 웃으며 고개를 숙였다.

"기침하셨습니까, 아이라님."

옷차림은 어김없이 궁정 관료의 복장이었는데 뭔가 묘하게 느낌이 달랐다. 아시나는 머리를 한쪽 어깨에 늘어뜨리고 무례하다 싶을 정도로 빤히 그 남자를 쳐다보았다.

"아시나예요."

얼굴은 참 젊어 보이는데 미소나 태도에서 언뜻 보이는 노련함이 그의 나이가 결코 적지 않다는 걸 알려 주었다. 이만이 다시 웃으며 고개를 숙였다. 흠잡을 데 없는 완벽한 자세였다.

"저는 시종장 이만이라고 합니다. 이 궁을 포함해 모든 궁을 관리하고 있습니다. 가볍게 시종장이라고 불러 주셔도 됩니다."

"만나서 반가워요."

사근사근한 대꾸에 이만이 슬쩍 고개를 들었다. 가까이에서 보는 아시나는 멀리서 봤던 것과는 전혀 다른 느낌이었다. 아침에 자다 일어난 여자가 이렇게까지 아름다워 보인다는 건 확실히 엄청난 것이었다. 심지어 단장을 하기 전이 아니던가. 일부러 이 시간에 들이닥친 것이긴 하지만 그래도 내심 놀라웠다. 지금만 해도 이런 미모인데, 저기에 화장도 하고 옷도 예쁘게 차려 입으면 도대체 얼마나 대단해질까.

노골적인 탐색과 감탄의 시선에도 아시나는 개의치 않았다. 거북해하지도 않고 움츠러들지도 않았다. 그렇다고 즐기는 기색도 없는 담담한 태도에 이만은 은근히 신기했다. 보통은 싫어하거나 즐기거나 둘 중 하나인데 이렇게 어느 쪽으로도 치우쳐지지 않는 반응은 처음이었다.

"아, 죄송합니다. 제가 실수했군요. 아이라님을 이렇게 무례하게 보다니."

"괜찮아요. 익숙한걸요."

"하긴 이런 미모를 가진 분이시라면……."

이만이 사람 좋은 미소로 분위기를 띄웠지만 아시나는 그냥 웃고 말았다. 의도가 보이는 무례함이 너무 뻔해서 굳이 딴지를 걸고 싶은 생각도 없었다.

"참 아름다우시네요. 라 쿤께선 정말 좋으시겠습니다."

"좋은 것 이상이겠죠. 평생 쓸 운을 다 써 버렸는데. 어디서 찾겠어요, 나 같은 여자를."

"그건…… 그렇죠. 하하."

대꾸할 말을 찾지 못하는 이만을 스윽 보다가 아시나는 시녀가 해 주는 대로 가만히 있었다. 물에 젖은 수건으로 얼굴을 닦아 준 시녀들이 곧이어 아시나가 입을 옷을 가져왔다. 나갈 일도 없는데 매일 갈아입히는 의도는 모르겠지만 일단 입히면 입을 생각은 있었다. 불청객만 사라져 준다면.

"이제야 시종장을 보다니 살짝 의아하긴 하네요."

"저도 사정이라는 게 있어서……."

'그동안 코빼기도 안 비치더니 왜 이제 나타난 거냐.'라고 돌려 말하는 걸 이만이 못 알아들을 리 없었다. 어색한 웃음만 흘리는 이만을 쳐다보던 아시나가 침대에 바로 앉았다.

"뭐 하나 물어봐도 돼요?"

"예, 뭐든 물어보십시오."

의아해하면서도 이만은 순순히 고개를 끄덕였다. 아시나는 새삼스러운 기분으로 자신이 갇힌 방을 둘러보았다. 여긴 시하드 궁에 있는 침소. 즉 이쪽 사람들에겐 신이 잠드는 곳이었다. 그런 곳이 감금의 장소로 악용되다니.

"내가 언제까지 여기 있어야 할까요? 다시 하렘으로 돌아갈 수는 없나요?"

사실 이건 베히다트한테 묻는 게 제일 빨랐지만 그 남자에게 물어볼 용기가 없었다. 이제 좀 괜찮아졌는데 괜히 자극하고 싶지 않다고 해야 하나. 어쨌든 질문을 받은 이만은 꽤 진지한 표정을 하고 있었다.

"아마 시하드께서 원하실 때까지는 여기 계실 겁니다."

"그래요?"

"예, 원래 하렘은 폐쇄된 곳이었으니까요."

이만이 웃으며 말했으나 아시나는 웃을 수 없었다. 원래 폐쇄된 곳이라니. 절대 그냥 흘려들을 수 없었다. 그러고 보니 지내는 동안에도 이상한 점이 한두 개가 아니었지. 신경 끄기로 했을 때면 모르겠지만 지금은 달랐다.

"하렘이 왜 폐쇄된 거죠?"

"아, 북인이시라 잘 모르시겠군요."

"……."

알면 좀 대답해 주지 않을래요, 시종장님.

사람 좋은 인상과 달리 역시 만만한 인간은 아니었다.

"그 부분은 시하드께 직접 들으시길 바랍니다. 모르시겠지만 그 문제는 엄청 예민한 거라서요."

베히다트에게 들을 생각을 하니 벌써부터 피곤해졌다.

"그냥 말해 주시면 안 되나요?"

"물론 마음만은 알려 드리고 싶지만 제 위치가 위치인지라 말이죠. 아마 시하드께 여쭈면 친절하게 알려 주지 않으실까요?"

그게 안 되니까 그렇지.

분명 시종장은 아시나를 베히다트가 귀애하다 못해 푹 빠져 있는 총희쯤으로 알고 저러는 게 틀림없었다. 진실을 말하지 못하는 아시나는 그냥 속이 까맣게 타 들어갈 뿐. 어쩔 수 없네. 나중에 나시르가 오면 트집 하나 잡아서 알아내는 수밖에 없었다. 카림은 애초에 입을 열 것 같지가 않아서 예외. 그런 우직한 타입을 입 열게 하기는 무척이나 까다로웠다. 물론 이 시종장처럼 날아갈 듯이 가벼운데 속은 시커먼 타입도 마찬가지였다.

"참 흐뭇하기 그지없군요. 이 궁에도 안주인이 생길지 모른다니."

기대에 찬 감탄은 맞장구쳐 줄 건더기도 없었다. 묵묵히 머리를 손질하는 시녀들을 돌아보다가 아시나는 한숨부터 내쉬었다. 옆엔 인형이 서 있고 앞엔 속이 시커먼 구렁이가 서 있었다. 그래도 인형보단 구렁이가 나았다.

"참 좋으시겠습니다, 우리 아이라께서는."

"뭐가요?"

"라 쿤께서 푹 빠져 계시니까요."

이 인간이 지금 뭐래.

아시나는 저도 모르게 인상을 찌푸렸다. 정말 반사적으로 나온 반응인데 상대는 여전히 싱글벙글이었다. 하지만 아시나는 웃을 수 없었다. 누가 누구한테 빠져?

혹시 어디 아픈가, 이 사람?

"……그건 아니라고 생각해요."

웬만하면 무시하고 싶었지만 이 헛소리는 도저히 그냥 넘길 수 없었다. 정색하는 아시나를 보며 잠시 의아한 표정을 짓던 이만이 이내 빙그레 웃었다.

"그 사람은 날 어떻게 괴롭혀야 좋을지 그 고민밖에 안 하는걸요."

한 치의 의심도 없이 확고하게 주장하는 아시나를 보며 이만이 웃음을 터뜨렸다. 손으로 입을 가린 채 웃는 이만을 보며 아시나는 괜히 기분이 나빴다. 뭐야, 저 웃음은.

"그거 참. 하하."

아시나는 그가 왜 갑자기 웃는 건지 이해되지 않았다. 뜬금없이 왜 웃는 거지? 마치 미친놈을 보는 듯한 시선에도 이만은 꿋꿋했다. 아시나는 이 남자를 피하고 싶었다. 노골적인 기피의 시선에 배를 잡고 웃던 이만이 슬슬 진정했다. 눈꼬리에 매달린 눈물을 닦으며 그가 반문했다.

"하지만 그렇지 않습니까?"

뭐가. 소리 없이 대꾸하며 아시나는 반짝이는 이만의 눈을 똑바로 올려 보았다. 이만이 진심으로 아시나에게 물었다.

"세상 어느 남자가 반하지 않은 여자를 그렇게 황홀하게 쳐다보죠?"

뭐? 순간 아시나는 대꾸를 할 수 없었다. 머릿속이 순식간에 복잡해졌다. 황홀하게 쳐다봤다고? 언제? 아시나는 대답 대신 이만을 보았다. 그 시선에 이만의 미소만 더 깊어졌다.

"도대체 어떤 남자가 반하지도 않은 여자를 그렇게 용을 쓰며 곁에 두려 하겠습니까. 이미 답이 나오지 않았나요, 아이라님?"

어, 그건…….

아마 그냥 내가 엄청 수상하고 이상하고 골 때려서 그런 게 아닐까 하는데. 아시나는 이만의 시선을 슬쩍 피했다. 지금까지 아시나는 그 남자가 자기한테 반했다고 생각해 본 적이 단 한 번도 없었다. 하지만 이만의 말이 솔깃한 건 사실이었다.

아니, 듣다 보니 좀 그럴듯하기도 하고? 내가 이렇게 귀가 얇은 인간이었던가.

"반했다고?"

그런가? 정말 그 남자가 나한테 반한 건가? 그렇지만 그 남자는 처음부터 그런 시선이었는데.

베히다트의 잡아먹을 듯 날카롭고 강렬한 눈빛은 그를 처음 만난 사막에서부터 지금까지 한결같았다. 게다가 한눈에 반했다는 인간이라고 치기엔 자신에 대한 취급이 좀 너무했다. 그래, 세상천지에 어떤 남자가 한눈에 반한 여자를 막대해? 결국 의문은 꼬리에 꼬리를 물고 늘어졌고, 아무리 고민을 해 봐도 아시나는 확신을 가질 수가 없었다. 아, 몰라. 연애를 해 봤어야 알지. 애초에 남자와 이렇게 엮인 것 자체가 처음 있는 일이었다. 어, 그러고 보니 진짜 그러네.

뒤늦은 깨달음에 아시나는 할 말을 잃었다.

그래, 남자가 있어 봤어야 남녀 사이를 알기나 하지!

아시나는 뒤늦게 후회했다. 돌아다니는 시간을 쪼개서 연애나 한 번 해 볼걸. 남자야 넘치게 많았는데. 놀랍게도 아시나는 그동안 어떤 남자한테도 관심을 주지 않았다. 왜 그랬지? 의문이 들었지만 아시나는 그 대답을 너무나 잘 알고 있었다.

아니, 그렇잖아?

난 세상에서 제일 잘난 남자랑 살고 있다고.

"이놈의 아빠가 딸의 연애를 미모로 방해하네."

"예?"

아시나의 중얼거림을 못 알아들은 이만이 되물었다. 아시나는 대답 대신 그냥 입을 다물었다. 괜히 집에 있을 아빠가 원망스러웠다.

아기 때, 그러니까 기억도 안 나는 어린 시절부터 보고 산 게 하필이면 세상에서 제일 잘생긴 남자라니. 통탄할 일이었다. 게다가 그 잘생긴 남자가 성격도 좋지, 말도 잘 들어 주지, 무엇보다 돈도 많지, 칼도 잘 쓰지. 신분이면 신분, 지위면 지위, 미모면 미모 어느 하나 꿀리는 게 없다. 존재할 것 같지 않은, 소설 속에나 존재할 것 같은 완벽한 남자가 아니던가. 그런 남자가 아빠라는 건 정말 끔찍한 일이었던 것이다.

아빠 때문에 웬만한 남자들이 눈에 안 들어오잖아!

그래서 남자 같은 거, 평생 관심 없을 줄 알았는데. 태어나서 지금껏 오로지 이 세상의 전부를 보고 말겠다는 일념 하나로 살아온 지라 이런 고민조차 생소했다. 남자라, 남자라니. 없어도 상관없고 있다고 해도 그냥 그랬다. 남편이나 아이나 가정 같은 건 언젠가는 가질지도 모르지만 어쨌든 영원히 가질 생각이 없는 쪽에 가까웠으니까. 아시나는 지금껏 자신의 인생에 남자가 있다면 그건 아빠와 친척이 전부일 거라 생각했다. 분명 그랬는데.

사막에서 그 남자를 만난 순간 모든 게 틀어졌다.

웬 낯선 남자가 일생 처음으로 아빠와 미모를 견주고 있지 않은가.

"……글렀네."

뒤늦은 깨달음이 순식간에 아시나를 구렁텅이로 밀어 넣었다.

"날씨 한번 끝내주게 좋군."

잘릴은 몸을 뒤로 젖히며 창밖으로 시선을 던졌다. 남대륙의 그 어떤 땅보다 평화롭고 풍요로운 알 페시안이라는 걸 증명하기라도 하듯 화원의 꽃들이 싱싱하게 피어 있었다. 따사로운 햇살에 푸르른 대지라. 황무지가 대부분인 다라와 전혀 다른 풍경에 묘한 감흥이 피어났다.

"너무 풀어진 거 아닌가?"

서류를 보고 있던 바레인이 고개를 들었다.

"뭐 어때. 쉴 수 있을 때 쉬어 둬야지. 안 그래?"

아무렇지 않게 받아친 잘릴이 씨익 웃었다. 충분히 매력적인 미소였건만 하필 같이 있는 게 남자였다. 그 역시 페시안의 미래를 짊어진 젊은 대족장 중 하나지만 잘릴은 바레인과 달리 머리 썩힐 일이 없었다. 바레인은 잠시 잘릴을 쳐다보다 다시 읽던 서류로 시선을 내렸다. 그 표정이 너무 건조해서 잘릴은 그가 대체 뭘 보고 있는지 감도 잡지 못했다.

"뭘 보고 있는 거야?"

"서신."

가볍게 대꾸한 바레인이 끝까지 다 읽은 서신을 접었다. 접은 서신을 촛불에 가져가자 작은 소리와 함께 순식간에 편지가 타 들어갔다. 재가 된 서신을 보며 잘릴이 의아한 기색을 내비쳤다. 바레인이 짤막하게 입을 열었다.

"장로들이 이상한 일을 계획하고 있다는군."

"큰일 난 거 아니야?"

인상을 찡그리는 잘릴과 달리 바레인은 여유로웠다. 살짝 머금은 조소가 싸늘했다.

"큰일은 내 쪽이 아니라 이쪽에서 나겠지."

"너무 여유로운데."

바레인은 웃는 걸로 대답을 대신했다. 발등에 불이 떨어진 격일 텐데 전혀 타격이 없어 보이는 바레인을 유심히 지켜보던 잘릴은 뒷머리를 받치던 팔을 내렸다. 바레인은 어쩌겠냐는 듯 웃었다.

"말린다고 들을 놈들도 아닌데."

언뜻 들으면 말리다가 안 되니까 포기했다는 것 같았지만 전후 사정을 알고 있는 잘릴은 바레인이 하는 말을 헤매지 않고 알아들었다.

"이미 알고 있었구먼?"

"모를 리가 없잖아?"

다른 가문의 속사정까지 훤히 꿰뚫고 있는 바레인이 자신의 가문인 사헴가의 장로들이 어떻게 움직이는지를 모를 리가 없었다. 서신이 오지 않았다 해도 알고 있었다. 다만 알고 있다는 티를 내지 않았을 뿐. 턱을 괸 채 잘릴은 별 걱정이 없어 보이는 바레인을 빤히 응시했다. 같이 지내면 지낼수록 드는 생각이지만 정말 무서운 놈이었다.

"일부러 놔둔 거야?"

"말 안 듣는 개는 가끔 혼내라고 한 건 자네가 아니던가?"

"……그건 그렇지만."

가장 크지만 동시에 가장 황폐한 다라와 가장 작지만 땅 하나 버릴 데 없이 비옥한 샤르자는 사정이 다른 법이다. 무엇보다 다라가 자랑하는 사막 전사들과 샤르자가 자랑하는 뛰어난 책략가들은 애초에 종류부터 달랐다. 당연히 다루는 방법도 다를 게 뻔한데 바레인은 개의치 않는 태도였으니 신기할밖에.

"어린 내가 대족장이 되고 난 뒤 이것저것 억눌려 있던 게 이제야 터진 거겠지. 원래 남의 말을 잘 듣는 종자들이 아니었어."

"그래도 그 덤터기는 네가 뒤집어쓰는 거 아냐?"

"글쎄."

의미심장한 미소에 잘릴이 인상을 찌푸렸다.

바레인은 고개를 돌렸다. 바로 다른 일을 하는 바레인을 보며 잘릴은 알 듯 모를 듯한 표정을 지었다. 잘릴이 아무리 물어봐도 바레인은 더 이상 그에 관해서 입을 열지 않을 기색이었다. 아무리 사적으로 친하고 이해관계도 얽혀 있는 동맹이라 해도 사사로운 가문의 일까지 들출 수는 없는 법. 잘릴은 결국 포기하고 다른 화제로 넘어갔다.

"그 꼬맹이는 만났어?"

구체적인 언급은 없었지만 바레인은 잘릴이 누굴 말하는지 단박에 알아들었다. 아카 이야기였다.

"키가 많이 자랐더군. 지금은 알 페시안 남쪽에 있는 여관에서 묵고 있어. 곧 올 거야."

"오……. 근데 그렇게 대놓고 만나도 되나?"

"안 될 건 또 뭐지?"

마음에 들지 않는 듯 잘릴이 대놓고 얼굴을 구겼다. 그러거나 말거나 바레인은 조용한 미소로 그를 대했다. 재미없군. 애초에 말로는 상대가 안 되는 걸 모를 잘릴이 아니었다. 머리 아픈 이야기는 여기까지 하고 잘릴은 다시 창밖으로 시선을 돌렸다. 여전히 창밖의 풍경은 평온하기만 했다.

그때, 기다리기라도 한 것인지 방 밖에서 손기척이 들렸다. 바레인이 짤막하게 들어오라 말하자 작은 시동이 절도 있게 문을 열고 들어왔다.

"무슨 일이지?"

"손님께서 오셨습니다."

시동의 말이 끝나자마자 잘릴이 끼어들었다.

"모래 폭풍도 제 말 하면 온다더니."

잘릴이 뭐라 비아냥대든 그냥 흘려 넘기며 바레인은 시동에게 명령했다.

"이쪽으로 데려오도록."

"예, 그러겠습니다."

시동이 나가자 잘릴은 흥미가 식었다는 듯 다시 뒷머리에 손을 대고 창밖 구경에 여념이 없었다. 잠시 창밖을 열렬하게 응시하던 잘릴이 생각났다는 듯 고개를 돌렸다.

"아, 요새 궁 안에 돌아다니는 소문 들었나?"

잘릴의 말에 바레인이 의문을 표했다.

"소문이 있었던가?"

"많지."

낄낄거리는 잘릴을 보고 바레인이 가볍게 어깨를 으쓱였다. 잘릴은 웃다가 고민에 빠졌다.

"네가 듣지 못했을 리는 없는데. 아, 아직 크게 소문 난 건 아니던가."

궁내의 소문이라면 바레인이 모를 리가 없었다. 하지만 이번 이야기는 시하드 궁의 시녀들이 침대 머리맡에서 비밀이라면서 꺼낸 이야기라 그런가 아직 바레인은 잘 모르는 눈치였다. 물론 잘릴은 여자들이 말하는 비밀을 믿지 않았다. 비밀이라면서 모두가 알고 있는 경우가 대부분이었으니까.

"침대 위에서 여자들이 속닥거리는 이야기가 얼마나 많은데. 넌 너무 인생을 심심하게 살아."

"자네나 많이 즐겨."

바레인은 관심 없다는 듯 일축했다. 잘릴은 능글맞게 웃으며 그 말을 받아쳤다.

"그러는 중이잖아? 역시 수도는 수도야. 알 페시안 여자들이 하나같이 다 예뻐서 다라로 돌아가기가 아쉬워질 지경이라고."

"얼마 안 남았어."

축제가 끝날 무렵 서서히 모든 게 시작될 것이다. 이제 곧이었지만 바레인은 흔들리지 않았다. 그건 잘릴도 마찬가지였다. 이때를 위해 그렇게 숨을 죽이고 가만히 있었던 게 아닌가. 안달이 날 대로 나서 오히려 지금은 차분해졌다.

"그래서 그 소문이라는 게 뭐지?"

대화를 환기시킬 겸 바레인이 물었다. 잘릴은 생각에 잠겨 있다가 깨어나 멍한 표정으로 대꾸했다.

"응? 아, 지금 시하드께서 잠적하신 이유가 여자 때문이래."

"……."

순간 바레인의 표정이 미묘하게 굳었다. 크게 반응하지 않으려 했는데도 미묘한 짜증이 말끝에 묻어났다.

"그걸 지금 나보고 믿으라는 건가?"

"소문은 소문이잖아?"

잘릴은 뭐 그럴 수도 있는 거 아니겠냐며 허허 웃었다.

"이래 봬도 어렵게 들은 정보라고. 시하드 궁의 시녀를 꼬시는 게 어디 쉬운 일인 줄 알아? 술에 취해 정신이 오락가락할 때 한 말이긴 한데, 다른 시녀들도 비슷한 말을 하더라고."

믿을 만하다는 듯 잘릴이 힘주어 고개를 끄덕였지만 듣는 바레인은 달랐다.

"그 남자가?"

세상 재미있는 게 하나도 없다는 듯 무료하게 군림하는 인간이? 그가 지금껏 세심하게 신경 쓰고 있는 건 단 한 가지밖에 없었다. 아무리 소문이라도 신빙성이라는 게 존재하기 마련이었다. 바레인은 가차 없이 평했다.

"여자들이 너무 헛된 꿈을 꾸는군."

싸늘하게 뇌까리는 바레인과 달리 잘릴은 느긋하게 앉아 접시 안의 포도 알을 굴리며 한가하게 웃었다.

"그래? 난 조금 가망 있어 보이는데."

제정신이냐는 듯 바레인이 차가운 시선을 보냈지만 잘릴은 꿋꿋했다. 그에게도 나름 믿는 구석이 있었다.

"뜬금없이 이 시기에 사막으로 아제미들까지 끌고 나간 이유가 여자 하나를 잡기 위해서라는데, 시녀들 헛소문치곤 너무 구체적이지 않아?"

"그래서 넌 그 허황된 소문을 믿는 건가?"

"어느 정도는."

딱 잘라 어이없다는 기색에도 잘릴은 굴하지 않았다.

"재미있잖아?"

물론 그게 진짜일 거라 생각한다는 의미는 아니었다. 다만 조금 믿을 만하지 않나 그 정도의 어투였다. 갑자기 생긴 아이라도 그렇고. 여러모로 가능성은 존재했다. 다만 그 가능성이 희박해 보여서 그게 문제인 거지.

"그러고 보니 그 여자가 은색 머리에 붉은 눈을 가지고 있다더라."

"……."

지나가듯 한 말이었는데 순간 바레인의 표정이 경직되었다. 그 기색을 느끼지 못한 잘릴은 굴리던 포도 한 알을 입에 넣어 씹어 먹었다.

"뭐라고?"

"응? 뭐?"

"방금 한 말……."

왠지 모르게 굳은 표정에 잘릴이 의아해했다.

"그 여자가 은색 머리에 붉은 눈을 가졌다는 소문?"

"……."

바레인은 대답을 하지 않았다. 잠시 숨을 멈추었다가 천천히 내쉬었을 뿐. 머릿속이 하얗게 빈다는 게 이런 기분이었던가. 거의 포기하고 있었던 시점이었는데 예기치 않은 곳에서 들려온 소식이 정신을 번쩍 뜨이게 만들었다.

"그거 정말인가?"

갑자기 진지하게 나오는 바레인의 모습에 잘릴은 순간 당황했다.

"그야 나는 잘 모르지."

그냥 생각나서 말해 본 것뿐이었는데 바레인이 흥미를 보일 줄은 몰랐다. 아니, 이건 흥미 이상이 아닌가. 심각해진 바레인을 보며 잘릴은 제가 들었던 것들을 떠올렸다.

"시녀들이 말하기로는 그게 아이라라던데. 좀 아나?"

기대가 실망으로 바뀌는 건 순식간이었다. 바레인은 안타깝게도 아이라가 어떻게 생겼는지 알고 있었다. 입술을 잘근잘근 씹던 바레인이 무거운 한숨을 내쉬었다.

"……아이라는 그렇게 생기지 않았어."

좀 밝긴 했지만 분명 갈색 머리에 갈색 눈을 가진 여자였다. 미모가 뛰어나다는 건 인정하지만 그뿐이었다. 바레인의 반응에 잘릴이 조금 실망한 눈치였다. 조금 재미있을 만한 일이 생기나 했거늘.

"그래?"

잘릴이 반문했다.

"그럼 그 은발에 붉은 눈을 가진 여자는 누구지?"

"어디서 잘못 본 거 아닌가?"

바레인의 말에 석연치 않은 표정으로 잘릴이 턱을 쓸었다.

"그러기엔 시녀들이 하는 말이 너무 똑같은데. 그럼 그새 시하드께 새로운 여자가 생긴 건가? 그건 그것대로 놀라운데?"

납득이 가지 않는지 물고 늘어지는 잘릴을 보며 바레인도 복잡한 기분을 느끼는 모양이었다. 직접 뵐 수 있다면 말이 달라지겠지만 아직도 라 쿤은 집무실에서 나올 생각을 하지 않았다. 갑자기 두문

불출하는 라 쿤이 불안한 건 바레인과 잘릴뿐이었다. 그렇다고 서기관 쪽을 찔러 보기엔 너무 위험부담이 컸다.

"무슨 얘기 중이야?"

내려앉은 정적을 찢고 한 소년이 들어왔다. 멋대로 들어온 게 분명한지 시동이 당황한 표정으로 뒤에서 안절부절못하고 서 있었다. 바레인은 두 눈을 반짝이는 아카를 슬쩍 보다가 시동에게 가도 좋다는 신호를 보냈다. 시동이 눈에 띄게 안심하며 방을 나갔다. 방문이 확실히 닫히는 걸 확인한 바레인이 아카를 노려보았다. 하지만 제가 무슨 짓을 저질렀는지 정확히 알고 있는 아카는 눈 하나 깜짝하지 않았다.

"오랜만이다, 꼬맹이?"

"아, 저게 누구야. 한물간 다라 대족장 아니야?"

"저 자식이."

짧게 발끈한 잘릴이 질렸다는 표정으로 다시 자리에 앉았다. 아카는 네가 나한테 뭘 어쩔 거냐는 듯 얄밉게 어깨만 으쓱였다. 잘릴이 노려보았지만 아카는 그냥 빙그레 웃으며 아무도 권하지 않은 자리로 가서 앉았다. 미리 준비되어 있는 과일들을 고르다 석류를 까먹는 여유까지 보였다.

"뭐야, 말 안 해 줄 거야? 뭐 비밀이라도 돼?"

석류를 베어 물며 아카가 묻자 잘릴이 잠시 바레인을 돌아보았다. 바레인은 깊은 생각에 잠겨 있었다.

"뭐 별건 아니야."

"원래 별거 아닌 게 재미있어."

"우리 시하드께 여자가 생겼단다."

잘릴은 짐짓 폼을 잡고 말했으나 아카는 그게 뭐 어떻냐는 듯 이마를 좁혔다.

"시하드라면 라 쿤? 뭐야, 그게 재미있는 이야기야?"

"그 여자가 새로 생긴 여자인지 아니면 갑자기 나타난 아이라인지 나는 참 흥미진진하거든, 꼬맹아?"

기분이 상한 건지 잘릴이 제법 심각하게 말했지만 아카는 대충 흘려들었다. 그때 한참 생각에 잠겨 있던 바레인이 잘릴을 향해 물었다.

"그 말을 몇 명한테나 들은 거지?"

"뭐, 은발 적안 여자?"

알 페시안에 와서 침대로 끌고 간 여자가 한둘이 아닌지라 잘릴은 잠시 기억을 더듬어 보았다. 그래도 소문을 말하는 여자들이 꽤 있었다.

"많이 들었지. 한 서너 명은 될걸?"

역시 바레인은 신뢰할 수 없다는 결론을 내린 모양이었다. 그 순간 석류 하나를 작살낸 아카가 고개를 들었다.

"은발 적안?"

전혀 모를 이야기였는데 아카가 마치 기다렸다는 듯 빙그레 웃었다.

"아, 나 그 여자 알아."

예상치 못한 아카의 말에 순식간에 방 안의 분위기가 찬물을 뒤집어쓴 것처럼 가라앉았다. 바레인은 의심을 숨기지 않았다. 항상 여유롭게 웃는 얼굴의 그가 굳은 표정으로 아카를 예의 주시했다.

"네가 어떻게 알지?"

"봤거든."

아카는 가볍게 대꾸하고 복숭아를 집어 들었다. 과즙이 배어 나와 손을 적셨으나 그런 것쯤은 상관하지 않는 듯 묘한 미소를 흘렸다.

"결국 궁으로 끌려온 모양이지?"

사막이란 곳이 원체 가릴 것이 없어 상당한 거리를 벌려도 상황을 알아차리는 데엔 문제가 없었다. 아카는 아시나가 도대체 무엇에 쫓기는 건지 궁금했다. 관여하면 분명 복잡해질 거라는 건 알았지만 그땐 호기심이 더 앞섰다.

상식적으로 그 정도 병력을 이끌고 사막에 들어올 만한 사람은 몇 없었다. 무엇보다 기억에 남았던 건 한순간에 사라진 모래 폭풍. 멀리 있었기에 더 확실히 알 수 있었다. 얼마나 위력적이게 불어오던 모래 폭풍이던가. 그런 일을 할 수 있는 건 남대륙에 단 한 명뿐이었다.

페시안의 라 쿤이 대단하다는 말은 들었지만 그 위력을 직접 보니 감상이 달랐다. 왜 날고 긴다는 대족장들과 크라차의 장로들이 페시안의 생신 앞에 고개를 숙이고 무릎을 꿇는 건지 알 만했다. 북대륙의 패자로 두려울 게 없다는 크롬웰이 그렇게 남대륙을 겁내는 것도 무리는 아니었다. 아무리 풍요로운 크롬웰이라고 해도 애초에 여러 개의 조각이 아주 잘 어울려져 있는 것뿐이라 라 쿤의 이름 아래 단단히 규합된 페시안이 위협적일 만했다.

"이상하다고 생각은 했지만 설마 라 쿤이랑 관계되어 있을 줄이야……."

라 쿤 이야기를 들었을 때부터 알아차렸어야 했던 것이었는데 설마 그런 여자가 라 쿤이랑 연관되었을까 은근히 무시했던 과거의 자신이 한심했다. 생각에 잠긴 아카를 두고 잘릴이 자세를 바로 했다.

"무슨 소리를 하는 거야? 너, 그 여자를 봤어?"

"내가 사막을 통해서 여길 왔다는 거 모르나? 당연히 봤지."

본 것도 부족해서 말까지 해 봤다. 수상한 게 위험한 냄새를 풀풀 풍기기에 그냥 지나갈 수 없어서 잡아 본 것뿐이었는데 예상 이상이었다. 아카가 놀리듯 빙긋 웃었다.

"여전히 다라 대족장은 머리가 나쁘구나?"

"저 자식이……."

잘릴이 이마를 좁히며 주먹을 쥐었으나 아카는 빙그레 웃으며 어깨만 으쓱였다. 저렇게 말을 해도 손댈 수 없다는 걸 아는 자의 여유였다. 둘이 어떤 상황이건 한참 무언가 생각하는 듯 말이 없던 바레인이 아카를 차갑게 불렀다.

"제대로 설명해."

아카도 이번에는 상대가 상대인지라 제법 진지하게 고개를 끄덕였다.

"별건 아니야. 대족장은 내가 예상보다 늦은 이유가 사막에서 웬 이상한 여자를 만나서 그랬다는 거 기억해?"

전에 말하긴 했었다. 생략된 말이었지만 바레인은 알아들었다. 바레인이 고개를 한 번 끄덕이고는 계속하라는 듯 손짓했다. 아카의 입가에 걸린 미소가 짙어졌다.

"그 여자가 은발에 붉은 눈을 가지고 있었어."

"오호."

잘릴이 감탄하며 웃었다. 약간 비아냥거리는 반응에 아카가 인상을 썼지만 애송이 주제에 뭘 하겠냐는 시선을 한 잘릴은 다시 의자 등받이에 몸을 기댔다. 아카는 기분이 상해서 더 이상 말을 하고 싶지 않았다.

아직 이 일이 얼마나 대단한지 모르나 보군, 저 멍청이는. 어차피 잘릴에게서 반응이 올 거라고는 생각하지 않았다. 아카는 당연하게 바레인을 쳐다보았다. 아니나 다를까 바레인은 제법 심각해져 있었다.

"그 말이 사실인가?"

"내가 뭐가 부족해서 이 상황에 거짓말을 해?"

오히려 그 여자가 이 궁에 있다는 진귀한 정보에 감사할 따름이었다. 끌려가는 모습을 보아 쉽게 놓아줄 것 같지는 않았지만 정말 궁까지 끌고 들어가다니. 페시안의 라 쿤은 들었던 것보다 충동적일지도 모른다는 생각을 잠깐 했다.

"피부가 하얀 거 보면 확실한 북인인데 사막에 있다는 것도 그랬지만……."

분명 북대륙의 여자. 그뿐만이 아니었다. 그 미모와 생김새는 분명 자신이 알고 있는 어떤 여자와 매우 닮아 있었다. 비록 초상화로밖에 본 적이 없지만…….

"그거, 북에서도 흔한 색은 아니거든."

아카의 시선이 차갑게 가라앉았다. 확인한 건 아니었지만 확인할 필요도 없을 정도로 확실한 정보. 이 일이 끝나면 한번 알아볼까 생각하고 있었던 정도였는데, 예상외로 그 여자와 멀리 떨어지지 않은 듯싶었다. 어찌 보면 이건 이것대로 인연일 수도…….

"전에 대족장한테 부탁해서 알아보려고 했던 것도 그 여자에 관한 거였어. 끌려갈 때부터 범상치 않다고 생각했지만 설마 궁으로 왔을 줄이야. 생각보다 대단한데?"

아카는 솔직하게 감탄했다. 그 말을 듣고도 바레인은 어떤 반응도 보이지 않았다. 오히려 반응은 뒤에서 듣고 있던 잘릴에게서 나왔다.

"소문이 정말이었단 말인가."

흥미진진한 듯 턱을 괸 잘릴이 웃었다.

"재밌는데?"

그에 비해 아직 바레인은 믿기지 않는 것처럼 보였다. 한참 말이 없던 바레인이 신중하게 재차 되물었다.

"정말 그 여자가 은색 머리에 붉은 눈을 가지고 있었나?"

"바로 눈앞에서 봤다니까 그러네."

아카가 볼멘소리를 하며 눈살을 찌푸리자 잘릴이 뒤에서 휘파람을 불었다.

"그런 색을 가진 사람이 진짜 존재한단 말이야? 한번 보고 싶은데?"

대번에 비웃으며 아카가 옆을 돌아보았다.

"다라 대족장은 면역이 없어서 그 여자 보면 한눈에 반해서 졸졸 쫓아다닐걸."

"오호, 그 정도란 말이야?"

"말하는 게 재수가 없어서 그렇지 입 다물고 있으면 미의 여신이 여기 있다고 해도 믿을 정도였다니까."

"기대되는데."

단정할 수 없어 망설이긴 했지만 그렇게 생긴 여자가 이 세상에 둘 이상 존재할 리 없었다. 아카는 확신했다. 하지만 자신이 생각하는 그 여자가 맞다면 어째서 이런 시기에 페시안에 있는 것일까. 게다가…….

"그 정도 가문의 여자가 대체 어떻게 라 쿤이랑 엮인 거지?"

그건 정말 수수께끼였다. 아무리 북인이라 그래도 선량한 여행자를 그렇게 쉽게 잡아갈 수는 없을 듯한데. 분명 그 사이에 있을 무언가가 감이 잡히지 않아 찜찜하기만 했다. 도대체 그 둘 사이에 무엇이 존재한단 말인가. 점점 더 흥미진진해졌다. 그 와중에 아카의 혼잣말을 들은 바레인이 미미하게 인상을 썼다.

"그 여자를 알아?"

"당연하지. 이래 봬도 크롬웰에서 산 게 몇 년인데."

"누구지?"

지체 없이 묻는 말에 아카가 서운하다는 듯 상체를 뒤로 기울였다.

"맨입으로 말하라고?"

당연히 무시가 돌아올 줄 알았는데 바레인은 그 정도는 문제가 되지 않는다는 태도로 반문했다.

"뭘 원하는데?"

"오호."

아카가 씨익 웃었다.

"대족장이 이렇게 나오는 거 처음 보는데. 정말 알고 싶나 봐?"

비아냥거림이 거슬릴 법도 한데 바레인은 흔들림 없었다. 그 사이로 스윽 잘릴이 끼어들었다.

"나도 알고 싶은데."

"다라 대족장은 빠져."

"저게 근데."

발끈한 잘릴은 놔두고 아카는 다시 바레인을 응시했다. 바레인은 흔들림 없는 시선으로 아카를 주시했다.

"정말 알고 싶어?"

"거래가 길어질수록 불리해지는 건 내가 아니라 너일 텐데."

이건 거의 협박. 정말로 바레인이 진심으로 이 거래에 응하고 있다는 반증이었다. 놀라웠지만 아카는 티를 내지 않으려고 했다. 바레인이 도대체 어디까지 응해 줄 수 있는가가 궁금해졌다. 너무 놀리면 이 칼 같은 남자에게서 아무것도 얻지 못할 수도 있으니 꽤나 신중해야 했다. 도대체 뭘 달라고 해야 할까.

"좋아, 샤르자에 있는 크렘 포도밭을 나한테 넘겨주면 말해 줄게."

"좋다."

주저 없이 나온 대꾸에 아카가 두 눈을 동그랗게 떴다.

"어, 진짜?"

그는 자신이 방금 들은 말을 신뢰할 수 없었다.

"제정신이야?"

"지금 서면으로 서류 작성해서 넘겨줄 테니 일단 관청으로 가서 권리 양도 증서만 받아. 가지고 있다가 샤르자 관청에 주면 받을 수 있을 거다."

바레인은 말만큼 행동력 있는 사내였다. 바레인의 부름에 대기하고 있던 바레인의 개인 시종이 방 안으로 들어왔다. 짧은 명령 몇 마디에 척척 준비된 서류가 어느새 아카의 바로 앞에 놓여졌다. 순식간에 벌어진 일련의 과정에 아카는 솔직히 놀란 심정을 감추기 힘들었다.

"……의외인데."

분명 한 번은 협상을 해 올 거라 생각했다. 크렘 포도밭은 작지만 최상질의 포도가 나는 샤르자의 대표적인 수입원 중 하나였다.

물론 샤르자는 그것이 아니라도 수많은 수입원이 존재했지만 그렇다고 해도 이렇게 쉽게 넘겨줄 것이 아니었다. 약간 정신이 나간 듯 멍한 상태의 아카가 서류를 막 집으려고 했을 때였다. 넘겨주기 전 바레인이 서류를 큰 손으로 덮었다.

"이제 말해."

장난이라고는 일체 찾아볼 수 없는 숨 막힐 정도의 진지한 시선. 그가 심각하게 물었다.

"그 여자, 누구지?"

얼핏 눈동자에서 강렬한 감정의 조각을 본 것 같았으나 아카는 그게 무엇인지 이해할 수 없었다. 잠깐의 뜸을 들이다가 아카가 입을 열었다. 조용하고 나직한 한마디. 작은 목소리였지만 가까이 선 바레인이 못 들을 소리는 아니었다. 잘릴은 귀 기울이고 있다가 조용히 경악했다.

"그게 정말인가?"

살짝 떨리는 목소리가 그가 얼마나 동요하고 있는가를 말해 주었다. 아카는 장난스럽게 웃었다. 이런 바레인을 볼 수 있다니. 분명 평생 가도 볼 수 없는 광경이리라.

"내가 이런 걸로 거짓말하겠어?"

하루 종일 방에 처박혀서 시녀들의 시중을 받는 게 전부였지만 어쩐지 가만있을 수가 없었다. 아침의 깨달음 때문에 뒤통수가 당겨서 쉽게 앉아 있을 수도 없었다. 하루 종일 방 안을 이리저리 돌아다니고만 있는 그녀를 시녀들이 꽤 의아하게 쳐다보았지만 막상 본인은 상관하지 않았다. 그녀는 난생처음 해 보는 고민으로도 충분히 심각했다.

"남자……."

싫어하는 건 아니었다.

싫어한다면 취미로 미소년 초상화를 모으진 않겠지. 하지만 그 남자들은 뭐랄까 이성으로 좋아한다는 느낌은 아니었다. 뭐랄까, 그냥 예쁘고 잘생긴 걸 좋아한다는 느낌에 가까웠다고 해야 하나. 잘생기고 멋진 남자를 보고 좋아하는 거랑 연애하고 싶은 건 명백히 다른 감정이니까. 무엇보다 잘생겼다고 소문난 사람을 찾아서 만나게 되면 일단 이야기를 해 보고 결국 인간적으로 친해지고 보는 수순이었던지라 그 이상의 무언가가 끼어들 여지가 없었다.

그렇다고 연애에 완전히 관심이 없는 건 아니었는데. 간혹 고백을 받을 때면 연애해 볼까 생각은 들었다. 다만 여행을 너무 자주 가서 바로 답을 주는 게 아니면 거의 대답도 못 하고 헤어지고 말았지만.

"그래……."

있어도 그만, 없어도 그만이었지.

수많은 사람을 만날 수밖에 없는 여행의 특성상 남자든 여자든 그건 별문제가 아니었다. 누구든 만나서 친해지고 즐겁게 어울리다가 행복한 추억만 남기고 작별 인사를 하면 그만이었으니까. 특정한 장소를 제외하고는 같은 장소를 두 번 다시 가지 않기에 가능한 일이었다.

아시나는 입술을 잘근잘근 깨물었다. 분명 어제까지만 해도 아무 문제없이 잘 지내던 방인데 지금은 신경이 쓰여서 도무지 참을 수가 없었다. 이미 나시르를 굴린다거나 카림을 놀려먹는다든가 혹은 이 상황을 어떻게 빠져나가나 하는 생각은 저 멀리 날아가 버린지 오래였다.

그러고 보니까 여기 그 남자 방이잖아. 거기다가 그 남자랑 대체 몇 번을 잔 거지……?

아니, 사실 문제는 지금까지 대했던 어떤 남자와도 다른 감정과 느낌. 그동안 억지로, 그냥 단순히 외모가 내 취향이라 그런다는 변명조차 힘없이 사라졌다.

좋아하는 건가, 이게? 좋아하는 거야? 좋아…….

이게 좋아하는 거구나.

끌린다는 걸 자각하는 건 생각보다 끔찍한 기분이었다. 아시나는 머리를 감싸 쥐었다.

"이제 그 남자 얼굴을 어떻게 보지?"

기우는 해를 보며 아시나는 초조하게 하루를 보냈다. 오늘 하루만큼은 시간이 어떻게 가는지도 몰랐다. 시녀들은 여전히 말이 없었고 나시르도 무슨 이유에서인지 걸음하지 않았다. 그 덕에 방 밖에 있을 카림과 한 번도 마주하지 못했지만 전혀 지루하지 않았다. 시간이라는 게 어떻게 이렇게 빨리 지나가는 건지, 조금만 정신을 놓고 있으면 금세 아시나 앞에 시녀들이 다음 끼니를 대령했다. 저녁이 오는 게 이렇게까지 싫었던 적이 있던가. 스스로에게 자문해 봤지만 알 수 없었다.

초조함에 입술을 깨무는 것으로는 부족했는지 어느새 정신을 차려 보니 자기 손가락을 깨물고 있었다. 잇자국이 생긴 손을 쓸던 아시나는 술렁이는 마음에 떠밀려 머리를 쥐어뜯었다.

"아, 진짜."

망했어. 진짜 망했다고. 이건 정말 끝장이야. 발끝이 딱 절벽 끝에 걸린 심정. 철렁하는 것도 잠시, 누가 조금만 자신을 친다면 그대로 곤두박질해서 산산이 부서져 버릴지도 몰랐다. 물론 그게 뭔지는 모르겠지만 어쨌든 절박했다. 나름대로.

이래서 도망치려고 했던 건가 싶은 마음이 불쑥 들기도 했다. 그래, 그런 마음이 아주 없다고 부정하진 못하지. 두 눈을 감은 채 아시나는 차분하게 숨을 내쉬었다.

"……그 남자한테서 도망치고 싶었구나."

잡힐까 봐.

몸이 잡히는 문제가 아니었다. 마음이 잡혀 버릴까 봐 그게 무서웠다. 무의식중에 그래서 더 필사적으로 도망치고 싶었다. 이런 게 좋아한다는 마음이란 말인가. 모르겠다. 처음이니까. 그럼 그 남자 앞에서 그렇게 떨었던 것도 다 그런 이유 때문이었단 말인가? 이렇게 필사적으로 의식하고 있었으면서 아직까지 제 마음을 인정하지 못하는 것도 웃기는 일이었다.

이해는 하겠지만 수긍은 못 하겠다고! 아니야, 다른 이유 때문일 거야. 그 남자가 무서워서 떠는 거였다고! 그래, 어떤 인간이 그런 남자 앞에서 안 떨 수 있을까?

"너무 허술해. 이유가 너무 허술하잖아!"

딱 잘라 아니라고 확신할 수 있는 무언가가 필요했다. 그럴 리가 없어. 내가 그런 남자를 좋아한다니. 그런 일이 일어날 리가 없다고. 그냥 착각이겠지. 아빠랑 견줄 만큼 잘생긴 남자를 본 적이 없으니까. 그래, 그런 걸 거야.

"맞아, 그럴 수도 있겠다."

그래, 그런 걸 거야. 하하하.

아시나는 가만히 멈춰 서서 제 손을 얌전히 마주잡고 뿌듯하게 웃었다. 물론 그 미소는 오래가지 못했다.

"부질없는 변명만 하고 있네. 아, 진짜."

얼굴이 화끈화끈 달아올랐다. 가만히 있지 못하고 이리저리 돌아다니다가도 벽을 잡고 좌절했다. 잊고 싶은데, 자꾸 뭔가가 수면 위로 하나둘 떠올랐다. 첫 만남부터 마주칠 때마다 부딪혔던 일들 하며……. 으아아아, 그동안 무슨 짓을 한 거냐고, 나. 알게 모르게 접촉도 많았다. 안긴 건 둘째 치고 키스는, 어, 키…….

"……."

죽고 싶다는 게 이런 기분일까.

쥐구멍이라는 게 있다면 거길 찾아가 은거하고 싶었다. 드래곤 산맥에 들어가면 아무도 날 찾지 않겠지. 지금 심정이 어떤 기분이냐면 벌거벗은 채 모든 사람들 앞에 내세워진 기분이었다. 물론 키스야 내가 먼저 한 건 아니지만 그래도 딱 죽기 바로 전 상태 정도로 창피하고 부끄러웠다. 결국 벽을 붙잡고 고개를 숙인 아시나가 천천히 바닥으로 무너졌다.

저녁 되면 그 인간 올 텐데. 그냥 울고 싶다. 울고 싶었다.

대체 어떤 표정으로 마주해야 하는지 다 까먹었다. 어제는 어떻게 봤지? 엊그제는 어떻게 봤지? 아니, 그 이전에 내가 대체 어떻게 대했지? 그건 지금 순간 가장 알 수 없는 질문이었다.

"대체 뭘 하는 거지?"

나지막한 목소리에 일순 몸이 굳어 버렸다. 이렇게 존재감 있는 목소리가 이 세상에 또 있을 리가 없었다. 아시나는 숨을 몰아쉬고 마른침을 삼킨 뒤 천천히 옆을 돌아보았다. 문 근처에 기대 서 있는 한 남자가 아시나의 시야에 들어왔다.

지금 도착한 게 아니라 온 지 꽤 된 모양이었다. 아시나는 오늘도 시녀들은 하나도 도움이 되지 않는다고 좌절했다.

아니, 지금 문제는 그게 아니지.

"……언제 왔어요?"

너무 긴장을 해서 그런가, 목이 잠겼다. 자신이 듣기에도 이상한 목소리였는데 그는 상관없다는 듯 문에 기대 있던 몸을 바로 했다.

"방금."

거짓말.

아시나가 반응하기도 전에 당연하다는 듯 베히다트가 그녀 쪽으로 다가왔다. 그녀는 벌떡 일어나 두 손을 내저었다.

"오, 오지 말아요!"

갑작스런 행동에 베히다트가 멈춰 섰다. 아시나는 울상을 지으며 필사적으로 외쳤다.

"오지 마요! 거기 서 있어! 오기만 해 봐!"

문짝에 서 있는 모습을 봤을 때도 시간이 멈추는 기분이었는데 다가오는 모습을 보고 있으려니 죽을 맛이었다. 가슴이 울렁이고 큰 소리로 뛰는 심장 때문에 참을 수가 없었다. 멀리 도망가고 싶은데 발이 딱 붙어 있어서 그럴 수도 없었다.

잠시 서서 아시나를 지그시 응시하던 베히다트가 움직였다. 아시나가 다시 난리를 치려 했으나 무슨 반응을 보이기도 전에 팔이 잡혀 버렸다. 딱 멈춘 숨 때문에 순식간에 머릿속이 백지처럼 깨끗하게 비워졌다.

팔을 잡아챈 베히다트는 아무 생각 없이 아시나를 잡아당겼다. 아시나는 벗어나려 했지만 압도적인 힘의 차이 때문에 어쩔 수 없이 베히다트와의 거리를 좁힐 수밖에 없었다. 이전엔 그래도 아무렇지 않았던 것 같은데 오늘은 달랐다. 눈이나 얼굴뿐 아니라 시선이 닿는 넓은 어깨나 팔뚝까지 하나하나 다 신경 쓰였다. 이렇게 의식되다니. 전에도 이랬던 것 같지만 이건 그 정도가 심했다. 순식간에 얼굴이 달아올랐다. 빨개진 얼굴은 둘째 치고 도무지 시선을 어디다 둬야 할지 몰랐다. 어떡해!

"어디 아픈가?"

이런 상황에서 이렇게 다정한 목소리는 정말 쥐약이다. 울 것 같다. 진짜 울라면 울 수도 있을 것 같은 기분이었다.

"아프지 않아요."

"그런데 왜 이렇게 얼굴이 빨갛지?"

그걸 묻는다고 내가 대답할 수 있을 것 같냐.

처음 겪는 일이라 둘러댈 말조차 생각나지 않았다. 아니, 머리는 이미 과부하가 되어 버려서 어떤 생각도 불가능했다. 베히다트의 시선이 닿는 부분 부분이 전부 따끔했다. 눈은 바닥을 보고 있는데 왜 이 남자가 자신의 어딜 보는지 다 느껴지는 거지. 이유를 알아보고 싶을 만큼 신비로운 현상이었다.

"어의를 데려오라."

"아니라니까요!"

이게 무슨 소리야! 애써 부정해 봤지만 통할 리가 없었다. 무엇보다 방심하고 고개를 든 순간 입에서 소리가 나가지 않았다. 뻐금뻐금 아무 말도 하지 않는 아시나를 내려다보며 베히다트는 꽤 심각한 표정을 지었다.

침대로 끌고 가 아시나를 앉힌 베히다트가 고민하고 있을 때, 그녀는 속으로 울고 있었다.

엉엉엉엉. 이게 뭐야. 엉엉엉엉.

마음의 준비도 못 하고 맞이해서 그런지 완전 최악이었다. 올 줄은 알았지만 이렇게 빨리 올 줄은 몰랐다고! 빨개진 얼굴에서 나는 열은 도무지 가라앉을 줄을 몰랐다. 잠깐밖에 지나지 않은 것 같은데 방문이 열리더니 차림새가 단정한 남자가 방 안으로 들어섰다. 저 사람이 어의구나. 어의를 보는 건 처음이라 신기했다.

그나저나 이 속도 뭐지? 어의가 바로 옆방에서 대기라도 하고 있어야 가능한 속도가 아닌가. 베히다트에게 인사를 마친 어의가 곧바로 진료에 들어갔다. 졸지에 남의 나라에서 진료를 받게 된 아시나는 그 와중에도 신기하고 좋아서 표정이 밝아졌다. 몇 가지 진료를 마치고 어의가 심각한 표정으로 아시나의 안색을 살폈다. 뭐지, 나도 모르던 병이 발견된 건가.

"큰 이상은 없으십니다."

아니었군. 알고 있었음에도 아시나는 안심했다. 물론 베히다트는 진료 결과를 쉬이 믿을 수 없는 눈치였다.

"정말 괜찮은 건가?"

"예, 정 의심이 되신다면 정밀한 검사를 받아 보시는 것이……."

어의의 말을 끊고 아시나가 고개를 가로저었다.

"괜찮아요!"

이제 좀 시간이 지나 익숙해져서 그런지 뺨의 열기도 사그라지고 있었다. 베히다트는 뭔가가 썩 마음에 차지 않는 듯했지만 말없이 어의를 물렸다. 아시나는 크게 심호흡을 했다. 일단 마음의 평화를 되찾아야 해.

"왜 저기에 앉아 있었던 거지?"

"……그게 앉아 있는 것처럼 보였어요?"

결론적으로 앉아 있었던 건 맞지만 그래도 막상 이런 질문을 들으니 황당했다. 베히다트는 가만히 창가에 기댄 채 아시나를 응시했다. 빤히 와 닿는 시선은 부끄럽고 부담스러웠으나 어느 정도 확보된 거리 덕에 아까 같은 불상사는 일어나지 않았다.

"생각이 많아 보이는군."

이 남자는 대체 그걸 어떻게 아는 걸까.

"그게 보여요?"

"글쎄."

갑자기 다가오는 베히다트 때문에 아시나는 또 당황했다. 그냥 거기에 있지! 가까이 다가오는 건 그렇다 치고 긴장으로 손바닥이 축축해졌다. 이렇게 압도적인 존재감이 또 어디에 있을까. 순간 뺨에 닿는 손길에 움찔한 아시나가 몸을 젖혔다. 아시나가 물러나는 걸 본 베히다트의 표정이 순식간에 굳어졌다.

잠시 도는 정적과 어색한 기류.

왜 저런 표정이지? 반사적으로 놀라 피한 것뿐이었는데 왜 저렇게 무서운 표정을 짓는 건지 그녀는 알 수 없었다. 어색했다. 이렇게 어색할 수 있는 건가. 민망하다는 걸 이렇게 뼈저리게 느껴 본 건 처음이었다.

"무슨 일 있었나?"

"아니요."

"있었군."

아닌데!

대꾸하지도 못하고 아시나는 입을 다물었다. 느닷없이 다가온 베히다트의 얼굴 때문에 하려던 말조차 잊어버렸다. 깜빡깜빡 빠르게 눈을 깜빡이는 아시나를 조용히 내려다보던 베히다트는 살짝 옆으로 고개를 돌렸다.

"누가 다녀갔지?"

"아침에 시종장께서 다녀가셨습니다."

저걸 망설임도 없이 대답하다니.

물러나라는 명령이 없어 자리를 지키던 시녀가 차분하게 대답했다. 시종장이라는 단어를 듣자마자 걸리는 게 있는지 베히다트가 작게 입매를 비틀었다.

"……이만 짓이군."

딱히 그런 건 아닌데. 정확히는 눈앞에 있는 남자 때문에 생긴 일이었다. 그냥 간단히 물러나 주면 되는 일인데 불행히도 베히다트는 그런 사실을 알지 못했다.

"무슨 소리라도 들었나?"

"어……."

아시나는 그냥 눈만 깜빡였다.

"그러니까……."

무슨 대답을 해야 하나. 머리가 비어서 그런지 할 말도 없었다. 평소와 다른 버벅거림을 느낀 건지 그가 매섭게 대꾸했다.

"듣긴 했군."

팔을 잡힌 아시나는 졸지에 베히다트의 얼굴을 바로 코앞에 대고 있어야만 했다. 이건 이전에도 부담스러웠지만 지금은 정말 심장에 무리가 갈 정도로 심각했다. 보석같이 반짝이는 눈동자가 지그시 아시나를 내려다보았다. 깊게 내려앉은 속눈썹과 유려하게 뻗은 아미가 절로 시선을 사로잡았다.

"무슨 소리를 들었지?"

댁이 날 좋아한다는 헛소리요.

"……."

"……."

말할 수 있을 리가 없었다. 입술도 달싹이지 않고 그저 바라보기만 하는 아시나를 내려다보며 베히다트는 점점 더 이상한 기분에 사로잡혔다.

왜 이렇게 얌전하지?

항상 나불거리기 바빴던 입은 꾹 다물린 채 대꾸 외엔 좀처럼 열리지 않았다. 뺨에 어린 홍조나 이리저리 굴리기 바쁜 눈동자까지. 평소와는 완전히 다른 모습. 이만이 대체 무슨 헛소리를 한 거지? 마음 같아선 당장 불러내 족치고 싶었으나 참았다. 무엇보다 지금 이때가 핑계 없이 이 방에 들어올 수 있는 유일한 시간이라는 게 가장 큰 이유였다.

그 마음을 모를 게 분명한 아시나는 불안한 듯 입술을 깨물었다.

그러지 말라고 만지고 싶은데 아까처럼 놀라 물러날까 싶어 편하게 손을 뻗을 수 없었다. 언제 이런 것까지 신경 쓰는 지경에 이른 것인가. 누군가가 신경 쓰인다는 게 이렇게 손에 족쇄를 거는 기분인지 몰랐다. 어느 정도 자제할 수 있을 거라 생각했는데 자만인 모양이었다. 슬슬 인내가 사라지는 걸 느끼며 베히다트가 손을 꽉 쥐었다.

"날 언제까지 여기에다 가둬 둘 셈이에요?"

아시나가 조심스레 눈치를 보며 물었다. 그런 작은 몸짓조차 어쩔 줄 모를 정도로 아깝고 사랑스러워서 베히다트는 작은 신음을 삼켰다.

"글쎄."

아시나가 한 번 눈을 굴렸다.

"음, 제가 다시 하렘에 가 있는 게 낫지 않을까요?"

"안 돼."

바로 나온 대답에 아시나는 두 눈을 동그랗게 떴다.

"왜, 왜요?"

그가 단언했다.

"네가 또 도망갈 수 있으니까."

"……."

부정은 못 하겠다. 조용히 입을 다무는 아시나를 보며 베히다트의 시선은 더욱 어두워졌다. 아시나는 제가 이미 저지른 일을 알기 때문에 그 시선을 외면했다.

"하렘은 큰 만큼 시선이 분산되지. 그럴 바엔 널 여기에 가둬 놓는 게 편해. 누구에게 내보일 필요도 없고."

순간 그의 눈동자에 어떤 감정이 짧지만 강하게 드러났다. 너무 찰나라 아시나는 발견하지 못했지만 심상치 않은 분위기는 충분히 인지하고 있었다. 그녀가 조심스레 베히다트를 올려다보았다.

"……하렘, 싫어해요?"

전부터 미묘하게 느낀 거지만 하렘에 대한 베히다트의 반응이 좋지 않았다. 그는 대답하는 대신 잠시 물끄러미 아시나를 보았다. 그 붉은 눈동자가 어쩐지 상처받은 것처럼 보인다면 자신의 눈이 잘못된 걸까. 아시나는 잠깐 그런 생각을 했다.

"싫어하는 것처럼 보이나?"

아시나의 고개가 끄덕끄덕 위아래로 움직였다.

"여자 싫어해요?"

"글쎄."

생각에 잠긴 듯 베히다트의 시선이 허공을 맴돌았다. 아시나는 그 시선을 따라잡으려 필사적으로 붉은 눈동자를 쫓았으나 그보다 먼저 아시나의 뺨에 닿는 손이 빨랐다.

"……싫어하나."

건드린 것뿐인데 순식간에 뺨이 붉어졌다. 반사적으로 손을 들고 입을 가렸는데 머리카락으로 옮겨 간 손은 떨어질 생각을 하지 않았다. 소리 없는 아우성을 치고 있는데 순간 그가 웃었다. 깨끗한 미소에 아시나의 행동이 멈췄다.

이 남자는 왜 시도 때도 없이 날 공격하는 거지?

이제 좀 진정이 되었다 싶었는데 다시 구렁텅이에 빠져 버렸다. 반한다라는 게 이런 감각인 것인가? 시야에 이 남자 하나밖에 보이지 않는다. 그게 너무나 벅차고 놀라워서 자신도 모르게 조용히 신음했다. 하얗게 빈 공백에 알 수 없는 감정들이 들어찼다.

"베히 님은 결혼 안 해도 돼요?"

……어?

아시나는 자신의 입술을 깨물었다. 내가 지금 뭘 물은 거지. 자기가 물어 놓고 자기가 당황한 꼴이었지만 정말 놀랐다.

갑자기 이 질문이 왜 나온 거야, 대체?!

이상한 건 베히다트도 마찬가지였는지 그가 슬며시 눈을 치켜뜨며 물었다.

"그런 게 갑자기 왜 궁금하지?"

"그건……."

그러게 말입니다. 저도 모르겠지 말입니다. 정말 알 수 없었다. 갑자기 왜 그런 질문이 튀어 나온 건지. 설명할 순 없었지만 그래도 이왕 나온 질문, 답은 꼭 듣고 싶었다. 부끄러움과 창피함이 몰려왔지만 아시나는 꿋꿋하고 싶었다. 그게 바람대로 될지는 모르겠다만.

"그 원래…… 안정적인 후계를 만들어야 하는 건 왕의 의무 같은 거잖아요."

조심스러운 대꾸에 베히다트가 표정을 풀었다.

"그런 것도 아는 건가."

무사히 넘어간 건가? 일단 아시나는 안심했다. 어째서인지 기특하다는 표정이었지만 뭐, 좋은 게 좋은 거겠지. 그래도 확실히 칭찬 비슷한 걸 받을 만큼 대단한 건 아니었다. 누구나 아는 건데. 좀 민망했다. 머리를 쓰다듬는 손길이 이제 제법 익숙하게 느껴지는 건 착각이 아니라 생각하며 저를 쓰다듬는 손에 시선을 돌렸을 때였다.

"여자를 싫어하는 건 아니다."

그렇구나. 다행…… 이다, 가 아니라. 내가 지금 무슨 소리를 하려고.

스스로가 생각한 말에 놀랐지만 다행히 겉으로 큰 동요를 보이진 않았다. 흠흠. 아시나가 표정을 가다듬고 다시 베히다트를 쳐다보았다. 대체 뭘 보고 있던 건지 모르겠지만 시선이 마주치자 그의 입가에 미소가 번졌다.

뭐지, 날 보고 웃는 건가. 착각하고 싶지 않은데 너무 절묘해서 믿어도 될 듯했다. 진한 미소와 함께 손이 떨어졌다. 저도 모르게 드는 아쉬운 마음에 아시나는 입술을 깨물었다.

"단지 조금 귀찮았던 것뿐. 해야 하는 것이 너무 많았거든. 그대는 모르겠지만."

"……뭘 해야 했는데요?"

아시나는 눈동자를 굴리며 조심스레 물었다. 요새는 전과 같은 귀찮은 대립각은 피하고 싶어서 이렇게 묻는 것 하나하나가 조심스러웠다. 궁금하니까 안 물을 수도 없고. 다행히 이런 질문이 그의 심기를 거스르지는 않았다. 그것도 모르냐는 듯 베히다트가 턱을 괴었다. 약간 비틀린 미소가 심술을 부리기 직전의 어린아이 같기도 했다.

"왕이 해야 하는 게 뭐지?"

"그, 글쎄요?"

할 일이 너무 많이 떠올라서 뭘 대답해야 할지 알 수 없었다. 아시나는 고심했다. 무엇보다 왕이 되어 본 경험이 없어서 뭘 해야 할지 사실 애매했다. 왕한테 요구하는 건 많지만 막상 왕이 해야 하는 건 대체 뭘까. 대답이 없자 베히다트는 눈을 감았다.

"이 나라를 안정시키고, 백성들을 먹여 살리는 것. 그것이 일 순위겠지."

맞는 말이었는데 어쩐지 이 순간과 어울리지 않아 아시나는 당황했다. 아니, 정확히는 이 베히다트라는 남자와 어울리지 않았다. 뭐지, 이 괴리는.

새삼스러운 시선으로 올려 보는 아시나를 두고 베히다트가 느긋하게 말을 이었다.

"남대륙의 평원은 넓고 광활하지만 작물의 수확량은 고작 이 나라 백성의 반을 먹여 살릴 정도에 불과해. 고질적인 식량 부족 문제와 물 부족 문제는 언제나 모든 백성들을 괴롭혔지. 각 일족들이 가진 부와 토지가 심할 정도로 불평등해서 언제나 굶주린 자는 버려졌다."

"지금은 해결됐어요?"

"음."

해결된 건 아닌 모양이었다. 아시나는 '괜히 물었나.' 하고 후회했다. 그 순간 그가 웃었다.

"전쟁으로 인구가 줄어든 만큼 예전보단 나아졌겠지."

씁쓸한 한마디였다. 여러 감정이 제 안에서 교차하며 깊은 잔상을 남겼다. 아시나는 똑바로 베히다트를 마주 볼 수 없어 시선을 내렸다. 제멋대로라고 생각했는데…… 자신에게 내보인 단 한 면만 보고 섣불리 판단한 것 같아 미안했다. 뭐, 나한텐 제멋대로였으니 억울하진 않을 테지. 사실 국정은 유능한 부하들이 다 해 주고 공만 가로채는 사람이 아닐까 했던 약간의 의심은 반성했다. 일하는 걸 본 적이 없어서 놀기만 하는 줄 알았는데. 그런 건 아니었구나.

다들 지금의 페시안은 예전보다 많이 나아졌다고 했다. 분명 누군가의 부단한 노력이 있었기 때문이겠지. 생각에 잠긴 아시나의 머리를 어느새 베히다트가 대놓고 만지작거렸다. 모습이 바뀐 뒤, 이 남자는 자신의 머리카락을 장난감쯤으로 여기는 모양이었다.

"문제는 끊임없이 쌓여 가는데 여자라는 게 들어올 틈이 있을 리가."

공허한 말이었다. 그랬구나. 뭔가 납득은 되는데 그와 별개로 기분은 착잡했다. 직접적으로 거절의 말을 들은 건 아닌데 거절당한 듯한 이 찜찜한 기분은 무엇이란 말인가. 아니, 뭐 내가 어떻게 엮여 보려 한 건 아니지만…… 그래도 뭔가 서운하다고 해야 하나.

"그래도 언젠가 후계를 만들긴 해야겠지."

생각에 잠긴 아시나의 눈동자에 시선을 둔 채 그가 말했다. 다른 생각에 잠겨 있던 아시나가 그 말에 시선을 들었지만 이미 베히다트의 시선은 떠난 지 오래였다. 자신의 머리카락에 시선을 주고 있는 베히다트의 옆모습을 지켜보며 아시나는 뭔가 이상한 기분에 사로잡혔다. 후계를 만들겠다는 구체적인 말은 그 어디에도 없는 데다가, 분명 먼 미래처럼 들리는 이야기였는데도 왠지 기분이 안 좋아졌다.

후계를 만든다는 말은 역시 결혼을 한다는 소리인가. 결혼? 이 남자가? 에엑, 상상이 안 가는데. 문득 예쁘고 참한 페시안 여자랑 같이 있을 베히다트를 떠올린 아시나는 반사적으로 인상을 찌푸렸다. 다른 여자랑 있는 베히다트라니, 심할 정도로 기분이 나빴다.

뭐지, 이런 기분. 설마 이런 게 질투라는 건가. 아시나는 괜히 심각해졌다. 질투? 질투라고? 존재하지도 않는 사람한테 질투…….

하, 이제 갈 때까지 갔구나, 아시나.

"그럼 하렘이 폐쇄된 이유가 그것 때문이에요?"

내가 무언가 말을 잘못했나? 아시나는 눈에 띌 정도로 굳어 버린 베히다트를 보며 움찔했다. 가늘게 뜬 눈이 아시나를 뜯어보듯 응시해 왔다. 아시나는 순간 움찔했으나 별다른 변명을 하진 않았다. 그런 게 통할 사람이 아니잖아.

"결국 궁금한 건 그것이었군."

"……."

아니라고 할 수는 없었다. 사실인걸.

시종장이 은근하게 질러 놓고 간 호기심의 불이 아직 아시나 속에 살아 있었다. 그럼 대체 하렘이 왜 폐쇄된 거지? 궁금하면서도 은근히 한편으로는 아무 이유 없을 거란 생각이 들기도 했다. 근데 여자를 싫어해서 하렘을 폐쇄한 게 아니라면, 음, 뭐지. 그럼 여자한테 묶이기 싫어서? 설마 바람둥이?

"아니."

"네?"

딴생각을 하던 아시나는 깜짝 놀랐다. 눈을 동그랗게 뜬 아시나를 흘겨보며 마치 그녀의 속을 들여다보기라도 한 듯 베히다트가 웃었다.

"하렘이 폐쇄된 데엔 다른 이유가 있다."

"뭔데요?"

"그게 그리 쉽게 알려 줄 수 있는 이유 같은가?"

그럼 그렇지. 아시나는 넌지시 떠보는 데 실패한 뒤 직접적으로 물었는데도 소용이 없자 순식간에 시무룩해졌다. 되는 게 없어. 기가 죽은 아시나를 보며 베히다트가 노골적으로 재미있다는 표정을 지었다. 그게 얄미워 아시나가 노려봤는데도 베히다트는 아랑곳하지 않았다.

"내가 어떻게 하면 알 수 있어요?"

"애교 부려 봐."

"……."

아시나는 순간 심각하게 얼었다. 이 남자가 지금 나한테 뭐라고 한 거지?

못 할 건 아니었지만 상대가 상대라서 아시나는 포기했다. 애교라니. 그건 우리 아빠 앞에서나 부릴 수 있는 거라고. 아니, 딱히 그 정도로 친하지 않아도 된다. 뭔가 친근하기만 하면 되는데…….

저 남자를 상대로 친근?

지금 곁에 가는 것조차 문제인데?

"그냥 죽으라고 해요."

단호한 아시나의 대꾸에 베히다트가 낮게 웃음을 터뜨렸다. 나쁜 인간. 내가 재밌냐! 아시나는 속이 부글부글 끓었다. 건수만 있으면 오늘의 치욕을 반드시 갚아 주겠다. 아시나가 속으로 이를 가는지도 모르고 베히다트는 계속 웃었다. 조금 기다리면 그칠 줄 알았는데 웃음이 너무 오래가고 있었다. 아시나는 결국 참다가 물었다.

"내가 질색하는 게 웃겨요?"

"아니."

잠깐 웃음을 멈추며 그가 손을 뻗었다. 그 손을 쳐 내며 아시나가 노골적으로 인상을 찡그렸다.

"그런데 왜 웃어요?!"

"재미있어서."

"……."

왜 이렇게 짜증이 날까. 이미 의식이고 뭐고 날아간 지 오래였다. 전의를 불태우는 아시나를 보며 베히다트는 또 웃었다. 웃으면 복이 온다는데, 왜 저 남자한테 갈 복을 걷어차 버리고 싶은 기분이 드는 거지? 팔짱까지 끼고 대놓고 노려보는 아시나를 기분 좋은 시선으로 바라보며 베히다트가 다시 턱을 괴었다.

"날 웃게 해 준 대가로 한 가지는 알려 주지."

어디 말해 보라는 듯 아시나가 턱짓했다. 건방진 행동이었지만 그는 상관하지 않았다.

"내가 폐쇄한 게 아냐."

그럼? 아시나가 되묻듯 표정을 풀었다. 그가 싱긋 웃었다.

"거길 폐쇄한 건 전대 사 쿤이었다."

"왜요?"

"알고 싶나?"

순진하게 고개를 끄덕이는 아시나를 보며 베히다트가 뭔가를 꾸미는 듯 눈을 가늘게 떴다.

"키스 한 번?"

여기서 갑자기 키스가 왜 나오는 거지.

"지금 내 키스가 얼마나 비싼지는 알고 하는 말이에요?"

그가 의외라는 듯 웃었다.

"그건 좀 더 비싼 대가를 지불하면 해도 된다는 소리인가?"

"윽."

"의외로 적극적인데?"

베히다트의 시선이 아시나를 위아래로 훑어보았다.

저기요, 살아 있는 신님.

"……오해 그만둬 주면 안 될까요?"

"안 되겠는데."

그가 얄밉게 웃었다.

"난 그대가 재미있거든."

퍽도 재밌겠다, 신 나부랭이야.

아시나는 언젠가 그의 면전에 대고 이 소리를 꼭 해 주겠다고 다짐하며 인상을 썼다. 그러거나 말거나 의자에서 일어난 베히다트가 침대 안으로 들어왔다. 자연스럽게 아시나를 끌어당기는 손길이 어찌나 당당한지, 마치 그게 당연하다는 듯한 몸짓이었다.

의식이 안 되긴 개뿔. 다시 의식되기 시작해서 뺨이 서서히 달아올랐다. 그녀는 자신이 느끼는 이 창피함과 부끄러움을 어찌할 줄 몰라 했다.

"키, 키스할 거예요?"

"망설이고 있어."

"네? 왜요?"

나지막한 음성이 귓가에서 속삭였다.

"멈출 수 없을 테니."

뭘 멈출 수 없다는 걸까? 의아해하기도 전에 그가 꽤 심각한 표정으로 아시나를 내려다보았다.

"뼈까지 삼켜 통째로 먹고 싶다."

무언가 절실하고 안타까운 목소리가 나지막하게 울렸다.

"……."

지금 이거 나를 잡아먹는다는 소리인가. 아시나가 단호하게 대꾸했다.

"식인은 안 돼요."

"못 알아듣는군, 우리 고양이는."

누구더러 고양이래. 어렴풋이 그 말이 어떤 의미인지는 알지만 굳이 아는 척하고 싶진 않았다. 베히다트는 그러거나 말거나 즐거운 듯 아시나를 제 품에 깊이 끌어당겼다. 약간 서늘하기까지 한 이 온기에 점점 길들여져 가고 있었다. 이렇게 고분고분하게 따라가면 안 된다고 이성이 경고했지만 자신은 결국 그를 거부할 수 없다는 걸 알았다. 굳이 사내의 근력을 이기지 못한다는 현실적인 이유가 아니더라도…….

끝이 뻔한 관계.

마음을 깨달은 순간 접어야 한다는 건 끔찍했다. 자신도 모르는 새 결과가 보이는 시작점으로 내몰렸는데 그 길을 갈 수는 없었다. 차라리 모르는 편이 나았을 뻔했다. 아시나는 이 마음이 커지지 않기를, 터지지 않길 바라며 시선을 내렸다.

"이 정도는 괜찮겠지."

뭐가 괜찮다는 거지? 물어보기도 전에 마치 그가 대답하듯 아시나의 입술에 입을 맞췄다. 지그시 내려온 부드러운 입술의 감촉에 아시나는 그대로 굳어 버렸다. 마치 입술로 쓰다듬듯 뺨과 이마 그리고 머리에 내려온 애정이 담긴 키스에 아시나는 순식간에 얼어붙었다.

"이게……."

뭐가 괜찮아!

"게디크가 알현을 청했다는 건가?"

아침부터 심오한 표정으로 서 있는 이만이 소리 없이 고개를 끄덕였다. 이만은 평소와 상반되는 진지하고 심각한 태도로 입을 열었다.

"무언가 건수를 잡은 듯한 표정이었습니다. 대놓고 '이제 폐하께서 다시 나타나실 때가 아닌가.'라며 절 압박하더군요."

이만은 게디크 대재상의 흉내를 완벽하게 소화하며 고개를 흔들었다. 집무실에서 처리하는 업무들이 꽤나 무게 있고 굵직한 것들이라 일만 제대로 처리했다면 대재상의 지위를 가진 게디크가 모를 일은 없었다. 그런데도 알현을 청했다니, 무언가 석연치 않았다.

"건방지군. 내가 먼저 의사를 드러내지 않으면 찾지 않는다는 암묵적인 규칙을 무시하다니."

물론 이례적인 상황인 만큼 그만한 패는 준비해 놨을 터였다. 이만이 찜찜한 듯 인상을 찡그렸다.

"낌새가 좋지 않습니다. 어쩐지 불길하군요."

"바레인 쪽은?"

"궁내에선 샤르자 대족장과 대재상 사이에 따로 특별한 접촉은 없었습니다. 요샌 가문의 손님을 맞거나 편지 쓰는 일이 전부더군요. 책 읽고 산책 다니는 모습을 보고 있노라니 부러워서 죽을 것 같습니다."

오늘도 아침부터 저녁까지 빽빽하게 채워진 수많은 일정들로 쉬는 시간도 없는 이만이 훌쩍이며 흐르지도 않는 눈물을 닦았다. 휴가를 좀 달라는 무언의 시위에 베히다트가 옅게 웃었다.

"쉴 거면 평생 쉬어도 된다."

이만이 잠시 두 눈을 굴리더니 비굴하게 웃었다. 이미 휴가는 체념한 표정이었다.

"……아닙니다, 폐하. 제게 딸린 처자식이 몇인데요. 더 열심히 해서 이곳에 뼈를 묻겠습니다!"

"그건 좀 힘들겠는데. 궁엔 왕족만 묻히거든."

제법 너그러운 대꾸에 이만이 두 눈을 동그랗게 떴다. 며칠 전만 해도 약간의 농도 허락지 않겠다는 빽빽한 공기가 있었는데 이게 무슨 변화란 말인가. 미미한 냉기는 아직 남아 있었지만 솔직히 말해서 놀라웠다. 엄청난 장족의 발전…….

이 변화를 만들어 낸 것이 그 여인이란 말인가.

잠시 딴생각을 하느라 말이 없는 이만을 보고 베히다트가 물었다.

"왜 그렇게 보지?"

"아니, 뭐 기분 좋으신 일이라도 있으신가 생각 중이었습니다."

능글맞게 웃으며 이만이 의심의 눈초리로 베히다트를 올려 보았다. 농을 하시다니. 정말 몇 년에 한 번 있을까 말까 한 드문 반응이었다.

자신이 생각해도 무례하다 싶을 정도로 빤히 응시했는데 어떤 타

박도 날아오지 않았다. 순순히 아무 말도 없이 넘어가는 베히다트에 이만의 혼란만 가중되었다. 어제 뭐 잘못 드셨나? 음식엔 어떤 문제도 없었다. 그럼 이 반응은 도대체 무엇이란 말인가.

이만이 반짝이는 시선으로 쳐다보건 말건 책상을 손끝으로 툭툭 치던 베히다트가 고개를 끄덕였다.

"시간을 잡도록 하지. 알현을 청했다면 그에 합당한 이유가 있을 테니."

시종장으로서의 의무를 잊지 않은 이만이 재빨리 답했다.

"그럼 내일 중으로 일정을 잡아 놓겠습니다."

"아니, 오늘로 잡아."

그래도 되겠냐는 기색으로 이만이 되물었다.

"괜찮으시겠습니까?"

확답 대신 베히다트는 고개를 끄덕였다.

어차피 볼 거라면 빠를수록 좋았다.

"오늘 오후에 불러와라."

단호한 명령에 얼떨떨했지만 이만은 곧 짤막한 대답과 함께 고개를 숙였다. 정해진 예법에 따라 인사를 마친 시종장이 맡은 바 소임을 다하기 위해 물러났다. 이만이 물러나고 남은 빈자리를 응시하며 베히다트는 잠시 이것이 대체 무엇의 전조인지 가늠해 보았다.

아무리 게디크가 제 야망에 비해 멍청하다고 하나, 4년이나 굳건히 대재상의 지위를 공고히 지키고 있는 자였다. 바레인의 뒷배가 작용했다고 해도 본인 역시 어느 정도 수완이 있어야 가능한 일이었다.

이만이 가고 얼마 지나지 않아 피곤한 기색이 역력한 나시르가 집무실에 들어섰다. 원래도 그리 좋은 몰골은 아니었지만 요즘 들어 나시르의 상태는 보는 사람이 안쓰러울 정도로 심각했다. 본인은 신경 쓰지 않는 모양이었지만. 간단한 인사를 마친 나시르가 바로 심각한 표정을 지었다.

"시종장께서 무슨 급한 일이라도 있으신 겁니까?"

"그건 왜 묻지?"

"아, 오는 길에 마주쳤는데 인사도 하지 않고 지나가서요."

나시르가 수상하다는 듯 중얼거렸다.

"보통 붙잡고 이십 분 정도는 수다를 떠시던 분이 아니십니까?"

"급해 보이던가?"

"그다지 여유 있어 보이진 않았습니다."

의아해하는 나시르는 보며 베히다트가 고개를 끄덕였다. 어차피 하려 했던 이야기였다.

"게디크가 알현을 요청해 왔다."

"예?"

눈을 두어 번 깜빡이던 나시르가 제 자신이 잘못 들은 건지 확인하기라도 하려는 양 다시 물었다.

"대재상이 말입니까?"

"그래."

"대체 무슨 이유랍니까?"

"모른다."

"……어, 네?"

완전히 처음 듣는다는 나시르의 반응에 베히다트가 턱을 괴었다.

"그대도 이유를 모르나 보군."

"전혀 감이 잡히지 않습니다."

바레인과 잘릴 위주로 감시하고 있다고 해도 게디크 또한 감시에서 자유로운 건 아니었다. 나시르가 아는 바로 게디크는 연회에서 자신의 인맥을 공고히 하는 데 집중했다. 완전히 은거한 장로들처럼 구는 바레인이나 여자라면 가리지 않고 닥치는 대로 손을 대는 잘릴과는 어딜 보나 접점이 없었다.

"다시 나서실 겁니까?"

"그래야겠지."

걱정할 인물은 아니지만 그래도 나시르는 마음이 놓이지 않았다. 관료들이 고분고분하다고 해도 라 쿤이 갑자기 자리를 비우고 사라진 건 충분히 말이 나올 만한 일이었으니까.

"이즈미르도 도착했으니 더 이상 이러고 있는 것도 힘들겠군."

"하긴 이제 곧 본격적인 축제도 시작될 테니까요."

"주인공이 빠질 수는 없겠지."

정작 그 주인공은 관심도 없는 축제라고 해도 말이다. 나시르는 수긍의 의미로 웃었다. 그러다 잊고 있었다는 듯 짐짓 심각하게 입을 열었다.

"아, 무스카트에서 다우드 족장이 출발했다는 소식이 왔습니다."

"다우드가?"

이건 오늘 아침, 동이 트기도 전에 도착한 소식이었다. 사실 나시르는 오늘 이 건을 의논하기 위해 서둘러 온 것이나 마찬가지였다.

"이미 대리인을 보내지 않았던가?"

"자세한 이유는 모릅니다. 편지로 적을 수 없는 급한 사안이 생겨 온다고만 알려 왔습니다."

그리고 다른 누구도 통할 수 없어 자신이 직접 온다고 했다.

"그밖에 다른 건 없는가?"

"수르트에서 크롬웰 사신을 만나기 위해 크라차의 수뇌부들이 먼저 움직였다고 합니다. 정확히 무슨 이유인 줄은 모르겠습니다."

"정성이 지극하군."

"목숨 줄이니까요."

약한 분노가 어린 나직한 비아냥거림을 못 알아들을 리 없었다. 나시르는 한숨과 같이 대꾸했다.

"크라차의 모든 부를 건네준 자들이 아닙니까?"

"처음으로 돌아가지."

냉정하게 끊으며 베히다트가 일어났다.

"게디크가 왜 나를 찾는 것일까?"

나시르는 잠시 생각해 보았지만 별다른 건 없었다.

"대재상의 최근 일정에 별다른 특이점은 없었습니다."

"이만의 말로는 건수를 잡은 듯한 태도였다더군."

나시르가 고민하는 기색을 내비쳤다.

"……딱히 책잡힐 만한 것은 없지 않습니까?"

베히다트가 입매를 비틀어 웃었다.

"하나 있지."

부연 설명이 없어도 베히다트가 무슨 말을 하는지 알아들었다. 하지만 그래도 나시르는 이해가 가지 않았다.

"그걸로 쓸데없이 시하드께 자극을 줄 이유가 없습니다. 얻는 게 없는데."

만약 정말 그걸 걸고넘어지는 거라면 이번 알현은 결코 쉬이 넘길 수 없을 것이다.

"대재상의 독단적인 행보일까요?"

자못 심각해진 나시르의 표정에 베히다트가 웃었다.

"만나 보면 알겠지."

"오랜만에 뵙는 것 같습니다, 시하드시여."

"오랜만이군."

마치 기다리고 있었다는 듯 게디크는 오후가 되자마자 알현실로 찾아왔다. 오랜만에 내려다보는 게디크의 얼굴은 달라진 것이 별로 없었다. 그러나 평온한 척 가장하는 표정 아래로 어딘가 흥분한 기색은 지우지 못했다. 정말 이만의 표현대로 제대로 걸고넘어질 것을 다짐하며 찾아온 듯한 분위기에 베히다트는 의아함을 느꼈다.

게디크는 사람 좋은 웃음을 지으며 부드럽게 말을 붙였다.

"허허, 그래도 축제 전엔 돌아오셨군요. 또 아슈마에로 가신 게 아닐까 저어했습니다."

"그런가? 그대 표정은 편해 보이는데 말이지."

비틀어 웃는 미소에 움찔한 게디크가 시선을 은근슬쩍 내리깔았다. 아직 정면으로 베히다트의 시선을 마주하는 건 역부족인 듯했다.

"내가 궁을 비우면 가장 좋은 게 그대 아니던가?"

"그럴 리가요."

당치도 않다는 듯 게디크가 고개를 가로저었으나 이미 그의 마음은 다 들켜 버린 지 오래였다. 아무리 눈치가 없다고 해도 그 정도는 게디크 스스로도 알고 있었다. 어색한 헛기침을 한 뒤의 정적이 깊어질 무렵, 한참을 눈치만 보던 게디크가 찻잔을 내려놓았다.

"이번엔 무슨 연유로 자리를 비우신 것인지 제가 감히 여쭈어도 되겠습니까?"

"지금 추궁하는 건가?"

"제가 어찌 감히. 그저 소인이 알아 둬야 할 일이 있을까 염려되어 여쭈어 본 것입니다. 주제넘은 행동이었다면 용서하소서."

사람 좋은 미소를 짓고 있지만 그 가면 뒤에 어떤 생각을 하고 있는 건지 불행히도 다 읽혔다. 다른 때라면 제대로 본론으로 넘어가지도 못하고 쩔쩔매는 게디크가 언제쯤 본론을 꺼내나 지켜보았겠지만, 지금 베히다트에게 그럴 너그러움은 없었다.

"자리를 비운 동안 큰일이라도 있었나?"

"다행히 모두가 무탈합니다."

"그럼."

꽉 다문 잇새로 살벌한 음성이 흘러나왔다.

"왜 알현을 원한 거지?"

노기와 함께 살기가 자신을 향하는데 예상외로 게디크는 꿈쩍도 하지 않았다. 오히려 이때를 기다렸다는 듯 잔뜩 심각하고 걱정스러운 표정으로 입을 열었다.

"이상한 소리를 들었습니다."

베히다트가 눈을 가늘게 떴다.

"시하드께서 새로 들이신 아이라께서 크롬웰과 관련된 첩자일 수 있다는 소문이 돌고 있더군요."

이것이었나.

숨기지 못한 노기가 여과 없이 흘러 게디크를 숨 막히게 만들었지만 대재상이라는 자리는 거저 얻은 게 아닌지 게디크는 꿋꿋이 제 할 말을 마쳤다.

"그것에 대한 진실 규명을 원합니다."

베히다트는 본능적으로 느꼈다. 이자의 배후에 누군가가 있음을. 게디크에겐 자신을 몰아붙일 강단이 없었다. 그렇다면 누구인가. 이 남자 뒤에 숨어서 자신을 자극하려는 자가. 어찌 보면 뻔한 답이었지만 바레인이 이것으로 뭘 노리는지 짐작할 수 없었다.

"그건 어디서 들은 말이지?"

"워낙 풍문이 무성해 딱 꼬집어 어디에서 들었다고 말을 올리기 송구스럽습니다."

게디크가 발을 뺐다. 출처를 밝힐 수 없다는 애매모호한 태도에 베히다트가 이마를 좁혔다.

"그럼 지금 확실하지도 않은 정보를 가지고 내게 온 건가, 대재상?"

"그건 아닙니다."

단호하게 대꾸한 게디크가 제법 확고하게 몰아붙였다.

"물론 전통적으로 하렘 여인들의 신분 고하는 따지지 않는 게 관례이지만 혹 적국의 첩자일 가능성이 있다면 말이 달라지지 않겠습니까?"

베히다트는 일단 어디 떠들어 보라는 듯 고개를 끄덕였다. 게디크는 기회를 잡았다는 듯 제법 진중하게 말을 이었다.

"저에겐 그 여인이 첩자일지도 모른다는 어떤 증거가 있습니다. 일부러 라 쿤께 접근한 것이 아닌가 하는 의혹도 존재합니다. 노여워하지 마시길, 저는 그저 쿤의 종으로서 순수하게 시하드의 안위를 염려하고 있는 것입니다."

자신을 위한답시고 이런저런 이유를 달았지만 실제로는 협박이나 다름없는 말이었다.

"그래서."

베히다트는 노기를 보이지 않으려 했지만 저절로 뿜어지는 살기를 제어하기 힘들었다. 기분이 저절로 곤두박질쳤다.

"그대가 직접 내 아이라를 보기라도 하겠다는 건가?"

"물론 아닙니다."

게디크는 발뺌하며 고개를 가로저었다.

"제가 감히 어찌 그러겠습니까, 시하드시여."

그 웃는 얼굴조차 거슬렸으나 가만히 놔두었다. 그걸 제 자신도 알고 있는 건지 게디크가 얌전히 변명조로 덧붙였다.

"축제를 앞두고 알 페시안이 많이 소란스럽습니다. 아직 명확히 밝혀진 것도 없고 저 또한 큰일로 키우고 싶지 않습니다. 하나 이런 일을 알면서도 보아 넘겼다가 혹 시하드를 잃게 되지 않을까 노심초사하는 소신들의 마음을 알아주시길 바랍니다. 그리고 이건 저 하나만의 의견이 아닙니다."

말은 잘하는군. 이걸로 확실해졌다. 게디크 혼자만의 독단은 아니었다. 이건 바레인 짓이었다.

궁지에 몰아넣은 것도 아닌데 바레인이 답지 않은 짓을 하고 있었다. 그가 어떤 자극이라도 받은 것인가. 돌이켜 지난 일들을 되짚어봤으나 바레인이 움직일 만큼 강렬한 사건은 없었다. 베히다트는 짧게 생각에 잠겼다. 아직은 이 요청을 무시할 수 있지만 후에 분명 대족장들과 여타 다른 관료들까지 동요시켜 다 같이 몰려올 것이 뻔했다. 그들에겐 자신들의 신을 위한다는 명분이 확실했다. 정치적인 갈등이라면 모를까 라 쿤의 안위에 관한 것이라면 어떤 자든 우려부터 할 것이다.

베히다트는 일단 그들이 무얼 원하는지 두고 보기로 했다. 지금껏 그래 왔듯.

"뭘 원하는 거지?"

"당연히 아이라 되시는 분의 명확한 신분 증명입니다."

나조차 해내지 못하는 걸 원하는군.

비웃음에 게디크의 신영이 흠칫했다. 베히다트가 차갑게 뇌까렸다.

"못 하겠다면?"

"어찌 그런……."

"그대의 말대로 나도 내 여인이 첩자인지 아닌지 궁금하다."

지나칠 정도로 매혹적인 미소가 그의 입가에 걸렸다.

"하나 그대들 앞에 내보일 수는 없다."

지당한 말씀이라는 듯 게디크가 고개를 끄덕였다. 그가 다시 사람 좋게 웃었다.

"제 딸을 시녀로 보내겠습니다."

감시를 하겠다는 것인가. 베히다트의 반응을 살피며 '이 정도면 괜찮지 않은가?'라고 말하듯 게디크가 부드럽게 물었다.

"여인이라면 시하드께서도 괜찮으시겠지요."

딱히 쳐 낼 명분이 없었다. 베히다트는 결국 고개를 끄덕였다.

"……고려해 보겠다."

고려해 보겠다 했지만 답은 이미 정해진 것이나 마찬가지였다. 게디크가 내세우는 논리는 가장 단순하지만 그만큼 효과적이었다.

나시르는 제법 심오한 표정을 지었다. 게디크가 아시나를 걸고넘어지며 그렇게 압박을 해 오는 저의가 의문이었다. 뭐, 충성심이 넘치는 신하들이라면 누구나 걱정할 법했지만 문제는 그 말을 한 사람이 대재상이란 것이다.

"그럼 앞으로 자키야 양이 아시나 양을 감시하는 겁니까?"

"게디크의 논리에 따르자면."

베히다트는 아무렇지 않은 듯 대꾸했지만 나시르는 심각하게 중얼거렸다.

"질투인가."

그렇게 몇 년을 들이밀었는데도 딸이 얻지 못한 자리를 빼앗은 정체도 모르는 여자에 대한 원한? 나름 일리는 있었다. 정말 그게 사실이라면 게디크에 대한 평가가 조금 달라져야겠지만. 지금도 충분히 문제가 있는 자였지만 나시르는 그가 그 이하까지 내려가는 걸 원하지 않았다. 그래도 나름 페시안의 내정을 돌보고 있는 자였으니까.

"대체 무슨 생각일까요?"

"그보다 신경 써야 하는 건 그 뒤에 바레인이 있다는 것이다."

"바레인이 말입니까?"

나시르는 두 번 놀랐다.

"바레인이 왜?"

가만히 제자리만 지키고 있던 자가 뜬금없이 움직이니 황당했다. 그가 움직이길 기다리긴 했지만 그래도 이런 식으로 나올 거라고는 예상하지 못했다. 나름대로 바레인이 약점을 노린 것인가? 그렇다고 쳐도 바레인의 계획치고는 너무 빈약했다.

"자키야 양을 아시나 양 옆에 붙이는 것이 목적이라면 대체 그걸로 그 둘은 뭘 얻는 걸까요?"

"……."

나시르는 아무리 고민해도 답을 얻을 수 없었다. 그건 침묵을 지키고 있는 베히다트 역시 마찬가지였다.

"허락하실 겁니까?"

나시르의 불안한 시선이 베히다트에게 꽂혔다. 잠시 생각하던 베히다트가 느긋하게 대꾸했다.

"그래서 유리해진다면."

문제는 유리해질지 불리해질지 알 수 없다는 점이었다. 한참의 고민 끝에 나시르가 고개를 끄덕였다. 일단 당장은 피할 수 없는 문제였다. 거부할 핑계도 마땅하지 않았다. 이럴 줄 알았으면 아시나 양의 도망을 도울 걸 그랬나. 뒤늦은 후회가 덮쳤지만 나시르는 아무렇지 않은 표정으로 고개를 들었다.

"아시나 양에게 미리 당부해야겠습니다."

자키야는 만만한 상대가 아니었다.

"이건 아시나 양에게도 어느 정도 준비가 필요한 일입니다."

그에 관해선 베히다트도 동의하는 바였다.

"당장 쳐들어오진 않을 거다. 일단 자키야의 입궁은 내일 모래 정도니까."

"그렇다면 안심이지만……."

나시르는 사실 다른 것이 마음 쓰였다. 자키야, 사 쿤의 총애를 받은 소녀. 자키야가 받은 총애가 있었기에 아무런 연고도 없던 게디크가 순식간에 급부상할 수 있었다. 딸을 통해 수많은 권력자들과 인맥을 다지고 차근차근 관직을 꿰어 찬 게디크는 결국 원하던 대재상의 자리에까지 앉았다. 어렸을 때부터 아버지의 인맥 관리에 동원되었던 자키야를 알고 있기에 나시르는 이 일이 영 석연치 못했다.

"자키야 양은 이 일에 찬성한 것일까요?"

"마음이 여려 제 아비를 외면하지 못하는 아이다. 게디크가 늘 그렇듯 감정에 호소했다면 못 이기는 척 들어주었겠지."

얼마 전 찾아왔던 자키야의 모습을 떠올려 보던 베히다트는 낮은 한숨을 내쉬었다. 착잡한 건 나시르도 마찬가지였다.

"그럼 제가 아시나 양께 당부해 놓겠습니다."

"아니."

건조한 목소리가 물러나려던 나시르의 발목을 붙잡았다.

"내가 하겠다."

시하드 궁의 가장 깊은 곳에 마련된 침소. 이 회랑을 오가면서

단 한 번도 어떤 상념에 잠겨 본 적 없었다. 잠을 자는 용도 외엔 쓰인 적 없던 장소인지라 다른 것이 끼어들 여지가 없었기에 가능한 일이었다. 하나 지금은 이 익숙한 길과 문 앞에 서면 저도 모르게 생각에 잠기고 만다. 더불어 망설임도 함께.

소리 없이 열리는 문 안으로 들어서자 달라진 것이 없는 풍경이 그를 맞이했다. 더불어 그 방 한가운데에서 열심히 머리카락을 가지고 낑낑거리는 한 여인도.

누가 온 것도 모르는지 자신의 머리를 가지고 열심히 무언가를 하고 있었다. 시녀들이 도왔지만 생각보다 마음에 들지 않는 건지 머리에 꽂은 장신구들을 전부 뽑아냈다. 길고 탐스러운 머리카락이 순식간에 흘러내렸다. 목덜미를 가리는 건 마음에 들지 않았지만 시선을 뗄 수 없었다. 다만 여전히 화려한 저 머리카락은 적응이 되지 않았다.

"아, 왔어요?"

방에 들어온 지는 꽤 된 것 같은데 아시나는 이제야 눈치챈 듯했다. 그래도 제법 자신을 맞이하는 것이 익숙해 보이는 모습에 기분이 묘해졌다.

"이젠 놀라지도 않는군."

"……놀랐는데."

베히다트의 시선이 아시나를 향했다. 아시나는 저도 모르게 몸을 움츠렸다. 천천히 아래부터 위까지 훑어본 그가 나지막이 물었다.

"누가 그런 옷을 입힌 거지?"

특별히 다른 옷은 아니었다. 다만 화려한 장식이 달려 있고 살짝 비치는 소재의 검은 옷이 상상 이상으로 아시나에게 잘 어울렸다.

"시녀들이요."

아시나가 불안한 듯 자신의 차림새를 한번 보더니 다시 물었다.

"어울린다던데. 안 어울려요?"

어울렸다. 솔직히 말해 주기 싫을 정도로. 아무리 그렇다 해도 페시안 옷이 이렇게 잘 어울릴 수 있는 걸까? 북인인데? 옷 자체가 예쁜 거라 치부하기엔 아시나의 모습이 지나칠 정도로 매력적이었다. 소리 없는 신음을 삼키며 베히다트는 대답 대신 물었다.

"그 차림을 누가 봤나?"

"아니요, 오늘 온 사람이 없어서 시녀들 빼곤 베히 님이 처음인데요."

"그렇군."

이 모습을 처음, 그리고 유일하게 본 게 자신이라는 게 이렇게 기쁠 수 있다니. 티 내고 싶지 않은데 기분이 좋아지는 걸 막을 수 없었다. 뻗은 손이 자연스레 아시나의 허리를 감았다. 전부터 생각했지만 조금만 당겨도 품에 쏙 들어오는 건 정말 마음에 들었다. 아시나가 움찔거리며 불만스레 올려다보았으나 베히다트는 무시했다. 자연스레 자신의 것이라고 과시하는 손길에 시녀들이 알아서 자리를 피했다. 한결 부드러워진 그의 표정에 아시나는 대놓고 의문을 표했다. 하지만 베히다트는 그 의문을 받아 주지 않았다. 결국 심통이 났는지 아시나가 슬그머니 인상을 썼다.

"그런데 왜 이렇게 일찍 왔어요?"

대답 대신 그의 시선이 아시나에게 닿았다.

"보통 해 지고 나서야 오잖아요."

아시나는 당당하게 창밖이 아직 훤한 대낮임을 가리켰으나 베히다트의 시선은 여전히 아시나에게 고정된 채였다.

"그게 불만인가?"

"불만은 아니고…… 그냥 궁금하다고요."

이 남자가 오늘 따라 왜 이렇게 열렬한 시선으로 쳐다보는 거지?

아시나는 익숙해질 수 없는 시선에 또 흠칫했다. 타인의 시선에는 어느 정도 익숙해졌다고 생각했는데 아니었다. 도무지 이 남자의 시선엔 익숙해지지 않았다. 그렇다고 싫은 것도 아니었지만…….

아시나가 슬며시 시선을 들었다.

"진짜 안 어울려요?"

말이 없는 시녀들이 웬일인지 입혀 놓고 한참이나 감탄을 해서 잘 어울리는 줄 알았는데 착각인 모양이었다. 베히다트는 여전히 답을 해 주지 않았다. 결국 따가운 시선을 억지로 버티며 마주하고 있던 아시나가 먼저 포기했다.

"잠깐 있어 봐요. 안 어울리면 갈아입고 올래."

"어울려."

도망가려는 아시나의 팔을 잡아채 다시 제 품 안으로 가둔 그가 낮게 속삭였다.

"미치도록 어울리니까 가만히 있어."

단순히 그것뿐이었는데 아시나의 뺨이 순식간에 달아올랐다. 미사여구도 없는 건조한 칭찬 한마디에 어떻게 이런 기분을 느낄 수 있는 걸까? 구름 위를 둥둥 떠돌아다니는 것 같은 기분이었다. 두근두근. 규칙적으로 뛰는 심장 소리가 의식하지 않는데도 들려왔다. 그것과는 별개로 가까이 있는 상대의 존재감에 몸이 저절로 긴장했다. 잔뜩 힘이 들어간 어깨 때문에 이젠 조금 아플 지경이었다. 어떡하지. 이대로 벗어나려고 했다가 다시 잡히면 지금보다 힘들 것 같았다. 어쩌지. 아시나는 짧게 갈등하다가 두 눈을 질끈 감았다.

"저기요."

"이름 불러."

시간차도 두지 않고 돌아온 대꾸에 아시나가 눈을 떴다.

"베히다트 님."

뭔가 마음에 들지 않는 건지 베히다트가 슬쩍 눈을 치켜떴다. 살짝 찔린 아시나가 입술을 깨물었다.

"이름 부르라면서요."

"짧게 불러."

"시하드시여?"

이쯤 되면 쓸데없는 반항이었다. 끌어당겨 침대로 끌고 간 베히다트가 음흉하게 중얼거렸다.

"날 그렇게 신으로 모시고 싶은 줄은 몰랐는걸."

"아니, 그게……."

아시나가 어색해하며 고개를 돌렸다. 그 옆모습을 홀린 듯 바라보며 베히다트가 작게 웃었다. 불편해하는 게 귀엽다고 하면 성을 내겠지. 성질을 긁고 싶진 않았다. 성질을 내는 것도 귀여웠지만 너무 긁으면 토라져 어떻게 달래야 할지 알 수 없으니 아직은 꺼려졌다.

자신의 옆모습에 꽂히는 시선이 의식되는지 아시나가 슬쩍 돌아봤다가 다시 고개를 돌렸다. 그러면서도 참지 못해 다시 슬그머니 시선을 돌리는 게 마냥 귀여웠다. 보고만 있어도 질리지 않는 건

이 여자가 유일하리라.

"왜 그렇게 봐요?"

"뭘?"

"내 얼굴에 뭐 묻었어요?"

"아니."

아시나가 거울을 찾는지 주변을 두리번거렸다. 그 순간에도 여전히 베히다트의 시선은 아시나에게 있었다.

"그럼 왜 봐요?"

"예뻐서."

"……."

아시나가 손을 올려서 얼굴을 가렸다. 어떤 표정을 짓는 건지 온전히 보진 못했지만 그것만으로도 충분했다. 베히다트가 작게 웃었다. 이 체취나 온기, 작은 존재감 모두가 아까웠다. 완전히 가질 수 없다는 걸 알면서도 이런 감정이 들 수 있다는 게 믿기 힘들었다.

"대체 왜 웃는 거예요?"

"귀여워서."

"내, 내가요?"

"그래."

한때는 목 졸라 죽이고 싶은 충동마저 들었는데 지금은 손대는 것조차 아까웠다. 그렇다고 떨어지는 건 허락하고 싶지도 않고. 또 뺨이 붉어진 아시나가 울상을 지었다. 아니, 거의 울 것 같은 표정이었다.

"이런 것도 나쁘진 않군."

아시나가 소리쳤다.

"솔직히 말해 봐요. 베히 님 바람둥이였죠?"
"그런가?"
"말하는 게 바람둥이 같아!"
"마음대로 생각해."
아시나가 열을 냈지만 그게 통하진 않았다. 이 바람둥이! 문제는 바람둥이라고 생각하는데도 넘어갈 것 같은 자신이었다. 아니, 사실은 거의 넘어간 것 같지만…….
의식하지 않았을 때도 홀렸는데 감정을 알고 나니 더 흠뻑 빠지는 것 같아 불안했다. 어떻게 해서든 중심을 잡고 싶은데 이 남자와 있으면 모든 게 불가능했다.
"오늘은 잘 지냈나?"
나른한 목소리에 아시나가 볼멘소리를 냈다.
"지금 잘 못 지내고 있어요."
머리 위에서 그가 웃었다.
"그렇게 말해도 안 놔줄 거야."
"한동안 안 이런다 싶더니……."
멀리 있을 때가 좋았다. 그땐 거리가 있었으니 어느 정도 감추는 게 가능했으니까. 하지만 온기가 마주 닿으니 이 기분을 말로 형용할 수 없었다. 안심이 되면서도 긴장된다. 그런 상반되는 감정은 아시나를 더 깊은 구렁텅이로 밀어 넣었다.
"내 피부가 그렇게 좋아요?"
"마음에 들어."
단단한 손이 자신의 입술로 하얀 손을 가져갔다. 그 하얗고 보드라운 손등에 뜨거운 입술이 내려앉았다. 곧이어 손목에도 팔등과

팔꿈치에도 자잘한 키스가 이어졌다.

"베히 님."

놀란 아시나가 다른 손으로 다급히 베히다트의 팔을 잡아 보았지만 헛수고였다. 점점 올라오는 입술이 마침내 어깨에 닿았고 곧 이어 목덜미에 내려앉았다.

"베히 님."

재촉인지 거부인지 모를 가느다란 목소리에 베히다트가 멈칫했다. 마음 같아선 이대로 끝까지 가고 싶었지만 한 자락 이성이 겨우 그를 붙잡았다.

"……정말 고문이군."

아직 진정되지 않아 숨을 몰아쉬던 아시나가 고개를 내렸다. 뺨은 붉어져 있지만 눈동자는 맑기만 해 베히다트는 소리 없는 한숨을 내쉬어야 했다.

"뭐가요?"

베히다트의 한숨을 들으면서 아시나는 살짝 의문을 품었다. 이 남자가 나한테 원하는 게 대체 뭘까. 자신의 외적인 것이 아니라 그냥 아시나라는 자기 자신에게 바라는 그 무언가. 이전엔 애써 외면했으면서 이제 와 궁금해하는 자신이 웃기기도 했지만 그게 무엇인지 알고 싶었다. 게다가 은근히 자신이 무시받고 있는 상황이 마음에 안 들었다.

이 남자는 맨날 내가 뭘 모른대. 대체 뭘 모르는지 알려 주고 무시를 하든가. 맨날 모른다고만 하니 알 턱이 있나. 정말 하나부터 열까지 마음에 안 들었다. 문제는 그런데도 붙어 있는 제 자신이지만. 뭐, 내가 붙어 있고 싶어서 붙어 있나? 놔주지 않으니까 붙어 있는 거지.

지금도 투덜거리면서 얌전히 안겨 있었다. 아빠가 아닌 남자 품에 안겨 있다는 것 자체가 수용할 수 없는 범위의 일인데 반항할 생각도 들지 않는 게 신기했다. 왜지? 벗어나 봤자 어차피 다시 잡혀 이렇게 앉아 있을 게 뻔해서? 괜한 실랑이를 벌이기 싫어서? 이 품이 마음에 들어서?

"하……."

다른 문제도 시급한데 그보다 압도적으로 밀려오는 제 자신에 대한 고민 때문에 머리가 터져 나갈 것 같았다. 하필이면 이런 남자를 조, 좋아하게 되다니. 제 자신에 대한 경악을 금치 못했다. 나도 사실 뼛속까지 글러 먹은 게 아닐까? 내 취향이 이렇게 재수 없는 남자였나? 그럴 리가 없는데. 순 제멋대로에 존중과 경청이라고는 알지도 못 하는 남자를 좋아하다니. 어쨌든 여행 다니면서 저 좋다는 남자들 다 사양하고 고르고 고른 셈인데, 그런 남자가 이 모양이라니. 엄마 아빠한텐 뭐라고 말하지?

연애라는, 평생 논외로 치던 문제를 떠안게 되니 마음이 복잡했다. 정말 엄마 말대로 일단 아무나 만나 보고 그럴 걸 그랬나 하는 일말의 후회도 조금 들긴 했다.

그래도.

그래도 좋지만.

"……."

아무 말 없이 안겨 있는 것 자체로도 사실은 가슴이 떨릴 만큼 좋다. 자신을 안아 주는 단단한 팔이 주는 안도감도, 오로지 자신만 바라보는 이 강렬한 시선도, 무엇보다 서로 맞댄 살에서부터 느껴지는 온기가 참을 수 없을 만큼 달콤했다. 조심스레 느껴 보는 이 감정이 너무 낯선 동시에 소중해서, 시간이 흐른다는 것조차 아까웠다. 아무것도 하지 않아도 단지 서로가 가까이 있다는 이 온기만으로 이런 감정이 들다니.

전혀 아무것도 알지 못하는 미지의 세계에 발을 들이는 기분이라 무섭지만 동시에 기대되는 마음을 짓누를 수 없었다. 그러면서도 어쩐지 예고된 결말을 알 것 같아 숨이 막히기도 했다. 좋아하는 사람이 자신을 좋아해 준다는 건 정말 기적 같은 일이었구나. 무심코 넘어갔던 다른 사람들의 말을 이젠 좀 이해할 수 있을 듯했다.

"뭘 그렇게 보는 거지?"

유심히 아시나를 지켜보던 그가 물었다. 아시나는 제가 떨고 있다는 걸 들키지 않으려고 일부러 크게 숨을 쉬었다.

"그냥 보고 있어요."

좋아하는 마음을 들키고 싶지 않았다. 그가 어떻게 받아들일지도, 과연 이 마음을 받아 줄지도 알 수 없었으니까. 아예 지금의 괜찮은 관계마저 어그러지는 게 아닐까 하는 두려움도 있었다. 이래서 모두 고백하는 데 큰 용기가 필요하다고 한 거구나. 예전에 '좋아하면 그냥 좋아한다고 말하면 되지 않나.' 하며 무심하게 굴었던 게 이제 와 미안했다. 돌아가면 아이세스한테 사과해야겠다.

"뭘?"

"당신을."

"왜?"

베히다트가 재미있다는 듯 옅게 웃었다. 전에도 잘생겼다고 생각했지만 그 미소에 유난히 떨렸다. 이 망할 인간이 미모로 사람을 홀리네. 손까지 떨리는 기분이 들어서 인상을 찌푸리긴 했지만 다행히 큰 이변은 일어나지 않았다.

"잘생겨서요!"

그가 아시나에게 하듯 살짝 흉내 내어 말해 본 거지만 진심이었다, 잘생겼다는 건. 하지만 항상 부끄러워했던 아시나와 달리 베히다트는 웃을 뿐 별다른 동요는 보이지 않았다.

"그런가."

무심한 대꾸에 아시나는 순간 깨달음을 얻었다. 이런 방법이 있었다니! 나는 왜 그동안 바락바락, 조마조마해하며 농락당한 거지? 항상 억울했던 점이었지만 오늘따라 더 억울해졌다. 어째 여기 와선 억울한 일밖엔 없는 것 같아.

불만스런 표정으로 입을 다무는 아시나를 끌어안고 그가 고개를 묻었다. 안긴 건지 안아 주는 건지 구분이 안 되는 자세에 아시나가 불편한 기색을 드러냈지만 그렇다고 물러날 베히다트가 아니었다. 단호한 태도에 결국 한숨을 내쉬며 포기했다. 될 대로 되라.

이런 마음을 아는지 모르는지 베히다트는 아시나의 작고 가녀린 몸을 껴안은 채 그대로 눈을 감고 있었다. 가만히 있으면 서로의 숨소리까지 다 들릴 정도로 가깝고 친밀한 자세였다. 아시나는 뜬금없이 이 큰 남자가 작게 느껴져서 의아했다. 안겨 있을 땐 몰랐는데 제 어깨에 고개를 파묻은 베히다트를 안아 주려니까 갑자기 작게 느껴졌다. 물론 그는 여전히 컸다. 그런데 느낌상으로는 조금…….

내가 미친 건가.

"내 어깨가 좋아요?"

"좋아."

이 남자는 싫은 게 대체 뭘까.

아시나는 꽤 심각하게 고민했다. 내 피부도 좋고, 내 어깨도 좋고, 내 눈동자도 좋다 그랬고. 그런데 좋다는 말을 들으면 좋아야 하는데 그보다 심술이 더 앞섰다. 분명히 다른 여자한테도 이랬겠지, 이 바람둥이.

아무리 자신이 남자를 모른다고 해도, 이 집적거림은 처음이라 생각하기엔 요리 보고 저리 봐도 숙련된 자의 솜씨였다. 분명 여자도 많았겠지. 아시나의 몸이 멈칫했다. 좋지 못한 장면을 상상해 버려서 기분이 순식간에 바닥으로 곤두박질쳤다. 끔찍하다는 말로는 표현이 되지 않을 정도였다. 이렇게 상상만 해도 이가 갈리는데 마땅히 그 감정을 표출할 길이 없으니 갑갑했다.

이게 짝사랑의 비애라는 거구나. 아이세스는 대체 이걸 어떻게 십 년이나 한 거지?

"왜 그러지?"

아시나에게 벌어진 변화를 어떻게 알아차린 건지 베히다트가 고개를 들었다. 순식간에 가까워진 얼굴 때문에 기겁하면서도 뭔가 끔찍했던 기분이 서서히 나아지는 스스로가 놀라웠다.

"아무것도 아니에요."

"아무것도 아닌 표정이 아닌데."

"진짜 아니에요."

묘하게 풀이 죽은 대꾸에 베히다트가 마음에 들지 않는 듯 인상을 찌푸렸다. 항상 지나칠 정도로 생생한 모습만 봐 왔던지라 이런 모습의 아시나는 낯설었다. 아니, 거슬렸다.

"말해."

강압적인 명령에 아시나가 미간을 찡그렸다.

"정말 아무것도 아니라니까요?"

"그러니까 말하라고."

말이 안 통한다. 아시나가 입을 꾹 다물고 베히다트를 노려보았다. 그러거나 말거나 베히다트는 냉정하게 그녀가 대꾸하기만을 오만하게 기다렸다. 그 모습이 묘하게 윽박지르는 엄마와 겹쳐 보여서 아시나의 기분은 더욱 곤두박질쳤다. 이 남자는 뭔데 남의 엄마를 닮고 난리람.

"그냥 기분 나쁜 게 생각났어요. 상관하지 말아요. 당신하곤 전혀 상관없는 일이에요."

일부러 찔려서 못을 박은 것뿐이었다. 그런데 그게 아시나의 상상 이상으로 베히다트의 기분을 끌어내렸다. 대놓고 그어진 제 앞의 선에 어찌할 수 없을 정도로 기분이 더러워졌다. 천국에 있다 지옥으로 끌려가는 기분이 이런 기분일까. 순간 베히다트의 눈빛이 싸늘하게 빛났다. 비틀린 미소가 입가에 걸렸으나 아시나는 그 변화를 알아차리지 못했다.

"기분 나쁜 게 뭔데? 사람을 궁금하게 만들어 놨으면 책임져야지."

"그걸 내가 왜 책임져요?"

"그럼 이대로 넘어갈 셈인가? 정말 무책임하군."

"무책임하다는 말이 갑자기 왜 나와요?"

아무리 생각해도 이 남자는 자기가 마음에 안 들면 뭐든 시비부터 걸고 보는 습성이 있는 모양이었다. 아시나는 순간 발끈했다가 속으로 삭이면서 크게 숨을 내쉬었다. 저 남자가 끌고 가는 대로 휘둘리면 안 된다. 그렇게 다짐하며 아시나는 조금 누그러진 표정으로 입을 열었다.

"그냥 좋아하는 사람이 다른 여자랑 있는 걸 상상했더니 기분이 나빠진 것뿐이에요. 그러니까 이것 좀 놔요. 아프다고요."

자기도 모르게 붙들린 팔이 어느새 붉어졌다. 다행히 그가 순순히 놔주었지만 하얀 팔뚝에 붉게 부풀어 오른 부분이 도드라져서 정말 아파 보였다. 그걸 보고 신음을 삼킨 베히다트가 심각한 표정을 지었다. 아시나는 괜히 말했나 후회가 되기도 했고 왠지 발가벗겨진 기분이 들어 심란했다. 어쩌자고 이런 남자를 좋아해서…….

정말 남자 보는 눈이 꽝이라고, 최악이라고 중얼거리며 아시나가 인상을 찌푸렸다. 한편 베히다트는 다른 이유로 인상을 찌푸리고 있었다.

"좋아하는 사람?"

"그게 누구인지도 말할까요?"

비아냥거림이 잔뜩 섞인 도전적인 대꾸에 베히다트가 표정을 굳혔다. 움찔하긴 했지만 이미 그 표정을 여러 번 마주했던지라 아시나는 겁이 없었다.

"그래, 말해."

"……."

설마 진짜 말하라고 할 줄은 몰랐다. 아시나가 잠시 황당해서 말을 못 하는 사이, 잔뜩 인상을 쓴 베히다트가 아시나를 잡아먹을 기세로 몰아붙였다.

"전에 말했던 같이 산다던 남자인가?"

"네?"

아시나가 순간 두 눈을 동그랗게 떴다. 같이 산다던 남자? 그런 말을 한 적이 있었나? 자신은 기억도 못 하는 걸 어떻게 기억하고 있는 건지 베히다트가 잔뜩 비아냥거리며 말했다.

"같이 사는데 다른 여자를 만난다는 걸 보니 정말 형편없나 보군. 세상에서 가장 잘생겼다니 얼굴값을 하는 모양이지? 그런 남자를 대체 왜 좋아하는 거지?"

묘하게 전투적인 대꾸에 아시나는 순간 얼이 나갔다. 베히다트는 자기가 그 남자 욕을 해서 아시나가 이런 반응을 보인다고 생각했지만 실상은 조금 달랐다. 아시나는 조금, 아니, 사실은 엄청 당황한 상태였다. 그러니까 이걸 뭐라고 설명해야 하는 거지……. 대체 어쩌다 이런 깊은 오해를 받은 건지 아시나는 알 방법이 없었다. 일단 베히다트에게 사실을 알려야 한다는 생각부터 뭉게뭉게 들었다. 아시나가 베히다트의 팔을 잡았다.

"그거 우리 아빠데요."

"……."

아시나는 진지하게 대답했다. 한창 비아냥거리던 베히다트의 표정이 미묘하게 굳었다. 그럴 생각은 아니었는데 그걸 보고 있자니 저절로 웃음이 나왔다. 아시나는 결국 웃음을 참지 못했다.

"뭐야, 진짜 내가 동거라도 한 줄 알았어요?"

미치겠다. 설마 진짜로 그런 오해를 할 줄은 예상치 못했다. 숨넘어가게 웃어 대는 아시나를 지켜보던 그는 이제야 놀림받은 걸 깨달은 건지 웃느라 죽어 가는 아시나에게 대놓고 불쾌한 감정을 드러내며 윽박질렀다.

"감히 내게 거짓을 말한 죗값은 치러야겠지?"

"어머, 거짓말은 아니죠! 우리 아빠가 잘생긴 건 사실이니까. 게

다가 같이 사는 것도 사실이잖아요? 딱히 거짓은 아니에요. 다만 엄마도 같이 살 뿐."

딱 잘라 말하며 아시나가 한껏 억울함을 어필했다. 아니, 이 상황에선 어쨌든 오해한 사람이 잘못인 거잖아? 난 거짓말은 하지 않았다고!

그런 그녀가 얄미운지 그가 대놓고 노려보았다.

"도대체 그 유치한 별명은 누가 붙인 거지?"

"당연히 저죠."

아시나가 인상을 찡그렸다. '세상에서 가장 잘생긴 남자'라는 말이 유치하다니. 물론 별명이라면 유치하긴 했다. 하지만 별명이 아니라 사실이라고!

"그건 저뿐만 아니라 제 주변, 아빠 주변 사람들까지 모조리 인정한 사실이라고요. 이건 알아줬으면 해요. 우리 아빤 잘생겼어요."

아시나가 짐짓 심각하게 선언했다. 진성 아빠바라기인 아시나에겐 진리와도 같은 말이었으나 그걸 코앞에서 듣고 있는 사람의 심정은 다른 모양이었다. 베히다트가 대놓고 아니꼽다는 표정을 지었다.

"나보다 말인가?"

진지한 대꾸였는데 아시나는 순간 놀라서 아무 반응도 할 수 없었다. 이 남자가 지금 뭐라고 한 거지? 동상처럼 굳어서 두 눈을 깜빡인 아시나가 천천히 숨을 쉬며 입을 열었다.

"베히 님…… 그런, 남자였어요?"

"……."

베히다트가 당황한 기색이 여기까지 느껴졌다. 아시나는 왠지 모르게 웃음이 터져 나왔다. 끅끅대며 웃는 아시나를 보며 베히다트의 눈초리가 슬그머니 올라갔다.

"죄송해요. 베히 님이 그렇게 외모에 자신이 있으신 줄은 몰랐어요."

자기가 어떻게 생겼는지 관심도 없을 것 같은 남자 입에서 저런 대사라니. 아니, 물론 어울리긴 했다. 저렇게 생겼으니까 자기 외모에 대해 인식은 하고 있겠지. 하지만 이렇게 대놓고…… 대놓고 그럴 줄은 몰랐는데. 아시나가 눈물이 날 정도로 웃고 있으려니 베히다트에게서 서서히 찬바람이 불어왔다. 아시나는 자기도 모르게 오싹해져서 웃음소리가 흐려졌다.

좀 심하게 놀렸나.

"날 놀린 각오는 해 뒀겠지?"

너그러운 미소가 이렇게 차갑게 느껴지는 건 착각이 아니리라.

"어, 음. 그러니까."

뭐라 말을 하기도 전에 손목이 잡혀 버렸다. 절절히 전해지는 절대 봐주지 않겠다는 단호한 기운에 아시나가 기겁했다. 이, 이게 아닌데!

"악, 잘못했어요!"

"큰일 났어, 진짜."

아시나는 절망스런 한숨과 함께 두 눈을 감았다. 얼마 전까지만 해도 그녀의 최대 고민은 '신분을 밝히지 않고도 자신이 수상한 인물이 아님을 증명'하는 거였다. 그런데 그보다 더 큰 문제가 생겼다.

난 왜 멍청하게 적국의 왕을 좋아해 버린 거지?

이미 반해 버린 이상 어쩔 수 없다. 좋아하는데 안 좋아한다고 스스로에게 우겨 봤자 속일 수 있을 리가 없었다. 하지만 상대가 안 좋아도 너무 안 좋았다. 하필이면 페시안, 그것도 라 쿤이라니. 이 사실을 만에 하나 엄마가 알게 된다면 분명 기함을 하고 뜯어말릴 거고 아빠도 이것만은 아니라고 할 게 분명했다. 무엇보다 베히다트가 자신의 신분을 알게 되면 어떻게 생각할지도 확신할 수 없었다. 좋아할까? 당연히 싫어하겠지? 외모가 바뀐 것을 두고도 배신감에 치를 떤 남자였다. 그래, 또 속였다고 생각해도 어쩔 수 없었다. 갖고 놀았다고 또 한바탕 큰일을 벌일지도. 하지만 그런 것보다 아시나는 스스로가 더 무서웠다.

"……떠날 수는 있을까?"

지금 곁에 있는 것도 이렇게 좋아 죽는데, 과연 그 남자 곁을 떠날 수 있을까? 떠나야 한다는 생각은 하지만 막상 선택의 순간이 온다고 해도 제 자신이 떠날지 확신이 안 섰다.

"끙."

좋아하는 게 생기면 맹목적일 정도로 하나만 보는 외골수.

다른 건 아무래도 상관없었다. 엄마가 감옥에 넣어 놓았다고 열쇠 따는 법을 배운 게 아시나였고, 감옥이든 자택이든 좀 더 쉽게 탈출하기 위해 여러 가지 잡다한 기술을 배운 것도 아시나였다. 범죄에나 쓰일 법한 소매치기 기술이며 몸을 숨기는 법이며 배울 때 얼마나 고생을 했는가. 거기에 유적지를 다니려면 반드시 알아야 한대서 그 어려운 신학과 고고학까지 공부했던 게 아시나였다. 혼자 다니려면 불의의 상황에서도 자신을 지킬 줄 알아야 한다면서 아빠가 시켰던 혹독한 체력 훈련도 버텨 냈다. 비록 검은 잡지 못하지만 매순간 극복할 수 있는 자신만의 방법들을 하나하나씩 고안해 내면서까지 여행을 다녔다. 지명수배당했을 때는 모습을 바꿀 수 있는 방법을 찾았고, 엄마가 권력으로 사람들을 조종하면 아시나는 그들의 약점을 잡아 회유했다. 위기 극복 수단이 아니더라도 여행을 위해 어느 정도 요리도 배우고, 세탁하는 법도 배우고 환경에 적응하는 법도 배웠다. 이젠 울퉁불퉁한 길바닥에서도 맨몸으로 잘 수 있을 정도였다. 거기에 즐거운 여행을 하기 위한 하나의 방법으로 사람들과 쉽게 친해질 수 있는 사교성도 익혔다. 역시 혼자는 외로우니까.

좋은 사람도 나쁜 사람도 여린 사람도 미련한 사람도 수없이 만나 보았다. 그런데 이렇게 이성으로 좋아하게 된 사람을 만나는 건 처음이었다.

이대로 더 좋아하게 되면 분명 떠나기 싫어질 텐데. 패가망신하는 지름길이라는 걸 안 이상, 아시나는 굳이 그 멸망의 길을 가고 싶지 않았다. 아직은 좋아한다는 걸 깨달은 초기이고 여행으로 따지자면 막 집을 떠나온 초반과 같은 거니까 이만 포기하고 돌아가고 싶었다.

아니, 실은 이대로 포기하는 게 제일 낫다는 걸 알고 있는데…….

"왜 행동으로 옮기지 못하겠지?"

답은 정해져 있는데 백지를 들고 답을 쓰지 못하는 상황이 도래했다. 멍청한 아시나, 대체 어쩌려고. 하지만 지금 이 상황 자체가 너무 설레서 도무지 놓고 싶지 않았다.

아무리 여행지에서 만난 사람들이 좋아도 나중에 헤어졌을 때 서로가 힘들지 않게 처신을 잘했는데, 이번엔 자신이 없었다.

"아이라님."

한참 고민에 빠져 있는데, 차분한 목소리가 아시나를 불렀다. 아시나는 고개를 들었다. 어제 느지막하게 베히다트가 말했던 상황이었다. 내일 모래쯤 대재상의 딸이 시녀로 올 거라더니, 어째 날이 바뀌기 무섭게 찾아왔다.

"말이 시녀지."

사실상 감시인에 가깝다고 그가 말했다.

아시나는 왜 자신을 대재상의 딸씩이나 되는 여자가 감시하는지 이해할 수 없었다. 왜냐고 묻는 황당한 되물음에 베히다트는 참 상냥하게도 대꾸해 줬다.

"네가 날 죽일지도 모르니까."

다시 떠올려 봐도 황당한 대답이었다.

"……대체 내가 어떻게 자길 죽인다는 거지?"

아무리 생각해도 대재상이라는 사람은 어딘가 이상한 게 틀림없었다. 베히다트는 대답 대신 웃기만 했지만 아시나는 그런 식으로밖에 생각이 안 되었다. 이렇게 연약한 내가 어떻게 건장한 데다가 신의 힘까지 쓰는 남자를 죽일 수 있다고 생각하는 거지? 오히려 목숨의 위협을 받고 있는 건 난데!

어찌 되었든 아시나는 나쁜 상황은 아니라고 생각했다. 사실 뭐라도 좋았다. 이 망할 연심만 꽉 잡아 준다면. 가만히 있으면 자연스럽게 베히다트가 생각나고 자꾸 헛생각만 하게 되어서 곤란했다.

아시나가 어제 본 베히다트를 다시 떠올릴 때쯤, 중정으로 한 여인이 들어섰다. 아무리 시녀라지만 시하드의 침소에 과년한 귀족 딸이 함부로 들어갈 수 없다는 율법에 따라 정해진 처사였다. 덕분에 감금당했던 침소를 나올 수 있어서 아시나는 기꺼워했다. 오랜만에 햇볕 아래에서 살아 있는 기분을 마음껏 느낄 수 있어서 머리를 정리하는 데에도 많은 도움이 되었다.

시녀라고는 생각할 수 없는 화려한 차림의 여인이 아시나 앞에 섰다. 아시나는 솔직히 놀랐다. 시녀가 시녀를 붙이고 오다니, 말이 좀 안 되잖아. 이렇게까지 노골적일 줄은 몰랐는데. 대놓고 감시하러 왔다는 태도가 아닌가.

생각보다 대재상이라는 인간이 라 쿤을 만만하게 여기는 것인가, 아니면 대놓고 시비를 걸어오는 것인가. 상대를 모르니 그 의도를 알 수 없어 조금 답답했다. 뭐, 그래도 일단 표면적으로 우위는 아시나에게 있었다. 아시나는 전에 한 번 본 적 있는 미녀를 보며 빙그레 웃었다.

"좋은 날씨죠?"

"오…… 랜만에 뵙습니다."

자키야는 중정에 들어섰을 때부터 놀란 기색이었다. 딱딱한 태도가 단순히 상대가 아이라라서 그런 것은 아닌 듯했다. 무엇보다 아시나는 제 생김새가 사람을 놀라게 만든다는 걸 잘 알고 있었다. 그래, 이 미모를 보고 아무렇지 않다면 그건 인간이 아니야.

자키야는 자신이 본 걸 믿을 수 없다는 듯 아시나를 뚫어지게 쳐다보았다. 몇 번 본 건 아니었지만 이전의 모습은 똑똑히 기억하고 있었다. 달라진 아시나의 모습에 자키야는 입술을 깨물었다. 실수를 한 건가. 오랜만에 뵙는다는 인사가 아니라 처음 뵙는다고 해야 했다. 어떻게 말을 꺼내야 좋을지 몰라 망설이는 걸, 아시나는 처음부터 끝까지 다 지켜보고 있었다. 물론 도와줄 생각은 없었다. 어떻게 나올지 두고 보자는 사악한 마음도 가지고 있었다.

"이미 알고 계시겠지만 정식으로 인사 올리겠습니다. 대재상 게디크의 여식, 자키야입니다."

음, 생각보단 시시한데.

상대가 먼저 인사를 하면 어쩔 수 없이 받아 주는 게 예의였다. 책잡히긴 싫으니까. 빙그레 웃으며 아시나 역시 자기소개를 했다.

"아시나라고 해요. 과분하지만 라 쿤께서 저를 귀애해 주신 덕에 이 나라에선 아이라라고 불리고 있답니다."

안 그런 척했지만 아시나는 꽤 예리하게 자키야를 지켜보았다. 자키야는 아시나의 달라진 모습이 혼란스러운 듯했다. 아시나도 그 심정을 이해할 수 있었다. 안 그래도 범접할 수 없는 미인이었는데 그 미인이 여신이라 불려도 손색없을 정도로 더 예뻐져서 왔으니 오죽하겠나. 오랜만에 받아 보는 경악스러운 시선을 마음껏 즐기며 아시나는 알게 모르게 베히다트의 비웃음으로 깎였던 자존심을 회복했다.

그래, 난 예뻐! 누가 뭐래도 난 예쁘다고!

"이전의 모습과, 많이 다르신 듯하온데……."

"아, 일단 앉을래요? 목이 아파서."

아닌 게 아니라 진짜 목이 아팠다. 페시안의 의자들이 하나같이 낮고 넓은 편인지라 앉아서 올려다보면 유난히 사람이 더 커 보였다. 아시나의 말에 자키야는 뭔가 불만스러운 기색이었으나 쉽게 고개를 끄덕였다.

"그러겠습니다."

전과는 다른 순종적인 반응에 괜히 찜찜했다. 기세가 수그러든 모습이라 더 그랬다. 이렇게 쉽게 기가 죽을 여자가 아닌데.

"카흐아라도 마실래요?"

"괜찮습니다."

자키야는 아닌 듯 은근하게 아시나를 훔쳐보았다. 대놓고 봐도 개의치 않았지만 굳이 그걸 말해 주는 친절을 베풀진 않았다. 조금 시간이 흐르자 홀짝이며 카흐아를 마시는 아시나를 바라보는 시선이 점점 더 강해졌다. 남자도 아니고 여자한테 이런 시선이라니. 하, 내가 얼마나 예쁘면.

"머리색이 전과 다른 듯하온데 연유를 여쭈어도 되겠습니까?"

살짝 웃음을 머금으며 자키야가 물었지만 아시나는 애매한 미소를 지은 채 입을 다물어 버렸다. 그런 일급비밀을 맨입으로 알려 하다니, 아무리 그래도 이건 좀 괘씸했다. 원래 세상은 만만한 게 아니랍니다, 대재상 따님.

"어머, 대체 뭐가 달라졌다는 거죠? 저는 잘 모르겠는데요."

자키야의 이마가 미미하게 꿈틀거렸다. 아시나는 화사하게 웃으며 부러 모르는 척 시선을 돌렸다. 아시나가 이렇게 나올 줄은 몰랐는지, 자키야는 쉽게 이 상황을 받아치지 못했다.

"제 기억에 이상이 생긴 모양입니다. 분명 전엔 갈색 머리를 하고 계셨는데 말이죠."

"그랬나요? 흐응, 그랬구나. 그래서요?"

나라면 분명 멱살부터 잡았을 거야. 아시나는 지금 자신의 행동을 그리 평했다. 자키야도 그 비슷한 심정인지 찌푸려지는 눈살을 어떻게 막지 못했다.

"전에 화원에서 뵈었던 분이 맞는 겁니까?"

"음."

아시나는 순간 기억이 나지 않는 척을 할까 고민했다가 그만두었다. 생각보다 놀리는 게 재미있긴 했지만 놀이에 심취해서 본분을 잊으면 안 되지.

"그때 아마 자키야 양께서 제게 충고해 주지 않으셨나요? 외간 남자랑은 함부로 말을 섞으면 안 된다고."

자키야의 표정이 변했다. 아시나는 그 변화를 유심히 지켜보았다.

"기억하고, 계시는군요."

"인상적인 충고였던지라."

아시나는 우아하게 잔을 내려놓으며 빙그레 웃었다. 자키야는 뭔가 복잡한 표정을 짓고 있었다. 그 반응이 꽤 심상치 않아 순간 뭔가 싶었다. 이 여자는 날 감시하러 온 게 맞나? 뭔가 감시 말고 다른 목적이 있는 듯싶은데. 확신할 수는 없지만 그런 기분이 스멀스멀 올라왔다.

"이미 들어서 아시겠지만 당분간 시녀로서 아이라님을 모실 겁니다."

"아, 그래요. 알고 있어요."

"하지만 평범한 시녀로서 모시는 건 아닙니다."

"……네?"

그건 못 들었는데. 아시나가 두 눈을 여러 번 깜빡이자 자키야가 옅은 미소와 함께 입을 열었다.

"아무래도 북에서 오신 분이니 페시안에 대해 많은 것을 모르시리라 생각합니다."

"……어, 그건 그렇죠."

부정할 순 없었다. 아시나는 애써 끓어오르는 불길한 예감을 외면했다.

"특히 귀족들이나 왕궁의 규율은 하나도 모르시리라 생각되옵니다만, 제 말이 틀린가요?"

"아마도 맞을 것 같은데……."

크롬웰이나 세피아의 궁중 예절은 자신 있었지만 페시안은 확실히 다른 영역이었다. 아시나의 긍정에 자키야가 만족스러운 표정으로 고개를 끄덕였다. 서, 설마.

"그래서 제가 가르쳐 드리려고 합니다."

두둥.

어디서 북이 크게 울렸다. 아시나는 사양하고 싶었다. 정말 사양하고 또 사양하고 싶었다.

"꼭 그럴 필요까진……."

"아니요."

자키야가 단호하게 끊었다.

"이제 이 궁정에서 평생 사시게 될 텐데, 꼭 필요한 일이라고 사료됩니다."

왜 불길한 예감은 항상 틀리지 않는 걸까. 아시나는 정말 울고 싶었다. 그런 마음을 아는지 모르는지 자키야가 정말 의욕적으로 자리에서 일어났다.

"그럼 일단 기본예절부터 시작할까요?"

이런 친절, 필요 없어!

"내가 왜 여기서까지 이런 노동을……."

아시나는 결리는 어깨를 두들기며 인상을 찌푸렸다. 평범하게 시중을 들어주려고 오는 건 아닐 거라 생각했지만 이건 예상 밖이었다. 이건 시녀가 아니라 가정교사잖아. 진짜 시녀들은 소리 없이 옆에서 아시나의 시중만 들었다. 어찌 보면 이쪽이 완벽한 시녀의 표본이기도 했다. 자고로 궁정의 시녀는 입을 제일 조심해야 했으니까.

문제는 이게 오늘로 끝날 일이 아니라는 점이었다. 오늘 있었던 일이 내일도 모레도 심지어 언제 끝날지도 모르는 그날까지 계속될 것이고 거의 하루 종일 그 여자와 있어야 할 것이다. 벌써부터 앞날이 캄캄해지는데 이게 기분 탓은 아니겠지.

"체른한테 구조 요청을 보내야 하나?"

아직도 빡빡한 감시는 전혀 느슨해지지 않았지만 자키야가 온다면 말이 조금 달라졌다. 일단 방을 나갈 수 있다는 점부터 고무적이었으니까. 자키야가 하루 종일 페시안 궁중 예절에 대해 일장 연설을 늘어놓는 게 많이 괴롭긴 하지만 그 정도는 참을 수 있었다. 그나마 자키야는 깐깐하지만 빡빡한 선생은 아니라 다행이었다.

오늘도 일부러 못 알아들은 척하는 아시나를 상대로 인내심의 한계를 많이 느꼈을 텐데 끝까지 친절하지 않았던가.

"음……."

역시 구조 요청 신호는 보내 놓는 게 좋으려나.

편지를 써서 날리면 마법으로 만들어진 종이가 저절로 새 모양으로 접혀서 날아가 상대에게 전해지는 방법인데, 유실률이 높아서 꽤 여러 번 보내야 했다. 게다가 한 번이면 새라고 속일 수도 있을 텐데 너무 많이 날리면 들킬 염려가 있었다. 지금으로서는 그것이 최선의 선택이었다. 무엇보다 이제 아시나는 자기 자신을 신뢰할 수 없었다. 벌써부터 밤이 오는 게 이렇게 무서우면서도 설레는데.

이제 아시나가 이 땅을 떠나려면 사태 파악 능력이 뛰어나며 아시나의 말은 귓등으로도 듣지 않는 제멋대로에 뜻한 바는 무조건 하고야 마는 독선적인 인간이 필요했다. 물론 아시나를 미친 듯이 아낀다는 조건도 포함해서.

"기회가 되면 해야지."

에라이, 나도 모르겠다.

지금은 아무것도 생각하고 싶지 않았다. 그냥 침대에 드러누운 채로 눈을 감았다. 몸도 편하고 마음도 편하고 이렇게 누워 있는 것만으로도 천국에 온 것 같은 기분. 계속 이렇게 있고 싶다. 그런 생각을 막 뭉게뭉게 하고 있을 때였다.

"벌써 자는 건가?"

"……."

대체 언제 온 거지? 놀란 것도 잠시, 조심스레 눈을 뜨니 침대 위로 상체를 숙인 채 아시나를 지켜보는 한 남자가 그녀의 시야에 들어왔다. 일어나고 싶은데 워낙 얼굴이 가까이 있으니 일어나진 못하고 당황해서 눈만 깜빡였다. 그 반응을 지켜보던 베히다트가 웃음 지었다. 서서히 물러나 준 덕에 다행히 상체를 일으킬 수 있었다.

"오늘은 차림새가 조금 다르네요?"

"연회에 다녀왔거든."

"연회?"

그러고 보니 잊고 있었지만 아직 알 페시안엔 전야제가 열리고 있었다. 아니, 이제 본격적인 축제가 열리고 있을지도. 그새 며칠이 지난 건지 가늠할 수 없어 눈살을 찡그렸다.

"거기 있어야 하는 거 아니에요?"

베히다트는 자연스럽게 침대 옆에 앉아 아시나를 끌어당겨 안으며 대꾸했다.

"없는 편이 도와주는 거다."

"그건 그렇겠지만……."

왕이라는 게 이렇게 한가한 직업이었던가.

북대륙에 있었을 때부터 지금까지 들어온 여러 평가들로 미루어 보아 베히다트는 엄청 능력 있는 라 쿤이었다. 백성들에게 받는 존경도 엄청나고 지지도도 높다지 않은가. 잘 모르는 사람인 아시나가 보아도 대단해 보이는데 막상 밑에 있는 사람들에겐 얼마나 대단해 보일까. 그럼에도 페시안에 뭔가 내부적인 문제가 있다면 그건 개인 차원의 문제는 아닐 것이다. 분명 오래전부터 존재해 온 무언가의 균열이겠지.

전부 다 상관이 있는 걸까? 이 남자가 사막에 있던 것부터 이렇게 권태로워 보이는 것까지. 남의 나라 정치는 정말 상관하면 안 되는 것 중 하나인데 아시나는 자꾸 알고 싶은 마음이 들어서 큰일이었다.

"중요한 거 아니에요?"

"중요하지."

별로 중요한 것 같지 않아 보이는데. 아시나가 불만스레 눈살을 찡그렸다.

"그런데 이렇게 빠져도 돼요?"

대답 대신 베히다트가 아시나의 허리에 팔을 감싸며 어깨에 고개를 묻었다.

"우리 고양이가 궁금한 게 너무 많은데?"

"고양이 아니거든요?!"

정작 고양이처럼 간질이고 있는 건 자기면서!

아시나가 불퉁스레 밀어내자 베히다트는 순순히 밀려나며 낮게 웃었다. 놀림받은 기분이라 인상을 찌푸렸으나 전혀 먹혀들지 않았다.

"궁금해서 와 봤다. 자키야가 그대에게 어떤 일을 당했을지 종일 궁금했거든."

"당하다니, 무슨 그런 말을. 오히려 큰일을 겪은 건 나거든요!"

"그래?"

아시나는 잔뜩 약이 올라 따졌다.

"페시안의 궁중 예절이라니. 이거 베히 님이 시키신 거죠?"

"궁중 예절?"

흥미롭다는 듯 그가 되물었다.

"그래서 배운 건가?"

"그럼 어떡해요. 도망칠 수도 없는데."

아시나가 울상을 지었다. 베히다트는 천천히 아시나의 모습을 살펴보았다.

"그런 것치곤 달라진 게 하나도 없는데."

"달라질 거라 기대했다면 참 미안한 일이네요."

아시나가 뾰로통하게 쏘아붙였다.

"그 사람들 진짜 머리가 어디 이상한 거 아니에요? 이렇게 연약한 내가 건장한 베히 님을 죽인다고요?!"

"사람 죽이는 방법은 많으니까."

"……살면서 그런 소리는 처음 들어 봐요."

아시나가 제 기억을 곱씹어 보다 다시 이마를 좁혔다.

"저 여자 미쳤다는 소리는 들어 봤어도, 첩자라느니 암살자라느니. 하, 리메아시여, 제가 어찌 이런 지경에까지 이르렀나이까! 억울해!"

아시나의 하소연에 베히다트가 웃었다. 입술만 비튼 미소였지만 아시나는 전보다 훨씬 부드러운 반응에 괜히 마음이 설레는 게 싫었다. 잘생긴 거 빼곤 볼 것도 없는 남잔데. 심술궂게 생각했지만 스스로에게도 통하지 않는 변명이었다.

"그러니까 조심해. 죽고 싶지 않다면."

"그럼 나 살려 줄 거예요?"

냉큼 묻는 아시나의 뺨을 그리듯 쓰다듬으며 그가 나지막이 웃었다.

"그래."

설마 긍정이 나올 줄 몰라 놀란 아시나가 두 눈을 동그랗게 떴다.

"정말이죠?"

"약속하지."

선선히 약속까지 했는데도 아시나는 덥석 믿지 못했다. 못 미더워하는 그녀를 보며 베히다트는 그저 웃을 뿐이었다.

"믿음이 안 가."

"나야말로."

억울하다는 그녀의 말이 진실이었으면.

그렇게 파헤치고 싶고 알아내고 싶었는데 그 마음이 한순간에 증발해 버린 듯 요새 이대로 알아내지 못해도 상관없지 않을까 하는 마음이 슬그머니 고개를 들었다. 물론 다른 자들이 그 말을 듣는다면 격렬하게 반발하겠지만 정작 베히다트 자신은 그 마음에 설득당하고 있었다.

머리부터 발끝까지 하루 종일 무슨 생각을 하는지 사소한 것 하나하나 다 알아내고 싶다가도 그녀가 감추는 장막의 너머를 모르고 싶기도 했다. 이런 복잡한 감정을 불러일으키는 상대를 죽이고 싶은 건지 소중히 대하고 싶은 건지 자신조차 가늠할 수 없었다.

그는 아시나를 붙잡은 손에 힘을 주었다.

"말해 봐."

"뭘요?"

뜬금없는 말에 아시나는 고개를 갸웃했다. 그는 그 모습을 하나도 빠짐없이 기억해 두겠다는 듯 아시나를 지켜보았다. 물론 그렇다고 대답이 늦어지진 않았다.

"세상에서 제일 잘생긴 남자랑 살았던 이야기."

아무리 생각해도 베히다트는 정말 집요한 남자였다. 아시나는 작게 한숨을 내쉬었다.

"그게 궁금해요?"

"궁금해."

"별게 다 궁금하네."

뭐, 이야기 못 해 줄 건 아니었다. 아시나는 진지하게 고민했다.

"음, 뭘 얘기해야 하지?"

"할 이야기가 없나?"

"아니요, 너무 많아서 고민하는 거예요."

지금 생각해 보면 기사단장을 하고 있는 아버지가 하루도 빠짐없이 자신과 놀아 줬다는 게 기적이었다. 아시나가 기억하는 모든 추억 대부분에 엄마와 아빠가 같이 존재한다는 것 자체가 사실 말이 안 되는 일이리라.

"어릴 땐 내가 뭘 해낼 때마다 아빠가 울었대요. 왜 아기들이 뒤집기를 성공한다든가, 책상 붙잡고 일어선다든가, 처음 걸었다든가 그럴 때요. 그때마다 아빠가 너무 울어서 엄마는 매번 자기가 너무 메마른 인간인가 고민했다고 했어요. 우리 아빠 귀엽죠? 내가 그거 듣고 얼마나 웃었는지."

엄마는 매번 그런 아빠 흉을 보면서 어이없어 했지만 정작 아시나는 딸이라서 그런지 아빠가 저를 애지중지하는 게 싫지 않았다. 물론 집에 있을 때마다 과보호라고 생각할 정도로 안절부절못하는 건 조금 부담스러웠지만.

"그게 귀여운 건가?"

"당연히 귀여운 거죠."

아시나가 빙그레 웃었다.

"우리 아빠가 생긴 건 되게 차가운데 답지 않게 엄청 정에 굶주린 사람이거든요. 그래서 한 번 마음을 주면 배신당할 때까지 헌신해요. 사람이 어찌 그리 미련한지."

딸인 자신마저 마음 여린 아빠가 걱정이라면 이미 말 다했다.

"물론 엄마를 만나고 엄마를 지키려고 마음먹으면서 이제 지나친 자기희생은 안 하려고 하지만 아직도 가족들한텐 그런 게 있어요. 싫으면 싫다고 얘기해 줘도 되는데. 사실 그런 거 이야기한다고 해서 그 사람 자체가 싫어지는 건 아니잖아요? 싫어지는 게 이상한 건데 참으려고만 하니 딸 입장에선 답답하죠. 안쓰럽기도 하고."

뭐, 아빠 어린 시절 이야기 들으면 왜 그러는지 이해는 간다. 나라도 그렇게 자랐으면 사람에 굶주리고 정에 굶주리고 사랑에 굶주렸겠지. 그래서 더 아빠를 사랑해 줘야겠다, 외롭지 않게 만들어야겠다 생각은 하는데…….

문제는 같이 있는 시간이 별로 없다는 거였다. 지금도 우리 아빠는 분명 내 걱정하고 있겠지.

"그러면서도 여행은 다니는 건가?"

"여행이 뭐 어때서요. 그거랑은 당연히 별개 문제죠. 사람이 하루 종일 옆에 있어도 외로울 수 있어요."

아시나가 뾰로통하게 쏘아붙였다.

"그리고 우리 아빠는 내가 자기 때문에 좋아하는 걸 못 하게 되는 걸 더 슬퍼할 거예요."

"그런가?"

오랜만에 아빠 생각을 하니 집에 돌아가고 싶은 마음이 커졌다. 그리운 집. 여행을 그렇게 다니면서도 외롭지 않을 수 있었던 건 언제라도 돌아갈 곳이 있기 때문이라는 건 아시나 본인이 제일 잘 알고 있었다. 그곳에 돌아가면 그게 언제라도 환영해 주는 가족들이 있으니까.

그리움에 시무룩해진 아시나의 뺨을 건드리며 베히다트가 나지막이 말했다.

"나중에 한번 보고 싶군."

"볼 일 없을 걸요."

기본적으로 아빠는 기사단에서 살다시피 하는지라 절대로 이런 먼 곳까지 올 일이 없었다. 만약 전쟁이 나면 오시겠지만 그건 싫은데.

"어렸을 땐 아빠랑 결혼하고 싶었어요."

베히다트가 미미하게 인상을 찌푸렸다.

"그러면 아빠가 웃으면서 맨날 '예쁜 신부로 자라렴.' 하고 안아줬거든요. 이젠 아빠랑 결혼 같은 거 못 한다는 거 알지만 6살 때까진 열심히 믿었다니까요?"

재미있는 일화가 생각나서 말한 것뿐이었는데 베히다트의 표정이 딱딱하게 굳었다.

"아버지가 딸한테 헛된 꿈을 주었군."

냉소적인 반응에 아시나가 되물었다.

"그럴 수도 있죠. 어릴 땐 다들 그러는 거 아니에요?"

"그걸 진짜로 믿었다면서. 그런 말은 해 주는 게 아니지."

베히다트가 나름 진지하게 반론했다. 아시나는 뭔가 슬슬 열이 올랐다.

"그럼 베히 님은 나중에 딸이 커서 아빠랑 결혼하고 싶다고 하면 가차 없이 안 된다고 자를 거예요?"

물론 이 남자라면 가능해 보이긴 하지만. 사실 아빠가 된 베히다트는 상상이 되지 않았다. 베히다트가 쉽사리 대답하지 못한 순간이었다. 아시나의 두 눈이 가늘어지면서 한탄이 흘러나왔다.

"와, 못됐어."

"……."

"딸이 불쌍해!"

베히다트가 아시나를 잡으며 물었다.

"왜 말이 그렇게 흘러가는 거지?"

그는 억울하다는 반응이었는데 아시나는 하나도 억울해할 거 없다고 생각했다.

"아무리 그래도 딸은 사랑으로 키워야죠! 딸의 꿈과 희망을 그렇게 산산이 짓밟으면 어떡해요? 우리 아빠가 날 얼마나 애지중지 키웠는지 알아요? 내가 이렇게 예쁘고 착하고 깜찍하고 귀엽고 사랑스럽게 자란 건 다 우리 아빠 덕이라고요."

단호한 말에 베히다트가 비웃었다.

"그런 아버지가 잘도 여행을 보내 줬군."

"자꾸 말 그런 식으로 할래요?"

아시나는 거기서 더 아빠 흉을 보면 가만두지 않겠다는 기세로 베히다트를 노려보았다. 그러다 베히다트가 웃기 시작했다.

이 남자 갑자기 왜 이러지?

"어릴 때에도 이랬나?"

"그땐 더 귀여웠죠. 아마 세상에서 제일 귀여웠을 걸요."

비꼬거나 비아냥거리는 대꾸가 돌아올 거라 생각했는데 베히다트는 묘한 미소만 지었다.

"보지 못한 게 아쉽군."

예상치 못한 대답이었다. 아시나는 당황했다.

"그건 무슨 의미에요?"

"글쎄."

알 듯 말 듯한 대답만이 묘하게 길게 남았다.

"더 말해 봐."

여기서 또 뭘 말해 보라는 걸까. 난감했지만 싫은 기분은 아니었다. 이 관심이 오히려 마음에 들어 더 궁금해했으면 좋겠다는 마음이 슬그머니 고개를 들었다.

"뭘 말해 주길 원해요?"

"뭐든."

"베히 님은 너무 많은 걸 원해요."

아시나의 볼멘소리에 그녀를 더 가까이 끌어안으며 그가 웃었다.

"그 이상을 원할걸."

밤이 깊어지는 시각, 연회장에서는 아직 끝날 기미 없이 연회가 지속되고 있었다. 비워진 상석은 이미 모두에게 익숙해서 사람들은 먹고 마시는 데에만 집중했다. 멀리서 온 대족장들도 머리 아픈 일 없이 그저 먹고 마시며 즐기는 데에 더 신경을 쓰고 있었다. 특히 니즈와의 대족장, 엘바가 제일 심했다.

"이즈미르 자네는 왜 이제야 도착한 건가?"

"도적 떼들이 주제도 모르고 나대기에 훈계를 해 주느라 늦었다. 자네는 별 고생 없이 알 페시안까지 온 모양이군."

"내 아들이 아제미인데 누가 나를 노리겠나. 안 그런가? 하하하."

정작 엘바의 아들 미츠하르는 옆에서 한숨을 내쉬고 있었다. 연이은 파티와 훈련으로 꽤나 지친 모습이었다. 무엇보다 미츠하르를 괴롭게 만드는 건 옆에서 아들 자랑에 여념이 없는 엘바인 듯했다. 이는 그의 표정을 조금만 지켜봐도 알 수 있었으나 정작 엘바는 그 사실을 모르는 듯 마냥 신이 난 상태였다.

"비가께선 아직도 도착을 못 하신 모양이군."

이즈미르가 술을 마시다 말고 아직도 자리가 비워진 쪽을 보며 입맛을 다셨다.

"고령의 나이시니 거동하시는 것조차 불편하지 않겠나. 그냥 대리인을 보내면 될 텐데 직접 오시는 것만으로 우리에겐 영광이지."

"직접 뵙지 못한 지 꽤 되긴 했지."

전대 대재상이 소하르에 있는 암만 일족 출신이었기에 정치 고문을 맡았던 비가는 십몇 년 전까지는 항상 알 페시안에 있었다. 그러다 게디크가 대재상이 되면서 마치 기다렸다는 듯 소하르로 내려가 한동안은 올라오지도 않았다. 왕년엔 서기관장으로 오랫동안 사 쿤을 가장 가까이에서 모셨고 뛰어난 학식과 지혜를 지녀 알 페시안에선 그를 존경하지 않는 자가 없었다. 일선에서 물러난 지금에도 어느 정도 중앙 정부에 영향력이 있을 정도로 거국적인 존경을 받고 있으니 마냥 대단하다는 말이 나올밖에.

"소하르의 후계가 정해졌던가?"

6년 전 쯤에 다라의 대족장이 잘릴로 바뀌고, 4년 전엔 샤르자의 대족장이 바레인으로 바뀌었다. 다라의 대족장이야 워낙 자주 바뀌는 것으로 유명하니 넘어간다고 쳐도 샤르자의 대족장이 바레인으로 바뀐 것은 꽤나 충격적인 이야기였다. 가장 영향력이 큰 일족과 가문이 모여 있는 곳이 샤르자였기에 어린 나이의 바레인이 오래 버티지 못할 거라 점치던 자들이 대부분이었다. 물론 지금은 그런 소리는 쏙 들어갔지만. 이즈미르는 멀리 떨어진 샤르자의 혼란보다 바로 옆 동네인 소하르가 신경 쓰였다.

"아닐 걸세. 허허, 정해졌다면 비가 그 노인네가 아직도 그 자리에 있지 않았겠지."

"하긴 비가 님은 워낙 권력에 관심 없으신 분이니까."

"그, 그렇긴 하지."

아직은 비가가 정정해 소하르가 조용하다지만 분명 조금이라도 비가의 건강에 이상이 온다면 소하르는 샤르자보다 더 어마어마한 지옥으로 변할 수도 있었다. 가장 후계 싸움이 치열한 동네인지라 바로 경계를 맞대고 있는 이즈미르는 조금 염려스러웠다. 아직 먼 이야기이긴 했지만.

각각의 자치구 내에서 벌어지는 권력 다툼에는 다른 지역에서 간여하는 것이 원칙적으로 금지되어 있기에 해 줄 수 있는 게 없어 더 마음이 쓰였다. 깊은 생각에 잠긴 이즈미르를 지켜보며 엘바가 혀를 찼다. 절레절레 고개를 흔드는 엘바를 말없이 지켜보다 이즈미르가 생각났다는 듯 물었다.

"그런데 다라의 대족장이 안 보이는군."

"잘릴은 이미 오래전에 무희 셋을 끌고 제 처소로 돌아갔다네."

"……기운도 좋군."

연회가 아니라 중정에서 한 번 마주쳤을 때도 잘릴은 시녀들을 끼고 있었다. 원래 그런 녀석이라는 건 알고 있었지만 설마 궁정의 시녀까지 꼬실 줄은 몰랐기에 이즈미르는 저도 모르게 혀를 찼다. 역시 명불허전이라고 해야 하나.

둘이 한참 술을 기울이고 있을 때였다. 줄곧 연회 내내 게디크 대재상 옆에 붙어 있던 이만이 자리를 옮겼다.
"연회는 즐거우십니까?"
"시종장이야 말로 즐거운 듯하군."
"저야 늘 즐겁죠."
싱글벙글 웃는 이만의 얼굴을 물끄러미 쳐다보던 이즈미르가 수긍의 뜻으로 고개를 끄덕였다. 그가 즐겁지 않은 모습은 본 적이 없었다. 둘 사이에 끼어든 엘바는 감탄하며 이만의 어깨를 툭 쳤다.
"천직이야, 천직. 그렇지, 이만?"
"물론입니다. 시하드를 가장 가까이서 모시는 종으로서 이보다 즐거운 일은 없을 겁니다."
묘한 미소를 머금으며 이만이 더 환하게 웃었다.
"시하드께선 왜 바로 들어가신 거지?"
이즈미르가 의아한 표정을 지었다. 원래도 오래 머무는 인사는 아니었지만 그래도 자정이 지날 때까진 있다 돌아가곤 했다. 이즈미르의 질문에 이만이 아닌 엘바가 두 눈을 동그랗게 떴다.
"어허, 이 사람. 소문을 모르는 건가?"
"소문?"
"하긴. 아직 알 페시안에 온 지 얼마 안 되었지, 자네."
제가 물어놓고 스스로 납득하는 엘바를 보며 이즈미르가 대놓고 인상을 찌푸렸다. 원래도 좋은 인상은 아니지만 그렇게 찡그리니 정말 누구도 다가갈 수 없을 정도로 이즈미르의 인상이 살벌하게 변했다. 그 찰나, 이만이 꽤나 음흉한 표정으로 웃었다.
"시하드께선 아마 바쁘실 겁니다."
"아하, 그렇고말고."

"……무슨 소리지?"

맞장구까지 치는 엘바는 무시하고 이즈미르는 똑바로 이만을 응시했다. 그런데 답은 이만이 아니라 엘바에게서 흘러나왔다.

"시하드께서 하렘에 여인을 들이셨다는 소리일세."

"……시하드께 여인이 생겼단 말인가?"

못 들을 걸 들은 사람처럼 이즈미르의 얼굴이 흉흉하게 구겨졌다.

"그 시하드께?!"

"어허, 자네 속고만 살았나?!"

엘바가 즐거운지 크게 웃음을 터뜨렸다. 이만도 여전히 싱글벙글거렸다. 이즈미르는 쉬이 믿을 수 없는 듯 중얼거렸다.

"말도 안 돼."

그런 이즈미르의 불신을 불식시키기 위해 이만이 진지하게 덧붙였다.

"하렘에 놓아두고 보시는 것도 아까워 친히 침소로 옮기셨습니다. 아예 침소 밖으로 나오시지 못하는 아이라를 보니 어찌나 가여우시던지. 저는 우리 시하드께서 그렇게 열정적인 남자가 되시리라고는 상상도 못했습니다."

"원래 남자는 자기 여자한테 다 열정적인 법이야. 그렇고말고."

"역시 그렇죠, 하하."

죽이 잘 맞는 두 인간을 지켜보며 이즈미르는 아직도 납득이 안 가는 표정으로 고개를 흔들었다. 엘바는 괜히 웃다가 멍하니 앉아있는 자기 아들을 돌아보았다. 미츠하르는 졸지에 가만히 있다가 깜짝 놀랐다.

"들었냐, 녀석아."

"……."

"우리 아들도 참한 신부를 골라야 할 텐데 말이지."

엘바가 입맛을 다셨다. 이즈미르는 심각하게 이만을 쳐다보았다.

"그거 진짜인가?"

"믿지 못하는 게 당연하시겠지만 사실입니다."

"이런……."

망연자실한 이즈미르를 보며 이만이 재미있는지 눈을 반짝였다. 이즈미르는 아무리 상상해도 여자에 빠진 시하드를 상상할 수 없는 모양이었다. 물론 그만큼 베히다트를 잘 알고 있기 때문에 더 그랬다.

"내가 없는 사이에 시하드께 무슨 일이 벌어진 거지?"

차라리 크게 다쳤다고 하면 그게 더 설득력 있을지도 몰랐다. 이즈미르가 혼란스러워하는데 언제 이야기를 엿들은 건지 차가운 목소리가 끼어들었다.

"북에서 온 여자입니다. 정체도 모르는 여자죠. 첩자일지도 모릅니다."

"게디크."

이만은 여전히 웃는 얼굴이었으나 게디크는 꽤나 냉소적인 표정이었다. 게디크를 보며 엘바는 저도 모르게 인상을 찡그렸다. 이즈미르는 아무 표정 없이 게디크를 보았다.

"오랜만이군."

"오시는 길은 평안하셨습니까? 도적 떼를 만났다는 소리는 들었습니다만."

"오는 길은 그렇지 못했지만 가는 길은 평안할 걸세. 전부 소탕했거든."
"그거 참 좋은 소식이로군요."
엘바는 흥미가 떨어졌는지 술을 찾았다. 이만이 소리 없이 그에게 술을 권했다. 이즈미르는 술보다 다른 것에 흥미를 보였다.
"그나저나 더 들어 보고 싶은데. 시하드께서 들인 여자가 북인이라?"
"모든 북인이 첩자는 아니죠. 게디트 대재상님께선 너무 극단적이십니다."
이만의 부드러운 말에 게디크가 굳은 표정으로 단호하게 대꾸했다.
"일단 무엇이든 의심부터 하고 봐야 하는 법입니다. 시하드께 해가 된다면 그게 무엇이든 제거해야 합니다."
"그래서 자키야를 감시하러 보내신 겁니까? 따님을 너무 부려 먹으시는 것 같습니다만."
이만은 그를 살살 긁으며 빙그레 웃었다. 설마 이리도 직설적으로 말할 줄은 몰랐는지 게디크는 불편한 기색을 드러냈지만 별다른 대꾸는 없었다. 둘 사이에 흐르는 미묘한 기류에 모두가 두 사람을 돌아보았다. 엘바는 그러거나 말거나 신난 표정으로 게디트를 보았다.
"그러고 보니 자키야 양이 있었군. 잘 지내고 있습니까, 게디크 대재상?"
"예, 제 딸은 잘 지내고 있습니다."
"어릴 때 보고 못 본 것 같은데 여전히 귀여우려나."
이즈미르의 말에 엘바가 그게 무슨 소리냐는 듯 나무랐다.
"어허, 이 사람 보게. 그때가 언제인데 아직도 귀엽겠나. 이미 아름다운 여인이 되어 온 다라의 남자들을 홀리고 다닌다는 소문이 자자한 게 언젠데."

"어디 다라 남자들만 홀리겠습니까, 알 페시안 남자들도 아주 난리가 났습니다."

이만의 능글맞은 대꾸에 게디크가 인상을 찌푸렸다. 제 딸을 칭찬하는 것이니 좋아해야 하는데 전혀 그렇게 느껴지지 않으니 영 불편하다는 태도였다. 엘바가 계속 자키야 얘기를 늘어놓으니 게디크는 의사와는 상관없이 엘바에게 붙잡혀 버렸다. 그 틈을 타 이즈미르가 이만을 불렀다.

"따로 시하드를 뵙고 싶은데."

"그럼 내일 알현 일정을 잡아 놓겠습니다."

"부탁 좀 하지."

어차피 이만이 이즈미르에게 접근한 이유는 알현 일정을 언제 잡아야 할지 궁금해서였다. 소기의 목적을 달성한 이만이 빙그레 웃으며 시선을 돌렸다.

"음, 서기관장이 웬일로 저기에 있군. 잠깐 실례하겠습니다, 대족장님들."

이만이 자리를 뜨자 눈치를 보던 게디크도 슬그머니 일어났다.

"그럼 나도 이만."

게디크를 보내고 아쉬운지 엘바가 입맛을 다셨다.

"폭풍처럼 왔다가 가는군."

"여전히 저 둘 사이는 별로인 모양인데."

"좋아질 수가 없겠지."

엘바가 웃으면서 혀를 찼다. 사 쿤이 군림하던 시절부터 반목하던 관계가 아니던가. 무엇보다 그때 이만은 서기관이었고 게디크는 재상 중 하나일 뿐이었다. 그런 게디크가 대재상이 될 수 있었던 건 모두 자키야 덕이었다.

"하긴 사 쿤께서 자신의 친딸처럼 자키야를 귀애하지 않으셨으면 지금 게디크가 저 자리에 있지도 못했겠지."

"그랬다면 당연히 대재상은 이만이 아니던가?"

"그랬겠지, 뭐."

여전히 이만의 지지자는 넘쳐났다. 시종장의 위치가 아니더라도 본가인 소하르 내에서도, 그 외의 지역에서도 이만은 신뢰받는 권력자였으니까.

"그 참사가 모든 걸 뒤바꿔 놓았지."

"이미 지나간 일이 아닌가."

이즈미르가 중얼거린 말에 엘바가 무심하게 받아쳤다.

"지나갔다고 해도 잊으면 안 되지."

마치 이만이 영향력을 행사하는 걸 막으러 다니기라도 하는 듯 바삐 움직이는 게디크를 두 사람은 조용히 지켜보았다. 아무래도 연회의 흥은 이미 깨진 지 오래였다. 엘바가 이제 슬슬 돌아가 봐야 하나 고민하고 있을 때였다. 언제 나타난 건지 모를 바레인이 조용히 둘 옆에 섰다.

"오랜만에 뵙습니다."

"오, 샤르자 대족장은 오늘따라 기분이 좋아 보이는군?"

"엘바께선 항상 기분이 좋아 보이십니다."

똑같이 보기 힘들었지만 바레인은 잘릴과는 전혀 다른 이유로 보기 힘들었다. 특히 연회라고 해도 바레인은 친목이나 영향력을 과시하는 쪽이 아닌지라 조용히 있다가 가곤 해서 더욱 이야기하는 것이 어려웠다. 엘바야 그래도 대족장이니 자주 보는 편이지만 볼 때마다 무슨 생각을 하는지 알 수가 없는 청년이었다.

"하하, 니즈와의 일을 떨쳐 버리고 하루 종일 빈둥빈둥 놀기만 하는데 기분이 안 좋으면 그게 이상한 것 아닌가? 바레인은 설마 여기까지 와서도 샤르자의 일을 처리하는 건가?"

"아무래도 가까우니까요."

"쯧쯧, 샤르자 대족장들은 이게 문제야. 놀 땐 좀 많이 놀아 두게."

바레인이 명심하겠다는 듯 부드럽게 웃으며 고개를 끄덕였다. 그리고 자연스레 이즈미르에게로 시선을 돌렸다. 이즈미르는 굳은 표정으로 바레인을 마주했다.

"후에 따로 이즈미르 님을 뵙고 싶습니다."

"……시종을 보내지."

"기다리고 있겠습니다."

볼일은 그것뿐인지 바로 자리를 떠난 바레인을 보며 엘바는 꽤나 묘한 표정을 지었다.

"왜 다들 자네를 찾는 건가?"

"내가 인기 있어서 그런 거겠지."

"……."

엘바는 어쩐지 짜증이 치밀었으나 뭐라 말을 꺼내진 못했다.

침소에서 아침 늦게 나온 베히다트를 흐뭇하게 지켜보던 이만이 전해 주고 간 일정은 보기엔 평소와 별다른 점이 없었다. 그가 지난 며칠을 의도치 않게 집무실에서 보낸지라 밀려 있던 업무와 급한 사안은 모조리 다 처리가 되어 각각의 부서로 넘겨진 바 더 이상 중요한 건은 없었다.

무엇보다 아슈마에를 다녀오느라 미뤄졌던 사안까지 전부 깔끔하게 처리되어서 그가 오랫동안 자리를 비운 것치곤 별다른 문제는 없었다. 그가 자리를 비운 동안 느슨해진 관료들만 요 며칠 폭발적으로 늘어난 일거리 때문에 거의 죽을 맛이었다. 언제나 바쁜 서기부와 시종부는 별다를 바 없었지만.

마음 같아선 조금 더 침소에 눌러앉고 싶었지만 아시나가 좀처럼 일어날 생각을 하지 않아 잠든 옆모습만 소리 없이 지켜보다 방을 나왔다. 깨어 있을 땐 그렇게 예민하게 반응하면서 막상 잠에 들기만 하면 죽은 듯 그녀는 미동도 없었다. 물론 흔들면 일어나긴 하겠지만 어쩐지 그렇게까지 깨우고 싶은 마음은 들지 않았다. 게다가 세상모르고 잠들어 있는 모습을 지켜보는 것도 꽤 재미있었다.

"마안의 대리인이 페시안의 주인께 인사 올립니다."

어젯밤 짧게 마주하긴 했지만 오랜만에 본 이즈미르는 여전히 인상적이었다. 얼굴 가득 수북한 털도 그러했지만 나이가 보인다는 점이 가장 컸다. 소년이 청년이 될 시간 동안 그 역시 청년에서 중년이 되었다.

이런 것에 새삼스러워하는 제 자신을 비웃으며 베히다트가 고개를 끄덕였다.

"도적 떼를 소탕했다는 보고는 들었다. 전사 하나가 죽었다던데, 그들을 치하하는 데 필요한 것이 있다면 얼마든지 말하도록. 알 페시안에서 해 줄 수 있는 것은 모두 해 주겠다."

"말씀만으로도 황송합니다."

고개를 숙인 이즈미르가 굳은 표정으로 입을 열었다.

"제 성미가 좋지 못해 과한 욕심으로 부하를 잃었습니다. 시하드를 뵈러 오는 기쁜 길에 피를 보아 송구할 따름입니다."

"생과 사는 언제나 존재하는 법. 나를 위해 애쓰다 애꿎은 목숨을 잃은 젊은 전사가 가엾군."

"좋은 전사였습니다."

많이 아꼈던 모양인지 이즈미르에게서 느껴지는 기색이 영 좋지 못했다. 이런 이야기는 넘어가는 것이 오히려 나은 법. 베히다트가 턱을 괴며 무심하게 이즈미르를 내려다보았다.

"그래, 어제 연회는 마음껏 즐겼는가?"

이즈미르가 웃으며 고개를 끄덕였다.

"몇 년 만에 와서 그런 모양인지 알 페시안도 많은 것이 바뀌었더군요. 거리나 건물은 여전한데 사람들이 다릅니다. 익숙한 얼굴이 보이긴 했지만 태반이 새로운 얼굴인지라 적응하는 데 애를 먹었습니다."

"엘바는 새로운 얼굴들이 늘었다고 좋아하던데. 그대는 힘든 모양이군.”

“다른 대족장들도 많이 바뀌었으니까요.”

무언가를 고심하는 듯 잠시 이즈미르가 말을 끊었다. 베히다트는 인내심 있게 그가 할 말을 기다려 주었다.

“저도 곧 물러날 생각입니다.”

놀라긴 했지만 예상치 못한 발언은 아니었다. 베히다트는 이 곰 같은 사내가 과연 어떤 일을 겪은 건지 궁금했다. 공연히 이런 말을 하는 것은 아닐 터, 그렇다면 분명 이렇게 생각하게 된 계기가 있을 터였다. 캐묻고 싶은 기색을 숨기며 베히다트가 수긍의 뜻으로 고개를 끄덕였다.

“정해 둔 후계가 있는가?”

이즈미르가 인상을 찌푸리더니 고개를 가로저었다. 그가 진중한 얼굴로 말을 이었다.

“올해가 무사히 지나간다면 마안의 관습대로 무투회를 열어 우승한 자에게 자리를 내어 줄 생각입니다. 봐 둔 아이들은 여럿 있습니다.”

“그대가 원한다면 그리하도록.”

어차피 각 지역에 관한 건 대족장 고유의 권한이었다. 대족장의 승계나 은퇴 또한 개인의 권한. 라 쿤은 모든 대족장 위에 군림하지만 대족장들끼리 편먹고 다투는 게 아니면 관여하지 않는 것이 오랜 관습이었다.

“내 예상보단 빠르군. 나는 그대가 좀 더 그 자리에 있어 주길 바랐는데.”

“저 역시 제가 이리 빨리 물러나게 될 줄은 몰랐습니다.”

이즈미르가 수더분한 미소를 보이며 멋쩍게 고개를 숙였다.

"조금 더 자리를 지켜도 괜찮지 않은가. 지금 대족장이 바뀐 곳도 샤르자와 다라뿐이니."

"니즈와는 엘바에게 미츠하르가 있으니 후계 걱정이 없고 무스카트 역시 카림이 있으니 다음 대의 대족장이 거의 확정되었다고 해도 과언이 아닙니다. 현재 후계가 정해지지 않은 것은 저희 마안과 소하르밖에 없습니다."

다라는 원래 유목민이었던 풍습 때문에 대대로 젊은 족장이 일족을 이끌었다. 샤르자의 대족장이 바뀐 것도 어느 정도 충격은 있었지만 납득할 수 있었다. 대대로 샤르자는 보다 뛰어난 자가 족장이 되었으니까. 하지만 마안은 조금 달랐다. 마안 역시 전사를 특히 우대하는 풍습은 있지만 다라와는 조금 달랐다. 다라의 전사가 남의 것을 빼앗기 위해 강해진다면 마안의 전사들은 자신들의 것을 지켜 내기 위해 강해졌다. 이즈미르가 추구하는 강함 또한 그런 종류이리라.

"소하르의 후계 경쟁은 여타 다른 지역과는 다릅니다. 지금까지 그래 왔듯 분명 페시안 전 일족과 가문이 혼란에 휘말리겠죠. 분명 그 여파가 마안에까지 이를 겁니다. 저는 그런 혼란이 마안에서까지 일어나는 걸 원치 않습니다."

이즈미르의 말엔 일리가 있었다. 소하르가 후계 경쟁에 돌입하게 된다면 분명 다른 일족들 역시 강 건너 불구경하듯 있을 수는 없으리라.

소하르의 위상은 다른 지역들이 감히 견주지 못할 정도로 높다. 소하르는 역대 대재상을 가장 많이 배출한 지역이며 또한 가장 많은 관료를 배출한 곳이다. 지금 알 페시안에서 일하고 있는 관료들의 7할이 소하르 출신이니 말은 다 한 셈. 때문에 여럿 걸출한 가문이나 일족들이 샤르자의 세 배 이상은 되었고 역사적으로 부유한 샤르자가 정계에 힘을 못 쓰는 것도 다 소하르 관료들을 이기지 못한 탓이 컸다.

대신 그 반대급부로 후계 싸움이 다른 지역에 비해 더 치열했다. 사실상 대족장들의 후계 문제에 큰들이 관여하지 않게 된 것도 모두 소하르 후계 문제 때문이라 해도 과언이 아니었다.

"비가가 염려하는 걸 그대 역시 두려워하는군."

이즈미르가 쓴웃음을 지었다.

"시하드 앞이라 말하기 조심스럽지만 후계 다툼이 더러운 걸로 치면 소하르가 제일 아니겠습니까? 샤르자는 다른 지역과 관계가 안 좋은 것뿐, 막상 제 지역 안의 일족끼리는 각별하니까요."

"그런가. 하긴 그래서 바레인이 별 혼란 없이 대족장 자리에 앉은 거겠지."

바레인의 이야기가 나오자마자 이즈미르의 표정이 어둡게 물들었다.

"바레인을 너무 얕보시지 않는 게 좋습니다. 저 역시 오랫동안 여러 자들을 상대해 봤지만 그렇게 속을 알기 힘든 녀석은 처음입니다."

"참고하지."

베히다트가 의례적으로 물었다.

"금광을 두고 마안과 샤르자 사이에서 벌어진 충돌은 좀 나아졌는가?"

"여전합니다."

"걱정이 많겠군."

형식적인 염려에 이즈미르가 자신 있게 대꾸했다.

"아무리 샤르자라도 마안을 상대로 정면으로 덤비긴 힘들 겁니다."

"그렇겠지. 마안의 전사들은 소하르의 책략가들조차 무서워할 정도이니."

이대로 별다른 용건 없이 알현이 끝나 가는 듯싶었다. 이즈미르가 은퇴 이야기를 하긴 했지만 어차피 후계가 정해져야 가능한 이야기이니 지금부터 걱정할 일은 아니었다. 베히다트는 잠시 이즈미르를 진중하게 내려다보았다. 이 정도로 이야기를 끝낼 기색이 아니었다. 아니나 다를까, 잠시 무언가 주저하던 이즈미르가 고개를 들었다.

"마지막으로, 여쭈고 싶은 것이 하나 있습니다."

"말하라."

베히다트의 허락이 떨어지기 무섭게 이즈미르가 심각한 어조로 물었다.

"아직도 그 사건을 파헤치고 계신 겁니까, 시하드시여."

굳은 표정과 어두운 눈빛이 이즈미르가 지금 어떤 심정인지를 여실히 말해 주고 있었다. 베히다트는 일부러 되물었다.

"무슨 사건을 말하는 건가?"

한 치의 망설임도 없이 이즈미르가 답했다.

"모두가 참사라 부르는 그 사건을 말하는 겁니다."

염려 가득한 표정으로 이즈미르가 인상을 찡그렸다.

"다음 대의 쿤으로 가장 유력하던 3왕자께서 하렘에 있는 모든 여자와 아이를 죽이고 도망쳐 자결하신 일은 제게도 충격이었습니다. 그 일로 페시안이 사분오열되어 수많은 내전이 벌어졌습니다. 그때의 전쟁으로 이 땅에 뿌려진 전사들의 피와 백성들의 눈물이 이제 겨우 아물었습니다."

침중한 표정으로 이즈미르가 고개를 숙였다.

"그러니 이제 그만 덮어 두어도 되지 않을까요?"

베히다트는 그렇다고도 아니라고도 대답하지 않았다. 어떤 언질도 없는 침묵에 이즈미르는 더 슬픈 표정을 지었다. 험악한 얼굴과 안 어울리는 표정이었지만 그 진심이 어떨지는 대충 알 수 있었다.

"현명하신 비가께서도 그 일은 묻어 두길 원하셨습니다. 돌아가신 제 아버지조차 마찬가지였고 제 의견 역시 그냥 묻어 두는 편이 모두에게 좋지 않을까 합니다."

한 번도 말한 적이 없는데 이즈미르는 이미 알고 있는 모양이었다. 그걸 어떻게 알게 되었냐고 묻고 싶었으나 베히다트는 참았다. 대답이 없는 주군에게 머리를 조아린 이즈미르가 더욱 간절하게 요청했다.

"바로 몇 년 전 일도 아니고 이십 년 전 일입니다. 이제 모두가 겨우 그 충격에서 헤어 나와 살 만해졌는데 굳이 그 사건을 다시 들추어 간신히 아문 상처를 헤집을 이유가 없습니다."

이미 몇 차례나 모두가 반대한 일. 이전 우마르 역시 반대하며 우려하던 것이었다. 3왕자와 얽힌 진실을 밝혀내는 것. 하나 베히다트는 포기할 수 없었다. 그것은 자신이 쿤의 자리에 오르기로 결심한 이유 중 하나이자, 계속 쿤의 자리를 지키고 있는 이유이기도 했다. 더불어 잘릴과 바레인을 가만히 지켜보고 있는 이유도 그 비밀을 알고자 하기 때문이었다. 무슨 이유 때문에 자신이 그런 상황에 내몰렸는지, 그는 그것이 알고 싶을 뿐이었다.

전대 샤르자 대족장이 3왕자를 크라차로 가도록 만들었고 크라차에서 북과 관련된 어떤 일이 있었는데 그 영향으로 하렘의 비극이 일어났다는 건 조금이라도 궁정과 연이 있는 자라면 누구나 알고 있는 사건의 내막이었다.

한참의 침묵을 깨고 베히다트가 입을 열었다.

"나는 아직 잊지 못했는데 모두가 잊었단 말인가?"

이즈미르가 고개를 들었다. 감정이 담기지 않은 고저 없는 목소리가 싸늘하게 이어졌다.

"그때 이후로 하렘은 여전히 폐쇄된 상태다. 내 어머니 역시 그 하렘에 있다 돌아가셨지. 네 누이도 그때 희생되었을 텐데, 그대는 그 모든 것을 잊을 수 있는가?"

죽은 누이를 생각하는 듯 이즈미르의 눈빛이 흔들렸다. 베히다트가 지체 없이 말했다.

"어머니의 복수를 하겠다는 것이 아니다."

그런 걸 생각하기엔 그는 매정한 아들이었다. 얼굴도 모르는 어머니에 대한 애정 따위 한 줌도 남아 있지 않았다.

"가엾게 죽어 버린 내 배다른 형제와 누이들에겐 미안한 말이지만 그들의 죽음은 슬프지 않다. 다만 내가 알고 싶은 건."

잠시 숨을 들이쉰 베히다트가 말을 끊었다.

"어째서 죽였는가, 그뿐이다."

그래, 무언가 거창한 걸 원하는 것이 아니었다.

다만 왜 그런 일이 벌어졌어야 했는가, 그 이유를 알고 싶었다. 3

왕자가 갑자기 왜 미쳤는지, 그들이 왜 죽어야 했는지, 왜 3왕자가 자살을 한 것인지. 모든 것이 명확히 규명되지 않은 채로 묻혔다. 그 바람에 쿤이 된 것이 자신인지라 그 진실을 찾는 것에 어떤 사명감마저 느꼈다. 분명 무언가가 존재했다. 베히다트는 그렇게 확신했다. 이즈미르가 혼란스러운 듯 입술을 깨물었다.

"시하드께선 3왕자께서 어떤 이유가 있어 그런 일을 저질렀다고 생각하시는 겁니까?"

"아니라면 그게 더 이상하지 않은가?"

이즈미르가 고통스럽게 입을 열었다.

"발작이라 했습니다. 병을 앓고 계셨다고……."

베히다트의 시선이 차갑게 식었다.

"진심으로, 그 말을 믿는가?"

그가 싸늘히 뇌까렸다.

"발작을 할 정도로 병을 앓는 남자를, 다음 대의 쿤으로 밀어붙일 정도로 페시안엔 인재가 없었나?"

너무나 충격적인 사건이기에, 모두가 잊어버리고 싶어 하는 통에 진상은 빠르게 묻혀 버렸다. 사 쿤은 쓰러졌고 다른 왕족들은 유력한 후계자가 스스로 무너지자 그걸 빌미로 지독한 후계 싸움을 시작했다. 페시안은 한순간에 지옥으로 돌변했다. 그 모든 걸 겪은 이즈미르는 아직도 생생히 기억했다. 지옥이 되어 버린 이 나라를.

"분명 파란이 불어닥칠 겁니다."

신음이 흘러나왔다. 그 진실이 밝혀지면 또 한 차례 파란이 불리라. 분명한 경고였음에도 불구하고 베히다트는 담담했다.

"기꺼이 감수하지."

애초에 각오하고 시작한 일이 아니던가. 그는 별다를 바 없는 태도로 수긍했다. 처음부터 알고 있었다. 간단히 끝날 일이 아니라는 걸.

이즈미르가 침중하게 중얼거렸다.

"저는 더 이상 누군가를 무의미하게 잃고 싶지 않습니다."

주의 깊게 이즈미르를 살핀 베히다트가 천천히 입을 열었다.

"그대가 잃어야 할 건 없다."

더 이상 누군가가 죽어 나가는 건 그로서도 사양이었다.

"모든 것은 내 선에서 끝낼 테니까."

대화 내용을 전해 들은 나시르가 미묘한 표정을 지었다.

"이즈미르 님은 갑자기 왜 그런 소릴 한 걸까요?"

이유는 모르지만 한 가지는 확실했다. 이즈미르의 적극적인 협조는 얻을 수 없다는 것. 처음부터 바라지 않았다고 해도 막상 이렇게 반대하면 또 기분이 묘해지는 법이다. 무엇보다 이즈미르의 강경한 태도가 마음에 걸렸다. 그 마음을 모르는 바는 아니지만.

"예감이 좋지 않습니다."

나시르가 인상을 찡그렸다.

"이번에 죽은 전사가 이즈미르 님이 내심 다음 후계로 마음에 두었던 자라고 합니다. 다른 전사들도 아끼지만 특히 아꼈다고 하더군요."

"어디서 들은 정보인가?"

"이즈미르 님의 측근이 알려 온 정보입니다."

아무래도 도적 떼를 토벌하면서 분명 무슨 일이 벌어졌던 모양이었다.

"좋지 않군."

차라리 이즈미르가 아무것도 모르고 있는 편이 더 나을 뻔했다. 나시르 역시 걱정스러운 얼굴로 한숨을 내쉬었다. 무엇보다 엘바가 괜히 휩쓸릴까 걱정이었다. 정보가 어디서 유출되었을 가능성도 없진 않았다. 게다가 지금 엘바는 바레인과 같이 있었다.

"……성미가 격하긴 하나 사리 분별은 할 줄 아는 분이니 괜찮으시지 않을까 하는데."

"힘들겠지."

"괜한 자극이나 받지 않길 바랍니다."

상대하면서 느낀 거지만 이즈미르는 분명 무언가를 알고 있었다. 그리고 동시에 무척이나 두려워하고 있었다. 어떤 경로로든 그 참사와 연관이 되어 있을 수도 있다는 이야기.

"이즈미르가 숨기는 것이 궁금하군."

"전대 마안 대족장과 관련된 일이겠죠. 밝혀지면 문책을 피할 수 없으니 그리 덮으려고 애쓰는 것 아니겠습니까?"

나시르가 일견에 말했으나 베히다트는 고개를 가로저었다.

"뭔가 다르다."

그런 정도였다면 오히려 돕겠다고 나설 수도 있었다. 그는 가문의 수치를 드러내는 걸 두려워할 남자가 아니었다. 오히려 베히다트는 다른 쪽으로 생각했다. 마안이라는 지역 특성상 샤르자와 소하르에서 벌어진 어떤 일을 우연히 알게 되었을 수도 있었다. 물론 우연이라는 게 과연 존재할지는 의문이었지만.

"이즈미르는 고작 그런 것을 두려워할 사내가 아니다. 분명 더 큰 무언가가 있겠지."

"알아볼까요?"

나시르 또한 찝찝함이 남는 것을 원하지 않았다.

"마안에서 이쪽으로 오면서 무슨 일이 있었는지 알아봐라."

"사람을 붙이겠습니다."

잠시 베히다트가 말없이 나시르를 응시했다. 나시르는 갑자기 자신에게 꽂힌 시선에 의아해했다. 개의치 않았으나 나시르 역시 소하르 출신이었다. 그것도 이만, 우마르와 같은 암만 일족이었다.

"혹시 소하르의 다음 후계가 누가 될 건지 아나?"

"글쎄요. 일단 이만 님이 가장 유력하시긴 한데……."

나시르가 콧잔등을 긁으며 이마를 찡그렸다.

"아마 시종장에 계시니까 그냥 넘어가실 것 같고, 그 외엔 시르가느나 테하킨 님이 있긴 한데 뚜껑을 열어 봐야 알 듯합니다. 소하르는 항상 그랬거든요."

"그대는 대족장에 관심이 없는가?"

웃음기 어린 질문에 나시르가 어깨를 으쓱였다.

"그냥 이대로 맘 편히 있다가 서기관장이나 하고 싶은데요. 시하드시여, 저를 내쫓을 계획이라도 있으신 겁니까?"

"없으니 서기관장이나 노려보도록."

서기관장이 누구나 한 번쯤 거쳐 가는 관직인 양 나시르가 말했으나 이래 봬도 페시안에서 가장 공정하고 지성이 높은 자만 꿰찰 수 있는 자리였다.

베히다트는 턱을 쓸었다. 이즈미르가 염려한 바를 우려하지 않는 것은 아니었다.

"비가가 죽는다면 큰일이겠군."

생각에 잠긴 베히다트를 보며 나시르 또한 염려했다.

"아마 큰일 정도로 끝나지 않을 겁니다. 소하르의 일곱 가문이 서로 대족장 자리를 차지하려고 애쓸 테니까요."

"남 일처럼 말하는군."

나시르가 가볍게 웃었다.

"다른 대족장 자리는 모르겠지만 소하르는 웬만한 능력이나 실력 가지고는 어림도 없습니다. 머리싸움하는 게 다 그렇지만 신중하고 진득한데 엄청 더럽거든요. 분명 샤르자도 그 파동에 휩쓸릴 테니 바레인이 원하는 그림은 쉬이 나오지 않을 겁니다. 아마 바레인도 비가가 죽길 원하지 않을 테고 말입니다."

"나도 그렇게 생각한다."

그나마 지금 소하르가 분열되지 않고 아무런 사고도 없이 잘 묶여 있는 건 순전히 소하르 대족장인 비가의 역량 덕분이었다. 바레인도 그 점을 잘 알고 있을 터. 애써 잘 지내고 있는 소하르를 건드려서 긁어 부스럼을 만들 이유가 없었다. 얻는 게 없으니까. 반대로 얻으려는 것이 페시안의 혼란이라면 소하르를 건드리는 것이 가장 효과적인 방법이긴 했다.

"자키야는 어떻습니까?"

나시르가 조심스럽게 물었다. 아시나가 걱정되는 건 아니었으나 자키야가 무얼 위해 움직이는지 목적을 알지 못해 불안했다.

"별다른 점은 없다더군."

불현듯 떠오른 아시나 생각에 베히다트의 입가에 가벼운 미소가 번졌다.

그것을 지켜보던 나시르는 신음을 삼켰다. 언젠가 터질 두 사람을 지켜보는 입장에선 그저 하루하루가 피가 마르는 심정이었다. 나시르는 어느 쪽으로든 두 사람이 별 탈 없기를 바랐지만 세상만사가 늘 바라는 대로 흘러가는 것은 아니었다.

"내 고양이가 팔자에도 없는 예의범절을 공부하게 되었다고 무척이나 싫어하더군."

"아시나 양이라면 생각보다 잘하실 듯한데."

잘 살펴보면 다른 방식이긴 하나 예의범절이 몸에 배어 있어 쉽게 배울 줄 알았는데 의외였다. 싫어하는 아시나가 연상되지 않는 건 아니었다. 남들은 듣다가 잠들 법한 딱딱한 내용의 역사나 신화는 좋아하면서 예의범절은 싫어하다니. 여행을 좋아하는 왈가닥이라 그런가?

"자키야가 원하는 게 뭘까요?"

"글쎄."

"게디크가 얻는 건 또 뭘까요?"

"적어도 하나는 있겠지."

베히다트가 서늘하게 뇌까렸다.

"날 화나게 만들었다는 점?"

나시르도 그 점은 인정한다는 듯 고개를 끄덕였다.

"대놓고 화를 내지 못할 걸 아니까 일부러 건드린 느낌은 있습니다만……."

그보다는 다른 이유가 숨어 있을 듯했다. 그건 분명 바레인이 원하는 거겠지.

"저는 아무리 생각해도 바레인이 무엇을 원하는지 모르겠습니다. 게디크야 자키야를 하렘에 집어넣지 못한 한풀이라고 생각한다 치면 이해는 가지만 말입니다."

나시르는 잠시 말을 끊었다가 진지하게 물었다.

"과연 아시나 양이 정말 수상해서 감시하는 걸까요?"

"보면 알겠지."

베히다트는 느긋하게 턱을 괴었다.

"곧 드러날 거다."

싸늘한 미소와 함께 나지막한 한마디가 내려앉았다.

"그쪽에도 시간은 없을 테니."

방의 공기는 차가웠다. 이즈미르는 미리 약속된 장소에 발을 들이며 좋지 못한 기운을 느꼈다. 하늘에 뜬 태양이 지나칠 정도로 밝았지만 이 방 안까지 환하게 밝혀 주진 못했다.

마치 제 기분을 보는 듯한 풍경에 이즈미르의 기분은 더 곤두박질쳤다. 안 그래도 오랜 여행으로 생긴 여독과 아끼던 전사를 잃은 충격 때문에 심신이 지쳐 있는 상태였다.

"오셨습니까?"

바레인의 인사에 이즈미르의 표정이 더욱 굳어졌다.

"네놈 짓인가?"

인사도 없이 내지르는 직설적인 언사에 바레인의 미소가 잠깐 굳었다.

"무슨 말씀이시죠?"

"모른 척해도 소용없다. 이 페시안에 그런 일을 벌일 만한 자는 너밖에 없으니까."

바레인은 대답 대신 웃었다. 그 웃음이 어떤 의미인지 이즈미르는 쉬이 짐작할 수 없었다. 오래 산 관록이라는 게 있을진대, 모든 사람을 다 겪었다 생각한 이즈미르라 해도 눈앞의 젊은 대족장의 속마음은 짐작해 내기가 어려웠다. 마찬가지로 젊은 군주인 시하드의 속사정 역시 알아낼 수 없었다.

"제가 뭘 했다 그러시는지 저는 잘 모르겠습니다."

"발뺌을 하려는 건가?"

자신에게 일부러 도적 떼를 보낸 것이 바레인이라고 이즈미르는 결론을 내린 상태였다. 도적 떼는 페시안 전역에 들끓는 골칫덩어리였지만 대규모로 몰려다니는 놈들이 아니었다.

감히 대족장 행렬에 훼방을 놓는 것이 괘씸하여 토벌한답시고 기운을 뺐지만 그 과정에서 가장 아끼던 전사 하나를 잃었다. 후계자를 잃은 슬픔에 이즈미르는 앞으로 마안을 어떻게 지켜야 하나 잠까지 설치는 상태였다.

바레인이 빙그레 웃었다.

"아끼던 전사를 잃으신 건 유감입니다. 하지만 제가 대족장께 무슨 원한이 있다고 그런 일을 저지르겠습니까? 그런 오해를 하고 계셨다니 참 안타깝군요."

정말 안타까운 표정으로 바레인이 고개를 숙였다. 이즈미르는 여전히 차가운 분노에 사로잡힌 상태였지만 이대로는 해결될 것이 없다는 사실 역시 인지했다.

"날 보자고 한 이유가 무엇인가?"

바레인이 시선을 들었다.

"도와주셨으면 하는 것이 있습니다."

"내가 도울 거라 생각하는가?"

냉정한 대꾸에 바레인이 빙그레 웃었다. 그리고 무언가를 꺼내 이즈미르의 앞에 내려놓았다. 그것을 본 이즈미르의 표정이 딱딱하게 굳었다.

"돕지 않으셔도 상관없지만, 돕게 되실 겁니다."

그 말에 이즈미르는 반론할 수 없었다.

아시나는 솔직히 하렘에서 사는 법 따위 알고 싶지 않았다.

"하렘 안에선 규율에 따라 행동하셔야 합니다. 혹여 시하드께서 방문하신다고 하면 나갈 생각하지 마시고 방 안으로 들어가 시하드께서 부르실 때까지 절대로 모습을 보이시면 안 됩니다."

"……."

그런 아시나의 의사는 깔끔하게 무시당한 지 오래고 멋대로 예의범절에 대해 강의를 시작한 자키야는 아침부터 해가 넘어가려 하는 오후까지 하루 종일 아시나에게 끊임없이 하렘 여인으로서의 덕을 강조했다. 솔직히 말해서 아시나는 이미 머리가 포화되어 터지기 일보 직전이었다. 아니, 뭐든 다 중요하대? 안 중요한 게 없어!

"또 웃어른을 모실 때엔……."

결국 참다못한 아시나가 손을 들었다. 자키야는 왜 그러냐는 듯 노려보았지만 하던 말을 멈추긴 했다. 아, 모르겠다. 더 이상 얌전하게 듣고 있는 것도 못 할 짓이었다. 자키야는 정말 훌륭한 레이디였으나 아시나는 그런 훌륭한 레이디가 되고 싶지 않았다. 집에서도 포기했는데, 내가 왜 여기까지 와서 이런 강의를 듣고 있어야 하는 거야!

일단 숨을 돌리기 위해 시녀가 가져온 카흐아를 마시며 열심히 궁리했다. 어떻게 하면 이 망할 강의를 그만두고 다른 걸 할 수 있을까. 물론 침소 밖으로 나오는 건 더할 나위 없이 기쁘고 좋았으나 지금은 그냥 침소에서 하루 종일 할 일 없이 굴러다니던 옛날이 그리웠다.

"자키야는 어떻게 이 모든 걸 다 외우고 있는 거죠?"

아시나의 감탄 어린 말에 자키야가 겸양했다.

"당연한 소양입니다."

전혀 당연하지 않아! 아시나는 속아 넘어가지 않았다. 저 모든 게 수없는 연습과 부단한 노력으로 이뤄진 거란 걸 모를 리가 없는걸!

"그래도 하렘은 안 가 봤을 거 아니에요. 가 본 적 없는 곳의 구조를 이렇게 자세히 알긴 힘들 텐데."

자키야가 담담하게 대꾸했다.

"어렸을 때 잠깐 하렘에 신세를 졌습니다."

"……?"

아시나가 두 눈을 동그랗게 떴다. 자키야는 별일 아닌 것처럼 넘어가려 했지만 아시나 입장에선 그게 별일이 아닐 수가 없었다. 그도 그럴게, 하렘이 폐쇄되었다고 하지 않았던가.

"정말요?"

괜한 말을 꺼냈다는 듯 낭패를 본 표정이었지만 자키야는 묻는 말엔 착실히 대답을 해 주는 친절한 여자였다.

"그리 오래 있진 않았어도 아직도 기억합니다. 기억력이 좋은 편이라."

"하렘은 쿤의 여자들만 들어가는 곳 아니었어요?"

자키야가 살짝 인상을 찌푸렸다.

"왜 그런 오해를 하신 건지는 모르겠지만, 쿤의 어머니부터 아내들과 아이들 그리고 노예로 잡혀 와 교육받는 여자들이 모두 함께 기거합니다. 물론 신분에 따라 기거하는 방이 달라집니다만."

한숨과 함께 자키야가 마저 이어 말했다.

"어머니를 잃어 하렘에 계시던 이모님께서 잠깐 돌봐 주셔서 들어왔습니다."

자키야의 표정은 어둡게 가라앉았다. 어머니가 없었구나. 조금 의외의 사실이었다. 아시나는 되도록 그 부분은 피해 가야겠다고 생각하며 의자에 등을 기댔다. 괜한 상처를 건드린 것인가 조금 조심스러웠다.

페시안에서 마음에 드는 게 있냐고 묻는다면 다른 여러 가지도 많겠지만 이 푹신한 의자가 제일이었다. 소파는 디스엘리가 최고인 줄 알았는데, 이 푹신함도 장난이 아닌걸? 어쨌든 말을 돌리는 데 성공한 건 둘째 치고 아시나는 새삼 자키야에 대한 호기심을 느꼈다. 분명 뭔가 있어. 대재상의 딸이라는 지위와는 다른 무언가가 이 여자에게 있었다. 지난 이틀간 궁정 내의 시녀들이 자키야를 대하는 태도만 보아도 수상했다. 대재상의 딸이라고 해도 그 정도가 과했다. 무엇보다 이렇게 궁정에 대해 빠삭하다는 게 수상했다.

"그래도 제 예상보다 잘 배우시는군요. 기대 이상입니다."

"원래 배우는 건 잘하거든요."

의외의 칭찬에 아시나가 방싯 웃었다.

"오래 남는 게 없어서 그렇지."

오두막에 계신 스승님 역시 아시나가 뭐든 뛰어나다는 점은 인정했다. 그래서 가르칠 맛이 안 난다고 불평도 하셨고. 거기에 불성실하고 너무 흥미 위주로 배워서 지식이 고르지 못한 점이 단점이라고 혹평도 하셨다. 아마 이것도 방금 배웠으니 이 정도지 시간이 조금만 지나면 분명 다 까먹을 터였다.

아시나의 너스레에 자키야가 옅게 웃었다. 희미한 미소였는데도 순간 눈부셔 보일 정도로 아름다웠다. 새삼 눈앞의 여인을 빤히 응시하며 아시나는 생각에 잠겼다. 장미꽃이 흐드러진 것 같은 붉은 머리가 한번 손을 넣어 보고 싶을 정도로 탐스러웠다. 깊고 청아한 빛이 어린 녹색 눈동자 역시 오래 바라보고 싶을 정도로 매혹적이었다. 색기 있다는 게 이런 걸 두고 하는 말일까? 이런 여자를 좋아하지 않을 남자는 없겠지?

"자키야는 왜 하렘에서 나왔어요? 그대가 전에 내게 가르친 대로라면 하렘에 들어가면 평생 있어야 한다면서요."

한 번 들어간 여인은 다신 나올 수 없다고 했다. 명령으로 인한 결혼이 아니라면. 아시나의 질문에 자키야가 조금 곤란한 기색을 내비쳤다.

"하렘이 폐쇄되었거든요."

아는 부분이었다. 하나 아시나는 아는 척하지 않았다.

"정말요? 왜요?"

"좋지 않은 사건이 있었습니다."

자키야가 에둘러 말했으나 아시나는 그냥 넘어가지 않았다.

"그게 뭔데요?"

좋지 않은 사건이 무엇인지 궁금했다. 쓸데없는 호기심이긴 했지만 궁금한 건 궁금한 것이니까. 자키야는 말해 줄 생각이 전혀 없었다.

"아까 하던 식사 예절이나 마저 이어 할까요?"

아시나가 어색하게 웃었다. 어떻게 가진 쉬는 시간인데 쉽게 포기할 수 없었다.

"이야기가 샌 것도 기회이니 이참에 티타임이나 가지죠."

"그럴 시간이……."

"급할수록 돌아가라 그랬어요."

아시나가 짐짓 심각하게 덧붙였다.

"현자의 말은 존중하는 것이 좋다고 자키야도 말하지 않았나요?"

자연스럽게 시녀를 시켜 티타임에 필요한 디저트와 차를 준비해오라 시킨 아시나는 빙그레 웃었다. 물론 크롬웰에서 가졌던 티타임과 내용상으로는 많은 것이 달랐지만 오랜만에 챙기는 티타임이라 아무래도 상관없었다. 살짝 신이 난 아시나를 지켜보며 자키야가 마치 한숨을 쉬듯 말했다.

"넉살이 좋으시군요."

"그런가요?"

붙임성이 좋은 성격이긴 했다. 그렇다고 해도 닥치는 대로 사람을 사귀는 건 아니었다. 자신에게 조금이라도 호의를 가지고 있는 자나 예의를 잃지 않는 사람들 위주로 사귀었는데 다른 사람들의 눈엔 그게 아닌 모양이었다.

그런 의미에서 우리 신님은 여러모로 꽝이었다.

"아, 달다. 페시안의 과일들은 특히 더 달아서 좋아요."

아시나는 디저트로 나온 복숭아를 맛있게 먹으며 행복하게 웃었다. 역시 인생의 반은 먹는 기쁨. 인생의 진리를 오늘도 되새기며 그녀는 기필코 무화과는 먹고 돌아가겠노라고 다짐했다.

"쓴맛을 내는 과일들도 더러 있습니다."

"그래요?"

"신맛이 강한 과일도 많습니다. 저는 꽤 좋아하는 편입니다."

신맛을 내는 과일은 아직 많이 먹어 보지 못했다. 기회가 되면 먹어 보고 싶은걸. 아시나가 생각에 잠긴 채 과일만 축내자 그 모습을 지켜보던 자키야가 무언가 할 말이 있는 기색으로 입을 열었다.

"아이라께선……."

"아시나."

어젠 참았지만 오늘은 도저히 안 되겠다. 아시나는 딱 잘라 말했다.

"이름으로 불러요. 친밀감 들게."

아시나가 넉살 좋게 말했지만 자키야의 표정은 더없이 딱딱해졌다. 자키야는 싸늘한 표정으로 냉랭하게 대꾸했다.

"저와 친해지셔도 아이라께서 얻으실 건 없습니다."

사람 참 무안하게 만들 정도로 칼 같은 대답이었는데 막상 아시나는 어깨만 으쓱이고 말았다. 무례하다며 화를 낼 수도 있었지만 굳이 그러고 싶지 않았다.

"뭘 얻으려고 친해질 생각 없으니까 안심하고 이름으로 불러요. 솔직히 난 그 호칭, 들을 때마다 적응 안 돼서 소름 돋거든요. 이상해."

"시하드께서 총애하는 여인만이 불릴 수 있는 칭호입니다. 앞으로도 계속 불리실 테니 익숙해지세요."

"그래도 이름으로 불러요."

제 뜻을 굽히지 않는 자키야를 똑바로 마주 보며 아시나가 싱긋 웃었다.

"이건 명령이에요."

"……."

부당하다는 듯 자키야가 인상을 찌푸렸지만 웃고 있는 아시나를 이길 수는 없었다. 자키야가 뾰족하게 비꼬았다.

"의무보다 권리부터 익히신 모양이로군요."

비난 어린 말에도 아시나는 태연하게 웃으며 과일을 입에 가져갔다.

"주어진 권리인걸요? 쓴 것보단 단 걸 찾게 되는 건 어쩔 수 없는 습성이죠."

아시나는 저만 그런 게 아니라고 당당하게 말할 수 있었다. 자키야는 거기에 대해 부정을 하진 않았지만 그렇다고 긍정하지도 않았다. 사소한 기싸움이었지만 직위로나마 이긴 아시나는 기분이 좋았다.

"그런데 아이라에게 의무라는 게 있나요?"

"정갈한 몸가짐을 유지하고 불시에 시하드께서 찾아오셔도 언제든 모실 수 있게 준비하는 것이 제일의 의무입니다."

절대 못 하겠네.

"그렇구나……."

영혼 없는 대답이 흘러나왔으나 자키야는 별 상관하지 않았다. 무엇보다 아시나를 이름으로 부르게 된 지금 상황이 마음에 들지 않는 모양이었다. 그러면 어찌하리오, 이미 진 것을. 졌으면 깔끔하게 승부에 승복하고 결과를 따르는 게 도리였다. 그래도 억지로 강요할 생각은 없었다.

"전대 사 쿤은 어떤 분이셨어요? 왠지 자키야라면 알 것 같은데."

의외의 질문에 놀란 건지 자키야가 잠시 눈을 크게 떴다.

"좋은……."

말을 하다 만 자키야는 잠시 입을 다물었다. 아시나는 그 사소한 것도 놓치지 않았다.

"좋은 분이셨습니다."

아련한 목소리. 무언가를 그리는 듯한 표정이 놀라웠다. 자키야도 그런 자신을 알고 있는지 조만간 쓴웃음을 지으며 고개를 가로저었다.

"군주로서의 평가는 갈릴지라도 저에게만은 좋은 분이셨습니다."

"그래요?"

"저를 친딸처럼 아껴 주셨거든요. 정말 과분할 정도로……."

사 쿤이 어떤 인물인지는 모르겠지만 적어도 이 여인에겐 소중한 사람이라는 걸 알 수 있었다. 이건 마치 죽은 아버지를 기리는 딸의 표정이 아니던가.

좋은 왕도 아니었지만 좋은 아버지는 더더욱 아니라는 베히다트의 평가와 완전히 엇갈렸다. 제 자식에겐 그리 좋은 아버지가 아니었는데 남의 딸에겐 좋은 아버지였다라. 아무래도 이상한데.

"제가 어릴 때 쓰러지셔서 비록 뵐 수 있던 건 침상에 누우신 모습이 전부였지만 정말 좋은 분이셨습니다."

음성은 더할 나위 없이 부드럽고 온화한데 입가에 맺힌 미소는 마냥 쓰기만 했다. 아시나는 조용히 뺨을 짚어 보다가 자키야를 쳐다보았다. 추억이라도 떠오르는지 자키야는 무언가 생각에 잠긴 기색이었다.

"아버지와의 사이는 별로인가요?"

막상 게디크 재상과의 사이는 별로 좋지 않은 느낌이었다. 아니나 다를까 질문이 끝나기도 전에 자키야의 표정이 무섭게 얼어붙었다. 아시나는 지뢰를 밟은 기분에 앞뒤 생각도 하지 않고 질문을 던진 제 입을 원망했다.

"그냥 아버지 이야기만 나오면 표정을 굳히기에 한번 해 본 말이에요. 불쾌했다면 미안해요."

"사이가 별로인 건 아니지만 확실히 사이좋은 부녀라고 말하기엔 무리가 있습니다."

"그렇구나."

바로 인정할 줄은 몰랐다. 아시나는 의외라고 생각했다. 이미지는 모두에게 사랑을 듬뿍 받은 공주님 같은데. 약간 철부지 같은 느낌도 없지 않아 있었다. 하나 막상 상대하게 된 자키야는 뭐랄까, 그보다 더 차분하고 현명했다.

"그래도 자키야는 아버지를 사랑하는 모양이죠?"

아시나가 빙그레 웃었다. 자키야가 아버지에 대해 말하는 목소리엔 애정이 가득했다. 그렇다면 이 관계는 재상 쪽의 문제인 건가. 자키야는 생각보다 애정에 굶주린 모양이었다. 그늘도 있고…….

점점 자키야라는 여인에게 흥미가 생겨 곤란했다.

아버지를 사랑한다는 평가에 자키야가 조용히 아시나를 응시했다. 약간 놀란 표정이었다.

"그렇게 보입니까?"

"말하는 태도나 어조만 봐도 알 수 있어요. 애정이 묻어나오거든요."

그런 건 자제한다고 해서 숨길 수 있는 게 아니었다. 무의식적인 눈빛이나 손짓 같은 그런 사소한 것들에서 드러나는 법이니까. 아시나는 그런 것들을 꽤나 잘 알아차렸다. 빙그레 그녀가 웃자 자키야가 꽤 심각한 표정을 지었다.

"아시나 님께선 사랑받고 자라셨군요."

"티 나죠? 듬뿍듬뿍 받고 자랐어요."

"예, 어떤 말을 해도 상대가 다 받아 줄 거라 생각하는 무른 면모에서 드러납니다."

뾰족하게 선 말에 아시나가 어색하게 웃었다.

"음, 딱히 그런 건 아닌데."

불쾌했구나.

이렇게 은근하게 드러내는 진노가 상대에 따라서는 더 잘 먹히는 법이었다. 그래, 남의 가정사에 끼어드는 건 예의가 아니지. 아시나는 짧게 반성했다. 반성한 기색이 느껴지는 건지 자키야는 거기서 더 퍼붓진 않았다. 우아하게 자세를 바꿔 앉은 자키야가 마치 훈계하듯 살짝 나무랐다.

"저는 상관없지만 다른 이들에게도 그런 태도로 대하시면 안 됩니다. 특히 대족장 앞에선 행동을 더 조심하셔야 합니다."

"대족장들이 날 잡아먹기라도 해요?"

"아니요."

아시나가 무슨 대꾸를 하기도 전에 자키야가 차갑게 잘라 말했다.

"죽일 겁니다."

살벌하네.

"……."

물론 겁주려고 하는 말이 아니라는 건 알고 있었다. 분명 어느 정도 현실성 있는 말이겠지. 하지만…….

역시 다른 나라 사람이라 그런가. 대족장들이 그렇게 대단한지도 모르겠고 그래서 왜 무서운지도 실감나지 않았다. 물론 상황을 잘 모르는 자키야의 눈에 아시나는 집 없고 갈 곳 없는 부랑자 신세로 보이겠지만 아시나는 막상 여길 벗어날 수만 있다면 더 바랄 게 없는 상황이었으니까.

"지금은 시하드의 가호가 있어서 괜찮으시겠지만 그 총애가 끝나면 기다렸다는 듯 모두가 달려들 겁니다. 그날을 항상 조심하셔야 합니다."

"흐응, 그 모두에 자키야도 들어가 있는 건가요?"

웃으며 덧붙인 질문에 자키야는 입을 다물었다. 농담으로 던진 말인데 자키야에게서 돌아오는 반응이 너무 심각해서 아시나는 저도 모르게 긴장했다.

"전 없을 겁니다."

다행인 건가?

무슨 생각을 한 건지 자키야의 시선은 우울했다. 아시나는 조금 걱정되었다. 저렇게 예쁜데 저토록 우울해하니 뭔가 색이 죽은 꽃을 보는 기분이라고 해야 하나.

베히다트도 그렇고 자키야도 그렇고. 여긴 왜 이렇게 사랑을 못

받고 자란 사람이 많은 걸까.

"어쨌든 지금은 괜찮다는 거죠?"

"그렇긴 합니다만……."

"그럼 됐어요."

오지도 않을 훗날을 벌써부터 생각하는 건 성미랑 안 맞았다. 아시나는 밝게 웃었다. 그 미소가 눈부신지 자키야는 한참 동안이나 아시나가 웃는 얼굴을 멀거니 바라보았다. 솔직히 몇 분 정도는 그 시선을 버틸 수 있었지만 십 분이 넘어가니 천하의 아시나도 살짝 민망해졌다.

"그렇게 열렬히 쳐다봐도 나한테 얻을 건 없어요."

아시나의 말에 자키야가 웃었다.

"왜요?"

의아해서 다시 물으니 한결 부드러운 시선이 아시나를 지켜보았다.

"왜 시하드께서 당신을 사랑하게 되었는지 조금 알 것 같습니다."

"……사랑?"

너무 앞서 나간 거 아닐까요, 그건?

사랑이라니. 듣기만 해도 몸서리쳐지는 단어였다. 하지만 그래도 낯간지러운데 마냥 싫은 기분은 아니라 이상했다. 뭐지, 이 변화는. 보통 때였다면 아마 소름 돋아서 죽으려 할 텐데.

"어여쁘시군요."

감탄은 아니었다. 마치 결론을 내리는 듯한 말에 아시나가 반사적으로 생긋 웃었다.

"제가 예쁘다는 건 온 세상과 우주가 다 아는 사실이죠. 새삼스럽게."

"외모를 일컫는 건 아니었습니다만, 결국 같은 말이 되는군요."

대체 무슨 의미로 말한 거지. 알 듯하면서도 모르겠다. 아리송한 말에 아시나가 고개를 갸우뚱했다. 그 모습을 꽤 귀엽게 지켜보던 자키야가 찻잔을 내려놓았다.

"그럼 잠시 멈췄던 식사 예절에 대해 다시 논해 볼까요?"

"그건 조금……."

틈만 나면 예의범절 이야기냐. 새삼 외할머니가 생각나는 대목이었다. 그래도 지금 아시나가 이렇게 예쁘고 흠잡을 데 없이 완벽한 레이디를 연기할 수 있는 이유는 다 할머니의 무한한 인내심 덕이었다.

"그러고 보니 꽤 수수한 옷차림이시군요. 아이라는 더 어여쁘게 치장하고 계셔야죠. 왕실에 오랫동안 여인이 없었던 터라 티가 나는군요. 내일은 제가 패물을 챙겨 오겠습니다."

"어, 그럴 필요까지 있을까요?"

"중요한 문제입니다."

그래도 나름 시녀들이 신경 써서 꾸며 준 것이다. 작정하고 꾸민 것만은 못 하겠지만 봐줄 만하지 않은가. 하지만 자키야는 이 정도로는 어림도 없다는 듯 고개를 가로저었다.

"물론 지금도 충분히 아름다우시지만 그걸로 만족하시면 안 됩니다. 항상 시하드의 눈길을 잡아 두셔야 합니다."

"어, 음. 그런가요?"

그런 거라면 이미 반은 성공한 것 같은데. 그 망할 신님이 오기만 하면 시선을 다른 데에 두지 않아서 그게 오히려 문제였다. 그래도 역시 예쁘다고 생각하는 것과는 다르지. 그러고 보니 베히다트로부터 예쁘다는 소리는 들은 적 없었다. 아시나는 갑자기 깨달은 사실에 머리를 굴렸다. 아무리 떠올려 봐도 '봐줄 만하다'라는 말이 들어 본 최대의 칭찬이었다. 무엇보다 본모습으로 제대로 돌아오고 나서도 미모에 대한 칭찬은 없었다. 맛있는 과일 쳐다보듯 본 적은 많아도 다른 사람들이 주는 감탄의 시선은 아니었다.

아니야, 그럴 리가 없어. 내가 이렇게 예쁜데!

하지만 아무리 생각해도 예쁘다는 소리를 들은 기억이 없었다. 나시르한테도, 심지어 카림한테도 들었는데! 이거 어째 자존심에 금이 가는데?

아시나가 필사적으로 머리를 굴리고 있을 때였다. 그 순간 낯익고도 낯선 목소리가 바로 뒤에서 들려왔다.

"대화가 꽤 재미있나 보군."

숨이 멎는다는 기분이 이런 것이리라. 항상 듣는 목소리인데도 이렇게 들을 때마다 가슴이 철렁한다. 무슨 죄를 지은 것도 아닌데. 아시나는 바로 인상을 찌푸렸으나 자키야는 놀란 표정을 감추지 못하고 일어섰다.

"왔어요?"

예의를 갖추는 자키야와 반대로 아시나는 일어나지 않고 그대로 몸만 돌려 뒤를 보았다. 어차피 새삼 예의라는 걸 차릴 관계는 아니니까. 같이 일어서서 고개를 숙이는 것도 민망한 일이었다. 불만스레 쳐다보는 아시나에게 다가서던 베히다트의 시선이 자키야에게 돌아갔다. 지난번에 봤다지만 그래도 꽤 시간이 흘렀다.

"인사 올립니다."

"그대가 이런 일을 할 줄은 몰랐는걸."

자키야가 베히다트를 올려다보다 다시 고개를 숙였다.

"시녀라 하지만 막상 제가 하는 일은 아이라의 말 상대가 되어 드리는 일뿐입니다."

"그런가?"

짧은 시선이었지만 아시나는 자키야의 눈빛에 어떤 감정이 담겨 있는지 순간 읽을 수 있었다. 좋아한다는 건 알았지만…….

잠시 멍한 채 서 있는데 그 틈을 노리기라도 하듯 끌어안는 베히다트의 손길이 너무 노골적이었다. 평소에도 당연히 제 것인 양 당당하게 끌어안긴 했지만 이렇게 환한 대낮에, 다른 사람도 있는데 이럴 줄은 몰라서 아시나는 당황했다.

아니지, 사실 시녀들이 다 보고 있는데도 이러던 인간이었다. 떠올려 보면 새삼스러울 것도 없었다. 하지만 그래도 이건 좀!

잠시 둘의 모습을 어두운 시선으로 지켜보던 자키야가 예의 바르게 인사했다.

"그럼 전 이만 물러나겠습니다."

그러라는 듯 베히다트가 고개를 끄덕였다. 일말의 망설임도 없이 사라지는 자키야를 지켜보던 아시나는 베히다트를 돌아보았다.

"왜 쫓아내요?"

갑자기 나타난 것도 황당한데 그대로 물러가 버린 자키야도 이해되지 않았다. 아시나의 구박에 베히다트가 약간 억울하다는 듯 웃었다.

"편을 들어 줘도 구박이군."

이 남자가 지금 뭐라 그런 거지.

"이게 편들어 준 거예요?"

아시나가 이해할 수 없다는 표정으로 인상을 찡그렸다.

"하나도 편들어 준 것처럼 보이지 않거든요."

"그럼 편들어 주지 말까?"

웃으며 대꾸하는 폼이 전혀 진지해 보이지 않아 아시나는 불만스럽게 그를 노려보았다.

"가끔 베히 님 머리를 해부해 보고 싶어요."

"그럴 기회는 없을걸."

"칫."

그래도 처음엔 마주하는 것조차 힘들었는데, 이 정도면 많이 나아진 걸까. 한 번 의식하고 나니 이젠 의식하지 않는 게 힘들 지경이었다. 좋아한다는 걸 깨달은 것뿐인데 많은 것이 달라졌다. 말을 하지 않아도 그저 바라보고 있기만 해도 좋으니 이를 어쩐담. 아시나는 물끄러미 베히다트를 올려다보았다. 베히다트의 시선 역시 아시나에게 머물러 있었다.

"당신 눈동자에 내가 비쳐요."

"널 보고 있으니까."

"……."

가볍게 말했지만 순간 그의 눈동자에 스쳐 간 감정 때문에 아시나는 입을 다물었다. 무언가를 참듯 베히다트가 굳게 입을 다물었다. 화난 것 같진 않았지만 아시나는 본능적으로 건드리면 안 된다고 생각했다. 정확히 무엇인지는 모르겠지만 자극하면 안 된다는 것만은 알 수 있었다.

그 순간 그가 대체 무슨 생각을 했는지 아시나는 알 수 없었다. 다만 어두워진 시선이 숨기지 않고 드러낸 강렬한 욕망 때문에 다만 짐작할 뿐이었다.

하지만 이상한 건 그게 싫다고 느끼지 않는 자신이었다. 어떻게 그럴 수 있지? 부끄럽지만 싫지 않았다.

이렇게 강렬하고 열렬한 시선을 받아 본 적이 있었던가. 온 세상에 자기 혼자 있는 것처럼 느끼게 만드는 시선을 받아 본 적이 있는가.

스스로 던진 질문에 아시나는 망설임 없이 그렇다고 대답하고 싶었지만 대답은 나오지 않았다. 그런 상반된 생각과 감정은 처음이었다. 언제나 마음과 몸이 똑같은 이야기를 했는데 이번만큼은 달랐다. 머리는 분명 이런 시선을 받아 본 적 있다고 대답했는데, 몸은 아니었다. 누군가의 시선이 자신을 이렇게 황홀하고 기쁘게 만드는 건 맹세컨대 처음이었다.

누군가의 시선을 받는다는 것만으로 이렇게 황홀한 기분이 들 수 있는 것일까.

좀 더, 좀 더 이렇게…….

아시나는 저도 모르게 베히다트의 옷소매를 붙잡았다. 말은 하지 않았지만 몸짓만으로 충분했다. 더 봐주었으면 좋겠다. 더 같이 있었으면 좋겠다. 문득 고개를 든 낯선 욕심에 스스로가 무서웠다. 자신이 다른 사람이 된 듯했다.

"……."

아시나는 무언가 말을 하려다가 멈췄다. 아무 말도 하지 않는 게 나을 것 같았다. 이 순간 무슨 말을 꺼내면 이 시선이 바뀔 것 같았다. 그건 싫어.

"왜 그러지?"

아시나의 표정이 어두워지자 그가 손을 뻗어 아시나의 뺨을 쓰다듬었다. 단지 그것뿐이었는데 아시나는 무섭게 마음이 놓이는 제 자신이 이상했다. 정말로.

"내가 이상해요."

"이상하다?"

"미친 것 같아. 나 미쳤나?"

이 남자가 자신을 쳐다보는 게 좋다니. 이 순간이 영원했으면 했다. 하지만 조금 정신이 돌아오니 아주 미친 소리였다. 어떻게 그런 생각을 할 수 있지?

태어나서 지금까지 부담스러울 정도의 주목 속에서 살아왔다. 누군가가 자신을 쳐다보는 시선도, 찬미하는 시선도, 경외하는 시선도 모든 게 익숙했다. 부드럽고 다정한 시선도, 마음껏 귀애하는 시선도 익숙했다. 사랑받고 자랐으니까. 그렇다고 무관심한 시선이나 시기하는 시선, 질투하는 시선이 없는 것도 아니었다. 그런 수많은 시선들 속에서 살았는데 새삼스러울 게 뭐가 있을까. 하지만 이 붉은 눈은 달랐다.

이 시선이 자길 보고 있는 게 좋았다. 자기만 쳐다봤으면 했다. 이 눈동자에 더 갇혀 있고 싶었다. 이런 마음이 도대체 어디서 생기는 거지? 어디에 숨어 있던 마음일까? 알 수가 없었다. 하지만 이렇게 누군가와 똑바로 마주하면서도 살짝 부끄럽다고 느껴지는 건 처음이었다. 대체 왜 부끄러운 거지? 잘못한 것도 없는데.

"어디가 미쳤는데?"

"……글쎄요."

정신은 말짱한데 기분이 이상했다. 기분이 이상한 게 미친 건 아닌 것 같은데. 진지하게 고민하던 아시나는 곧 자신이 왜 이런 걸로 고민해야 하는지 의문이 들었다. 그걸 지켜보던 베히다트가 웃음을 참는 듯 낮게 웃었다. 목에서 울리는 듯한 웃음에 아시나는 괜히 속은 기분이 들어 짜증났다.

"그걸 그렇게 진지하게 고민하는 건 네가 유일할 거다."

"아니거든요."

"괜찮아."

그가 상관없다는 듯 고개를 끄덕였다. 그러고는 거만한 웃음과 함께 나른하게 속삭였다.

"그래도 귀여우니까."

……이 남자가.

그래도 슬쩍 기분이 좋은 것 같기도 하고, 아닌 것 같기도 하고. 참 아리송한 상황이었다. 진지하게 고민에 빠진 아시나의 머리카락을 만지작거리며 베히다트가 은근히 아시나의 표정을 살폈다. 아시나는 지금 제 자신에게 일어난 감정 변화의 원인이 무엇일까 철저하게 분석하는 데 정신이 팔려 그런 건 눈에도 들어오지 않는 기색이었다.

이 남자는 뭐만 하면 귀엽대. 진짜 내가 자기 고양이인 줄 알아.

불만스레 콧잔등을 찌푸린 순간 아까 떠오른 생각이 스쳐 갔다. 그러고 보니 이 남자 눈에도 지금 내가 예쁘게 보이고 있는 건가?

"……."

확신할 수 없었다. 방금 전에도 귀엽다고만 했는걸. 이상하게 항상 자신이 예쁘고 매력적이고 사랑스럽고 귀엽고 완벽하다고 생각하면서도 이 남자 앞에서만은 뭔가 자신이 없었다.

부정을 너무 많이 당해서? 하지만 그런 일이 한두 번 있는 것도 아니었는걸. 그런 걸로 기죽을 아시나가 아니었다. 자신이 그렇게 여리다고 생각하기엔 나름 험난한 삶을 살아오지 않았는가. 원래 미녀의 인생은 고달픈 법이다.

아시나가 물끄러미 쳐다보자 베히다트가 의아한 시선을 보냈다. 물어보고 싶어서 입이 근질거리는데 쉽게 말이 튀어나오지 않았다. 아시나는 다시 한 번 베히다트의 눈동자를 똑바로 쳐다보다가 용기 내서 물었다.

"베히 님이 보기에도 내가 예뻐요?"

이채 어린 붉은 눈동자가 아시나를 가늘게 흘겨보았다.

"무슨 대답을 원하는 거지?"

순간 당황해서 아시나가 뺨을 붉혔다.

"그, 그냥 대답해요. 나 예뻐요, 안 예뻐요?"

"……."

침묵이 길어지자 참다못한 아시나가 손을 들었다.

"아니에요, 그냥 말하지 마요!"

초조한 게 이런 거구나. 마치 단두대 앞에 서기라도 한 기분이었다. 사형당하는 걸 기다리는 끔찍한 기분이라고 해야 하나. 항상 당연하게 듣던 예쁘다는 말이 이렇게 간절해질 줄 몰랐다.

모든 게 새로웠다. 누군가를 좋아한다는 게 자신의 세계를 이런 식으로 완전히 바꿔 버릴 줄이야. 이젠 아이세스가 스승님을 쉽게 포기하지 못하고 그렇게 끙끙대면서 지켜보던 걸 완전히 이해했다. 마음이라는 게, 이렇게 쉽게 포기할 수 없는 거였구나. 그냥 바라보기만 해도 좋은데 어떻게 포기할 수 있을까.

"무슨 일 있었나?"

뭔가 평소와 달리 차분한 아시나의 모습에 베히다트가 물었다. 아시나는 잠시 말없이 베히다트를 응시하다 고개를 가로저었다.

"……아니요, 딱히."

얌전한 대답에 그가 미미하게 인상을 찌푸렸다.

"어제부터 이상하군."

그가 자세히 들여다보기라도 하려는 양 아시나의 얼굴을 마주하고 확 거리를 좁혔다.

"어디 아프기라도 한 건가."

"다가오지 마요!"

기겁한 아시나가 물러났지만 도망칠 장소가 있을 리 만무했다. 이미 몸이 붙잡힌 터라 몸을 뒤로 젖히는 것 외엔 아무 반항도 하지 못했다. 아시나가 기겁하는 게 재미있는지 베히다트가 낮게 웃었다.

"이미 충분히 다가온 거라 생각하는데."

제 소매를 꽉 쥔 작고 하얀 손을 붙잡은 베히다트가 손바닥에 지그시 입술을 내리눌렀다. 뜨거운 감촉에 아시나가 저절로 몸을 움츠렸으나 그는 전혀 상관없다는 양 웃었다.

"싫은가?"

"싫어요."

충분히 감정을 담아 대답했다고 생각했는데, 대답을 듣자마자 베히다트가 가차 없이 비웃었다.

"거짓말."

아시나는 제 마음을 들킨 것 같아 멈칫했다. 그대로 아시나를 제

품으로 끌어안은 베히다트가 아시나의 어깨에 고개를 파묻었다. 완전히 밀착된 온기에 아시나가 저도 모르게 움찔하자 어깨 위에서 베히다트가 웃는 게 느껴졌다.

"걱정하지 마. 네가 싫어하면 안지 않을 거니까."

"……."

그건 싫어하지 않으면 안는다는 말일까? 그게 어떤 의미를 내포한 건지 알아들은 아시나의 몸이 심각하게 굳었다. 그걸 알면서도 베히다트는 전혀 모르는 양 아시나를 끌어안고 그녀가 주는 온기를 마음껏 누렸다.

"……베히 님을 보면 가끔 내 살이 과일로 만들어진 건가 고민이 들어요."

"그것도 좋군. 베어 물면 과즙이 나오는 건가?"

농담한 게 아니라 비꼰 건데, 어째 더 비꼴 의욕도 생기지 않는 대답이었다.

"아니거든요. 그리고 과즙이 아니라 피겠죠."

혹시 몰라 진짜 깨물까 봐 아시나는 단단히 당부했다.

"날 죽일 셈이 아니라면 깨물지 말아요."

자그맣게 웃는 소리가 귀 근처에서 크게 맴돌았다. 고개를 든 베히다트가 웃고 있는 게 시야에 들어오자마자 아시나는 괜히 설레는 마음 때문에 입술을 깨물었다. 이런 순간순간이 너무 아까워서 애가 탔다.

행복한데 동시에 불행한.

그런데 그것마저 좋아서 어찌할 줄 모르는 자신을 보며 아시나는 다시 한 번 인정했다.

좋아하는구나, 이 남자를.

정말로 좋아하는구나.

'어쩌다 이런 남자한테 반한 걸까?' 후회하는 목소리가 제 안에 분명히 있었다. 하지만 동시에 '어쩔 수 없잖아?'라며 다독이는 목소리도 함께 존재했다. 어쩌겠어, 이미 좋아해 버렸는데. 좋아하는 게 나쁜 건 아니잖아. 다만 이 마음을 깨닫지 않는 편이 더 나을 뻔했다. 모르는 채 돌아가는 게 더 좋을 뻔했다. 누군가를 좋아한다는 건 이렇게 기쁘고 동시에 슬픈 일이었다. 이걸 좀 더 일찍 알았으면 좋았을 텐데. 그럼 더 조심했을 텐데. 하지만 조심했어도 결국 이 남자를 좋아하게 되었을 것 같다. 그리고 또 같은 딜레마에 빠졌겠지. 나는 참 구제 불능이구나.

"왜 그렇게 보는 거지?"

촉촉하게 젖은 시선이 마음에 들지 않아 베히다트는 괜히 아시나의 뺨을 건드렸다. 곧 울 것 같은 표정이었는데 아시나는 고개를 가로젓더니 다시 예쁘게 웃었다.

이렇게 웃음이 잘 어울리는 여자가 있을까. 아시나에게는 불행이라는 단어가 평생 빗겨 갈 것만 같은 행복한 기운이 존재했다. 빛이라, 전에 아시나가 지나가듯 알려 준 아시나라는 이름의 뜻이 문득 생각났다. 이처럼 잘 어울리는 이름이 또 있을까.

"오늘은 자키야가 뭘 가르쳤지?"

자신의 입가에 맺힌 미소도 의식하지 못한 그가 편하게 물었다.

"하렘 생활 규범이랑 식사 예절 조금……?"

"하렘 생활 규범?"

아시나가 시선을 잠시 돌리더니 어깨를 으쓱였다. 한숨을 동반한 대답이었다.

“거기서 사는 데도 규율이 있대요. 난 몰라요. 너무 많아서 기억하려 하다가 포기했어요.”

“그래도 몇 개는 기억에 남을 텐데?”

“음…….”

고민해 봤자 나오는 건 없었다. 그래도 열심히 고민하는 아시나를 보며 베히다트는 작게 웃음 지었다. 아시나가 민망한지 주변을 살피다가 슬쩍 베히다트를 올려다보았다.

“이만 들어가지 않을래요?”

“싫은데.”

중정의 풍경은 아름다웠다. 하지만 동시에 너무 환해서 아시나는 괜히 훤한 대낮부터 이러고 있는 게 민망해졌다. 시녀들도 자리를 지키고 있었고……. 주변을 살피는 아시나를 지켜보던 베히다트가 짓궂게 웃었다.

“부끄러운 모양이군.”

“알면서 말하지 마요!”

놀리는 게 명백한 한마디에 아시나가 발끈했다. 베히다트는 말없이 웃었지만 아시나는 또 무슨 폭탄 발언을 할까 조마조마한 심정으로 베히다트를 쳐다보았다. 그가 막 무슨 말을 하려는 순간, 갑자기 중정으로 누군가가 뛰어 들어왔다. 그건 카림이었다.

“무슨 일이지?”

날카로운 어조로 베히다트가 물었다. 카림이 다급한 표정으로 숨을 몰아쉬더니 급하게 고개를 숙였다.

“사신 일행이 습격을 받았습니다.”

그게 무슨 소리지?

아시나마저 의아한 와중에 베히다트가 몸을 일으켰다.

"그래서 어찌 되었지?"

"우마르께서 일단 조치는 취하셨는데 그것이."

카림이 잠시 아시나 눈치를 보다 다급히 말을 이었다.

"샤르자와 알 페시안 경계 지역에서 사신이 사라졌다고 합니다."

앞뒤 내용 없이 이것만으로도 충분히 큰 사건이었다. 베히다트의 심각한 표정을 지켜보며 아시나는 괜히 자신이 조마조마했다.

"아이라를 침소로 모시도록."

그대로 나가는 베히다트를 불안한 표정으로 지켜보던 아시나는 온기가 사라진 허전함에 몸을 떨었다. 그럼 어쩌겠어, 할 수 있는 게 아무것도 없는걸. 어떤 사신이라고 카림이 말하진 않았지만 아시나는 불길한 느낌을 받았다.

"설마."

애써 아무것도 아닐 거라 생각하며 침소로 돌아가려고 발걸음을 뗀 순간이었다. 자키야가 앉아 있던 자리에 가지런히 놓여 있는 손수건 하나가 눈에 띄었다.

"놓고 간 건가?"

무의식적으로 집어 들었다가 무심코 손수건 끝자락에 수놓인 작은 문양이 눈에 띄었다. 뭔가 익숙한 기분이 들어 가까이에 가져와 들여다본 그녀는 자신의 눈에 들어온 문장을 뚫어져라 쳐다보았다.

검은 초승달 안에 교차되어 꽂힌 두 개의 칼. 아시나는 그 자리에서 무섭게 굳어 버렸다.

-월흔 3권에서 계속됩니다-

BLACK LABEL CLUB 021
월흔 2

1판 1쇄 발행 2015년 10월 30일
1판 3쇄 발행 2017년 1월 9일

지은이 윤슬
펴낸이 신현호
편집부장 김은주
편집 박상희
편집디자인 한방울
영업 · 관리 김민원 조인희
물류 이순우 김명일

펴낸곳 ㈜디앤씨미디어
출판등록 2002년 5월 1일 제117-90-51792호
주소 서울시 구로구 디지털로 26길 111 JnK디지털타워 503호
대표전화 (02)333-2513 팩스 (02)333-2514
전자우편 dncbooks@naver.com
디앤씨북스 블로그 http://blog.naver.com/dncbooks
디앤씨북스 로맨스 카페 http://cafe.naver.com/dnc2007
블랙 라벨 클럽 트위터 @blacklabel_c

ISBN 979-11-264-0222-9 (04810)
ISBN 979-11-264-0220-5 (세트)